Dorothy Whipple • Der französische Gast

Dorothy Whipple
Der französische Gast

Roman

Aus dem Englischen
von Silvia Morawetz

KEIN&ABER
POCKET

Die Originalausgabe erschien 1953 unter dem Titel
Someone at a Distance bei John Murray, London
Copyright © 1953 by Judith Eldergill

Alle Rechte vorbehalten
Copyright © 2021/2022 by Kein & Aber AG Zürich – Berlin
Coverbild: Maurice Ettlin
Satz: Dörlemann Satz, Lemförde
Druck und Bindung: CPI books GmbH, Leck
ISBN 978-3-0369-6143-9
Auch als eBook erhältlich

www.keinundaber.ch

EINS

I

Eines Tages gab die alte Mrs North ihrem lange gehegten Wunsch nach, jemand würde ihr wieder Gesellschaft leisten, und antwortete auf ein Inserat in der *Times*. Sie lebte als Witwe in dem Haus, das ihr Mann gebaut hatte, samt Spiel- und Schlafzimmer und einem Musikzimmer für die Kinder, als blieben die für immer bei ihnen, statt so früh wie möglich zu heiraten und fortzugehen.

Mrs North war von ihrem Ehemann verwöhnt worden, doch nun, da er tot war und ihre drei Kinder verheiratet, verwöhnte sie niemand mehr. Sie kam bei niemandem mehr an erster Stelle, und das missfiel ihr. Einer Frau, die drei Kinder zur Welt gebracht hatte, stand es ihrer Meinung nach zu, im Alter von ihnen umsorgt zu werden. Wozu hatte man Kinder, wenn man sie kaum zu Gesicht bekam? Cecily, ihre Tochter, die ihr eine Stütze hätte sein können, hatte es sich einfallen lassen, einen Amerikaner zu heiraten, und lebte in Washington. Während des Kriegs schickte sie zwar großzügige Pakete, das schon, und kam auch selbst, kaum dass er vorbei war. Natürlich fuhr sie aber wieder hinüber und ließ ihre Mutter so einsam zurück wie zuvor.

Der verstorbene George North hatte eine Strumpfwarenfabrik gegründet und zum Erfolg geführt, und auch wenn seine Söhne noch substanzielle Einnahmen daraus bezogen, war keiner von ihnen in die Firma eingestiegen. Howard, der ältere, arbeitete im Außenamt. Es hatte nach einer hervorragenden Stellung ausgesehen, als sein Vater ihm dazu verhalf, führte aber dazu, dass Howard sein Leben mit seiner Frau im Osten verbrachte, dem Nahen wie dem Fernen, und seine Mutter ihn bloß selten sah. Nur Avery, der Jüngste der Familie, war in ihrer Nähe geblieben.

Avery hatte eine Beteiligung an einem Verlagshaus erworben, dessen Büroräume unweit der Strand Street in London lagen und das seit nun fünfzehn Jahren unter dem Namen Bennett und North firmierte. Drei Meilen außerhalb der Kleinstadt Newington, in der seine Mutter lebte, besaß er ein Haus auf dem Land und fuhr von dort aus jeden Tag nach London, das eine Stunde entfernt war.

Die alte Mrs North klagte unablässig darüber, dass sie Avery, seine Frau Ellen und seine beiden Kinder so gut wie nie zu sehen bekam. Von den Kindern hatte Hugh, der Sohn, gerade seinen Wehrdienst angetreten, und Anne, die Tochter, ging ins Internat. Avery war dauernd in London, und Ellen war dauernd beschäftigt, weil sie keine Hausmädchen hatte. Niemand hatte heute noch Hausmädchen, schon gar nicht, wenn man auf dem Land lebte.

»Warum zieht ihr nicht alle zu mir? Das Haus ist so groß und so leer …«, sagte Mrs North von Zeit zu Zeit.

Doch ihre Einladung wurde nicht angenommen, und es war ihr eigentlich auch recht. So konnte sie einen beständigen Groll gegen die Schwiegertochter hegen, weil die sie nicht öfter besuchen kam. Außerdem wären die Kinder ihr zu viel. Die jungen Leute strapazierten ihre Nerven.

Mrs North beschäftigte eine Haushälterin, eine Miss Daley, die, von Zugehfrauen unterstützt, alles penibel in Ordnung hielt, bedauerlicherweise jedoch im Kirchenchor sang. Bedauerlich zumindest für Mrs North, denn zum einen war sie der Meinung, Miss Daleys Stimme sollte überhaupt niemand hören müssen, sie war viel zu kräftig, und zum anderen führte ihre Leidenschaft Miss Daley mittwochs zum Proben und sonntags für die Auftritte außer Haus. Dem Kirchenchor galt Miss Daleys brennendes Interesse, und die Interessen anderer waren Mrs North ein Ärgernis. Der Gesang ihrer Haushälterin und die Gartenarbeit ihrer Schwiegertochter beanspruchten Zeit, die, wie sie fand, mit ihr verbracht werden sollte. Sie hatte schließlich ein Recht darauf; auf Miss Daleys Zeit, da Miss Daley dafür bezahlt wurde, und auf Ellens Zeit, da sie als Averys Frau Pflichten gegenüber dessen Mutter hatte.

»Ich bin eben alt«, sagte Mrs North zu ihrem Sohn. Sie sagte es verbittert, denn es gefiel ihr nicht, alt zu sein. »Ich kann wohl nicht erwarten, dass Ellen mehr Zeit mit mir verbringt als unbedingt nötig.«

»Ellen hat immer zu tun, Mutter«, verteidigte Avery sie. »Du weißt doch, wie schwierig Zugehfrauen heutzutage sind. Wir finden einfach niemanden, der am Nachmittag noch den weiten Weg aus der Stadt auf sich nimmt. Ellen muss das Abendessen deshalb immer selbst zubereiten. Und sie arbeitet so viel im Garten. William Parkes ist alt. Er hat alle Hände voll zu tun mit dem Küchengarten und mit Annes Stute.«

»Dann solltest du Parkes aus dem Cottage herauswerfen und jemanden einstellen, der tüchtiger ist. Ich verstehe auch nicht, Avery, warum du ein Pferd hältst, wenn Anne es nur drei oder vier Monate im Jahr reiten kann. Es wäre doch viel besser, ihr mietet ...« Sie war vom Thema abgekommen und hatte darüber ihre Klage vergessen, dass Ellen keine Zeit mit ihr verbrachte, weil sie alt war.

Es lag nicht an ihrem Alter. In Somerton Manor, einem Landhotel, in dem Ellen und die Kinder in den Kriegsjahren einige Wochen gewohnt hatten, gab es eine Mrs Brockington, die ebenfalls alt war und mit der Ellen liebend gern Zeit verbrachte.

Eigentlich wollte Mrs North Ellens Art der Gesellschaft auch gar nicht. Sie wollte etwas, was Ellen ihr nicht bieten konnte, und Ellen hatte keine Ahnung, was das war. Sie merkte nur, dass sie nicht gut miteinander auskamen, was schade war, schließlich liebten sie beide Avery. Ellen gab sich selbst große Schuld daran, denn manchmal vergaß sie ihre Schwiegermutter sträflich lange, drei volle Tage, ehe sie erschrocken wieder an sie dachte.

Ach, du liebe Zeit, ich bin nicht ... ich habe nicht angerufen ... Das letzte Mal, wann war das? Dann ließ sie das Gartengerät fallen, zog die Gummistiefel aus, wusch sich die Hände, streifte ein Kostüm über, holte das Auto heraus, fuhr zu ihrer Schwiegermutter und konnte abends dann erleichtert zu Bett gehen, da sie erst in ein, zwei Tagen wieder hinmusste. Trotzdem schämte sie sich.

Eines Abends im Juni fiel ihr plötzlich die alte Mrs North ein, als sie Avery mit ihrem Auto vom Bahnhof abholte, weil seines in Reparatur war.

»Deine Mutter!«, rief Ellen aus.

»Was ist mit ihr?«, fragte Avery.

»Fahren wir für fünf Minuten bei ihr vorbei. Ich hab sie diese Woche nur einmal besucht und du gar nicht.«

Avery murrte, es sei heiß gewesen in London, und er wolle nach Hause.

»Ich weiß, Liebling. Und ich habe etwas auf dem Herd – nur auf einen Sprung«, redete sie ihm zu.

Sie fuhr durch das Tor, hinter dem das spätviktorianische Backsteinhaus aufragte, mit seinen Türmchen und Zinnen und den speziellen Tafelglasfenstern, auf die George North seinerzeit bestanden hatte.

Mrs North saß auf dem Sofa im Salon, neben sich ein paar abgegriffene Schulbücher, hinter sich an der Wand eine Sammlung von Miniaturen, die ihren Ehemann, sie selbst und ihre Kinder in frühen Jahren zeigten. Die Rahmen aus Elfenbein ließen die ganze Familie chronisch krank aussehen.

»Guten Tag, Fremdlinge«, sagte die alte Dame bissig.

»Ich weiß, Mutter«, sagte Ellen und gab ihr einen Kuss. »Aber die Tage fliegen nur so an mir vorbei. Mein Leben kommt mir vor wie eine einzige Hetzerei …«

»Ja, meine Liebe, das habe ich aus deinem Munde schon gehört. Wollt ihr euch setzen? Nein? Das hatte ich auch nicht erwartet. Ich nehme an, ihr wollt nach Hause. Nun ja, das ist nur natürlich. Dann lasst euch nicht aufhalten, ihr beiden. Mir geht es gut, es ist alles in Ordnung. Danke fürs Kommen. Auf Wiedersehen.«

Avery lachte. Für Ellen war es damit aber nicht getan. Außerdem war ihr nicht nach Lachen zumute; sie war zerknirscht. Jetzt, wo sie einmal da waren, meinte sie, müssten sie auch ein Weilchen bleiben. Sie wollte sich gerade auf einem Stuhl niederlassen, da fasste Avery sie fest am Arm und lotste sie zur Wohnzimmertür. Als sie dort angekommen waren, veranlasste Mrs North sie zum Innehalten.

»Ich habe auf eine Anzeige geantwortet«, sagte sie.

Sie wandten sich um.

»In der *Times* von gestern.« Sie hielt ihrem Sohn die zusammengefaltete Zeitung hin. Über seine Schulter hinweg las Ellen die markierte Stelle.

»Junge Französin möchte den Juli und August in einem englischen Haus verbringen. Französische Konversation. Leichte häusliche Tätigkeiten ...«

»Aber warum willst du eine Französin?«, fragte Avery.

»Wenn du mal in meinem Alter bist, Avery«, sagte seine Mutter, »wirst du feststellen, dass du auch gelegentlich Gesellschaft benötigst.«

»Aber du könntest doch jederzeit eine englische Gesellschafterin haben, Mutter.«

»Ich hätte gern eine Französin«, erwiderte Mrs North bestimmt.

»Deshalb liegen da die französischen Grammatiken?«, sagte Ellen, die sich über die Schulbücher gewundert hatte. »Ich konnte mir gar nicht denken –«

»Du hättest fragen können, meine Liebe«, unterbrach sie Mrs North. »Um genau zu sein, ich poliere mein Französisch auf.«

Ellen fand irgendetwas an dieser Ankündigung so rührend und hilflos, dass sie nach der Hand von Mrs North griff.

Avery lachte vergnügt. »Du bist ein tapferes altes Mädchen.«

»Ich halte das für eine sehr gute Idee«, meinte Ellen. »Das macht bestimmt Spaß.«

»In meinem Alter erwarte ich keinen Spaß«, gab Mrs North zurück. »Aber ich hoffe, es wird interessant. Ich bin zu alt, draußen nach Abwechslung zu suchen, also schau ich, ob ich mir Abwechslung ins Haus holen kann. Mir ist es hier zu still.«

»Ja«, sagte Ellen kleinlaut.

Mrs North entzog Ellen ihre Hand mit einer gewissen Ungeduld.

»Das ist mein altes Exemplar der französischen Redewendungen«, sagte Avery, der keine Ahnung hatte, was zwischen den Frauen vor sich ging. »Wie ich die Schwarte gehasst habe! Heute gibt es bessere Bücher, Mutter. Soll ich dir welche aus der Stadt mitbringen?«

»Nein, vielen Dank. Wenn die junge Frau kommt, werde ich keine Zeit haben, viel zu lernen. Und wenn sie nicht kommt, lerne ich eben nichts. Ihr beiden könnt jetzt gehen. Ich bin sicher, Ellen hat etwas auf dem Herd, worum sie sich kümmern muss.«

»Oh, ja, hab ich«, rief Ellen und eilte mit fliegender Jacke aus dem Zimmer. »Das habe ich ganz vergessen. Avery, komm … Auf Wiedersehen, Mutter … Auf Wiedersehen …«

II

Auf der Ausfallstraße aus der Stadt wimmelte es an diesem schönen Sommerabend von Fahrrädern. Ellen, die es eilig hatte, nach Hause zu kommen, musste bremsen, drückte auf die Hupe, zog ein finsteres Gesicht und ärgerte sich.

»Warum müssen die zu viert nebeneinanderfahren?«, sagte sie und wich einer Radfahrerin mit bloßen Beinen aus, die nach links ausschwenkte und sich dann mit so verlegenem Lächeln auf die Unterlippe biss, dass Ellens Missmut verflog und sie das Lächeln gutmütig erwiderte. »Ich sollte mich mehr um deine Mutter kümmern«, sagte sie.

»Es geht ihr gut«, sagte Avery entspannt. »Sie hat doch eigentlich Glück. Gut versorgt, genügend Geld, bei guter Gesundheit trotz der Klagen über ihr Herz. Verglichen mit anderen alten Leuten heute …«

»Oh, da hast du recht«, gab Ellen, die sich nicht zu lange unbehaglich fühlen wollte, zu. Das konnte Avery gut, Dinge ins Licht der Vernunft rücken. »Stell dir das vor, eine junge Französin«, sagte sie und setzte das Gespräch zwanglos, wie bei Ehepaaren üblich, fort. »Ich hab alles Französisch, das ich mal konnte, wieder vergessen, du nicht?«

Avery erhob die Stimme und führte sein Können vor. »*Si par hasard tu vois ma tante*«, sang er. »*Complimente-la de ma part.*«

Ellen lachte entzückt. »Mach weiter!«

»Kann ich nicht.«

»Ich verrate dir einen französischen Ausdruck, der mir neuerdings laufend begegnet und den ich nicht leiden kann«, verkündete sie und touchierte die Knöchel einer anderen Radfahrerin. »*L'homme moyen sensuel.*«

»*Mais c'est moi*«, sagte Avery blitzartig. »Das passt haargenau.«

»Natürlich nicht«, sagte Ellen entrüstet. »Du bist kein Durchschnitt.«

Seine Familie würde niemals zulassen, dass er etwas Tadelnswertes an sich fand. »Bin ich zu dick?«, sagte er manchmal und spreizte beunruhigt die Hände über den Rippen, worauf alle mit so viel Verve im Chor Nein riefen, dass er ihnen fast glauben konnte. Trotzdem legte er mit seinen dreiundvierzig Jahren allmählich zu. Bis jetzt unterstrich es nur sein blendendes Aussehen. Er war groß, und es passte zu ihm, etwas kräftiger gebaut zu sein.

»Wir geben nächste Woche eine Party für Geddes Mayes. Du weißt schon, den Amerikaner«, sagte er jetzt.

»Oh, tatsächlich? Muss ich mitkommen?«

»Nein. Nicht, wenn du nicht möchtest.«

»Hurra. Ich würde lieber im Garten bleiben.«

Schuldbewusst und vergnügt mied sie die Partys, die Bennett und North für Autoren, Agenten und ähnliche Leute gaben. Anfangs hatte sie mit jugendlichem Elan noch tun wollen, was man für ihre Pflicht als Gattin des Verlegers halten konnte, war lächelnd von einem Grüppchen zum anderen gewandert. Aber alle unterhielten sich lautstark, und auch wenn hier und da mal jemand zur Seite trat, um sie passieren zu lassen, unterbrach niemand für sie sein Gespräch. Schmal, blond und ohne eine Vorstellung davon, wie sie Eindruck machen konnte, sah sie unbedeutend aus, und niemand fragte sich, wer sie war. Allmählich wurde es stickig in den Räumen und die Luft so verraucht, dass sie das Gefühl hatte, sie würde sich entzünden, wenn sie ein Streichholz hineinhielt. Womöglich züngelten dann kleine Flämmchen über den Häuptern der Autoren wie auf den alten Darstellungen von Pfingsten. Von irgendeiner Form der Erleuchtung hätten dann auch Bennett und North profitiert.

Neben Averys Büro lag eine Junggesellenwohnung, in der er übernachtete, wenn er in der Stadt bleiben musste, und dorthin entfloh Ellen immer wieder, erfrischte sich und brachte etwas Zeit herum. Sie sah die Kleider durch, die Avery dort hatte, kontrollierte, ob sie etwa von Motten befallen waren, sie strich den Inhalt der Schubladen glatt und sammelte ein paar vergessene Taschentücher für die Wäsche ein. Nicht dass ihr Ordnung besonders wichtig war, aber es war eine Beschäftigung.

In dem leeren Büro gleich nebenan setzte sie sich an seinen Schreibtisch und versuchte, sich das Leben vorzustellen, das er fern von ihr verbrachte. Wie war es, hier Avery zu sein? Er war wichtig und besaß Macht, wurde von Sekretärinnen und Stenotypistinnen bedient, teils sehr attraktiven jungen Frauen. Vermutlich wurde er von einigen bewundert, dachte Ellen ruhig. Sie war sich seiner zum Glück sicher.

Als sie das Gefühl hatte, schon zu lange weg gewesen zu sein, ging sie zurück zur Party, auf der es war wie vorher, nur mit inzwischen noch stickigerer und blauerer Luft. Sie lächelte ganz starr, stand an Averys Seite und war froh, als es vorbei war.

Aber es nahm sowieso niemand Notiz davon, ob sie da war oder nicht, und so blieb sie inzwischen weg.

Die Aufgabe, Partys zu besuchen und selbst welche zu geben, blieb meist an Avery hängen, denn John Bennett, sein Partner, war kein größerer Partyfreund als Ellen. Kurz vor seinem Rückzug in den Ruhestand hatten Thomas Bennett, Johns Vater, große Zukunftssorgen in Bezug auf die Firma geplagt. Auf sich allein gestellt, würde John, wie er wusste, sich an das Büro klammern wie eine Schnecke an ihr Haus. Sein Interesse galt Büchern und ihrer Herstellung. Er würde den ganzen Tag dasitzen und lesen, diskutieren, Projekte wälzen und kaum die Nase vor die Tür stecken. Er war scheu, war kein Gesellschaftsmensch. Er brauchte jemanden, der Kontakte mit der Außenwelt knüpfte, der dafür sorgte, dass die Firma von der Öffentlichkeit wahrgenommen wurde und der sie am Laufen hielt. Avery stellte sich genau im richtigen Augenblick vor. Er verstand zwar nichts von Büchern und hatte wohl auch kein großes Interesse daran, besaß aber Fähigkeiten im gesellschaftlichen Umgang. Er sah gut aus, war sympathisch. Sie fanden, er wäre die richtige Ergänzung, und sein Vater war bereit, eine erkleckliche Summe in die Firma einzubringen.

George North war einer jener viktorianischen Industriellen gewesen, die Kultur ehrfürchtig bewunderten. Er förderte Literatur und Musik. Daher das Musikzimmer in The Cedars, ihrem Haus in Newington, in dem zumeist nur der dünne Sopran seiner Tochter erklang, manchmal aber auch ein gefeierter Künstler einen Liederabend für eingeschüchterte und beeindruckte Gesellschaften gab, die nicht wussten, was sie sagen sollten, wenn er vorbei war. Die Vorstellung, dass sein Sohn Verleger sein würde, erfüllte George North mit Freude und Stolz, und Avery selbst fand sowieso alles andere besser als das Strumpfgeschäft. Ihm gefiel der Gedanke, in London zu arbeiten und abends aufs Land zurückzukehren.

Er machte sich daran, seine Rolle zu lernen. In der Anfangszeit bei Bennett und North verhielt er sich klug. Er verriet sich nie, sagte nur wenig. Er lächelte, hob eine Braue, murmelte etwas und amüsierte sich insgeheim darüber, dass er damit davonkam. Selbst lachte er oft über sich, passte aber auf, dass kein anderer Anlass hatte, über ihn zu lachen. Er tastete sich vorwärts und gewann Selbstvertrauen. Er verhärtete sich, und wenn andere, die mit ihm zu Mittag aßen und ihn für ein Leichtgewicht hielten, dann die Entschlossenheit bemerkten, die gelegentlich hinter seiner lässigen Fassade hervorschien, ging ihnen plötzlich auf, dass sie besser auf der Hut sein sollten.

Seine Frau kannte seine Beharrlichkeit. Sie lächelte, wenn sie daran dachte, wie unermüdlich er um sie geworben hatte. Sie hatte ihn anfangs nicht heiraten wollen, doch er ließ nicht locker, und schließlich willigte sie ein und liebte ihn seitdem bedingungslos.

Nicht dass er sie am Anfang nicht verwirrt hätte. In ihrer ersten gemeinsamen Zeit schmollte er heftig, wenn sie ihn kränkte. Aß nicht, um sie zu bestrafen, sprang entweder vom Tisch auf, ohne sein Essen angerührt zu haben, oder weigerte sich gleich, zu Tisch zu kommen. Ellen war erstaunt. Sie war damals noch sehr jung gewesen und umschmeichelte ihn nicht, wie seine Mutter es getan hatte, sondern sah ihn nur weiter mit großen grauen Augen an wie ein Kind, das über das unerklärliche Verhalten eines anderen staunt. Sie selbst aß weiter, wenn er schlechte Laune hatte, und hätte nicht im Traum auf die Mahlzeit verzichtet.

Als seine Kinder, die die wachen, interessierten Augen ihrer Mutter geerbt hatten, alt genug waren und Averys üble Launen mit derselben Überraschung verfolgten, legte er sie ab. Im Grunde brauchte er sie nicht mehr, denn er und Ellen stritten sich nur selten und niemals ernsthaft.

Es gab einen Avery, den nur Ellen kannte. Den Avery, der in der Nacht, in der ihr erstes Kind geboren wurde, an ihrem Bett auf die Knie ging. Als er Ellen nach den entsetzlich langen Wehen endlich sehen durfte, kniete er vor dem Bett nieder, sein Gesicht auf einer Höhe mit ihrem, seine Augen voller Tränen.

»Liebling, ich dachte, du stirbst ...«

»Sch. Jetzt geht es mir gut. Hast du ihn gesehen?«

Sie blickten sich lächelnd in die Augen. Sie war eins mit ihm und er mit ihr. Es war der kostbarste Augenblick ihres gemeinsamen Lebens. Die Geburt des zweiten Kindes war leichter, doch Ellen vergaß ihn nie, den Moment damals, in dem ihr Mann vor dem Bett gekniet hatte, absolut er selbst, ganz der Ihre. Das, bar aller kleinen Eitelkeiten und Gereiztheiten, war der wahre Avery gewesen, und sie liebte ihn von ganzem Herzen.

»Gleich zu Hause«, sagte Ellen glücklich, verließ die Hauptstraße und bog unter den Ulmen ab.

»Die Straße wirkt heute Abend irgendwie nett, obwohl sie so sehr nach Vorstadt aussieht«, sagte Avery und ließ den Blick über die gepflegten Grasstreifen, die akkuraten Hecken und die Zierbäume schweifen.

»Sie sieht immer nett aus«, murmelte Ellen liebevoll. »Ich hab mich inzwischen richtig an die Häuser gewöhnt.«

Vor zwanzig Jahren, als Averys Vater ihnen Netherfold zur Hochzeit schenkte, war ihr Haus das einzige in dem schmalen Sträßchen gewesen, ein reizendes kleines Herrenhaus, dreihundert Jahre alt. Jetzt hatten sich etwa zwanzig Häuser drum herum versammelt, und obwohl die Norths anfangs sehr verärgert gewesen waren, fanden sie sich nach und nach damit ab, Nachbarn zu haben, und sei es nur aus dem Grund, dass sie für Kinder sorgten, mit denen ihre eigenen spielen konnten.

Als Ellen durchs Tor fuhr, kam eine kleine Katze, schwarz mit weißem Brustlatz und weißen Pfoten, vergnügt angesprungen und begrüßte das Auto.

»Moppet, Liebling«, säuselte Ellen, stieg aus dem Auto

und hob das Tier hoch. »Bin ich lange weg gewesen? Avery, nimm sie, ich muss mich beeilen.«

Avery nahm das geliebte Kätzchen, und Ellen eilte davon.

Morgens und abends hatte sie am meisten zu tun, und immer, wenn sie Hilfe am dringendsten brauchte, hatte sie keine. Dienstmägde, die auch bei ihren Arbeitgebern wohnten, waren aus den Haushalten schon lange verschwunden. Nachdem sie es bereits mit Auswärtigen und Haushälterinnen versucht hatte, sowohl »verheiratet« als auch »berufstätig«, mit Kindermädchen und diversen anderen Haushaltshilfen, die jedoch alle zu wünschen übrig ließen, tat Ellen, was ihre Nachbarn taten, und stellte Zugehfrauen ein, die tageweise oder eher halbtageweise kamen. Mrs Pretty und Miss Beasley wechselten sich an den Vormittagen ab, mehr konnten sie nicht anbieten. Sie waren in ihrer Straße sehr gefragt, denn sie gehörten zu den wenigen Frauen, die sich breitschlagen ließen, so weit rauszufahren, obwohl es in der Stadt doch viele Anstellungsmöglichkeiten gab.

Ellen hätte mehr Hilfe haben können, wenn sie weniger »weich« wäre, wie Mrs North es ausdrückte. Neben dem Stall stand ein kleines Häuschen, in dem ein fähiger Gärtner und Koch unterkommen konnte, aber dort wohnten William Parkes und seine Frau Sarah. Sie waren bereits dort, als die jungen Norths nach Netherfold kamen, und blieben es, obwohl es, wie Sarah selbst als Erste zugab, mit ihr schon »vorbei« war, und mit William, wie er oft sagte, »bald vorbei sein« würde. Ellen brachte es nicht übers Herz, sie vor die Tür zu setzen. Sie waren so alt, sagte sie, und hatten so lange in dem Häuschen gelebt.

Sie komme zurecht, sagte sie. Das sagte sie immer. Mrs Pretty war nicht gerade penibel bei dem, was sie tat, und wenn sie gegangen war, machte Ellen das meiste noch einmal. Aber sie sei so nett, sagte Ellen, so warmherzig und angenehm.

»Meinetwegen«, sagte Avery, der diese Dinge nicht am Hals haben wollte. »Wenn du willst, mach halt alles selbst.«

Ellen hatte einen Wecker, den sie mit ins Bett nahm, damit Avery das Ticken nicht hörte. Sie stand um sieben Uhr auf, winters wie sommers. Die Zeit bis zum Frühstück war für sie mit viel Lauferei, Warten und Hinaufrufen verbunden, weil Avery nur schlecht aus dem Bett fand und folglich mit allem spät dran war. Abends war sie mit Kochen, mit dem Auftragen der Speisen, dem Abwaschen, Aufräumen und den Vorbereitungen für den Morgen beschäftigt. Auch an diesem Abend im Juni tat sie dies alles, während Avery, das Kätzchen auf dem Arm, durch den Garten schlenderte und Ellen im Haus hin und wieder etwas zurief. Sie wolle ihn nicht in der Küche haben, weil er, sagte sie, nach London ein bisschen an die frische Luft musste, und er war einverstanden, wenngleich nur unter Protest.

Es war noch hell, als die Norths um halb elf Türen und Fenster schlossen und nach oben gingen. Ellen war nach der Hetzerei froh, in ihr bequemes Bett zu kommen, das ungefähr einen Meter von Averys entfernt stand. Die Vorhänge wurden zurückgezogen und die Fenster zu dem sanften Himmel hin geöffnet. Der köstliche Duft des nächtlichen Gartens drang herein. Ellen seufzte glücklich, als sie auf dem Kissen die richtige Stelle für ihren Kopf fand.

»Ach herrje«, sagte sie gleich darauf. »Ich hab ja meine Gebete noch gar nicht gesprochen.«

»Kannst du nicht im Bett beten?«, murmelte Avery.

Aber sie war schon draußen und auf den Knien, den Kopf in die Daunendecke vergraben. Avery glaubte nicht an Gott. Gegen jede Logik gefiel es ihm aber, dass Ellen es tat. Es passte irgendwie zu ihr, und es war besser für die Kinder, von einer Mutter großgezogen zu werden, die an etwas glaubte, vor allem in der heutigen Zeit.

Wieder im Bett, kam Ellen auf ein Thema zurück, das sie beim Beten ein bisschen abgelenkt hatte. »Glaubst du, dass die Französin kommt?«

»Wohl eher nicht«, sagte Avery. »Sie wird jede Menge Zuschriften bekommen. ›Leichte häusliche Tätigkeiten‹, das spricht viele Leute an. Warum sollte sie sich für Mutter entscheiden?«

ZWEI

Als der Postbote am frühen Morgen auf seiner Runde in der Rue des Carmes anlangte, hielt er vor der »Librairie-Papeterie Lanier, Spécialiste du Stylo« an und warf mehrere Briefe durch den Schlitz in der Tür.

Madame Lanier, in Morgenmantel und Filzpantoffeln, eine Schürze um die üppige Mitte gebunden, kam durch den Flur an der Treppe geschlurft, durchquerte den Laden, dessen Auslagen noch abgeschlossen waren, und hob die Briefe vom Steinboden auf. Während sie langsam durch den Laden zurückging, inspizierte sie die Umschläge. Ihre Tochter kam gerade die Treppe herunter.

»Sind die Briefe für mich?«, fragte sie mit schneidender Stimme.

Madame Lanier, beim Schnüffeln erwischt, zuckte schuldbewusst zusammen. »Ja, ich glaube, die sind alle für dich. Ja, sind sie.«

»Dann gib sie mir bitte«, sagte Louise und streckte gebieterisch die Hand aus.

Madame Lanier lieferte sie ab, und Louise stieg wieder nach oben. Ihre Mutter ging in die Küche und trug einen Krug Café-au-lait ins Esszimmer, wo Monsieur Lanier bereits am Tisch saß.

»Was war denn?«, sagte er und goss sich Kaffee in seine Schale.

»Die Post. Es war alles für sie«, antwortete Madame Lanier. Sie schenkte sich selbst Kaffee ein, schlug die schlaffe, große Serviette auf und schob einen Zipfel zwischen die beiden oberen Knöpfe ihres Morgenmantels. Ihr Ehemann hatte seine bereits um den Hals gebunden.

Einen kurzen Moment waren beide damit beschäftigt, Brotrinde zu zerreißen und in ihren Kaffee zu werfen, wo sie wie Enten in einem Teich dümpelten. Dann griffen sie nach ihren großen grauen Löffeln und aßen mit einem Appetit, den nicht einmal das unzulängliche Benehmen ihres einzigen Kindes schmälern konnte.

»Ich verstehe nicht, warum sie noch einmal nach London fahren will«, sagte Madame Lanier. »Die drei Monate, die sie in Foxton war, genügen doch. Wenn Amerikaner in den Laden kommen, loben die immer ihr Englisch.«

Monsieur Lanier tat es mit einem Achselzucken ab. »Sie ist siebenundzwanzig«, sagte er. »Es wird Zeit, dass sie heiratet. Sie wartet zu lange damit.«

»Aber was sollen wir machen, wenn sie niemanden findet? Die Zeiten sind vorbei, in denen Kinder geheiratet haben, wen ihre Eltern für sie aussuchten. Was schade ist, weil damit oft Kummer erspart blieb und es weiß Gott meist erfolgreicher war, als wenn sie sich selbst jemanden ausgesucht haben«, sagte Madame Lanier, drückte sich den Laib an die Brust und schnitt mit einem scharfen Messer zwei weitere Scheiben Brot ab.

»Vergiss aber nicht, dass unsere Tochter sehr intelligent ist«, sagte der Vater auf seine präzise Weise. »Die bisherigen Bewerber waren doch ein wenig unter ihrem Niveau.«

»Waren sie, ja.« Madame Lanier räumte es mit Freuden
ein. »Und obwohl nicht einmal ich behaupten kann, dass
sie schön ist, hat sie etwas. Sie hat Stil, sie sticht heraus.«

»Psst«, sagte ihr Ehemann. »Sie kommt. Guten Morgen,
Louise.«

»Guten Morgen, Papa«, sagte Louise mit Zurückhaltung, aber sie merkten dennoch, dass sie heute bessere
Laune hatte, und ihre Mienen hellten sich auf.

»Einen kleinen Moment, mein Liebling«, sagte Madame
Lanier und erhob sich vom Tisch. »Ich bringe dir deinen
Kaffee.«

Louise, die mit den Fingern auf die Briefe trommelte
und mit leerem Blick vor sich hinstierte, ließ es zu. Ihr Gesicht war glatt wie Elfenbein und von ebensolcher Farbe.
Ihre dunklen Augen verliefen an den Außenwinkeln ein
wenig nach oben. Ihr glänzendes dunkles Haar war in der
Mitte gescheitelt und in ihrem schmalen Nacken zu einem
Knoten zusammengebunden. Ihre Lippen hatte sie schon
zum Frühstück purpurrot geschminkt, was ihr allerdings
gut stand und zum Lack auf den Nägeln der schmalen
Hände passte.

Sie setzte sich in das Hinterzimmer, wo die Gerüche
zahlloser guter Abendessen noch in den dunklen Ecken
waberten, wo der hellbraune Porzellanherd den Sommer
über kalt blieb, wo eine schlaffe Decke mit großen roten
und weißen Karos über den Tisch gebreitet war, wo wirklich nichts von Geschmack zeugte, ja nicht einmal vom
Bemühen darum. Bemerkenswert war hier nur Louises
auffällige, fast erlesene Eleganz, ein Gegenstück ihrer beiden aus der Form geratenen Eltern.

Sie trug ein Kleid aus einem feinen schwarzen Stoff

mit schmalem Kragen. An der Wand hinter ihr hing eine vergrößerte Fotografie von ihr im Alter von acht Jahren, auf der sie mit einem Puppenwagen auf dem Rasen des Marktplatzes stand. Auf dem Bild trug sie ein Samtkleid, einen weißen Kragen, weiße Strümpfe und einen gekräuselten Hut, unter dem ihre dunklen Augen mit einer ganz unkindlichen Wehmut hervorsahen.

Genau dieses Kleid war der Anlass für Louises ersten Wutanfall und ihren ersten Sieg über ihre Mutter gewesen.

»Ich finde es scheußlich«, hatte sie geschrien, als sie eines Tages von der Schule nach Hause kam. Sie hatte die Hände in die Taille gekrallt, als wollte sie es sich vom Leib reißen. »Das ziehe ich nicht mehr an. Du willst, dass alle über mich lachen. Du weißt nicht, was man anziehen muss. Ich will ein blaues Sergekleid. Ich will ein blaues Serge—«

»Mein Liebling, du bekommst eines. Wein doch nicht, mein Engel. Du tust dir noch weh. Mutter dachte nur, es gefällt dir vielleicht —«

»Du weißt überhaupt nichts. Du bist so dumm …«

Von dem Tag an teilte Louise ihrer Mutter mit, was sie für sie kaufen sollte, und das, bis sie sich ihre Kleider selbst kaufte. Heute erschien sie in schlichtem Schwarz mit, immerhin, einem goldenen Armband, an dem Dutzende kleiner Anhänger baumelten. Wo sie das wohl herhat, dachte ihre Mutter, wagte aber nicht zu fragen.

»Hier, mein Kind«, sagte Madame Lanier und kam mit dem Kaffee angelaufen.

»*Merci, maman.*«

Madame Lanier war hocherfreut. Ihr wurde nicht oft

gedankt, in letzter Zeit seltener denn je. Sie setzte sich mit seligem Gesicht vor ihren erkaltenden Kaffee. Niemand konnte liebenswürdiger sein als Louise, wenn sie denn wollte, dachte sie. Sie wartete ruhig ab und war sich sicher, dass Louise bald von den Briefen anfangen würde, trotzdem achtete sie darauf, nicht einmal flüchtig zu den Umschlägen auf dem Tisch zu schauen. Sie hütete sich, offen Interesse zu zeigen.

Erst als die Kaffeeschale ihrer Tochter fast leer war, wurde ihr Takt belohnt.

»Ich habe heute Morgen fünf Antworten auf meine Anzeige bekommen«, sagte Louise. »Das macht dann insgesamt sieben.«

»Wirklich?«, riefen ihre Eltern gleichzeitig aus und stürzten sich wie zwei ausgehungerte Hühner auf diesen Brosamen Auskunft. Er war im Nu verschlungen, und sie warteten gespannt auf mehr.

»Ich glaube, hier ist das, was ich möchte«, sagte Louise voller Zufriedenheit, zog einen Brief aus seinem Umschlag und führte die erhaben gedruckte Anschrift vor.

»Gutes Papier«, murmelte ihr Vater anerkennend. »Es ist distinguiert, seine Anschrift so drucken zu lassen, und kostet eine hübsche Stange Geld.«

»Oh, so sind die Briefe alle«, sagte Louise, zog sie heraus und verstreute sie über den Tisch. »Alles gute Häuser, aber ich habe mich für das hier entschieden.«

Ihr Vater rückte die Brille zurecht, ihre Mutter beugte sich vor und sprach langsam: »The Cedars, Newington.«

»Wie ist der Name dieser Person?«, fragte ihr Vater.

»North.«

»*Ça veut dire Nord, je crois?*«

25

»Ja.«

»*Tiens, Madame Nord. C'est assez curieux, ça*«, staunte Madame Lanier.

»Und was schreibt sie?«, fragte Monsieur Lanier, der die Gelegenheit nutzen und so viel in Erfahrung bringen wollte, wie er konnte.

»Sie schreibt, sie sei verwitwet, schon älter, aber bei guter Gesundheit. Und reich, vermute ich, denn das ist ein Foto des Hauses.«

Sie schnipste eine Fotografie in Richtung ihrer Eltern, und sie vertieften sich beeindruckt in die Türmchen und Befestigungen, Erkerfenster und Terrakottazierelemente, die der verstorbene George North mit so viel Stolz zu einem Bau vereint hatte.

»*C'est une maison solide*«, tat Monsieur Lanier kund.

»Was sollst du für diese Madame North tun?«, fragte Madame Lanier.

»Mich mit ihr auf Französisch unterhalten«, sagte Louise.

Sie ließ ihr Angebot zur Übernahme leichter Hausarbeit unerwähnt. Sie war so darauf bedacht, nach England zu fahren, dass sie sich so gefällig wie möglich präsentiert hatte. Da sie der Hausarbeit daheim jedoch erfolgreich aus dem Weg ging, sollten ihre Eltern nicht wissen, dass sie im Ausland welche übernehmen würde.

»Hat diese Frau Kinder?«, fragte ihr Vater.

»Nicht in ihrem Haus. Deswegen fahre ich dorthin. Ich bin nicht an Kindern interessiert. Sie hat einen Sohn, der in der Nähe wohnt. Der hat Kinder. Er ist Verleger.«

»Tatsächlich«, sagte ihr Vater mit lebhaftem Interesse. »Das ist ja merkwürdig. Dann gehst du sozusagen von Büchern zu Büchern. Aber es gibt solche Verleger und solche. Soll ich Erkundigungen einziehen? Das wäre leicht und auch klüger.«

»Wie du willst«, sagte Louise achselzuckend. »Aber ich werde fahren. Ich kann auf mich selbst aufpassen. Ich kenne die Engländer und weiß, dass das eine achtbare Frau ist.«

Die Augen der Eltern verweilten voller Stolz auf ihrem Kind. Allein schon aus dem Anblick der eigentümlichen und für sie unleserlichen englischen Handschrift konnte Louise auf die Persönlichkeit der Schreiberin schließen. Ja, sie konnte auf sich aufpassen. Sie war alles andere als gewöhnlich.

Louise trank ihren Kaffee aus, und ihre Mutter den ihren, nun ziemlich kalt.

»Und wann würdest du fahren?«, fragte Monsieur Lanier.

»Anfang Juli.«

»Dann kommst du im August also nicht mit deinem Vater und mir nach Binic?«, sagte ihre Mutter wehmütig.

»Ah, Binic«, gab Louise zurück und lachte auf. »Gott sei Dank nicht, nein. Ich werde dieses Jahr im August nicht in Binic sein.« Sie faltete ihre Serviette zusammen, schob sie in die Leinenhülle und stand auf. »Ich komme heute Vormittag für ein oder zwei Stunden in den Laden, Papa.«

»Ah, das ist nett von dir, mein Kind. Wenn du das tust, könnte ich ein bisschen Ordnung machen.«

»In dem Fall, mein Liebling«, sagte Madame Lanier, »räume ich dein Zimmer auf.«

»Sehr gern«, sagte Louise.

Vater und Tochter gingen und bereiteten den Laden für die Öffnung vor. Sie waren bereits präsentabel angezogen, Madame jedoch noch nicht. Das würde sie auch erst sein, wenn sie mit Cécile, der *femme de ménage*, die tagsüber kam, die Betten gemacht, Louises Zimmer, in das sie Cécile nicht hineinließ, selbst aufgeräumt und das Mittagessen sowie einen Biscuit de Savoie gemacht hatte, der Louises Appetit beim Abendessen anregen sollte. Anschließend wollte sie die Kleider ihres Mannes, Louises Kleider und ihre eigenen ausbürsten, und zwar gründlich. Wie alle Französinnen hielt Madame Lanier große Stücke auf das Ausbürsten und verbrachte täglich viel Zeit damit auf dem Treppenabsatz.

Anschließend wollte sie sorgfältig Toilette und sich für den Laden parat machen, wo sie sittsam in Hemdbluse und voluminösem schwarzem Rock erschien, die Haare nach oben gekämmt und in Form eines Kranzes sicher auf dem Haupt befestigt.

Madame Lanier gehörte zu der Schicht und Generation von Französinnen, die fand, dass die äußerliche Erscheinung eines Menschen auf den ersten Blick anzeigen sollte, dass der Betreffende ehrbar war. Niemals, so hatte man es ihr beigebracht, durfte man falsche Vorstellungen dadurch befördern, dass man sich hübsch machte. Sie war in ständiger Sorge, was die Leute wohl von ihrer Tochter hielten, und musste sich immer wieder in Erinnerung rufen, dass die jungen Mädchen heute alle so waren. Die anständigen waren von den leichten nicht zu unterscheiden.

Als sie an diesem Vormittag gegen halb zwölf geschnürt und frisiert im Laden erschien, sagte Louise: »Endlich.«

»Ich gehe jetzt aus, ein bisschen frische Luft schnappen«, fügte sie hinzu.

»Tu das, mein Liebling, es ist ein wunderschöner Vormittag. Das wird dir guttun«, sagte ihre Mutter, die außer an Sonntagen nur selten das Haus verließ.

Louise trat auf die sonnenbeschienene Straße. Amigny war eine Kleinstadt, es gab aber immer viel Lärm und Bewegung, und heute mehr denn je, da auf der Place de la Cathédrale ein kleiner Markt stattfand. Fahrradklingeln schepperten unablässig, Lastwagen rumpelten, Autos hupten, Menschen überquerten die Straße von einer Seite zur anderen und wieder zurück, begrüßten einander, schüttelten sich hastig die Hände.

Louise ging zwischen den Menschen hindurch; sie wurde gegrüßt und grüßte zurück, stellte eine Freundlichkeit zur Schau, die sie nicht empfand. Die Stadt war provinziell, die Leute waren dumm. Sie hatte das Leben hier schon lange satt. Früher hatte sie es einfach verachtet, doch heute verabscheute sie es. Anmerken ließ sie sich das aber nicht. Vielleicht brauchte sie Amigny und die Leute hier irgendwann noch mal, sehr wahrscheinlich sogar. Sie sah nun keine andere Zukunft mehr als eine Ehe mit jemandem aus dem Distrikt, vermutlich mit André Petit, dem Apotheker. Das wollte sie jedoch so lange hinauszögern wie möglich, wollte jeder anderen Möglichkeit die Chance geben, sich zu bieten.

Sie machte ein paar Einkäufe, damit sie einen Grund dafür hatte, nicht zu Hause zu sein. Sie hatte sich schon lange angewöhnt, jeder ihrer Regungen einen Deckmantel überzuziehen. Sie machte eine Runde durch die halbe Stadt, am baumgesäumten und fast menschenleeren Boulevard entlang, bevor sie in eine sonnenbeschienene, völlig leere Gasse einbog. Glyzinien purzelten in malvenfarbigen Kaskaden über eine hohe Gartenmauer. Als Louise katzengleich an dieser Mauer entlangschlich, öffnete sich darin, wie sie es erwartet hatte, eine Tür, und ein junger Mann trat heraus, der ein Fahrrad vor sich herschob.

Es war einer der drei Söhne der Familie Devoisy, die einen großen Teil von Amigny besaßen, darunter die Kreidesteinbrüche vor der Stadt. Die Familie war reich und durfte sich sogar auf adelige Vorfahren berufen. Der junge Mann hier, Paul, der Liebling seiner Mutter, war angeblich nicht sehr kräftig. Er radelte mitten am Vormittag nach Hause, um sich an der Bewegung, der frischen Luft und einer Tasse von dem zu stärken, was seine Mutter in dem Moment für ihn ratsam fand.

Bei Louises Anblick blieb Paul stocksteif stehen, einen Ausdruck von Verlegenheit im Gesicht, das von romantischer Blässe war und das ein schmaler dunkler Schnurrbart zierte. Er sah sich sogar nach einer Fluchtmöglichkeit um, wie ihr nicht entging. Ihre Unverschämtheit war einschüchternd. Sie trat näher, fixierte ihn mit dunklen Augen, und seine Verlegenheit nahm zu.

»Du brauchst keine Angst zu haben«, sagte sie. »Ich werde dich nicht bloßstellen. Nicht mehr lange, und ich verschwinde sowieso. In zwei Wochen gehe ich nach England.«

Paul riss die Augen auf; er hatte Wimpern wie ein Mädchen.

»England!«, sagte er. »Das kommt plötzlich, nicht?«

»Dachtest du, ich bleibe hier und steh dir bei deiner Hochzeit bei?«, fragte Louise.

Er zog ein finsteres Gesicht und sah weg.

»Das ist alles, was ich dir mitteilen wollte«, sagte sie, rang sich ein Lächeln ab und zeigte ihre makellosen kleinen Zähne. »Guten Tag und auf Wiedersehen. Wie du siehst, bist du ganz leicht aus dieser Sache herausgekommen, besser als erwartet, nicht?«

Sie ging davon, von Zorn und Stolz verzehrt. Es ging nicht darum, dass sie ihn noch liebte, sagte sie sich, aber es war unerträglich, wie sie behandelt wurde, weil ihr Vater nur Buchhändler war. Wie sie beiseitegeschoben wurde, damit er Germaine Brouet heiraten konnte, die Tochter eines Anwalts, ein mustergültiges Mädchen, ein Vorbild an Frömmigkeit und Güte und, nach Louises Ansicht, unglaublich und unverbesserlich fade.

Am Ende der Gasse sah sie sich um. Paul radelte in die entgegengesetzte Richtung. Sah nicht zurück. Sie hatte nicht vergessen, wie er sie früher aus einem Versteck heraus beobachtet hatte. Und wie sie, kaum war er an einer Ecke abgebogen, selbst dorthin zurückging und nachsah, ob er noch da war. Das war er immer, und sie liefen beide lachend los und mussten sich dann ein zweites Mal trennen.

Gott, was für ein Leben, wenn alles zu Ende ging, wenn alles zu nichts führte und man Ausschau nach etwas Neuem halten musste.

England! Wie langweilig, fahren zu müssen. Doch sie musste. Sie musste hier weg.

DREI

Am ersten Tag der Sommerferien hatte Anne North nur selig im Garten unter dem Kirschbaum gelegen, weil es für alles andere schlicht zu heiß war. Doch nach dem Abendessen hatte es sich so weit abgekühlt, dass sie tun konnte, was sie immer an ihrem ersten Tag zu Hause tat, nämlich auf Roma, ihrer Stute, auszureiten, begleitet von ihrem Vater, der auf dem alten, nur für diesen Zweck benutzten Fahrrad neben ihr hereierte.

Ellen beugte sich zum Treppenfenster hinaus und sah die zwei lachend entschwinden. Als ihr eigener Vater noch lebte, hatte sie nur selten mit ihm gelacht, und wenn, dann nur aus Höflichkeit. Das natürliche, liebevolle Band zwischen Avery und Anne empfand Ellen als etwas sehr Ungewöhnliches.

Mit strahlendem Gesicht sah sie auf die sich entfernenden Köpfe hinab, das Haar Annes silbrig hell, das Averys dunkel und am Hinterkopf so minimal lichter werdend, dass man es nur von einem oberen Hausfenster oder über das Treppengeländer hinweg ausmachen konnte.

Als ihre Stimmen und das gemächliche Getrappel der Hufe Romas auf der Straße erstorben waren, zog Ellen sich vom Fenster zurück, nachdem sie einen letzten Blick zum Himmel geworfen hatte, der über den Ulmen indigoblau war und etwas versprach, was er nicht hielt. So dunkel war er in den letzten Tagen schon öfter gewesen, geregnet hatte es trotzdem nie.

Sie ging nach unten und wusch das Geschirr vom Abendessen, das sie zwar gern über Nacht für Mrs Pretty stehen gelassen hätte, aber nicht stehen ließ, weil es genug andere Arbeit gab, die jeden Morgen erledigt werden musste. Sie spülte und trocknete ab und trauerte am Spülbecken vor dem weit geöffneten Fenster um ihren Garten. Er war so trocken. Die Wiesen waren ausgedörrt, und Rosen, Flammenblumen, Stiefmütterchen und Löwenmäulchen lechzten nach Regen.

Die Vogeltränke war wieder leer. Die durstigen Vögel, der durstige Stein, die Sonne selbst hatten das ganze Wasser ausgetrunken. Ellen ging mit einem Krug hinaus und füllte die Tränke nach. Sofort, als habe es nur darauf gewartet, erschien ein Rotkehlchen und nahm ein Bad. Wieder am Spülbecken, sah Ellen ihm zufrieden zu. Sie kümmerte sich gern um alles. Im Garten rettete sie ständig die eine oder andere Pflanze, fand bessere Standorte, päppelte auf.

Sie scheuerte die Pfannen und sah nach draußen. Vom Tennisplatz der Wilsons drangen aus der Ferne dumpfe Spielgeräusche herüber. Weniger weit entfernt klapperte plötzlich eine Amsel wie eine Schere.

»Moppet«, rief Ellen und beugte sich zum Fenster hinaus.

Ein kleines schwarz-weißes Katzengesicht schob sich fragend unter der dichten Hecke hervor.

»Dachte ich mir's doch«, schimpfte Ellen. »Lass die Vögel in Frieden und komm her. Na los. Ich geb dir Milch.«

Moppet hatte die liebenswerte Angewohnheit, auch wirklich zu kommen, wenn sie gerufen wurde. Sie galoppierte über die Wiese, machte einen Satz durch das Küchenfenster und hockte sich gleich vor ihre Untertasse.

»Jetzt bin ich fertig«, sagte Ellen zufrieden und hastete zur Gießkanne. Die Wasservorräte im Kreis waren so knapp, dass die Verwendung von Gartenschläuchen untersagt war.

Mit der schweren Kanne in der einen und dem schweren Eimer in der anderen Hand lief sie etliche Male zwischen dem Waschhaus und den Rabatten hin und her, schüttete sich dabei eine Menge Wasser vorn auf ihr Leinenkleid, fing kräftig an zu schwitzen und sank schließlich in die Gartenschaukel, um sich auszuruhen. Sie schaukelte sacht und ließ den Blick über ihr Königreich schweifen, ihren Garten.

Wie der Wind, so jedenfalls schien es, kam Anne von der Koppel angerannt, erst auf dem Plattenweg zwischen den Apfelbäumen und dann über die Wiese, und ließ sich mit so viel Schwung in die Schaukel plumpsen, dass die Federn hüpften. Sie rieb die Wange am bloßen Arm ihrer Mutter und seufzte wohlig.

Ellen blickte zärtlich auf ihre fünfzehn Jahre alte Tochter hinab. Sie sah nur blassgoldenes Haar, eine klare Stirn und die aufsteigende Kurve dunkler Wimpern.

»Das Ausreiten war himmlisch. Roma ist wie ein Lämmchen, nicht? Ach, Mami, ich bin so froh, zu Hause zu sein.«

Sie kuschelte sich an ihre Mutter und schaute zum Haus hinüber.

»Schöner als hier kann man nicht wohnen, oder? Ich

stelle es mir immer vor, wenn ich im Internat schlafen gehe. Und denke darüber nach. Aber manchmal bekomme ich auch schlechte Träume davon. Dass ich wiederkomme und es sieht alles anders aus, verlassen, oder es wohnt jemand anders hier. Und ich bin schrecklich traurig, aber dann wache ich auf und merke, dass es bloß ein Traum war.«

Anne hatte die Hand ihrer Mutter gehalten und spürte plötzlich die Furchen und Schwielen auf dem Handteller.

»Mami«, sagte sie verwundert. »Deine Hände sind so hart. Die fühlen sich an wie das Zeug, das man in Vogelkäfige tut, damit sich der Vogel den Schnabel wetzen kann. Du weißt schon – Fischbein.« Diese Vorstellung fand sie so lustig, dass sie laut lachen musste.

Ellen lachte mit, allerdings kläglich. »Es ist mir noch gar nicht aufgefallen, aber du hast recht«, sagte sie. »Ich muss etwas unternehmen. Aber die Gartenarbeit und das Spülen ...«

»Oh«, stöhnte Anne zerknirscht auf. »Ich wollte doch heute Abend abspülen, aber ich habs vergessen. Es tut mir so leid, Mami«, sagte sie und gab ihrer Mutter zur Entschädigung einen Kuss. »Ist die Hausarbeit dir nicht lästig? Du tust sie doch nicht etwa gern? Spülen, Pfannenscheuern, Feuermachen, das macht dir doch keinen Spaß, oder, Mami?«

»Tja«, sagte Ellen und sann darüber nach, »Spaß macht es eigentlich nicht, aber das gehört alles dazu, wenn man sich um das Haus kümmert und um euch alle, und das macht mir zumindest Freude.«

Nach der Angst des Kriegs, nach den Trennungen und Gefahren war es wunderbar, dass sie alle in Sicherheit und zusammen waren, wenn man von den leichten Einschränkungen in Form von Schultrimestern und dem Militärdienst absah.

»Ich bin sehr froh, dass ich mich um das Haus kümmern kann«, sagte sie. »Und um den Garten.«

»Tja, ich hasse Hausarbeit«, sagte Anne. »Was ich im Internat machen muss, ist mir viel zu viel. Wir haben so wenig Dienstmädchen, dass wir an manchen Tagen das Essen auftragen und abwechselnd die Klassenzimmer und Schlafräume sauber machen müssen. Das hassen einfach alle. Wenn ich mit der Schule fertig bin, suche ich mir eine Arbeit, bei der ich keine Hausarbeit tun muss.«

»Was willst du denn mal machen?«, fragte ihre Mutter.

»Vielleicht gehe ich zur Bühne«, sagte Anne. »Oder ich schreibe Romane. Wozu hat man einen Verleger zum Vater, wenn man das nicht ausnutzt?« Sie lächelte unter den Wimpern hervor und wollte schauen, wie ihre Mutter diese raffinierte Auskunft aufnahm.

»Nein«, sagte sie, rutschte herum, legte den Kopf in Ellens Schoß und zog die Knie heran. »Ich eröffne wahrscheinlich eine Reitschule, dann brauche ich gar nicht von zu Hause wegzugehen. Die kann ich doch von hier betreiben, nicht? Aber egal, was ich mal mache oder wo ich bin, Roma werde ich immer haben. Pferde können doch ein langes Leben haben, nicht?«, fragte sie besorgt.

»Ja«, versicherte ihr Ellen. »War das ein Auto auf der Straße? Ich hoffe, es kommt niemand.«

»Das kann nicht sein«, sagte Anne abwehrend. »Wir erwarten doch niemanden.«

Sie schaukelten sacht. Avery war zwischen den Rabatten aufgetaucht, knipste hier und da verblühte Blüten ab und warf sie – leider, dachte Ellen – auf den Rasen.

Sie schloss die Augen. Sie fühlte sich wohl und war sehr schläfrig. Anne hatte die Augen auch zu.

Als Ellen die Augen aufschlug, standen zwei Gestalten vor ihr, eine bekannte und eine fremde.

»Oh, Großmama!« Anne schwenkte ihre Beine auf die Erde und richtete sich verblüfft auf.

»Wir waren schon eine ganze Weile im Haus«, sagte Mrs North tadelnd. »Aber es war niemand da. Jeder hätte alles mitnehmen können.«

Ellen betrachtete die Fremde. Die ernste, hochelegante Person musste das französische Mädchen sein. Ellen war ganz perplex, mit so jemandem hätte sie nie und nimmer gerechnet.

»Ellen, das ist Mademoiselle Louise Lanier«, sagte Mrs North. »Mademoiselle, meine Schwiegertochter. *Ma belle fille, n'est-ce pas?*«

»Oh, Mami, so ein schönes Kompliment für dich«, rief Anne.

»Keineswegs«, sagte Mrs North. »Das ist Französisch für Schwiegertochter. Das solltest du in deinem Alter, Kind, eigentlich wissen, würde ich meinen. Meine Enkelin, Mademoiselle. *Ma petite fille.*«

»Guten Tag«, sagten Mutter und Tochter.

»Ich dachte ja, du wärst schon eher einmal zu deiner Großmutter gekommen, Anne«, sagte die alte Dame und bot ihre Wange dem Mädchen zum Kuss an.

»Oh, Großmama, ich wollte ja auch kommen. Aber ich freue mich immer so sehr, wieder zu Hause zu sein, dass ich die ersten beiden Tage nicht für fünf Minuten von hier weggehen kann, stimmts, Mami? Aber ich wollte kommen, ganz bald schon, Großmama, wirklich …«

»Nun ja, mit deinem Pferd kann ich sicher nicht mithalten«, sagte die alte Dame. »Und es ist ja auch nicht wichtig. Dieses Mal habe ich nicht allein herumgesessen und gewartet, ob von euch mal jemand anruft. Wir hatten viel zu tun, nicht, Mademoiselle?«

»Ja, Madame, das hatten wir.«

»Sie sprechen bereits Englisch?«, sagte Ellen und lächelte.

»Ein wenig, ja«, sagte Louise und lächelte nicht.

»Avery«, rief Ellen zu den Rabatten hinüber. »Deine Mutter ist da. Und Mademoiselle – äh – Lanier.«

»Wer?«, rief Avery in familiärem Ton zurück und wandte sich halb um.

»Oh«, sagte er und trat aus dem Beet heraus. »Mutter!« Er ging zu ihr, küsste sie und lächelte, nachdem das erledigt war, die Fremde an, damit sie ihm vorgestellt würde. Er konnte sich nicht denken, wer das sein mochte.

»Mademoiselle, das ist mein Sohn Avery«, sagte Mrs North. »Das jüngste meiner Kinder. Avery, Mademoiselle Lanier.«

»Ich wusste nicht, dass Sie bereits da sind, Mademoiselle«, sagte Avery, der sich jetzt wieder erinnerte, und streckte die Hand aus.

Louise drückte sie leicht mit den Spitzen ihrer schmalen Finger, von Anne mit Interesse beobachtet.

»Du hörst nicht zu, wenn ich dir etwas sage, Avery«, sagte seine Mutter. »Ich habe es dir ausführlich erklärt. Ellen hatte sogar angeboten, Mademoiselle mit mir zusammen am Bahnhof abzuholen. Aber nein.«

»Oh, entschuldige bitte«, sagte Ellen und sah ebenso zerknirscht aus wie Anne wegen des versäumten Abwaschs. »Das hab ich völlig vergessen. Du hättest anrufen sollen. Ich war so aufgeregt, weil Anne nach Hause kommt. Mademoiselle, Sie sehen es mir nach, ja?«

»Madame«, sagte Louise und schloss für einen Moment die Augen, »da ich nichts von Ihrer Existenz wusste, habe ich Sie auf dem Bahnsteig auch nicht vermisst.«

Die Norths waren leicht verdattert. Avery und Ellen tauschten Blicke, und Avery zwinkerte seiner Frau zu.

»Nein, natürlich nicht«, sagte Ellen. »Großmama, bitte setz dich doch. Setz dich hierhin, ich bringe dir etwas Kühles zu trinken. Was möchtest du haben?«

»Sie nimmt Limettensaft mit Soda und einem Spritzer Gin«, sagte Avery. »Ich hole ihn. Was darf ich Ihnen mitbringen, Mademoiselle?«

Louise hob kaum merklich die Brauen und Schultern, als wäre ihr gleichgültig, was sie trank. »Irgendeinen Sirup, vielen Dank. Grenadine, Johannisbeere, was Sie dahaben ...«

»Sirup?«, flüsterte Anne verwundert.

»Ich glaube, das bedeutet einfach Fruchtsaft«, sagte Ellen.

»Möchten Sie ein Glas Wein?«, sagte Avery. »Madeira? Marsala? Sherry?«

»Nein, danke. Ich nehme dasselbe wie *Madame votre mère*, bitte.«

Mrs North lächelte vor Freude darüber, *Madame votre mère* genannt zu werden. Das klang doch viel besser als »die alte Mrs North«, wie es in England üblich war. Das sagte man nur, um sie von Ellen zu unterscheiden, der »jungen Mrs North«. Beides allerdings unzutreffend, fand Mrs North, da sie nicht alt und Ellen mit zweiundvierzig sicher nicht jung war.

»Ich hol die Getränke, Avery. Bleib du bei deiner Mutter«, sagte Ellen und drückte ein paarmal seinen Arm, ihr Zeichen dafür, dass sie wegwollte. Anne begleitete sie.

»Was für eine merkwürdige Person«, sagte Anne, als sie die Küche betraten. »Ich dachte, Franzosen wären furchtbar höflich, ist sie aber nicht, oder?«

»Franzosen unterscheiden sich untereinander genauso wie Engländer«, sagte Ellen und holte die Eiswürfel aus dem Kühlschrank. »Mrs Beards Benehmen zum Beispiel käme bei Franzosen bestimmt nicht so gut an, oder?«

»Oh, nein«, sagte Anne. »Soll ich das bemalte Tablett holen?«

»Nein, das eckige silberne.«

»Ist das sauber?«, fragte Anne überrascht.

»Ja. Ich habe es extra vor deiner Heimkehr geputzt.«

»Ach, Mami, du bist komisch, als ob ich das merken würde! Hör mal, hast du die Fingernägel dieser Französin gesehen? Wie Schreibfedern. Sie braucht sie bloß in Tinte zu tauchen, dann kann sie damit schreiben.«

»Hol mir doch einen anderen Siphon, Liebling.«

»Mami, ich glaub, ich kriege einen Lachanfall, wenn Großmama noch mal ihr Französisch vorführt. Warum will sie in ihrem Alter Französisch lernen? Das lohnt sich doch nicht, oder? Ich begreife nicht, warum jemand Französisch lernen will, wenn er es nicht muss. Ich kann Französisch nicht ausstehen.«

Als Louise das eisgekühlte Glas mit der trüben hellgrünen Flüssigkeit entgegennahm, sagte sie: »Ist das Pernod?«

Ellen wusste nicht, was Pernod war, aber Avery sagte: »Leider nicht. Absinth bekommt man in England nicht oft.«

Während sie trank, ruhten die Augen der Fremden auf Ellens Leinenkleid, das zerknittert und an der Vorderseite von dem verschütteten Wasser noch feucht war.

Ich weiß, ich weiß, verteidigte Ellen sich stumm. Ich hätte mich umziehen sollen. Hätte ich es bloß getan.

Das Mädchen war so elegant gekleidet: der leichte Anzug, die weiße Häkelmütze auf dem dunklen glatten Haar, die weiße Batistbluse – alles genau richtig.

»Und wie gefällt Ihnen England?«, versuchte Avery, das Gespräch am Laufen zu halten.

»Ich bin nicht zum ersten Mal hier«, erwiderte Louise, als gäbe es dazu nicht mehr zu sagen.

Wieder zuckten Averys Augen belustigt.

»Was für eine merkwürdige Person«, sagte Anne erneut, als die beiden Gäste gegangen waren.

»Sie schien uns nicht zu mögen«, sagte Avery.

»Vielleicht hat sie Heimweh«, sagte Ellen. »Das wird es sein. Sie hat Heimweh, armes Mädchen.«

Mrs North begleitete Louise zu ihrem Zimmer und vergewisserte sich, dass sie alles für die Nacht hatte, obwohl es bereits die zweite war, die sie darin verbringen würde. Mit Interesse besah sich die alte Dame die Zeichen französischer Inbesitznahme ihres schönsten Zimmers. Den Kalender mit den Namen von Heiligen, noch dazu französischen Heiligen: »Ste Ursule ... S. Isdore ... Ste Geneviève.« Es traf Mrs North mit der Wucht einer Offenbarung, dass die französische Vorstellung von Gott und seinen Heiligen völlig anders sein musste als die englische. Für einen Augenblick betrachtete sie Louise, bevor sie ihren Rundgang durch das Zimmer fortsetzte. Auf der Frisierkommode bemerkte sie einen kleinen vergoldeten Cupido mit angelegtem Pfeil, ein Geschenk von Paul Devoisy.

»Hübsch«, sagte Mrs North bewundernd. »Sie haben ja gar keine Fotografien Ihrer Eltern aufgestellt.«

»Ich habe keine mitgebracht«, sagte Louise.

»Ich hatte angenommen, Sie hätten gern ein Bild Ihrer Eltern bei sich …«

»Ach, *pour trois mois*«, sagte Louise achselzuckend.

Als Mrs North gegangen war, widmete sie sich voller Hingabe dem eingerissenen Nagelhäutchen ihres Zeigefingers. Mit einer Nagelschere entfernte sie ein winziges Stück Haut und trug eine Heilsalbe auf, cremte sich die Hände ein, das Gesicht, den Hals, verbrachte viel Zeit mit ihrer Toilette für die Nacht.

Sie ging ins Bett, doch bevor sie das Licht ausschaltete, ließ sie den Blick durchs Zimmer schweifen. Es war anders als ihr Zimmer zu Hause, das alt war, in einem alten Haus, mit einer verblichenen Streifentapete, dem Eisengitter vor dem Kamin, Jeanne d'Arc auf dem Kaminsims, dem Parkettboden und dem Läufer vor dem Bett, der, wenn man darauf trat, gleich ins Rutschen geriet und morgens als Erstes von ihrer Mutter aus dem Fenster gehängt wurde.

Ihre Eltern erschienen vor ihrem geistigen Auge, unförmig, bescheiden, liebevoll. Beim Gedanken an sie wurde Louise jedoch ungeduldig, sogar unwirsch. Sie wussten nichts. Nichts von ihrem Leiden, nicht nur wegen Paul, sondern wegen verschiedenster Dinge von Kindertagen an. Sie waren ihr keine Hilfe. Das sollten sie aber sein, fand sie. Selbst ohne ein Wort von ihr sollten sie das sein. Sie wischte den Gedanken weg und richtete ihre Aufmerksamkeit auf das englische Zimmer.

Es war auf eine auffällige, fast plumpe Art hübsch. Es enthielt jeglichen Komfort: fließendes Wasser, einen weichen Teppich, einen Sessel. Die Engländer waren Spezialisten für Bequemlichkeit. *Le confort anglais* war in Frankreich ein fester Begriff. Aber mit ihren Betten stimmte etwas nicht. Warum hatten sie so seltsame Kopfkissen? Sie hatten die falsche Form und waren nicht mal halb so groß wie nötig. Die quadratischen französischen Kissen waren wesentlich besser, weil sie die Schultern stützten. Die Engländer machten sich die Tage bequemer, die Franzosen die Nächte. Auch in der Literatur beider Länder waren die Tage den Engländern wichtiger, die Nächte den Franzosen.

Sie seufzte tief, als sie an ihre Nächte zurückdachte. Was tat er wohl jetzt? Den respektvollen Verlobten einer tugendhaften Germaine markieren? Bah! Sie wollte nicht an ihn denken. Lass, sagte sie sich und schaltete das Licht aus. Sie würde sich ausschließlich mit der Gegenwart beschäftigen. Es war nicht übel hier. Ganz und gar nicht übel. Allerdings uninteressant. Die Familie heute Abend zum Beispiel, wie stumpfsinnig in ihrem mittelmäßigen Glück.

Trop de simplicité, so lautete ihr Urteil über die Norths, während sie die Schultern bequem auf den fremdartigen Kissen zu lagern versuchte.

In Netherfold war Ellen gerade am Einschlummern, als Avery in seinem Bett schallend auflachte.

»Was ist so lustig?«, murmelte sie.

»Ich muss gerade daran denken, wie wir uns abgestrampelt haben, der jungen Französin die Befangenheit zu nehmen, und sie nichts anderes tat, als unsere zu steigern. Sie hat erst dich wunderbar abgefertigt und dann mich.«

»Wenn es einen nicht schert, ob man unverschämt ist, hat man nur Vorteile«, sagte Ellen.

»Mich hat sie ja erheitert«, sagte Avery. »Ich hab eine Prise Pfeffer ab und zu ganz gern. Es ist zu viel Zucker im Gerede der Leute.«

»Mmh, kann sein«, murmelte Ellen und sank genüsslich in die Kissen.

Es war ihr nicht lange vergönnt. In der Nacht brach das Gewitter los. Blitze knisterten über dem Haus, Donner grollte, und aus dem tief hängenden Himmel goss es plötzlich in Strömen. Ellen sprang aus dem Bett, lief reihum in alle Zimmer und schloss die Fenster. Avery fühlte sich für derlei nicht zuständig.

Anne stützte sich auf den Ellbogen, als ihre Mutter ins Zimmer gerannt kam.

»Oh, Mami, meinst du, Roma geht es gut?«

»Jaja«, sagte Ellen, von wehenden Vorhängen umhüllt. »Mach die Augen zu, Schätzchen.«

Sie rannte wieder in ihr eigenes Bett.

Aber Anne stand auf und trat ans Fenster. Der nächste Blitz erhellte die Umgebung und zeigte Roma, die am Zaun der Koppel stand. Ein schwaches Wiehern drang von ferne herüber. Das genügte. Anne zog ihre Sandalen an, ging im Schlafanzug – es hätte keinen Zweck, den Morgenmantel pitschnass werden zu lassen – geräuschlos die Treppe hinab und trat in das Gewitter hinaus. Der Regen schlug auf sie ein, nasse Blätter wehten ihr ins Gesicht, sie war im Nu durchnässt. Roma wieherte noch einmal zur Begrüßung. Sie zitterte, als Anne bei ihr angekommen war.

Kind und Pferd gingen durchs Tor und in den Stall. Das

Feld wurde von Blitzen erhellt, die Pappeln schwankten in alle Richtungen. Anne rieb Roma trocken, die Stute schnaubte sanft, teilte sich in ihrer Sprache mit.

»So, bitte, Liebling«, sagte Anne und küsste die samtige Nase. »Jetzt ist alles wieder gut. Bis morgen früh.«

Sie schlüpfte zurück ins Haus. Oben an der Treppe angekommen, ging das Licht an, und Mutter und Tochter standen sich gegenüber – Anne mit am Körper klebenden Schlafanzug und strahlenden blauen Augen.

»Anne! Du bist wahnsinnig! Du hast wohl Roma hereingebracht?«

Anne nickte, während das Wasser an ihr heruntertropfte. »Es war wunderbar. Aber ich bin patschnass.«

»Ab ins Bad!«, sagte ihre Mutter. Sie brachte einen trockenen Schlafanzug und rubbelte Anne die Haare.

»Ich reibe Roma ab, du reibst mich ab«, sagte Anne.

Als sie wenig später ins Bett stieg, fragte sie ihre Mutter, ob sie noch etwas zu essen haben dürfe.

»Mitten in der Nacht?«

»Ich hab schrecklichen Hunger, Mami.«

»Ich mach dir was«, sagte Ellen und dachte daran, wie sie in ihrer Jugend nachts manchmal der Hunger überfallen hatte.

»Kann ich vielleicht ein Brot mit Braten haben? Und mit Roter Bete, bitte, liebste Mami ...«, rief Anne ihr nach.

VIER

I

An einem warmen Samstagabend saßen Avery, Ellen und
Anne nach dem Abendessen noch im Garten zusammen,
jeder mit etwas anderem beschäftigt. Avery, eine Horn-
brille auf der Nase, las mit finsterer Miene in einem dicken
Manuskript, das er ausnahmsweise einmal nach Hause
mitgenommen hatte. Anne hatte die Beine unter sich gezogen, kaute aufgeregt auf einem Taschentuchzipfel und
verschlang mit dem Ungestüm der Jugend ein Buch. Ellen
las die Morgenzeitung, wozu sie tagsüber noch keine Zeit
gehabt hatte.

Der Garten war friedlich, verströmte den Duft von Rosen und Lefkojen. Der Himmel war so prachtvoll, als wäre
gerade eine Schar Engel vorübergezogen und hätte mit
goldenen Flügeln darüber gestrichen.

Da erschien in der Terrassentür des Wohnzimmers die
kakigrüne Gestalt eines Jungen mit einem spitzbübischen
Lächeln im Gesicht, das für einen Achtzehnjährigen seltsam gutmütig war.

Mehr konnte er sich als Wirkung auf sein Erscheinen
nicht wünschen. Schreie des Entzückens und der Verwun-
derung flogen auf wie Vögel.

»Oh, Korporal«, rief Anne, rannte über die Wiese und

nahm ihrem Bruder fast die Luft, so fest warf sie die Arme um seine Mitte.

»Hugh«, rief Ellen mit vor Liebe und Freude strahlendem Gesicht. »Wie …«

»Bis Montagvormittag«, sagte er und gab über Annes Kopf hinweg ihr und seinem Vater einen Kuss.

Obwohl er, wie bei jedem Heimaturlaub, noch größer, kräftiger und männlicher geworden war, küsste er seinen Vater wie eh und je. Ellen freute sich darüber. Wenn Hugh seinem Vater keinen Kuss mehr gäbe, hieße das wohl, er wäre so weit in die Männerwelt vorgedrungen, dass sie ihm nicht mehr folgen konnte.

»Hugh, wie braun du bist«, sagte sie.

»Und ihr seht alle fabelhaft aus«, sagte er und strahlte sie der Reihe nach an. »Anne ist schon wieder gewachsen. Oh, da ist ja Moppet. Moppet, hopp, hoch mit dir!«

Die kleine Katze sprang und wurde aufgefangen. Sie schmiegte sich an Hughs Arm, kehrte den anderen den Rücken zu und ließ, die Pfoten an Hughs Kragen, ein tiefes rollendes Schnurren ertönen.

»Seht ihr?«, sagte Hugh stolz. »Sie erinnert sich.« Er war derjenige, der ihr diesen Trick beigebracht hatte.

»Willst du dir die Hose bügeln gehen?«, fragte Anne. »Wenn ja, komme ich mit dir mit.«

»Darum mache ich mir im Moment keine Gedanken«, sagte Hugh und lächelte auf sie hinunter.

Bei seinem Eintritt in die Armee hatte er viel Aufhebens um den Zustand seiner Uniform gemacht, nicht weil es ihm ein persönliches Anliegen gewesen wäre, sondern weil er den Befehl dazu hatte. Die Vorschriften und Regeln hatten anfangs seine Nerven strapaziert, aber er war jetzt gelassener geworden, wie seine Mutter mit Freude feststellte.

Viel hatte er über sein Leben in der Armee nicht berichtet. Er beklagte sich nicht und sagte nur, dass man dort nie Zeit für sich hatte und dass er den Küchendienst nicht mochte. Aber wem gehe das nicht so? Das Essen sei schrecklich, doch man gewöhne sich daran. Anfangs wisse man noch nicht recht, was man von den Kameraden halten solle, aber bald schon mochte man die meisten.

Seine Mutter vermutete, dass er sich in der ersten Zeit eher schwergetan hatte. Seine stille Art hatte die Grobiane unter seinen Kameraden sicherlich zu dem Glauben verleitet, an ihm könnten sie ihr Mütchen kühlen. Sie dürften ihren Irrtum schnell bemerkt haben. Avery hatte seinem Sohn vor allem das Boxen nahegebracht, und Hugh hatte nie Probleme gehabt, sich um sich selbst zu kümmern. Trotzdem dauerte es bei einem Jungen mit seiner Gemütsverfassung bestimmt eine gewisse Zeit, bis er sich an das Leben beim Militär angepasst hatte.

Hugh las manchmal stundenlang oder hörte sich allein in seinem Zimmer Schallplatten an. Er unternahm gern etwas mit seinem Freund Harding, der mit ihm an der Harrow gewesen war. Die beiden könnten noch zusammen sein, wäre Harding nicht vor dem Militärdienst zum Studium nach Cambridge gegangen, was Hugh hinterher tun wollte. Hugh wollte ihn hinter sich bringen, ihn sich aus dem Weg schaffen. Und genau das, so Ellens Eindruck, tat er auch. Er brachte es hinter sich.

Wenn Ellen sich Sorgen um Hugh machte, sagte Avery immer, der Militärdienst tue ihm gut. Hugh würde nicht, anders als Ellen, dauernd Reißaus vor anderen nehmen können. Er müsse lernen, sich unter Menschen zu bewegen, wenn er der Firma von Nutzen sein sollte. Er dürfe nicht so ein Einsiedlerkrebs werden wie John Bennett.

Trotz dieser Einschränkung übersah Hugh bei aller Bewunderung und Liebe für seinen Vater nicht, dass John Bennett von den beiden der für das verlegerische Geschäft bessere Mann war. Was aber auch nicht bedeutete, dass er vollkommen wie John Bennett sein wollte, der nach Hughs jugendlicher Einschätzung alles in allem zu zaghaft war.

Es hatte nie Zweifel daran gegeben, was Hugh später einmal machen wollte. Er wollte Verleger sein, und für seine Mutter war es fast wie Vorsehung, dass ihn eine Stellung erwartete, für die er so gut gerüstet schien und die er so bestrebt war auszufüllen.

»Ich hol dir etwas zu essen, Liebling«, sagte Ellen jetzt. »Bleib du hier. Ich bringe ein Tablett heraus.«

»Oh, wie nett«, sagte Hugh. »Das ist wunderbar nach dem Zug. Der war vielleicht voll!«

In dem Augenblick läutete im Haus das Telefon.

»Ich geh schon«, sagte Ellen. »Ich gehe sowieso hinein.«

John Bennett war am Apparat und fragte, ob er am Sonntag vorbeischauen könne.

»Tu das«, sagte Ellen herzlich. »Das wäre schön. Hugh ist gerade nach Hause gekommen.«

»Dann willst du mich nicht dahaben«, erwiderte John, gleich gewillt, den Rückzug anzutreten.

»Doch, wir wollen dich dahaben«, sagte Ellen mit Nachdruck und überredete ihn. John Bennetts Frau Marianne hatte ihn während des Kriegs für einen Offizier der Armee verlassen. Sie verließ später auch den Offizier, kehrte aber nicht zu John zurück. Er hatte sich nicht scheiden lassen.

»Sie hat es nicht von mir verlangt«, sagte er. »Und bis sie es tut, kann ich sie weiter unterstützen. Sie konnte nie mit Geld umgehen.«

Ellen empörte das. »Marianne behandelt ihn nur deswegen so schlecht, weil er liebenswürdig und uneigennützig ist«, sagte sie zu Avery. »Sie weiß, dass sie es kann.«

»Armer alter John«, sagte Avery, deutete mit seinem Lächeln jedoch an, dass John womöglich die Sorte Mann war, die von Frauen verlassen wurde. Ein überaus netter Kerl, natürlich, aber vielleicht etwas zu bieder für ein faszinierendes Geschöpf wie Marianne, die außerdem erheblich jünger war.

Avery mochte seinen Partner und schätzte dessen enormen Einfluss und Kenntnisse im Verlagswesen, belächelte allerdings den Mann. Physisch war Avery ihm in vielem voraus. John war nur mittelgroß, kahl und blass und machte einen bekümmerten Eindruck. Er sah aus, als mache er sich Sorgen, nicht um sich, sondern um dich.

»Onkel John wirkt immer, als tue ihm alles sehr leid, nicht?«, sagte Anne einmal nach einem Besuch nachdenklich, und ihr Vater prustete wie so oft lauthals los vor Lachen.

John lebte allein, versorgt von einer Haushälterin, die zu viel Respekt vor ihm hatte, um ihre Arbeit gründlich zu tun. Als er sagte, zum Abendessen brauche er nur etwas Kleines, brachte sie ihm ein Tablett mit einem Ei darauf. Seit Mariannes Auszug aus dem Haus in Kensington strömte eine Lawine von Büchern und Manuskripten ungehindert von einem Raum in den nächsten, floss von einer Etage zur nächsten, bis man neuerdings vor Büchern kaum noch die Haustür aufbekam. In den großen hohen Räumen hatte John Eckchen für sich freigeräumt, in denen er las, aß, rauchte und schlief.

Ellen hatte ihm so lange geduldig zugeredet, sich als Teil der Familie zu betrachten, bis er sich tatsächlich bei ihnen wie zu Hause fühlte. Er mochte die Kinder und war stolz auf sie, und für Ellen hegte er eine tiefe Zuneigung, die er so mit sprachlichen Übertreibungen bemäntelte, dass er scheinbar damit spielte und zugleich zeigen konnte, wie dankbar er für die Rettung aus schlimmer Einsamkeit war. Avery wiederum machte viel Aufhebens um die amüsanten Possen seines Partners, zog Ellen damit auf und brachte Anne damit zum Lachen. Avery würde fast alles tun, um Anne zum Lachen zu bringen.

An diesem Samstagabend legte Ellen, nachdem sie John die Skrupel über seinen geplanten Besuch schließlich ausgeredet hatte, den Hörer auf und ging, noch immer lächelnd, in die Speisekammer, um für Hugh etwas zu essen zu holen. Beim Anblick des Fleischs, einer für drei Personen berechneten Menge, die nun für fünf reichen musste, wurde sie nachdenklich.

»Ich habe für morgen eine Idee, wenn ihr alle einverstanden seid«, rief sie und trug das Tablett in den Garten.

»Oh, was denn?«, rief Anne, die es mochte, wenn ihre Mutter Ideen hatte.

»Das war John, Avery.«

»Oh, dein ergebener Verehrer.«

»Sei nicht albern«, sagte Ellen, und alle lachten über sie.

»Er will morgen kommen, aber das Fleisch reicht einfach

nicht, und ich dachte mir, wir könnten doch zum Mittagessen nach Somerton fahren.«

»Oh, ja«, sagte Anne. »Du hast die schönsten Ideen, Mami. Und Daddy ist noch nie in Somerton gewesen, oder, Daddy? Das musst du sehen.«

»Die Frage ist nur«, sagte Ellen, »würde es Hugh etwas ausmachen, morgen dorthin zu fahren, statt zu Hause zu sein?«

»Auf keinen Fall«, sagte Hugh. »Ich würde da gern mal wieder hin und auch zu den ganzen alten Damen.«

»Einige von denen sind richtig lieb, Daddy. Vor allem Mrs Brockington. Ach, ist das nicht schön?«, rief Anne. »Heute kommt Hugh nach Hause, und morgen fahren wir alle nach Somerton. Ich bin so glücklich. Am liebsten würde ich auf Roma hinreiten. Aber fünfundzwanzig Meilen ist ziemlich weit, nicht?«

»Ja, es sei denn, du willst erst ankommen, wenn wir schon zurückfahren«, meinte ihr Vater.

»Ich lauf schnell mal rüber und erklär es ihr«, sagte Anne, sauste davon und sprang en passant über ein Blumenbeet hinweg.

»Immer noch verrückt nach der Stute, wie ich sehe«, bemerkte Hugh.

»Immer noch«, sagte Avery nachsichtig.

II

Das frühere Manor House of Somerton, versteckt auf einem Parkgrundstück gelegen, war heute ein privates Hotel, das sein stilles Florieren seinen Bewohnern verdankte, vorwiegend ältere Damen. In den Kriegsjahren, als Avery im Propagandaministerium Dienst tat und Netherfold mit Evakuierten geteilt werden musste, war Ellen mit den Kindern so oft in Somerton gewesen, dass sie dort fast als ehemalige Bewohner betrachtet wurden.

Am Sonntagmittag gegen zwölf chauffierte Avery seine Familie und seinen Partner durch die Pfosten des alten Steintors und über die mit Schotter bestreute, runde Zufahrt zum Eingang.

»Wir sind schon spät dran«, sagte Ellen. »Ich muss gleich zu Mrs Beard gehen und sie sehr nett bitten, uns ein Mittagessen zu machen, sonst tut sie es vielleicht nicht.«

»Und ich komme mit«, sagte Anne. »Denn Mrs Beard möchte ich auf keinen Fall verpassen.«

Sie stiegen alle aus dem Auto. Avery blickte mit Interesse auf die Fassade des alten Hauses, in dem seine Familie ohne ihn so oft Unterschlupf gefunden hatte, und John beklagte sofort das Schicksal des Gebäudes.

»Dass so ein Juwel englischer Herrenhausarchitektur in ein Hotel umgewandelt wurde, ist ein Frevel. Das ist traurig …«

»Hugh«, flüsterte Ellen unterdessen, »zeig ihnen den Garten, wenn sie so weit sind.«

Sie drehte den Eisenring an der Tür und trat mit Anne in die kühle Diele ein. Die alten Damen, die dort zwischen Blumen und Chintz saßen, blickten auf. Wer kam da herein? Dann ertönten Rufe der Begrüßung von denjenigen, die Ellen und Anne bereits kannten, während die anderen, die sie noch nicht kannten, sie hinter ihren Zeitungen beäugten. Es tat doch gut, wenn man durch sein Kommen an einem Sonntag eine kleine Aufregung auslöste.

Die alten Damen hatten sich in kleinen Gruppen formiert. Großmütter saßen mit ihrem Strickzeug beieinander, in den Handtaschen die Familienschnappschüsse, ohne die sie keinen Schritt taten. Nüchterne Menschen wie Miss Welling, früher Direktorin eines berühmten Mädcheninternats, und Doktor Bell, ehemals Missionsärztin, saßen zusammen, beugten sich aber jede für sich über das *Ximenes*-Kreuzworträtsel. Mrs Vereson, früher eine Schönheit, saß allein in einer Ecke, ihre verschmitzten und noch immer wunderschönen dunklen Augen forderten die Besucher jedoch auf, sich zu ihr zu gesellen und mit ihr zu sprechen. Ihre Hörhilfe, in schwarze Spitze gehüllt, lag einsatzbereit neben ihr auf dem Tisch. Mrs Vereson glaubte zwar, die Spitze verberge das Gerät, doch es verriet sich stets mit seinem Pfeifen und Heulen, das klang wie ein Käuzchen.

Ellen winkte Mrs Brockington zu, die auf der anderen Seite bei den Fenstern stand, und Mrs Brockington nahm die Brille ab und machte sich bereit. Sie wartete lächelnd, solange Ellen und Anne erst noch mit Mrs Vereson und dann mit weiteren Damen sprachen. Auf dem Weg zu Mrs Brockington waren die alten Damen wie weiche Dornensträucher; man musste sie behutsam entwirren, damit es nicht zu Verletzungen kam, nicht bei sich selbst, sondern bei den Damen.

»Kommen Sie, Liebes«, sagte Mrs Fish und streckte Ellen beide Hände entgegen. »Kommen Sie und erzählen Sie, wie es Ihnen geht. Erst neulich haben wir von Ihnen gesprochen. Wie groß Anne geworden ist! Was für schönes Haar du hast, Kind. Haben Sie Hugh auch mitgebracht? Und Ihren *Ehemann*? Ach, das ist schön, wir wollten ihn alle längst einmal kennenlernen. Jetzt bekommen wir die ganze Familie zu Gesicht, Mrs Ashburne. Mrs Ashburne ist neu, meine Liebe. Sie schaut, ob sie hier einziehen will. Sie ist sich noch nicht schlüssig, und unter uns«, sagte Mrs Fish, den Kopf vielsagend zu Ellen geneigt, »überrascht mich das nicht. Unsere Freundin Mrs B. ist ein-, zweimal sehr grob zu ihr gewesen. Aber ich sage ihr, sie soll nichts darauf geben. Sie darf sich nicht abschrecken lassen, es ist doch so angenehm hier, und ganz gleich, was Mrs B. sonst sein mag, eine gute Leiterin ist sie. Mrs Ashburne«, sagte sie und richtete sich für die nachträgliche Vorstellung wieder auf, »das ist Mrs North, die ab und zu kommt und uns aufheitert.«

Nachdem sie eine Weile lächelnd bei der alten Mrs Fish und der neuen Mrs Ashburne gestanden hatten, kamen Ellen und Anne schließlich zu Mrs Brockington. Sie bekam als Einzige einen Kuss zur Begrüßung.

»Das ist ja nett«, sagte Mrs Brockington. »Es ist schon so lange her, Ellen. Wie gut Sie beide aussehen. Anne, du bist so groß wie deine Mutter.«

»Guten Tag, wie ist es Ihnen ergangen, was machen die Hände?«, fragte Ellen besorgt.

»Ich glaube, verschlechtert haben sie sich nicht«, sagte Mrs Brockington und sah auf ihre Hände hinab, die geschwollen, gerötet und vom Rheuma verkrümmt auf ihrem Schoß ruhten.

»Tun sie sehr weh?«, fragte Anne teilnahmsvoll.

»Nein, Liebling, nicht sehr. Aber sie sind ein Ärgernis. Sie erlauben mir nicht, Briefe zu schreiben, zu stricken oder mir richtig die Haare zu machen.«

»Oh«, sagte Anne traurig.

»Vollends nutzlos sind sie aber nicht, Kind. Ganz und

gar nicht«, sagte Mrs Brockington und verbarg sie unter ihrem Shawl. »Erzählen Sie mir, wie es Ihnen beiden geht. Haben Sie Hugh mitgebracht?«

»Ja, Avery auch, und Averys Partner, John Bennett, ist auch noch mit. Ich habe Mrs Beard noch nicht gesehen. Ich hoffe, sie kann uns ein Mittagessen machen.«

»Oh, dann müssen Sie unbedingt zu ihr«, sagte Mrs Brockington sofort. »Wenn sie glaubt, Sie wären schon eine Weile da und hätten sie noch nicht gebührend begrüßt, kriegen Sie heute vielleicht nichts zu essen.«

»Ich weiß, ich weiß«, sagte Ellen. »Ich mach mich gleich auf den Weg, und wenn ich Sie bis zum Mittagessen nicht mehr sehe, komme ich heute Nachmittag zu Ihnen aufs Zimmer, in Ordnung?«

»Tun Sie das, Liebe. Ich freue mich darauf.«

Somerton Manor befand sich im Besitz einer kleinen Stiftung, bestehend aus Mitgliedern der Familie Somers, die über Generationen in dem Haus gelebt hatte, es unter den derzeitigen Bedingungen aber nicht mehr unterhalten konnten. Die Somers waren vornehme, aber unpraktische Menschen mit altruistischen Motiven. Sie wandelten das Herrenhaus in ein Privathotel um und fühlten sich wohler, als sie festlegten, dass dort hauptsächlich ältere Menschen von ebenfalls vornehmer Abkunft unterkommen sollten, waren das doch diejenigen, die nach Ansicht der Stiftungsmitglieder im vergangenen Jahrzehnt – wie sie selbst – schwer gelitten hatten.

Die Stiftungsmitglieder wollten es richtig machen und gaben eine Menge Geld dafür aus, das alte Gebäude mit zusätzlichen Badezimmern auszustatten, sämtliche Zimmer mit Anschlüssen für Kalt- und Warmwasser zu versorgen, die Küche zu modernisieren und so weiter. Dann bekamen sie einen großen Schreck. Nicht nur, dass das Hotel kein Geld abwarf, es verschlang in raschem Tempo sogar weiteres. Wie so häufig in diesen Tagen waren die Angestellten das Problem. Angestellte, die im Haus wohnten, wollten nicht bleiben. Das Hotel sei zu abgelegen, sagten sie, man konnte dort nichts unternehmen, in seiner freien Zeit nirgendwohin, es war im Winter zu dunkel und zu einsam. Und ohne jederzeit verfügbare Angestellte wollte auch keine Verwalterin bleiben. Sie kamen und gingen eine nach der anderen, und die Stiftungsmitglieder, die sich in kleinen Londoner Wohnungen eingerichtet hatten, waren sehr besorgt.

Dann erschien Mrs Beard auf der Bühne. Sie war frisch verwitwet und hatte noch nie ein Hotel geführt.

»Was soll schon sein?«, sagte sie im Vorstellungsgespräch. »Man gebraucht halt seinen gesunden Menschenverstand.«

Sie vermittelte der Stiftung glaubhaft, dass sie davon reichlich besaß, und wurde eingestellt.

»Lassen Sie mich nur machen«, erklärte Mrs Beard, die von Anfang an kein Blatt vor den Mund nahm. »Und wenn ich sage, lassen Sie mich nur machen, meine ich es auch so.«

Trotz anfänglicher Nervosität ließ sich die Stiftung darauf ein. Mrs Beard rekrutierte Zugehfrauen aus den Dörfern der Umgebung und teilte sie in Schichten ein. Sie hatte einen fest angestellten Handwerker namens Jim, der über den Ställen wohnte. Seit dem Tage, an dem Mrs Beard Somerton Manor betreten hatte, war die Stiftung ihre Sorgen los.

Mrs Beard war praktisch unersetzlich und wusste das auch. Zwar nutzte sie das nicht gerade aus – sie wäre in jeder Lebenslage genauso gewesen –, aber sie kannte keine Hemmungen, keine Scheu, war grob, sogar beleidigend, war ungeduldig und nörgelte in einem fort, sie drohte beinahe täglich, das Haus zu verlassen. Sie konnte ganz nach Belieben schalten und walten, und das tat sie auch.

Sie schikanierte die alten Damen, flößte den schwachen oder dünnhäutigen ein schlechtes Gewissen ein, doch niemand beschwerte sich bei der Stiftung. Mrs Beard sagte ihnen oft, wenn sie, die Letzte in einer langen Reihe von Verwalterinnen, die Segel strich, würde das Hotel schließen, und sie müssten sich alle eine andere Bleibe suchen. Die alten Damen fürchteten, das könnte nur zu wahr sein, und schwiegen, und Mrs Beard hing weiter wie ein Damoklesschwert über den weißen Häuptern.

Doch es gab vieles, was dafür entschädigte. Unter Mrs Beards Regentschaft strahlte das Haus vor Sauberkeit und Ordnung, die Kamine waren im Winter warm, das Essen war ausgezeichnet. Mrs Beard konnte ja auch liebenswürdig sein, dann waren alle dankbar und hatten das Gefühl, dass es für sie keinen besseren Ort zum Leben gab.

An diesem Sonntagmittag durchkämmten Ellen und Anne North das Gewirr der Flure und Speisekammern auf der Suche nach der Verwalterin. Anne drückte ihrer Mutter den Arm und lachte vor Vorfreude auf Mrs Beards Begrüßung. Man wusste nie, wie die ausfiel.

»Vorsicht jetzt«, sagte Ellen, eine notwendige Ermahnung, nicht zu lachen.

Sie fanden Mrs Beard in einem kühlen kleinen Raum mit Spülbecken und Gitter vor dem Fenster; ob es Einbrecher draußen oder früher einmal Hausmädchen drin halten sollte, wurde nicht so recht klar. Mrs Beard richtete die Salate an. Urplötzlich Ellen und Anne zu sehen, schien sie nicht weiter zu überraschen, obwohl seit dem letzten Besuch Monate vergangen waren.

»Oh, Sie sind es«, sagte sie tonlos. »Bei uns bleibt die Küche heute kalt. An so einem Tag brate ich für niemanden Fleisch.«

»Wir sind mit kalter Küche sehr zufrieden«, sagte Ellen. »Wenn Sie uns verkraften können.«

»Wie viele Personen?«

»Fünf, fürchte ich«, antwortete Ellen.

»Fünf?«, sagte Mrs Beard. »Seit wann sind Sie zu fünft?«

»Wir zwei«, sagte Ellen, »Hugh, mein Mann und der Geschäftspartner meines Mannes.«

»Oh, Männer«, sagte Mrs Beard plötzlich wohlwollend. »Wie erfreulich, zur Abwechslung mal ein, zwei Männer zu Gesicht zu bekommen. In Ordnung. Das schaffe ich. Jim«, rief sie unvermittelt zu dem offenen Fenster hinaus. »Bringen Sie mir noch mal drei Kopfsalate. Und Radieschen, zwei Dutzend ungefähr, aber kleine.«

Mrs Beard war ein Gibson Girl in mittleren Jahren: hoch aufgetürmtes Haar, eine üppige Büste, gerundete Hüften und der typische Ausdruck von Resolutheit, der auf ihr Mieder zurückzuführen sein mochte oder darauf, dass sie Pumps mit hohen Absätzen trug, die sie zwar ermüdeten und unleidlich machten, ihrer Ansicht nach für ihre Erscheinung aber unverzichtbar waren. Ihr Gesicht war hochrot, was sie mit malvenfarbenem Puder dämpfte, der ihr das Aussehen einer Nektarine verlieh, einer, die schon recht lange in der Kiste lag. Sie hatte stachelbeergrüne Augen, die vor Zorn oft hervortraten. Heute trug sie ein weißes Leinenkostüm und sah wie immer adrett und tüchtig aus.

Anne saß, den Kopf auf die Hände gestützt, am Tisch, ganz in den Anblick versunken.

»Diese Salate sehen sehr nett aus«, sagte Ellen anerkennend.

»Ich sollte das gar nicht machen«, gab Mrs Beard zurück. »Aber die kommen nicht rechtzeitig auf den Tisch, wenn ich mich nicht selbst darum kümmere. Ich tue überhaupt viel zu viel, fast alles. Ich bin es leid. Es sind viel zu viele alte Leute hier. Alte Leute sind ermüdend, nicht?«

»Wir werden auch mal alt«, sagte Ellen.

»Wem sagen Sie das. Ich bin es schon. In den fünf Jahren, die ich hier bin, bin ich zehn Jahre gealtert. Verdammt, wo bleiben die Radieschen? Jim – oh, da sind Sie ja.« Sofort wurde sie etwas milder. »Und gerade noch rechtzeitig.«

»Wir gehen jetzt«, sagte Ellen und nahm Anne bei der Hand.

»Das brauchen Sie nicht«, sagte Mrs Beard. »Sie stören mich nicht.«

»Aber ich muss den anderen sagen, dass wir ein Mittagessen bekommen«, sagte Ellen und eiste sich mit der erforderlichen Behutsamkeit los.

»Darf ich hinten raus und mir das alte Waschhaus ansehen, Mrs Beard?«, fragte Anne.

»Geh, wohin du willst, Kindchen«, sagte Mrs Beard freundlich. »Dein alter Spielplatz. Im Waschhaus warst du immer gern, nicht?«

»Mhm«, bejahte Anne. »Komm, Mami. Auf Wiedersehen, Mrs Beard. Wir sehen Sie später noch, ja?«

»Auf bald«, sagte Mrs Beard. »Sie Glücklichen. Nichts weiter zu tun, als sich zu amüsieren.«

Als Mutter und Tochter durch den Korridor ins Freie gingen, sagte Anne: »Wenn Mrs Beard Kindchen zu mir sagt, komme ich mir immer so klein vor.«

»Psst«, ermahnte Ellen sie lächelnd.

Eine schöne Eigenheit des Herrenhauses war, sagte Ellen immer, dass das Gebäude von hinten ebenso ansehnlich war wie von vorn. Der kleine Hof, auf den man blickte, wenn man durch den Durchgang kam, wurde auf zwei Seiten von Bauten im Zeitstil flankiert: rechter Hand einem kleinen Brauhaus und linker Hand einem Waschhaus, in dem Anne früher an Regentagen spielte. Das Waschhaus war zweigeschossig und hatte gute Fenster. In dem unteren großen Raum befanden sich noch die Vorrichtungen aus der Entstehungszeit: zwei Feuerstellen, eine Pumpe, Waschkessel, Zuber, Wäschestampfer und zwei schwere Holzzylinder, vermutlich zum Auswringen der Wäsche, obwohl nur ein Riese die hätte bedienen können. Anne hatte hier immer ihre Puppenwäsche gemacht, hatte gargantueske Mittel für liliputanische Zwecke verwendet. Sie war die Holztreppe hinauf- und hinuntergerannt, durch die drei Räume im Obergeschoss, geschäftig und glücklich, während ihre Mutter oft an dem alten, vom ständigen Schrubben und Spülen ausgebleichten und zerfurchten Tisch gesessen und an ihren Mann, ihren lieben Avery, geschrieben hatte, der im bombardierten London ausharren musste.

Beim Blick zur Tür hinein sehnte sich Anne nach ihrem verlorenen Ich.

»Hier hatte ich Spaß«, sagte sie. »Ich dachte immer, das wäre ein nettes kleines Häuschen zum Wohnen.«

»Wir müssen die anderen suchen gehen«, sagte Ellen. »Daddy und Onkel John müssen den Damen noch vorgestellt werden, bevor der Gong ertönt.«

Das Mittagessen war angenehm. Die alten Damen strahlten von ihren Tischen aus herüber zu den Norths, die vor einem geöffneten Fenster an ihrem saßen. Anne hielt immer wieder die Hand hinaus in die warme Luft wie von einem Boot ins Wasser.

Hugh löcherte John Bennett nach sämtlichen Neuigkeiten aus dem Verlag. Seinen Vater hatte er danach nicht gefragt; sie teilten andere Interessen. Doch bei John und ihm hatten sich zwei Enthusiasten gefunden. Sie beugten sich einer zum anderen über den Tisch und mussten sich immer wieder aufrichten, damit die Teller vor sie hingestellt werden konnten.

»Ich bin immer noch nicht darüber weg, dass ihr *Schnee im Sommer* nicht angenommen habt«, sagte Hugh. »Das hat sich gut verkauft. Wusste ich schon vorher. Hab ich es nicht auch gesagt?«

»Hmm«, sagte John bedauernd. »Es war ein Fehler. Die meisten Kurzgeschichten verkaufen sich nicht, weißt du.«

»Aber die sind völlig anders«, sagte Hugh mit Nachdruck. »Hast du sie inzwischen kennengelernt?«

»Ja«, sagte John Bennett. »Ja, hab ich.«

»Wie ist sie denn?«, fragte Hugh neugierig nach vorn gebeugt.

»Hugh, die Kartoffeln …«

»Oh, Verzeihung«, sagte Hugh und sah die Kellnerin neben sich an.

Avery unternahm keine Anstalten, sich an dem Gespräch über Bücher zu beteiligen. Er war angenehm träge, neckte Anne, wechselte ein paar Worte mit Ellen.

»Ich traue mich gar nicht, in die Runde zu sehen«, sagte er. »Mit jedem Blick fange ich ein Lächeln ein.«

»Mach dir nichts daraus«, sagte Ellen. »Du bist für sie ein Ereignis.«

Mrs Beard wanderte in ihrem weißen Kostüm majestätisch durch den Raum und betrachtete die Szene. Ein paar der alten Damen wirkten nervös, wenn sie sich ihren Tischen näherte, doch ihre Sorgen waren unbegründet. Mrs Beard war dank der Anwesenheit von Männern im Raum, von denen einer zudem so gut aussah, versöhnlich gestimmt. Diese Mrs North, dachte Mrs Beard, hatte doch wirklich alles. Sie, hier in diesem Loch vergraben, wusste gar nicht mehr, dass es solche Männer auf der Welt noch gab. Die Gegenwart dieses so ansehnlichen und ungezwungen wirkenden Mr North erfüllte sie mit einer unbestimmten Traurigkeit.

Sie blieb neben ihm stehen. »Ist alles zu Ihrer Zufriedenheit?«, erkundigte sie sich und« beugte sich dabei mit besorgter Miene zu ihm hinab.

»Sehr. Es ist alles ausgezeichnet, Mrs ... äh«, erwiderte Avery freundlich.

»Vielen Dank«, sagte Mrs Beard und wandte sich bewegt ab, von Annes verdutztem Blick verfolgt.

Nach dem Essen wurde Ellen aufgelauert. Mrs Fish wartete mit ihrer neuen Freundin hinter der Tür des Speiseraums.

»Mrs Ashburne findet Ihre Familie reizend«, sagte sie und legte Ellen die Hand auf den Arm. »Und wir finden, Ihr Ehemann passt sehr gut zu Ihnen – so ein gut aussehender Mann. Mrs Ashburne meint, sie werde hier einziehen. Wäre das nicht schön?«, sagte Mrs Fish, die gern frisches Blut hatte. »Mrs Ashburne hat Zimmer vierzehn, wissen Sie. Ein sehr angenehmes Zimmer. Es hat einen Puderschrank, nicht wahr, Mrs Ashburne.«

»Möchten Sie es sich vielleicht einmal ansehen?«, erkundigte sich Mrs Ashburne.

Ellen musste also mit und bekam Erläuterungen zu sämtlichen Familienfotos. Auf dem Tisch standen – noch teilweise in Seidenpapier eingewickelt – ein Pfefferstreuer, ein Salzstreuer und ein Senftöpfchen, allesamt aus Silber.

»Um ein Haar hätte ich sie zum Mittagessen mit hinuntergenommen«, gestand Mrs Ashburne und breitete die Hand über die Gefäße. »Wenn ich mein eigenes Tafelsilber mit hinunternehme, ist es praktisch besiegelt. Es bedeutet, ich habe mich entschieden. Ich glaube«, sagte sie an Mrs Fish gewandt, »heute Abend ist es so weit.«

»Das wäre wunderbar«, sagte Mrs Fish. »Nehmen Sie es mit, Liebe. Sie fühlen sich mehr zu Hause, wenn Sie Ihr eigenes Silber auf dem Tisch haben. Das ist eine sehr gute Idee. Ich wünschte, ich hätte mich von meinem nicht getrennt.«

Schließlich entfloh Ellen. Obwohl sie Menschen mochte, war es für sie immer eine »Flucht«, wenn sie wegging – immer gab es irgendetwas, was sie unbedingt tun, oder jemanden, zu dem sie hinwollte wie jetzt zu Mrs Brockington. Sie lief zu deren Tür, klopfte und bekam ein »Herein« zu hören.

»Da bin ich«, sagte sie mit einem Seufzer der Erleichterung.

»Kommen Sie, meine Liebe«, sagte Mrs Brockington, die

zwei Stühle vor dem offenen Fenster aufgestellt hatte. »Aber nicht zu lange. Ihr Sohn hat nur diesen einen Tag mit Ihnen, da darf ich nicht zu viel von Ihrer Zeit beanspruchen.«

»Wie geht es den Pflanzen?«, erkundigte sich Ellen und beugte sich über einen Ständer mit gut zwanzig Töpfen darauf.

»Gedeihen alle prächtig«, sagte Mrs Brockington, die Grünpflanzen liebte. »Wer einmal einen Garten hatte, kann sich nicht von allem Grün trennen, ohne dass er es spürt. Ich brauche etwas, was ich mir anschauen und worum ich mich kümmern kann.«

An den Pflanzen und den Büchern hatte Mrs Beard auch etwas auszusetzen. »Die Zugehfrauen bekommen das Zimmer gar nicht richtig sauber«, sagte sie immer. Bücher von Evelyn Underhill, Gerald Heard, Leslie Weatherhead, William Temple, Teresa von Ávila, Franz von Assisi, von Harry Emerson Fosdick und William Inge – Werke, die eine Vorliebe fürs Katholische erkennen ließen – ergossen sich über die Tische und Stühle und oft genug auch übers Bett. »Sie ist sehr religiös«, pflegte Mrs Beard in einem Tonfall zu sagen, als litte Mrs Brockington an einer chronischen Krankheit.

An ihre eigene Mutter hatte Ellen keine Erinnerung. Sie und ihr Bruder Henry, heute Chirurg in Manchester, waren von ihrem Vater und einer Tante großgezogen worden. Was sie bei Mrs Brockington fühlte, dachte Ellen, war wohl das, was man bei seiner Mutter fühlte, der eigenen Mutter. Für sie war es ein Gefühl von Klarheit, gebildet aus Trost und Bestärkung.

Trotz ihres glücklichen geschäftigen Lebens hatte Ellen Bedarf an beidem. Jenseits des warmen, hellen häuslichen

Kreises waren Dunkelheit und Furcht. Der Krieg hatte sie entsetzt. Nach den Bombenangriffen, den Gaskammern und den Konzentrationslagern, konnte das Leben da noch dasselbe sein wie zuvor? Das Vertrauen in die Menschheit war für immer untergraben. Die Grausamkeiten und die Gewalt, die Menschen anderen Menschen antaten, waren grenzenlos.

Alles Mögliche traf sie, wenn sie ihrem Alltag nachging, und ließ sie nicht mehr los: die Verständnislosigkeit und Not eines Kindergesichts auf einem Foto koreanischer Flüchtlinge in der Morgenzeitung; der Anblick von Rindern, blöde vor panischer Angst, die in einen Lastwagen gepfercht wurden, als sie Avery vom Bahnhof abholte; ein geduldiges Pferd mit wunden Stellen unter dem Sattel, das zwischen den Deichselarmen eines Lastkarrens auf der Straße stand. Das Leid der Unschuldigen und Hilflosen, es bürdete ihr ein Mitleid auf, das sinnlos war, weil sie nichts unternehmen konnte.

In den Anfangsjahren ihrer Ehe sprach sie mit Avery über das, was ihr durch den Kopf ging. Mit zwanzig bewegten sie viele Fragen, von denen sie naiverweise annahm, er könne sie beantworten. In seine Armbeuge geschmiegt, lag sie da und redete, suchte Bestätigung.

»Aber Jesus sprach, Avery, er sprach: ›Es fällt kein Sperling auf die Erde ohne meinen Vater.‹«

»Ja«, sagte Avery. »Trotzdem fallen sie.«

Das ließ Ellen verstummen. Sie setzte sich im Bett auf und sah ihn ernst an.

Er lachte und zog sie wieder herunter. »Mach dir keine Gedanken darum. Wozu soll das gut sein? Was wissen wir schon?«

Doch sie machte sich weiter Gedanken. Sie konnte nicht anders. Sie musste. Mit der Zeit hörte sie allerdings auf, mit Avery über diese Dinge zu sprechen. Lieber nicht. Er war zu vernünftig, und hier war mehr gefragt als Vernunft.

In Mrs Brockington hatte Ellen jemanden erkannt, der dieselben Fragen gestellt und der nun, am Ende seines Lebens, wenngleich keine Antworten, so doch eine göttliche Bekräftigung gefunden hatte, dass am Ende Antworten gegeben würden. Mrs Brockingtons Fragen waren bitterer gewesen als die Ellens. Ihre beiden Söhne waren im Ersten Weltkrieg gefallen, ihr Mann war während eines Bombenangriffs im Zweiten an einem Herzinfarkt gestorben. Doch Mrs Brockington, alt, allein, fast verkrüppelt vom Rheuma, hatte ihren Glauben und ihren Mut. Sie hatte noch mehr, besaß Wärme und eine heitere Gelassenheit, und wenn Ellen bei ihr war, hatte sie die beinahe auch. Denn Güte war ansteckend. Mrs Brockington war Ellen auf dem Weg, den sie gehen wollte, voraus, und wenn Mrs Brockington so weit gekommen war, schaffte Ellen es vielleicht ebenfalls.

»Jetzt, Liebes, müssen Sie gehen und bei Ihrer Familie sein«, sagte Mrs Brockington mit fester Stimme. »Kommen Sie wieder, sobald Sie können. Ich bin so froh, dass ich Ihren Ehemann gesehen habe. Jetzt kann ich mir Sie alle zusammen zu Hause vorstellen, und das ergibt ein sehr schönes Bild.«

Ellen küsste die alte Frau, zog den Shawl fester um sie und ging widerstrebend. Sie lief durch das stille Haus, in dem die alten Damen hinter geschlossenen Türen ruhten, und hinaus in den Sommernachmittag. Lief durch den Garten und suchte nach ihrer Familie. Vom Gartenweg kommend, auf den fast kein Sonnenstrahl durch die Eiben drang, die dort zerfurcht und knorrig standen wie eine Doppelreihe Hexen, sah sie sie auf der Wiese dahinter dicht nebeneinander in Liegestühlen sitzen, ein leerer Stuhl für sie bereitgestellt. Der leere Stuhl rührte sie. Sie war froh, erwartet zu werden.

»Du warst lange weg«, sagte Avery, als sie auftauchte.

III

Auf der Heimfahrt durch die kleine Stadt, die verschlafen in der Sonntagsruhe lag, mussten sie an The Cedars vorbei.

»Sollen wir vorbeischauen und Großmama besuchen?«, sagte Ellen. »John, hast du noch fünf Minuten, oder möchtest du lieber nach Hause fahren?«

»Auf fünf Minuten kommt es nicht an«, sagte John Bennett, der sein Auto in der Stadt abgestellt hatte, bevor sie gemeinsam nach Somerton aufgebrochen waren.

»Du bekommst die Französin zu sehen«, sagte Anne.

»Die Französin?«

»Großmama hat für drei Monate eine Französin da. Du kannst ihr die Hand küssen, Onkel John. Sie wird es erwarten.«

»Dann werde ich sie enttäuschen müssen«, sagte er.

»Ach, küss ihr doch die Hand«, sagte Anne.

»Ganz sicher nicht. Sie könnte es ernst nehmen.«

»Was für ein Spaß, wenn sie es täte«, lachte Anne.

»Psst«, mahnte ihre Mutter auf der Schwelle zum Wohnzimmer, in dem Mrs North mit Louise saß und vermutlich französische Konversation betrieb.

»Das ist unerwartet«, sagte die alte Dame und bot ihnen die Wange zum Küssen. »Und gleich so viele. Hugh, du bekommst eine Menge Urlaub, nicht? Guten Abend, Mr Bennett.«

»Kommen wir ungelegen?«, fragte Ellen.

»Wir können später weitermachen«, sagte Mrs North.

Während ihre Schwiegermutter das Vorstellen übernahm, sprach Ellen mit der Haushälterin, die, wie sie gesehen hatte, im Esszimmer den Tisch fürs Abendessen deckte.

»Guten Abend, Mrs Avery«, sagte Miss Daley, und Ellen erkannte am Beben ihrer Hemdbluse, dass irgendetwas nicht war, wie es sein sollte.

»Ich komme zu spät zum Gottesdienst«, sagte Miss Daley. »Aber glauben Sie, das französische Fräulein geht mir zur Hand? Die doch nicht. Und ich singe heute Abend ein Solo, Mrs Avery, obwohl ich mir gar nicht denken kann, wie meine Stimme sein soll, wenn ich mich aufrege. Ich bin noch nie zu spät in die Kirche gekommen.«

»Ich helfe Ihnen.« Ellen schnappte sich die Gläser vom Tablett.

»Nein, nein, Sie müssen noch bei sich Abendessen machen, wenn Sie heimkommen«, widersprach Miss Daley. »Hätte ich bloß nichts gesagt. Aber warum tut sie nicht einen Handschlag? Sie hat den ganzen Tag noch keinen Finger gerührt, es nützt aber nichts, wenn ich etwas sage. Mrs North hält Mademoiselle für etwas Besonderes. Ich bin spät dran, weil Mrs North sagt, Mademoiselle habe nicht viel zu Mittag gegessen, sie mag nämlich Milchreis nicht, und ich soll zum Abendessen lieber Eiscreme machen. Aber Eiscreme machen dauert, Mrs Avery. Damit hatte ich nicht gerechnet. Ich bin ganz außer Atem, und das wird noch schlimmer, wenn ich die ganze Strecke zur Kapelle gerannt bin. Mrs North könnte mal an meine Lage denken. Es sind gut zweihundert Personen, die darauf warten, dass ich heute Abend singe.«

»Nehmen Sie Ihren Hut. Ich glaube, wir können Sie mit dem Auto hinbringen«, sagte Ellen und lief zur Wohnzimmertür. »Großmama, du entschuldigst uns, wenn wir schon wieder aufbrechen. Miss Daley ist beunruhigt, dass sie nicht rechtzeitig zur Kapelle kommt. Wenn wir jetzt gehen, könnten wir sie hinbringen, nicht, Avery? Also auf Wiedersehen, Großmama. Auf Wiedersehen, Mademoiselle. Auf, ihr alle. Miss Daley kommt herunter.«

»Es ist immer dasselbe«, sagte Mrs North, als sie gingen. »Sie kommen hereingestürzt, und dann stürzen sie wieder hinaus. Ist es in Frankreich auch so? Sind dort auch alle ständig in Eile?«

»Es ist genauso«, erwiderte Louise.

»Ich weiß nicht, was aus der Welt geworden ist«, sagte Mrs North.

Nachdem sie Miss Daley an der Kapelle abgesetzt hatten, in der sie die Gemeinde mit ihrem kraftvollen Vortrag von *Sei stille dem Herrn* halb taub hinterlassen würde, und nachdem sie auch John Bennett nachgewinkt hatten, der auf der Straße nach London davonfuhr, rollten die Norths in gelöster Stimmung heimwärts.

»Was hältst du von dem französischen Mädchen, Hugh?«, fragte Anne, beugte sich zu ihm und puffte ihn mit schwesterlicher Zuneigung mit dem Ellbogen in die Seite.

»Mädchen?«, sagte Hugh. »Sie ist bestimmt schon drei-ßig. Eine Schmeichlerin ist sie nicht, was? Sie hat sich für keinen von uns interessiert.«

»Sie scheint sich für nichts zu interessieren«, sagte El-len. »Aber warum kommen die dann eigentlich her? Man würde doch meinen, aus Interesse an der Sprache oder an dem Land oder den Menschen. Aber weiß der Himmel, wozu dieses Mädchen gekommen ist. Großmama ist offen-bar aber sehr zufrieden mit ihr.«

FÜNF

Mrs North war tatsächlich zufrieden mit Louise. Sie wünschte, Louise wäre schon Jahre früher gekommen. Sie bedauerte die Zeit, die sie ohne sie verbracht hatte, und noch ehe ein Monat um war, fürchtete sie den Tag, an dem Louise sie verließe. So glücklich wie jetzt war Mrs North nicht mehr gewesen, seit ihr Mann nicht mehr am Leben war.

Was Louise betraf, so machte sie sich beliebt, wenn auch nur bei ihrer Arbeitgeberin. Die alte Dame war der Vorwand für ihr Fernbleiben von Amigny, während Paul Devoisy sich verheiratete. Louise verbrachte die Zeit mit ihr und war klug genug – niemand war klüger als Louise – zu wissen, dass sie die Zeit in The Cedars so angenehm verbrachte, wie es überhaupt möglich war. Das Leben in diesem Haus war nicht aufregend, aber anders, und Abwechslung hatte Louise zu diesem Zeitpunkt dringend nötig.

Nach der Affäre mit Paul brauchte sie Ruhe und musste sich erholen. In The Cedars hatte sie frische Luft, der Garten war groß, und es gab viel Milch. Nach diesem Aufenthalt würden ihre Augen klarer und ihre Haut reiner sein. Sie würde mit wiederhergestelltem Aussehen zurückfahren, und wenn sie Paul auf den Straßen von Amigny begegnete, würde er feststellen, dass es spurlos an ihr vorübergegangen war, von ihm verlassen worden zu sein. Dafür lohnte es sich, die Langeweile in The Cedars zu ertragen. Das war sie gewohnt, sie langweilte sich schließlich überall.

Es bestand keine Notwendigkeit, sich zu verausgaben. Im Garten zu sitzen oder im Wohnzimmer und das Französisch von Mrs North zu korrigieren – nicht zu sehr, denn wozu sollte das gut sein? –, war keine anstrengende Arbeit. Und Louise nutzte die Zeit gut, die sie mit der alten Dame zusammensaß. Sie schaffte jede Menge eigene Weißnäherei. Mochte Germaine Brouet die Wäsche für ihre Aussteuer aus der Rue de Paix haben, zwei oder drei der Stücke, die Louise nun selbst nähte, waren nicht weniger vorzüglich, dachte sie mit Genugtuung.

Die Maßstäbe, die Louise in Fragen der Kleidung und des Erscheinungsbildes setzte, nötigten Mrs North Bewunderung ab. Als diese Maßstäbe auf sie übertragen wurden, war sie erstaunt und begeistert und überließ sich mit kindlicher Freude Louises Aufmerksamkeiten. Louise richtete ihr das Haar, lackierte ihr die Nägel, trug ein wenig Farbe auf ihre Lippen auf, begleitete sie nach London zum Einkauf von Kleidern, Mänteln und Hüten. Louise wählte aus Mrs Norths Schmuck die jeweils genau passenden Stücke aus. Sie verbrachten Stunden an der Frisierkommode.

Dass jemand sie dieser Fürsorge für wert befand, trotz ihres Alters, entzückte und rührte Mrs North. Diese Einstellung war so anders, sagte sie zu Louise, als jene von Mrs Avery zum Beispiel. »Für die bin ich nur die Großmutter.« Bestimmt achtete Mrs Avery nie darauf, was sie anhatte. Der Gerechtigkeit halber hätte sie sagen müssen, dass Ellen generell nur selten darauf achtete, was jemand am Leib trug. Sie wusste zwar, ob ihr der Gesamteindruck zusagte und ob ihr das Äußere eines Gegenübers als angenehm oder unangenehm im Gedächtnis blieb, hätte dabei aber nicht angeben können, ob die Betreffende einen bestimmten Hut schon im vorigen Jahr getragen hatte oder nicht.

»Ich dachte, es sei zu spät, mir Gedanken um mein Aussehen zu machen«, sagte die alte Dame.

»Dafür ist es nie zu spät«, erwiderte Louise bestimmt.

»Ich fand mit der Zeit, es spiele keine Rolle.«

»Es spielt immer eine Rolle. Sie sehen aus wie eine Herzogin«, sagte Louise, trat zurück und blickte prüfend auf Mrs North, die hoch aufgerichtet in einem fliederfarbenen Seidenkleid mit Gürtel und Perlen um den Hals und am Handgelenk auf ihrem Hocker an der Frisierkommode saß. Sie richtete sogar eine Falte am Rock, als bliebe Mrs North für immer dort sitzen. »Sie dürfen immer nur reine Seide tragen«, verfügte sie.

Mrs North berührte den Stoff und blickte in den Spiegel. »Sie sind sehr gut zu mir, meine Liebe.«

»Nicht doch«, sagte Louise. »Es interessiert mich. Außerdem ist es eine Schande, schöne Dinge nicht zu benutzen. Wozu sollen sie gut sein, wenn niemand sie sieht?«

»Sie haben recht«, sagte Mrs North, ging die Stücke in ihrer Schmuckschatulle durch und zog einen goldenen Ring hervor, in den drei Diamanten eingelassen waren.

»Den möchte ich Ihnen gern schenken, meine Liebe«, sagte sie und hielt Louise den Ring hin. »Sie nehmen ihn, ja?«

Louise hob ihn sich vor die Augen und lächelte. »*Tenez, Madame*«, sagte sie. »Das ist sehr freundlich. Aber schenken Sie ihn nicht mir. Damit wäre Ihre Familie vielleicht nicht einverstanden. Außerdem passt er nicht recht zu mir. Sehen Sie?«, sagte sie und schob ihn sich auf den Finger. »Er ist nichts für meine Hand.«

Mrs North errötete leicht. An der schmalen Hand wirkte der Ring klobig, fast vulgär. »Der ist wirklich ganz verkehrt«, sagte sie, nahm ihn eilig wieder an sich, vergrub ihn unter einem Hügelchen aus Goldketten und klappte die Schatulle zu. »Entschuldigen Sie bitte.«

Sie offerierte nichts anderes zum Ausgleich, und Louise ärgerte sich über sich selbst. Sie hatte einem Moment des Zorns nachgegeben – wie konnte jemand glauben, sie würde so etwas tragen? Und jetzt sollte sie gar nichts bekommen. Der Ring war zwar hässlich, aber wertvoll. Sie hätte ihn verkaufen können.

Sie hatte jedoch keinen Grund, ihre Ablehnung zu bereuen. Stillschweigend ließ Mrs North die Steine nach gegenwärtiger Mode neu fassen und schenkte Louise den Ring als Überraschung einige Wochen später.

Nun fand er herzliche Aufnahme. Louise war hocherfreut über den Ring, und Mrs North war hocherfreut über Louise, die so ehrlich war und nicht geheuchelt hatte, den Ring in der alten Fassung zu wollen. Mrs North war also wirklich zufrieden mit Louise. Miss Daley, die Haushälterin, war es jedoch nicht.

Vor der Ankunft der Französin war Mrs North auf Miss Daleys Fürsorge und Gesellschaft angewiesen gewesen. Jetzt war sie es nicht mehr. Außerdem wurde sie immer kritischer. Mit der Französin begann die Anerkennung für Miss Daley zu schwinden, und das gefiel Miss Daley ganz und gar nicht.

Es gefiel ihr auch nicht, wie die Fremde in ihre Küche

spaziert kam, Fragen stellte und über ihre Kochkünste zu lachen schien.

Wie zum Beispiel an dem einen Morgen, als sie aus einem Gelatinequader Tortenguss machte. »Was ist das?«, erkundigte sich Louise.

Miss Daley runzelte die Stirn. Sie konnte es nicht leiden, wie Mademoiselle Dinge mit Daumen und Zeigefinger anhob, und als sie es jetzt tat, empfand Miss Daley das als Beleidigung ihrer Gelatine.

»Wollen Sie behaupten, Sie haben in Frankreich keine Gelatine?«, fragte sie.

Louise lächelte. »Solche nicht«, sagte sie. »Die schon fertig abgepackt ist. Wir verwenden keine vorgefertigten Lebensmittel. *Mon Dieu*, nein.«

Miss Daley wollte von Mrs North wissen, was *Mon Dieu* hieß, und sagte, als sie es erfuhr, sie wäre Mademoiselle dankbar, wenn sie auf solche Ausdrücke in ihrer Küche verzichtete.

»Seien Sie nicht albern, Daley«, sagte Mrs North, die nun nicht nur wie eine Herzogin aussah, sondern sich auch wie eine aufführte. »Die Franzosen sagen ständig *Mon Dieu*. Das hat nichts zu besagen. *Autres pays, autres mœurs*, verstehen Sie, Daley, das heißt, in anderen Ländern geht es anders zu. Wir wollen doch nicht, dass Mademoiselle die Engländer für provinziell und engstirnig hält.«

Miss Daley gefiel es nicht, wenn man Französisch mit ihr sprach oder ihr sagte, sie solle nicht albern sein. Es gab noch mehr solche Vorfälle. Sie erzählte Ellen davon.

»Ich habe mir einen weißen Kragen auf mein bestes Kleid gebunden, Mrs Avery – ein durchbrochenes Muster, sehr hübsch. Die sind hier jetzt immer so fein angezogen, ich dachte, vielleicht erwartet man etwas von mir. Dass ich Mrs North nicht gefällig sein möchte, kann niemand behaupten. Jedenfalls, als ich am Sonntag den Tee servierte, sagte Mrs North: ›Sie haben einen neuen Kragen umgebunden. Das sieht nett aus, nicht, Mademoiselle?‹ Da steht dieses französische Mädchen doch tatsächlich auf und befingert ihn. ›Der ist nicht von Hand genäht‹, sagt sie. Nicht von Hand genäht! Als würde heute noch irgendwer etwas mit der Hand machen oder als könnte jemand wie ich sich etwas leisten, was mit der Hand gemacht ist! Sie hat mir die ganze Freude an dem Kragen verdorben, Mrs Avery. Und das tut sie ständig.« Miss Daley empörte sich weiter. »Neulich habe ich abends eine Erbsensuppe aus der Dose auf den Tisch gebracht. Ich verfeinere sie noch ein bisschen mit Rahm und streue zuletzt getrocknete Minze darüber. Köstlich, wenn Sie mich fragen. Aber die Französin legt den Löffel weg und sagt. ›Was ist das denn?‹, und als Mrs North mich fragte, musste ich zugeben, dass sie aus einer Dose kommt. Na ja, ich bin zurück in die Küche und hab mich tüchtig ausgeweint. Ich habe auch meinen Stolz, wissen Sie, Mrs Avery.«

Obwohl insgeheim überrascht, dass man auf Dosensuppe stolz sein konnte, besänftigte Ellen, so gut es ging.

»Sie müssen auf die Französin aufpassen«, ließ Miss Daley eines Tages in düsterem Triumph verlauten. »Jetzt hat Mrs North ihr einen Ring geschenkt. Einen ihrer alten, umgearbeitet. Ich weiß es, weil ich die Rechnung gesehen habe. Sie können ihn am Finger des Mädchens sehen, es sei denn, sie trägt ihn nicht, wenn Sie im Haus sind. Ich weiß, Sie sind niemand, der andere belauert, aber Sie haben Kinder, an die Sie denken müssen.«

Ellen murmelte etwas Unverbindliches. Es kümmerte sie nicht, was ihre Schwiegermutter mit ihren Ringen tat, und sie glaubte auch nicht, dass es ihre Kinder kümmerte.

Wenn sie jetzt in The Cedars vorbeischaute, wartete Miss Daley jedes Mal, bis sie sie abpassen und ihr etwas über die Französin zutragen konnte. Ellen gestand Miss Daley zwar durchaus zu, dass sie nicht grundlos Kummer hatte, war jedoch nach wie vor froh, dass Mrs North Freude an Louises Gesellschaft hatte.

Louise erkannte bald, dass Mrs North ihre zart angedeutete Kritik an Mrs Avery und sogar an den Kindern nicht übel nahm, und setzte diese fort. Nicht nur, um Mrs North schönzutun, sondern weil Schroffheit ein Wesenszug war, den sie trainieren wollte. Sie betonte jedoch umsichtig, dass die Kinder anders wären, wenn ihre Mutter sie besser erzogen hätte.

Manchmal kam Anne auf Roma zu einem Anstandsbesuch vorbei, band die Stute an der Zufahrt fest und ließ sie an den Randstreifen grasen, solange sie mit ihrer Großmutter, je nach Wetterlage, im Wohnzimmer oder im Garten zusammensaß. Anne war ein höfliches junges Mädchen, sah ab und zu jedoch heimlich auf die Uhr, ob sie schon lange genug geblieben war. Sie trug ein Hemd und eine Reithose, lachte errötend und schüttelte das glänzende Haar, wenn die beiden Frauen sie dazu bewegen wollten, Französisch mit ihnen zu sprechen. Sie war entwaffnend mit ihrer Jugend und ihrer Offenheit, doch Mademoiselle hatte trotzdem immer etwas an ihr auszusetzen, wenn Anne gegangen war.

»*Mais elle ne sait rien, cette petite*«, sagte sie erstaunt. »*Quelle éducation.*«

»Und wenn Sie wüssten, was die kostet«, sagte Mrs North. »Aber so ein hübsches Kind, nicht?«

»Sie ist schön. Sehr sogar«, gestand Louise. »Trägt aber immer dieselben Sachen, Hose und Hemd, wie ein Junge. Aber wie soll sie später einmal ein Gespür dafür entwickeln, was ihr steht, wenn ihre Mutter es ihr jetzt nicht beibringt?«

»Welches Gespür hat meine Schwiegertochter denn selbst dafür?«, sagte Mrs North. »Sie sieht nett aus, ich weiß, aber im Sommer läuft sie immer in einem Kittelkleid aus Leinen oder etwas Ähnlichem und im Winter in einem Tweedrock und einem Sweater herum.«

»Sweater! Was für ein Wort!«, sagte Louise erschauernd. »Das bedeutet, man schwitzt darin, *n'est-ce pas?*« Sie machte ein paar Stiche einer Batistarbeit, bevor sie weitersprach. »In Frankreich würde sich ein so schönes junges Mädchen nicht damit zufriedengeben, seine ganze Zeit mit einem Pferd zu verbringen. Es würde mehr erwarten.«

»*Je vous crois bien*«, sagte Mrs North behutsam.

»Das haben Sie sehr schön gesagt«, sagte Louise. »*Vous devenez tout à fait française, Madame.*«

Sie waren sehr zufrieden miteinander.

Wenn Avery seine Frau begleitete, konnten sie der Kritik hinterher frönen. Nicht aber, wenn er allein kam. Wenn er allein kam, war er ganz und gar der Sohn seiner Mutter, und Mrs North führte Mademoiselle mit Freuden vor, dass er immer noch zu ihr gehörte, wenn auch nicht in dem Maße, wie er es ohne Ehefrau getan hätte.

Avery schaute ab und zu auf dem Heimweg vom Bahnhof vorbei. Manchmal kam er nur herein, legte seiner Mutter die Londoner Zeitungen auf den Schoß und ging wieder. Manchmal setzte er sich für ein Weilchen zu ihr. Ihn amüsierte von Herzen die Veränderung, die seine Mutter seit der Ankunft des französischen Mädchens durchmachte, ja sie interessierte ihn sogar, und er beglückwünschte sie dazu.

»Mutter, du siehst wundervoll aus. Was haben Sie mit ihr angestellt, Mademoiselle? Und Mutter, ist das eine neue Diamantbrosche?«

»Diese Brosche«, sagte seine Mutter, »ist nicht neuer als du. Dein Vater hat sie mir geschenkt, als du geboren wurdest. Sie ist genau dreiundvierzig Jahre alt.«

»Pst«, sagte Avery. »Ängstige Mademoiselle nicht mit solch astronomischen Zahlen. Sie hält mich sonst für einen Greis.«

Louise lächelte. »Oh, Monsieur, es ist ein Alter, das ich für mich selbst nicht beanspruchen möchte. Aber für einen Mann, was ist das schon?« Sie beugte ihr schmales dunkles Haupt über ein Fleckchen Linon, an dem sie nähte.

»Was nähen Sie da?«, fragte er, über so viel Fleiß lächelnd.

»Ein Taschentuch.«

»Dass jemand sich ein Taschentuch näht, habe ich ja noch nie gehört.«

»Ich nähe meine alle selbst«, sagte sie.

»Und sie sind sehr schön. Kleine Kunstwerke«, sagte Mrs North. »Sieh dir nur mal die gestickten Initialen an, Avery.«

Louise überreichte ihre Näharbeit.

»Das haben Sie gemacht?«, fragte er und sah sie voll an.

Sie verzog selbstironisch das Gesicht.

»Das ist unglaublich«, sagte er und reichte den Linon zurück.

»Sie ist eine Perfektionistin«, lobte Mrs North weiter.

»Wirklich?«, sagte Avery und sah abermals das Mädchen an. »Mmm … Sollen wir vielleicht ein Glas Sherry trinken?«

»Gewiss, mein Lieber. Du weißt ja, wo er steht.«

»Il est beau, Monsieur Aviary, n'est-ce pas?«, sagte Louise, als er aus dem Zimmer gegangen war.

»Nicht Aviary, meine Liebe. Darin werden die Vögel gehalten. Avery. A-v-e-r-y. Ich hatte einen Bruder, der so hieß. Ja, er sieht gut aus, nicht? Ihr blendendes Aussehen haben die Kinder natürlich von ihm.«

Avery kam mit dem Sherry zurück.

»Sie haben sehr starken Wein in England«, sagte Louise.

»Na, die Weintrinker sind ja wohl Sie«, erwiderte Avery. »Unsere starken Weine schicken wir nach England. Wir trinken viel Wein, ja, wir trinken jeden Tag welchen, aber wir geben Wasser dazu.«

»Da schüttelt es mich«, sagte Avery lachend.

Sie lachte ebenfalls. Der Wein munterte sie auf. Bei den Mahlzeiten hatte es bislang immer nur viel Wasser gegeben. Aber jetzt lachte sie, zeigte ihre makellosen Zähne. Sie war lebendig. Ihre Augen glänzten. Sie machte sich über die Engländer lustig. Es war eine angenehme halbe Stunde.

SECHS

Mit dem Ende der Sommerferien würde in Netherfold Stille einkehren. Annes Rückkehr ans Internat rückte drohend näher. Wie immer vermieden alle Betroffenen das Thema, doch als Anne eines Abends im Gras lag und ihre Mutter in der Gartenschaukel Namensschildchen in ein paar letzte Kleidungsstücke einnähte, sagte sie traurig: »Eigentlich ist alles doch immer ein Auf und Ab, wie bei einer Kurve, nicht?«

Ihre Mutter wusste, woran sie dachte, sagte aber: »Was genau meinst du, Liebling?«

»Na, die Ferien«, sagte Anne und verstummte wieder. »In der ersten Hälfte«, fuhr sie dann fort, »ist alles wunderbar, und ich habe das Gefühl, sie dauern ewig. In der Mitte ungefähr spüre ich dann eine Last auf der Brust. Nicht schwer, nur eine Unze vielleicht. Aber mit der kürzer werdenden Zeit wird die Last immer schwerer, und jetzt wiegt sie eine Tonne«, sagte sie schließlich und wandte sich ab.

»Aber du magst das Internat doch, oder?«

»Wenn ich ankomme«, sagte Anne, »ist es wieder gut. Ich möchte nirgendwo sonst hin. Aber ich gehe nicht gern von dir und Daddy und Roma und allem fort. Manchmal wünschte ich mir, ich hätte mein Zuhause weniger gern,

Mami«, platzte sie heraus. »Es ist nicht schön, immer wieder fortzumüssen und nicht hier zu sein.«

»Andersherum ist es aber genauso. Die Schulzeit verläuft doch auch wie eine Kurve. Bis zur Hälfte des Trimesters fällt sie vielleicht, aber dann steigt sie wieder, nicht?«

»Ja, genau! Dann werde ich schrecklich aufgeregt. Und sterbe fast vor Sehnsucht danach, zuerst dich am Bahnhof zu sehen, Mami, und dann heimzukommen und bloß hier zu stehen, bevor Roma etwas merkt. Ich beobachte sie und sage ›Roma‹, und sie hebt den Kopf und horcht. Dann sage ich noch mal ›Roma‹, und sie wirft den Kopf herum, schlägt aus, wiehert und kommt zum Tor galoppiert. Und ich renne los. Ach, dieser Schatz«, sagte Anne überschwänglich und kam vom Gras auf die Beine. »Ich muss hin und mit ihr reden, solange ich es noch kann.«

Als sie fort war, trocknete Ellen sich hastig die Augen. Du bist albern, sagte sie sich. Und Avery ist fast genauso schlimm … na ja, nicht ganz.

Das stimmte. Als er sich am Tag von Annes Abreise nach dem Frühstück auf den Weg machte und seine Tochter die Arme um ihn warf, traten ihm reichlich Tränen in die Augen, auch wenn er betont munter sagte: »Ach, na komm.«

»Daddy, du und Mami, ihr kommt zur Trimesterhalbzeit, ja?«

»Haben wir das jemals ausgelassen?«

»Nein, ihr seid wunderbar«, gab Anne zurück und umarmte ihn. »Ihr seid die besten Eltern in der Schule. Ich bin schrecklich stolz auf euch. Ich liebe euch beide so sehr, dass ich platzen könnte.«

»Ich verpass noch meinen Zug«, sagte Avery und riss sich los. »Wiedersehen, Kleines. Auf bald.«

Er konnte den Abschied kurz halten, für Ellen dauerte er länger. Sie musste dem Zug nachwinken. Vorher mussten sie und Anne aber noch auf dem Weg zum Bahnhof in The Cedars vorbeifahren und dort Auf Wiedersehen sagen.

Nach einer ausgedehnten Sitzung an der Frisierkommode waren Mrs North und Louise gerade ins Wohnzimmer heruntergekommen, in dem eine schmallippige Miss Daley den Kaffee servierte. Miss Daley ärgerte sich darüber, dass sie dafür ihre Arbeit unterbrechen musste, und bediente Mademoiselle höchst ungern, in welcher Form auch immer.

»Soll ich noch zwei Tassen holen, Mrs Avery?«, fragte Miss Daley über den Kopf ihrer Herrin hinweg, die sie ansah wie eine gekränkte Herzogin. »Es ist reichlich Kaffee da.«

»Nein, vielen Dank, Miss Daley«, sagte Ellen. »Ich fürchte, wir haben keine Zeit.«

»Nie Zeit. Nie Zeit für nichts«, warf Mrs North ein. »Warum kommt ihr dann nicht ein bisschen früher?«

»Du wirst es kaum glauben, aber wir hätten es fast gar nicht mehr geschafft. Komm, Anne.«

»Auf Wiedersehen, Großmama«, sagte Anne und küsste ihre Großmutter auf die ihr dargebotene Wange. »Auf Wiedersehen, Mademoiselle«, fügte sie hinzu und streckte die Hand aus. »Ich nehme nicht an, dass ich Sie noch mal wiedersehe, oder?«

»O doch, das wirst du«, sagte Mrs North. »Mademoiselle hat mir versprochen, dass sie wiederkommt. Ausgeschlossen, dass ich sie nun wieder verliere. Sie hat in meinem Leben so viel bewirkt. Nun geh schon, Kind. Fahr mit deiner Mutter davon. Ich wünsche dir ein schönes Trimester. Auf Wiedersehen.«

Anne sauste in die Küche und gab der gerührten Miss Daley einen Kuss. »Ich wette, die Französin hat sie nicht geküsst«, sagte diese darauf zur Zugehfrau.

Ellen und Anne fuhren zum Bahnhof.

»Na, brichst du wieder auf?«, fragte der Schaffner, der für seine Fröhlichkeit bekannt war. »Kaum gekommen, musst du schon wieder fort, auch wenn ich vermute, dass einem die Ferien kürzer erscheinen als die Schulzeit. Mach dir nichts daraus, bald bist du wieder da. Deine Freundinnen sind schon vorgegangen. Gleis vier, wie üblich.«

Auf dem Bahnsteig hatte sich eine Gruppe von Mädchen versammelt: die Mowbrays, die mit dem Auto aus Benhampton kamen, und die Westons, Letztere mit ihrer molligen Mutter, die sie von der Anschlussstation herbrachte. Als sie Anne sahen, kamen die Mädchen auf sie zugerannt.

»Oh, Anne, wir dachten schon, du kommst nicht. Guten Morgen, Mrs North. Wir dachten, du hast vielleicht Masern oder so etwas.«

»Leider Fehlanzeige«, sagte Anne.

»Sie sind eine wie die andere«, sagte Mrs Weston. »Hab ich nicht recht, Mrs North? Man könnte meinen, sie kommen ins Gefängnis und nicht in dieses wunderbare Haus.«

»So wunderbar es sein mag, es ist nun mal nicht zu Hause«, wies Christine Weston ihre Mutter zurecht. »Und ihr solltet euch geschmeichelt fühlen, dass wir euch so ungern verlassen. Die Schule ist in Ordnung, wenn wir wieder dort sind, aber gern fahren wir nicht zurück. Zufällig wird dieses Trimester gar nicht mal so schlecht, wegen dem Theaterstück. Ich frag mich, welche Rollen wir bekommen, Anne.«

»Oh, der Zug«, stöhnte eins der Mowbray-Mädchen.

Es gab noch eine Menge letzte Umarmungen, bevor Anne, zwar lächelnd, aber sichtlich mitgenommen, wie Ellen auffiel, mit den anderen in den Waggon einstieg. Sie streckte den Kopf zum Fenster heraus, weiter lächelnd, und eine einsame Hand in einem kurzen Kinderhandschuh winkte sogar dann noch, als der Zug schon um die Kurve verschwand.

»Kinder sollten nicht für die Schule weggehen müssen«, sagte Ellen aufgebracht, als sie an diesem Abend ins Bett ging.

»Anders ist es nicht möglich«, wandte Avery ein. »Hier gibt es ja keine. Für ein Tagesinternat muss man in London wohnen, und das würde uns nicht gefallen. Und Anne könnte dort Roma nicht haben, damit wäre das geklärt.«

»Ich weiß ja.« Ellen zog das Federbett herauf, denn die Nächte waren bereits kühl.

»Tja«, sagte Avery knapp. »Entweder sind unsere Kinder gern zu Hause, und das Fortgehen tut ihnen weh, oder sie sind nicht gern zu Hause, und das Gehen ist ihnen egal. Beides gleichzeitig geht nicht.«

»Nein.« Ellen war getröstet, obwohl ihr nicht klar war, warum. »Wir sind heute früh natürlich noch in The Cedars vorbeigefahren«, berichtete sie nun. »Deine Mutter sagt, die Französin hat versprochen, bald wiederzukommen.«

»Ja, davon hab ich auch gehört. Ich bin froh. Es war eine gute Idee, sie herzuholen.«

SIEBEN

I

Als Madame Lanier die Briefe in den Kasten an der Rückseite der Tür fallen hörte, ließ sie den Kaffee auf dem Herd stehen, um sie zu holen. Zwei Wochen waren vergangen, seit sie den letzten Brief von Louise erhalten hatten, und auch wenn sie inzwischen wussten, dass ihre Tochter nur unregelmäßig schrieb, war ihre Sorge mit jedem weiteren Tag gewachsen. An diesem Morgen aber sah sie sofort, dass sich ein englischer Umschlag zwischen den französischen befand.

»Papa«, rief sie ganz aufgeregt vor Erleichterung. »Der Brief ist da. Wenn du nicht auf der Stelle kommst, muss ich ihn aufmachen.«

»Ich komme, ich komme«, rief er von oben. Er hatte sich gerade den Bart ausgekämmt und das elektrische Knistern dabei genossen, ließ den Kamm nun jedoch fallen, warf sich das weiche schwarze Band des Kneifers um den Hals und griff nach der Jacke.

Madame Lanier, die sich Louises Brief an die gewaltige Brust drückte, als wäre es ihr Kind selbst, ging zurück in die Küche. Über dem altmodischen Herd schimmerte eine Batterie Kupferpfannen, und ein herzerwärmend starker Kaffeegeruch lag im Raum.

»Beeil dich doch«, rief Madame Lanier in plötzlicher Ungeduld. Sie brannte darauf, den Brief zu öffnen, wollte aber warten, denn den Moment mit ihrem Mann gemeinsam zu erleben, verdoppelte ihre Freude noch.

Sein Tritt durch die Filzschuhe gedämpft, kam Monsieur Lanier herunter. »Tja, hier bin ich, aber wo bist du?«

»Setz dich. Ich komme.«

Er band sich die Serviette um und hämmerte, da sie nicht sofort erschien, mit dem Löffel auf den Tisch und rief: »Bedienung!«

Madame Lanier am Herd kicherte. So alberten sie herum, wenn Louise nicht da war. Auch wenn sie das nicht zugegeben hätten – es war ihnen nicht einmal bewusst –, fühlten sie sich ohne sie bedeutend wohler. Im Laden genossen sie die freundlichen Wortwechsel mit den Kunden, die Louise sonst von oben herab behandelte. Im Haus scherzten sie, plauderten und gestatteten sich Zärtlichkeiten, wie sie es nie taten, wenn ihre Tochter zu Hause war. Dennoch sehnten sie sich ständig nach ihr, und als der Brief schließlich geöffnet wurde und sie lasen, dass Louise tatsächlich kam, jauchzten sie vor Freude.

»Sie hatte geschrieben, sie bleibt vielleicht noch einen Monat, und jetzt kommt sie schon nächste Woche. In sieben Tagen ist sie hier.«

»Ich muss ihr Bett auslüften«, sagte Madame Lanier. »Marie muss noch heute ihr Zimmer herrichten. Die neuen Vorhänge müssen sofort her. Ach, hoffentlich gefallen sie ihr. Du weißt, ihr gefällt nie etwas, wenn sie es nicht selbst ausgesucht hat. Henri, was habe ich getan? Ich hätte warten sollen.«

Sie hatte in einer Aufwallung von Liebe neue Vorhänge für Louises Zimmer bestellt, und jetzt plagten sie böse Vorahnungen.

»Natürlich werden sie ihr gefallen«, sagte ihr Mann tapfer. »Was soll sie dagegen haben? Sie sind sehr hübsch und haben weiß Gott genug gekostet.« Er atmete tief ein. »Wir sehen sie nächste Woche wieder! Ich kann es fast nicht glauben. Noch etwas Kaffee, *maman*, wenn du so lieb wärst.«

»Der ist schon kalt.« Madame Lanier erhob sich. »Ich hol dir heißen.«

»Hörst du?«, rief er aus dem Wohnzimmer Richtung Küche. »Sie musste ihnen versprechen, dass sie wiederkommt.«

»Ja. Das habe ich gesehen«, antwortete sie. »Sie wissen sie zu schätzen.«

»Ist ja alles schön und gut. Aber was ist das für ein Leben, wenn sie über den Kanal hin- und herpendelt? Sie sollte heiraten und einen Hausstand gründen.«

»Jetzt fang nicht davon an«, bat ihn seine Frau, die mit dem dampfenden Kaffeekrug zurückkam. »Sag ihr das nicht, wenn sie gerade nach Hause kommt.«

»Du weißt sehr gut«, sagte Monsieur Lanier, der Brot in seine Schale bröckelte, »dass ich zu ihr nie etwas sage. Was mir durch den Kopf geht, erzähle ich nur dir. Aber es wird ernst.«

»Und wennschon. Nur nicht gerade jetzt. Heute bin ich zu glücklich, um mich mit irgendetwas zu beschäftigen, was weiter als eine Woche entfernt ist.«

»Schon gut, schon gut«, gab er nach. »Sei glücklich. Ich bins auch. Es wird Zeit, den Laden aufzumachen.«

Er ging hinaus auf den Bürgersteig. Nebenan war gerade Bonnet auf die Straße getreten und öffnete sein Schuhgeschäft.

»Louise kommt nächste Woche heim«, rief Monsieur Lanier ihm zu.

»Ah, sehr schön. Bestimmt freuen Sie sich, sie wiederzusehen.«

Sie gaben einander die linke Hand, wie sie es jeden Morgen taten. Bonnet ging hinein, Monsieur Lanier aber blieb einen Moment stehen und betrachtete die um diese Zeit noch stille Straße, in der das Wasser klar und leise im Rinnstein lief. Am Ende der Straße hing der spärlich belaubte Ahorn golden über das alte schmiedeeiserne Tor des Erzbistums, das Ganze so zart wie eine Tuschezeichnung. Er fragte sich, wie England sein mochte, und konnte kaum glauben, dass es dort schöner war als hier in ihrer Heimatstadt. Dennoch verschmähte sie Amigny und alles, was es zu bieten hatte.

Auf der gegenüberliegenden Straßenseite entriegelte Chaix, der Juwelier, seine Tür und erschien auf dem Bürgersteig.

»*Bonjour*«, riefen sie sich zu und trafen sich zum Händeschütteln auf der Straßenmitte.

»Louise kommt nächste Woche«, sagte Monsieur Lanier.

»Schön«, entgegnete der Juwelier. »Sie hat Ihnen sicher gefehlt.«

Alle, die an diesem Vormittag den Laden betraten, erfuhren, dass Louise aus England zurückkehrte. Auch die junge Madame Devoisy bekam es zu hören, als sie die Einladungskarten für ihre Hochzeitsfeier bestellte. Die Dame eines so wichtigen Hauses wurde von Monsieur und Madame gemeinsam bedient, und so berichteten es ihr beide, über die Ladentheke hinweg strahlend.

Wie bei Madame Lanier erkannte man auch bei Germaine Devoisy, obwohl noch jung, auf den ersten Blick die tugendhafte Frau. Ihr blondes Haar, laut Louise grünstichig, war in einem schweren Chignon zusammengenommen, der zwar dem Zeitgeschmack entsprach, aber dennoch nicht modisch war. Sie war blass – ein Teint wie Sellerie, hatte Louise im ersten Zorn zu Paul Devoisy gesagt, als sie von der geplanten Hochzeit hörte. Ihre Wimpern waren ebenfalls blass, doch ihre Augen waren bernsteinbraun, und ihre Lippen hatten die Farbe von Wildrosen und waren sehr glatt. Sie verwendete keinen Lippenstift. Dafür war sie, laut Louise, zu fromm.

Madame Devoisy fand bei jedermann strahlende Anerkennung. Sie war reich und gütig und das, was man »schlicht« nannte, womit man »unverdorben« meinte. Sie strotzte vor Glück in ihrem Brautstand und kostete es voll aus, dass sie nun so wichtige Dinge vorzubereiten hatte, wie die Feier zu ihrer eigenen Hochzeit und die *Vente de Charité* zugunsten des hiesigen Pensionats, das sie als Kind selbst besucht hatte, bevor sie in ein Kloster nach Paris geschickt wurde.

Sie hörte höflich zu, als Louises Eltern ihr die Größe von Haus und Garten, den Reichtum und die feine Gesinnung der Familie schilderten, bei der Louise weilte. Madame Lanier glaubte, wer selbst ein Aristokrat war, werde sich naturgemäß für Angehörige desselben Standes interessieren. Sie glaubte, Germaine Devoisy in deren Sphäre zu begegnen, und vor Befriedigung darüber, dass sie berichten konnte, wie gern diese vermögenden Leute in England ihre Tochter hatten, schwammen ihre Augen in Tränen.

Nicht minder bewegt, wenngleich sie nicht recht wusste, warum, legte Germaine die Hand auf den Arm der Mutter.

»*Tenez, Madame*«, sagte sie und fügte mit dem ihr eigenen feinen Lispeln, das Louise rasend machte und alle anderen bezauberte, hinzu: »Mademoiselle Louise war ebenfalls Schülerin an der Ste. Colombe.« Ihr *Mademoiselle* bestimmte das Verhältnis zur Tochter der Ladenbesitzerin präzise: Man war freundlich, aber nicht vertraulich.

»Oh, ja, Madame, sie ging zehn Jahre an die Ste. Colombe.«

»Ich erinnere mich an sie. Obwohl ich noch bei den Kleinen war, als sie den *Cours Supérieur* erreicht hatte.«

»Oh, ja, Sie sind etliche Jahre jünger«, sagte Madame Lanier, der schmerzlich bewusst wurde, dass diese junge Frau demnächst einem so guten Haus vorstehen sollte, während Louise noch unverheiratet war.

»Wissen Sie, dass ich dieses Jahr die *Vente de Charité* organisiere?«

»Gewiss doch, Madame. Sie sind noch so jung und schon so tüchtig.«

»Was meinen Sie, würde Ihre Tochter die Leitung eines Verkaufsstands für mich übernehmen? Vielleicht den für die Stickereiarbeiten? Sie hatte immer so viel Geschmack.«

Madame Lanier errötete vor freudiger Überraschung. Das war doch wirklich etwas – von der wichtigsten jungen Dame der Stadt darum gebeten zu werden, einen Stand zu leiten! Das verhieß enge Beziehungen zu ihr. Verhieß Zusammenkünfte in Madame Devoisys Haus. Daraus konnte sich etwas ergeben. Louise wäre überglücklich. Sie hatte sich immer darüber beklagt, mit wem die Laniers notgedrungen Umgang pflegten. Damit aber erhielte sie Zutritt zu den besten Kreisen der Stadt.

»Madame!«, sagte sie und klatschte in die Hände. »Sie wird entzückt sein! Das wird ihr die Aussicht auf die Rückkehr nach Hause versüßen. Madame, sie ist klug. Sie ist gereist. Sie war schon einmal in England, wissen Sie. Ja, sie hat vor zwei Jahren drei Monate in Foxton verbracht. Ihr Vater und ich fürchten manchmal, für sie ist es mit uns hier ein bisschen langweilig. Es wird ihr sehr gefallen, einen Stand unter Ihrer Regie zu betreuen, Madame, und ihre alten Schulfreundinnen wiederzusehen! Es ist reizend von Ihnen, Madame, dass Sie an sie gedacht haben.«

»Keine Ursache«, sagte Germaine selbstgefällig. »Dann gehe ich davon aus, dass sie es übernimmt?«

»Gewiss, gewiss. Halten Sie ihren Namen gleich fest. Und, Papa, du leistest eine Spende, nicht wahr?«

»Mit Vergnügen«, sagte Monsieur Lanier, ließ sich von Mademoiselle Léonie an der Kasse ein Bündel Geldscheine geben und überreichte es Germaine mit einer Verbeugung.

»Oh, das ist zu viel«, protestierte die junge Frau. »Monsieur! Wirklich!«

»Für die guten Werke von Ste. Colombe gebe ich es mit Freuden. Nehmen Sie, bitte, Madame. Und verzeichnen Sie es in der Liste der Unterstützer bitte mit dem Namen meiner Tochter.«

»Sie sind zu gütig, Monsieur. Tausend Dank. Madame, ich lasse Mademoiselle Louise Benachrichtigungen über die Treffen und alles zukommen. Jetzt muss ich gehen. Ich habe versprochen, mich um zwölf Uhr mit meinem

Mann zu treffen, und die Turmuhr schlägt schon. *Au revoir,* Madame. *Au revoir,* Monsieur, *et merci. Merci beaucoup.*«

Alle damenhafte Würde vergessend, rannte sie aus dem Laden wie ein Kind.

»Na, Papa!«, rief Madame Lanier fast ekstatisch. »Ist das nicht nett? Wird sich Louise da nicht freuen? Ich habe mir immer gewünscht, dass diese Leute unsere Tochter einmal unter günstigeren Umständen erleben als hinter der Ladentheke oder in der Kirche. Sie wird sie zum Staunen bringen, Papa. Sie können sie nur bewundern, nicht? Mademoiselle Léonie«, rief sie in Richtung des Glaskastens, in dem die Frau mittleren Alters den ganzen Tag saß, Geld in Empfang nahm und Rechnungen ausstellte. »Wir gehen jetzt. Rufen Sie, wenn etwas Wichtiges ist. Komm zum Mittagessen, Henri.«

»Was gibt es denn?«, fragte er und schloss die Tür hinter den punzierten Lederbänden der Werke von Racine, Molière, Corneille und anderen Klassikern, die niemand kaufte.

»Etwas, das du magst«, sagte seine Frau. »Kalten Schinken und Cornichons, Salat und einen vorzüglich gereiften Camembert.«

»Gut. Gehen wir.«

»Ich bin so froh«, war Madame Laniers im Haus verhallende Stimme zu vernehmen, »über den Wohltätigkeitsbasar.«

Da der Zug aus Paris um halb sieben Uhr abends ankommen sollte, konnten beide Eltern Louise nach Ladenschluss abholen. Sie warteten, zwei unförmige Gestalten, Madame Lanier in Umhänge und einen riesigen Mantel gehüllt, Monsieur in seinem besten Anzug mit den bauschigen Hosenbeinen, einem altertümlichen Cape, einem wollenen Schal und einem großen schwarzen Hut. Da sie so viele Stunden im Laden standen, fürchteten sie die frische Luft, und die Luft, die der Wind an diesem Abend über die flache Landschaft rings um Amigny blies, war doch sehr frisch.

»Es ist Winter, Henri«, bemerkte Madame Lanier erschauernd. »Durch und durch Winter.«

»Es gibt doch nichts Trübsinnigeres«, sagte ihr Ehemann, »als einen Bahnhof am Abend.«

Der Zementbahnsteig erstreckte sich bleich in beide Richtungen. Die wenigen Lampen ließen das Unwirtliche der Szene nur hervortreten, ohne sie zu beleuchten. Die Eltern blickten unverwandt die Gleise entlang, obwohl ihnen der Wind entgegenblies und ihre Augen zum Tränen brachte.

»Ah, endlich«, rief Monsieur Lanier. Am nächtlichen Horizont erschien so etwas wie eine riesige einsame Raupe mit feuerrotem Bauch, die wie wild schaukelte und schlingerte und mit großem Tempo näher kam – der Rauch des Zuges aus Paris, der schon bald donnernd einfuhr, ratternd zum Stehen kam, Rauch über und Dampf unter sich ausstoßend. Dieses Ungeheuer trug nur eine einsame, schmale Gestalt heran.

»Da ist sie!«, riefen die Eltern und setzten ihre fülligen Körper in Bewegung. »Louise! Louise *chérie*! Louise!«

Louise wurde regelrecht verschluckt von den liebevollen Umarmungen. Ihre Eltern nahmen ihr das Handgepäck ab und folgten ihr, einer gegen den anderen und beide gegen sie stoßend, in die Schalterhalle, standen respektvoll dabei, als Louise ihre Reisekoffer abholte. In dem Licht und zwischen den Trägern mit den blauen Blusen sah sie sehr weltgewandt und vornehm aus.

»Ist ein Taxi da?«, fragte Louise.

»Ich habe Pouillot bestellt«, sagte ihr Vater.

»Du siehst so gut aus, mein Schatz«, sagte ihre Mutter, als sie über das Kopfsteinpflaster ratterten, über die Brücke, unter der der dunkle Fluss die Lichter der kleinen Stadt verdoppelte. »Die Luft in England hat dir offenbar gutgetan.«

»England ist ein kleines Land und ringsum von Meer umgeben«, sagte Monsieur Lanier. »Daher kommt es.«

»Ich war nicht mal in der Nähe des Meers, Papa.«

»Nein, nein, aber die Seeluft erreicht dich in England, ganz gleich, wo du warst. Das Land ist so klein.«

In ihrer dunklen Ecke zuckte Louise mit den Achseln. Soll er halt seinen Kopf durchsetzen.

»Du warst so dünn, als du abgefahren bist«, sagte ihre Mutter. »Und jetzt bist du sogar ein bisschen füllig.«

»Oh, das wäre grauenhaft, hoffentlich nicht«, rief Louise alarmiert. »Fällt es sehr auf?«

»Nein«, sagte Monsieur Lanier bestimmt. »Nur, dass du jetzt erholt aussiehst und vorher kränklich aussahst. Das ist der einzige Unterschied.«

»Dem Himmel sei Dank«, beruhigte sich Louise. »Dick sein ist widerlich!«

Die beiden Dicken stimmten ihr demütig zu.

Als sie nach Hause kamen, empfand Louise den üblichen Widerwillen, durch den Laden ins Haus gehen zu müssen. Während ihr Koffer hereingebracht wurde, ging sie mit ihrer Mutter nach oben.

»Was für eine dürftige Beleuchtung«, sagte sie, als Madame Lanier das Licht einschaltete. »Ich bin jetzt gute Lampen gewohnt.«

»Papa schraubt eine stärkere Birne ein, mein Liebes.«

Louise sah sich in ihrem Zimmer um. Es war trotz allem schön, wieder hier zu sein.

»Was ist das?«, sagte sie, ging ans Fenster und nahm die Vorhänge in die Hand.

Madame Lanier hielt den Atem an.

»Die sind neu«, sagte Louise. »Toile-de-Jouy und nicht mal übel.«

»Oh, Louise!« Ihre Mutter beeilte sich, sie zu umarmen. »Gefallen sie dir? Ich hatte solche Bedenken.«

»Das ist ja ein Zufall«, bemerkte Louise und drückte den bauschigen Saum. »Die sind fast genau wie die Vorhänge in meinem Zimmer in England.«

»Ich bin so froh«, sagte ihre Mutter und legte die Wange auf das glatte Haupt ihres Kindes. »Ich habe sie bestellt und hatte dann Bedenken, dass ich vielleicht nicht deinen Geschmack treffe. Mein Schatz hat so viel mehr Geschmack als seine arme Mutter. Jetzt muss ich aber schleunigst an den Herd. Später habe ich noch eine Überraschung für dich. Du kommst gleich herunter, ja, Liebling? Ich will nicht, dass das Essen verkocht.«

»Ich komme sofort. Ich habe großen Hunger, und es riecht so gut, dass ich sogar noch hungriger werde.«

»Nur einen Moment also. Nur einen Moment.« Madame Lanier eilte nach unten, von Liebe und Glück erfüllt.

Sie freute sich immer mehr. Sie hatte nicht nur mit den Vorhängen Erfolg gehabt, sondern auch mit dem Essen. Das Consommé war kristallklar, aber kräftig. Das Huhn war perfekt gegart. Die Creme war so glatt und köstlich, dass keiner davon genug bekommen konnte und alle sogar noch die kleinen Töpfchen auskratzten, als schon nichts mehr drinnen war.

»Ach«, sagte Louise, »so etwas Gutes habe ich nicht gegessen, seit ich weggefahren bin.«

»Kann das sein?«, sagte Madame Lanier, die dieses hohe Lob gar nicht glauben konnte. »Kann das wirklich sein?«

»Nun, *maman*, die Engländer sind nicht gerade bekannt für ihre Küche«, sagte Monsieur Lanier, »und da ich bezweifle, dass es in Frankreich deinesgleichen noch einmal gibt – sprich, unter Hausfrauen –, hätte es mich gewundert, wenn Louise es in England fände.«

»Aber das ist lächerlich.« Madame Lanier war überglücklich. »Ihr schmeichelt mir, alle beide. So etwas habe ich noch nie gehört.«

»Es ist keine Schmeichelei«, sagte ihr Mann.

»Deine Mutter kocht also zu deiner Zufriedenheit, ja?« Madame Lanier konnte der Versuchung nicht widerstehen und wollte noch das eine oder andere Kompliment ergattern, solange die Gelegenheit günstig war.

»Natürlich«, sagte Louise ausnahmsweise lächelnd.

Dieses Lächeln bezauberte ihre Eltern. Louise lächelte wie gegen ihren Willen, was ihrem Gesicht einen eigenartigen Reiz verlieh. Wenn so ein Lächeln aufzog, beugten sich ihre Eltern strahlend vor, als käme die Sonne heraus und als wollten sie keinen Strahl verpassen.

»Mein Schatz«, sagte Madame Lanier bewegt. »Es ist so schön, dich wieder daheim zu haben. Jetzt bleibst du bei uns, ja? Du fährst nicht wieder nach England?«

»Madame North möchte, dass ich Weihnachten komme, aber ich glaube nicht, dass ich das tun werde. Ich glaube nicht, dass ich vor Ostern fahre, frühestens. Vielleicht fahre ich gar nicht mehr, ich weiß es noch nicht. Aber mach dir darum jetzt keine Gedanken. Ich bin ja eben erst heimgekommen.«

»Ja, lass das Kind in Ruhe, *maman*«, sagte ihr Vater.

»*Tiens!*«, sagte Louise und griff nach einem Umschlag, den sie auf den Schrank hinter sich gelegt hatte. »Ich hab ein paar Fotografien für euch mitgebracht.«

»Oh, das ist interessant«, sagte Monsieur Lanier.

»Warte auf mich, Louise«, bat ihre Mutter. »Ich muss meine Brille holen.«

»Das ist das Haus, in dem ich gewohnt habe«, sagte Louise. »Das Haus der alten Dame. Das sind die Fenster meines Zimmers.«

Die Köpfe zusammengesteckt, studierten die Eltern den Schnappschuss mit großem Interesse.

»Das ist ein sehr großes Haus«, sagte ihr Vater. »Ich glaube nicht, dass es in Amigny eines von dieser Größe gibt – ausgenommen vielleicht das der Devoisys.«

»Das ist das Haus des Sohns – es heißt Netherfold. Hier ist er. Sein Name ist Avery. Wie ihr seht, ist er gar nicht so übel.«

»Das ist der Verleger?«, sagte ihr Vater. »Du hast recht. Er ist groß und sieht gut aus.«

»Hier sind wir alle zusammen.« Louise zog eine Aufnahme hervor, die John Bennett eines Sonntagnachmittags in Netherfold gemacht hatte.

»Mein Liebling, das ist wunderbar von dir«, sagte Madame Lanier. »Wie schön deine *Broderie anglaise* zur Geltung kommt! Und das ist die alte Dame! Sehr vornehm. Und was für ein schönes junges Mädchen!«

»Das ist Monsieur Averys Tochter. Er vergöttert sie. Sie ist schon hübsch«, räumte Louise ein. »Und hier ist noch mal Monsieur Avery, seht ihr, und das ist seine Frau.«

»Sie hat ein liebes Gesicht«, sagte Madame Lanier. »Was für eine nette Familie. Sie sehen alle so glücklich aus.«

»Das ist Monsieur Averys Sohn. Er ist ungefähr achtzehn und leistet gerade seinen Militärdienst. Die machen ziemlich viel Aufhebens darum in England, Papa, wir hingegen, die wir das schon immer hatten …« Sie zuckte mit den Achseln und schob die Fotografien wieder in den Umschlag. »Die sind für euch«, sagte sie. »Ich hab andere.«

Sie dankten ihr überschwänglich. Mehr hatte sie ihnen aus England nicht mitgebracht, doch weder Eltern noch Tochter waren auf die Idee gekommen, dass sie noch ein anderes Geschenk hätte mitbringen können.

Madame Lanier lief hinaus, um den Kaffee zu servieren. Die Ellbogen auf dem Tisch, hielt Louise ihre Tasse zwischen den Fingerspitzen und nippte ab und zu daran. Das Licht der Lampe mit dem roten Seidenschirm, hoffnungslos altmodisch, dachte sie beinahe gerührt, schien auf ihren Kopf. Das rote Licht, ihr blasser Teint, ihre dunklen Augen standen ihr hervorragend.

»Also, erzählt, was gibt es Neues? Was ist passiert?«

»Ah«, rief Madame Lanier und stellte ihre Tasse ab. »Was

es Neues gibt, willst du wissen?« Das war der Moment. »Hör zu«, sagte sie lächelnd. »Wir haben eine wunderbare Neuigkeit für dich, nicht wahr, Papa? Das wird dir wirklich gefallen.«

»Oh?« Louise trank einen weiteren kleinen Schluck. »Was denn?«

»Folgendes.« Ihre Mutter räumte einen Platz auf dem Tisch frei und stützte die Unterarme auf. »Vorige Woche – war es am Mittwoch, Papa? –, ach, der Tag ist unwichtig«, sagte sie hastig, damit Louise ihr nicht das Wort abschnitt. »Aber es war doch am Mittwoch, denn es war der Tag, an dem dein Brief kam, dass du heimkommst, und wir so glücklich darüber waren, dass wir es ihr erzählt haben, nicht wahr, Papa?«

»Wem erzählt?«, fragte Louise.

»Der jungen Madame Devoisy.«

Die Tasse zwischen Louises Fingern blieb in der Luft stehen. Louise sah ihre Mutter forschend an.

»Sie organisiert dieses Jahr den *Vent de Charité* an der Ste. Colombe. Ich habe fast den Eindruck, sie organisiert jetzt alles in dieser Stadt. Als wir ihr erzählt haben, dass du heimkommst, fragte sie plötzlich, ob du für sie die Betreuung eines Stands übernehmen könntest. Denk dir nur! Ich habe sofort zugesagt. Ich wusste, dass du nichts lieber machen würdest. Louise, was ist?«, stammelte Madame Lanier, als sie die finstere Miene ihrer Tochter bemerkte. »Es ist dir doch recht, ja? Ich habe nichts falsch gemacht?«

Louise stellte ihre Tasse ab. Unter der Lampe stach das Weiß ihrer Nasenflügel hervor.

»Du hattest kein Recht dazu«, brachte sie mit Mühe heraus. »Warum wartest du nicht ab? Warum meinst du, du könntest für mich entscheiden? Ich werde beim Wohltätigkeitsbasar keinen Stand übernehmen. Wie du da wieder herauskommst, musst du selber sehen.«

Sie stand vom Tisch auf. Die Eltern erhoben die betrübten Augen zu ihrem Gesicht, das sich jetzt im Dunkeln über der Lampe befand.

»Louise«, sagte ihre Mutter demütig, »es tut mir sehr leid. Du musst mir verzeihen. Ich dachte, es gefällt dir, Liebling.«

»Da hast du dich geirrt«, sagte Louise empört. »Ein dummer provinzieller Handarbeitsverkauf ... all die dummen Leute. Ach, es ist immer dasselbe. Wäre ich bloß gar nicht erst heimgekommen.«

Sie schwiegen, die Köpfe über die leeren Kaffeeschalen gebeugt, und sahen einander nicht an.

»Ich werde zu Bett gehen«, sagte Louise barsch. »Ich bin sehr müde.«

Sie ging um den Tisch herum und legte die Lippen ohne Wärme auf die Stirn ihrer Eltern. »Gute Nacht, Papa ... Gute Nacht, *maman*.«

»Oh, Louise, es tut mir so leid ...« Ihre Mutter war untröstlich.

Louise winkte ab. »Es reicht. Ich habe genug.« Sie stieg die knarrende Holztreppe hinauf, ging anscheinend aber nicht ins Bett. Ihre Eltern hörten, wie sie oben auf und ab schritt, wohl um ihren Koffer auszupacken.

Madame Lanier spülte ab und räumte ihr bestes Speiseservice, das so hübsch war mit seinem roten Dekor, wieder in den Schrank. Erst als sie damit fertig war, wurde ihr klar, in welch peinliche Lage sie sich gebracht hatte. Und als sie den Tisch zum Frühstück gedeckt hatte, ging sie zu ihrem

Mann, die Hände unter die Schürze geschoben und einen bekümmerten Ausdruck auf dem Gesicht. »Was soll ich der jungen Madame Devoisy denn sagen, Henri?«

»Ah, das«, seufzte er. »Das ist schwierig.« Mit Bedauern dachte er an seine Spende. »Ich fürchte fast, *maman*, wir waren da etwas voreilig.«

ACHT

I

Im Allgemeinen war Madame Lanier gern im Laden. Sie mochte es, die Kunden zu bedienen, Neuigkeiten auszutauschen und das Geld entgegenzunehmen. Jetzt aber blieb sie dem Geschäft oft fern. Wenn sie notgedrungen ihren Platz hinter der Ladentheke einnehmen musste, stand sie so dicht neben dem Durchgang ins Haus, dass sie hindurchschlüpfen könnte, falls Madame Devoisy erschien.

Unaufhörlich zermarterte sie sich das Hirn, was sie der jungen Dame sagen konnte. Gewiss, letzten Endes musste sie ihr gegenübertreten, aber wie brachte sie ihr am besten bei, dass Louise ihre großzügige Einladung ausgeschlagen hatte? Madame Lanier seufzte immer wieder, die breite Stirn gefurcht vor Sorge.

Monsieur Lanier sorgte sich ebenfalls. Wichtige Kunden konnte man nicht so behandeln. Das war schlecht fürs Geschäft.

Doch dann ergab es sich, dass kein Grund mehr bestand, sich bei Madame Devoisy zu entschuldigen. Louise änderte ihre Meinung.

»Ich habe meine Meinung geändert, *maman*«, verkündete sie, nachdem sie sie über eine Woche lang hatte zappeln lassen. »Ich übernehme den Stand.«

»Oh, Louise«, jauchzte Madame Lanier auf, strahlend vor Erleichterung. »Ich bin so froh, Liebling. Meinst du, es gefällt dir vielleicht doch?«

»Nein«, sagte Louise. »Aber nachdem du gesagt hast, dass ich es mache, mache ich es auch.«

Ihre Mutter war sehr dankbar.

»Wie lieb sie ist, Henri. Sie möchte den Stand eigentlich nicht betreuen. Nur mir zuliebe tut sie es doch. Um mir die Peinlichkeit zu ersparen, Madame Devoisy absagen zu müssen.«

Die Eltern waren tief gerührt von diesem Beweis für die Herzensgüte ihres Kindes. Louise ließ ihnen den Glauben. Sie hatte ihre eigenen Gründe, den Verkaufsstand zu übernehmen.

Als sie sich von dem ersten Schock erholt hatte, war sie zu dem Entschluss gekommen, dass sie sich die einmalige Gelegenheit, ihre Neugier zu befriedigen und Paul in Verlegenheit zu bringen, nicht entgehen lassen konnte. Und wie sie ihn in Verlegenheit bringen würde, wenn sie in seinem Haus erschien! Wie unwohl ihm schon bei der Aussicht sein musste! Der Gedanke daran erfüllte sie mit diebischer Freude, und sie wartete ungeduldig auf die Einladung zur ersten Zusammenkunft der Standbetreuerinnen.

Die kam. Die junge Madame Devoisy gab gern moderne Teegesellschaften. Ihre Helferinnen zu einem – wie sie sagte – »five o'clock« einzuladen, würde ihnen schmeicheln und sie von Anfang an in die Stimmung versetzen, für die Ste. Colombe ihr Möglichstes zu tun. Außerdem konnte die junge Hausherrin bei der Gelegenheit ihr Haus vorführen.

Sie hielt einiges auf ihre Fähigkeiten als Gastgeberin und fasste noch vor dem Eintreffen der Helferinnen den Vorsatz, besonders freundlich zu denen zu sein, die eine Einladung ins Haus einer Devoisy ein wenig einschüchtern mochte, Louise Lanier zum Beispiel und solche Leute.

So eilte Germaine, als Mademoiselle an der Tür zu dem weiß-goldenen Salon angekündigt wurde, durch den Raum und begrüßte sie.

»Sie erinnern sich bestimmt noch an die meisten Ihrer Schulkameradinnen?«, sagte sie. »Mademoiselle Ranaud zum Beispiel? Yvette Courtan? Madame Vionne?«

»Natürlich«, sagte Louise und reichte reihum die Hand. »Wir haben uns ja ständig gesehen, seit wir von der Ste. Colombe abgegangen sind – außer in der Zeit meines Aufenthalts in England natürlich.«

»Ah, ja, Sie waren in England«, flötete die Gastgeberin und brachte Louise Tee. »Dann sind Sie an *five o'clocks* ja gewöhnt, nicht wahr?«

»Offen gestanden«, sagte Louise mit einem ihrer Lächeln, »die Engländer trinken um *five o'clock* keinen Tee.«

Die jungen Frauen starrten sie ungläubig an.

»Und warum heißt es dann *five o'clock*?«, fragte Germaine.

Louise zuckte mit den Achseln. »Ein Irrtum unsererseits. Schlichte Unkenntnis. Oder die Engländer hatten vor hundert Jahren mal einen *five o'clock*. Jetzt haben sie ihn um vier oder halb fünf. Sie essen kleine Sandwiches dazu, Scones, Kuchen«, sagte sie und nahm sich Petit Fours von Germaines Platte. »Und ihr Tee ist sehr gut«, sagte sie und rührte mit dem Löffel kritisch die strohgelbe blasse Flüssigkeit um, in der unansehnliche Blätter schwammen.

Das Wasser war nicht gekocht worden, und die Milch war bläulich. Unter den Blicken der Umstehenden ließ sie den sogenannten Tee von ihrem Löffel rinnen. »Die Engländer machen guten Tee«, sagte sie. »Der englische Tee ist unvergleichlich.«

»Aber sie können keinen Kaffee kochen«, trumpfte jemand auf.

Louise hob die Brauen. »Ich habe dort immer guten Kaffee getrunken«, sagte sie, was Miss Daley aus ihrem Mund mit Erstaunen vernommen hätte. »Es hängt natürlich vom jeweiligen Haushalt ab. Sie mögen keine Zichorie in ihrem Kaffee, und ich muss gestehen, ich auch nicht mehr.«

Das Vergnügen an ihrem *five o'clock* war der jungen Hausherrin verdorben. Sie hatte geglaubt, das Richtige zu tun, und nun war es, laut Louise Lanier, ganz und gar nicht richtig. Die Demütigung nagte an ihr, und sie wagte nicht, jemandem eine zweite Tasse anzubieten.

Doch als sie Zigaretten herumreichte, erholte sie sich etwas und regte an, sie sollten jetzt zur Sache kommen.

Louise, die in einer blassgelben Bergère vor dem Kamin saß, stellte sich darauf ein, den Anregungen und Entscheidungen zuzuhören. Sie war gut in solchen Dingen, wenn sie wollte, und es wäre ihr ein Leichtes gewesen, die anderen zu übertrumpfen und auszustechen. Doch die Vorstellungen, die der Raum, das Haus und Germaine selbst in ihr auslösten, gingen allmählich über ihre Kraft. Er saß in diesen Sesseln, das war die Frau, mit der er schlief. Seine Fotografie, das war das Allerschlimmste, stand auf dem Schreibsekretär, die neueste und schönste von allen, die einzige, die Louise noch nie gesehen hatte. Sie ertrug es nicht, befürchtete plötzlich, dass sie nicht für sich garantieren könnte, falls er nach Hause kam.

So schnell, wie es der Anstand erlaubte, sagte sie, sie müsse gehen. Germaine, halbwegs wiederhergestellt dadurch, dass sie so zügig vorankamen, sagte, sie werde sie das Datum der nächsten Zusammenkunft wissen lassen, und wies den Hausdiener an, Louise hinauszubegleiten.

Louise schritt allein über den Vorplatz. Hinter einem offenen Fenster im linken kleinen Flügel des Hauses, durch das die Küchenhitze abziehen sollte, schnitt die Köchin mit einem langen Messer das Gemüse für sein Abendessen. Louise passierte das große Tor, das für sie geöffnet wurde, und ging eilig davon. Dunkel ragte die wuchtige Kathedrale vor ihr auf. Der Abendwind war kalt und wehte die kahlen Äste der Bäume über die Sterne.

Was für eine Qual! Sie musste lange herumlaufen, bis sie sich so weit gefasst hatte, dass sie nach Hause gehen konnte. Dort angekommen, berichtete sie ihren neugierigen Eltern nur, es sei sehr langweilig gewesen.

In dem Haus, das sie verlassen hatte, saß, als die Helferinnen schließlich fort waren und das Abendessen noch nicht bereit war, die Braut auf dem Knie ihres Bräutigams.

»Sie war so unhöflich, Paul. Ich begreife nicht, wie sie annehmen konnte, sich so aufführen zu dürfen. In unserem Haus!« Sie blickte sich in dem Salon um, als wäre er das Allerheiligste. »Ihr Vater ist doch Ladenbesitzer, nicht? Auch wenn sie nach England fährt.«

Ihr Ehemann war so zornig, wie sie es sich nur wünschen konnte, noch zorniger sogar. Er wollte, dass sie die Zusammenkünfte absagte und Louise Lanier mitteilte, dass sie nicht mehr benötigt werde. Doch davon wollte Germaine nichts hören. Für einen wohltätigen Zweck musste man Ärgernisse ertragen. Doch es war nett von ihm, dass er so energisch eine Lanze für sie brach, und sie gab ihm einen Kuss.

Paul löste ihre Arme von seinem Hals. Er war erschrocken. Was hatte Louise vor? Sie hatte sich nach England abgesetzt, was er großherzig fand und wofür er ihr dankbar war. Aber jetzt war sie wieder hier, verschaffte sich sogar Zutritt zu seinem Haus und war grob zu seiner Frau. Wie weit würde sie noch gehen?

Warum konnte sie nicht akzeptieren, dass es zwischen ihnen vorbei war? Es war doch gut gewesen, solange es dauerte. Von seinem Eheleben erwartete er diese prickelnde Erregung nicht – man konnte nicht alles haben. Er erwartete stabilere Freuden: ein Heim und eine Familie. Er hatte weniger eine Ehefrau als vielmehr die Mutter seiner Kinder geheiratet, und Germaine würde eine ausgezeichnete Mutter werden. Für ihn war die Zeit gekommen, eine Familie zu gründen, und das ging er wohlüberlegt an. Er wollte nicht, dass Louise sich einmischte und alles kaputt machte. »Schreib ihr und sag, sie braucht nicht wiederzukommen«, drängte er seine Braut.

»Oh, Liebling, das kann ich nicht tun«, sagte Germaine.

»*Madame est servie*«, verkündete der Hausdiener, und Paul folgte seiner Frau zum Essen.

Frauen, dachte er seufzend. Frauen. Doch es hatte ihn niemand gezwungen, mit Louise in Folkestone oder wo auch immer zu leben, genauso wenig wie Germaine zu heiraten.

II

Louise hatte den ersten Besuch in seinem Haus zwar fast unerträglich gefunden, doch als die zweite Einladung eintraf, war sie bereit, wieder hinzugehen. Sie ärgerte sich darüber, dass das erste Mal so große Verlustgefühle und so viel Traurigkeit in ihr ausgelöst hatte. Sie war es gewohnt, bitter zu sein; Bitterkeit war ein Stimulans, Traurigkeit jedoch war nicht hinnehmbar. Niemand sollte ihr Traurigkeit unterstellen können. Sie musste sich jetzt als attraktive junge Frau präsentieren, die ein beneidenswertes Leben führte, ein kosmopolitisches Leben, eines, das allen anderen unbekannt war. Daher steckte sie sich, bevor sie das Haus verließ, Mrs Norths Ring auf den Verlobungsfinger. Sie verspottete sich selbst für dieses kindische Gebaren, gab sich ihm aber dennoch hin. Mochte es bewirken, wofür es gedacht war. Irgendwem würde es mit Sicherheit auffallen.

»Oh, Louise, du bist verlobt!«, rief Yvette Courtan aus. »Und hast uns nichts davon erzählt! Was für ein schöner Ring! Wer ist dein Verlobter?«

Louise schob den Ring mit gespielter Verlegenheit auf einen anderen Finger. Sie lächelte und sah die Mädchen kopfschüttelnd an.

»Ich hätte ihn abnehmen sollen, bevor ich herkam. Verratet mich bitte nicht.«

Sie waren entzückt von dem Geheimnis. Jemand in England, vermuteten sie. Louise widersprach ihnen nicht, verlor aber auch kein Wort mehr darüber. Danach genoss sie einen gewissen Einfluss in der Runde, und ihre Vorschläge für den Verkauf der Handarbeiten wurden alle angenommen. Doch als sie allein über den Vorplatz vor dem Haus schritt, kam Paul von der Straße herein.

In dem Licht, das aus der vom Hausdiener aufgehaltenen Tür strömte, verbeugte sie sich, und er lüftete den Hut. »Warum kommst du in mein Haus?«, sagte er im Vorübergehen leise. »Ich hätte dir mehr Geschmack zugetraut.«

»Meine Mutter hatte schon zugesagt, bevor ich aus England zurückkam«, stieß sie wütend durch die Zähne hervor. »Als ob ich mir deine lächerliche Ehe ansehen wollte.«

Sie gingen weiter, Louise zu dem breiten Holztor, Paul zum Haus.

»Oh, Paul«, rief seine Frau ekstatisch aus, ließ die anderen stehen und rannte ihm entgegen.

Louise huschte davon, ohne zu wissen, wohin, die Lippen fest aufeinandergepresst, um das Schluchzen zu unterdrücken. Sie kam zu einer menschenleeren Gasse, und dort ließ sie, die Stirn gegen eine Mauer gedrückt, ihren Tränen freien Lauf.

»Oh, Paul. Oh, Paul, Paul …«

Als sie sich ausgeweint hatte, blieb sie noch stehen, die Stirn an den Stein gedrückt. »Ich dachte, ich kann es ertragen«, sagte sie. »Aber es geht nicht.« Es hatte sie tiefer getroffen, als sie erwartet hatte.

Nach einer Weile trocknete sie sich die Tränen und trug im Dunkeln Lippenstift und Puder auf. Sie musste jetzt ein Stück gehen, damit ihre Augen sich wieder erholten, bevor sie heimkehren und ihren Eltern gegenübertreten konnte. Den Hut in der Hand, wanderte sie die eine Straße hinauf, die nächste hinab, ging den Boulevard entlang zum Fluss, um die Kathedrale herum und dann wieder zurück. Überall lauerten Blicke.

»Ich kann nicht hierbleiben«, sagte sie. »Ich werde nach England zurückgehen müssen.«

NEUN

I

Es wurde ihr leicht gemacht. Kurz vor Weihnachten kam ein Brief von Ellen. Mrs North hatte schon mehrere Male an Louise geschrieben und sie gebeten zu kommen, doch nun redete auch Ellen ihr zu.

Ihrer Schwiegermutter, schrieb sie, gehe es nicht gut. Wenn Louise wiederkäme, und sei es nur für wenige Wochen, würde das Mrs North nach allgemeiner Ansicht helfen, ihre Gesundheit wiederzuerlangen. Louise fehle ihr, und Mrs North wolle ohne sie nicht aus dem Haus gehen oder sich irgendwie anderweitig beschäftigen.

»Sie hängt sehr an Ihnen«, schrieb Ellen. »Ich fürchte, Sie haben sich für ihr Glück unentbehrlich gemacht. Wir wären Ihnen sehr dankbar, wenn Sie kämen, vor allem zu Weihnachten. Im Auftrag meiner Schwiegermutter soll ich Ihnen mitteilen, dass die Kosten für eine Reise erster Klasse übernommen werden und dass Ihr Gehalt verdoppelt wird.«

Louise übersetzte den Brief am Frühstückstisch. Ihre Eltern sahen sie schweigend an, die Löffel untätig in der Hand. Sie waren beeindruckt – eine Reise erster Klasse, das Gehalt verdoppelt –, aber auch beunruhigt. Wollten diese Leute ihre Tochter auf Dauer von hier weglocken?

»Ich wünschte, dieser Brief wäre nicht gerade jetzt gekommen«, sagte Madame Lanier. »Ich habe mich schon so darauf gefreut, dass wir Heiligabend alle zusammen zur Mitternachtsmesse gehen. Den Feiertag soll man mit der Familie verbringen, und du bist alles an Familie, was wir haben. Und was ist der Neujahrstag ohne dich?« In ihren Augen hatten sich glasige Tränen gesammelt.

»Ich muss fahren, *maman*«, sagte Louise und presste die Lippen zusammen, als sei es eine reine Pflichtübung. »Madame braucht mich. Außerdem«, sagte sie, »ist das Geld auch ein Gesichtspunkt.«

»Sie müssen sehr reich sein«, sagte ihr Vater.

»Sie sind wohlhabend«, entgegnete Louise. »Aber nicht sagenhaft reich. Allerdings sind sie bereit, fast jede Summe zu bezahlen, damit ich wiederkomme, verstehst du.«

Monsieur Lanier räusperte sich, rückte seinen Kneifer zurecht, fasste sich ein Herz und sagte: »Meiner Meinung nach solltest du nicht fahren. Was erwartet dich in England? Wozu soll das gut sein? Ich finde, es ist Zeit, dass du dein Leben hier in die Hand nimmst.«

»Schau, Papa«, sagte Louise und fixierte ihn, über den Tisch gebeugt, mit ihren dunklen Augen. »Was erwartet mich denn in Amigny? Außer einer Ehe mit André Petit? Und so weit bin ich noch nicht gesunken, besten Dank.« Brüsk stand sie auf und verließ den Raum.

»Jetzt isst sie ihr Frühstück nicht«, seufzte ihre Mutter. »Wir werden sie wohl ziehen lassen müssen, Henri«, fügte sie gleich darauf hinzu.

»Wir müssen sie ziehen lassen?«, wiederholte Monsieur Lanier spöttisch. »Wann haben wir sie je von etwas abhalten können, was sie sich vorgenommen hat?«

Sie beendeten das Frühstück in drückendem Schweigen. Madame Lanier fragte sich nicht zum ersten Mal, warum André Petit der Einzige sein musste, der ihr einen Antrag machte. Es war demütigend, dass es keine Alternativen gab.

Die Wahrheit war, dass die Mütter Louise nicht mochten, und in Amigny waren die Mütter in Fragen der Eheschließung noch immer die treibende Kraft. André Petits Mutter war schon vor Jahren gestorben, sodass er selbst entscheiden konnte.

Als Louise am Vormittag die Treppe herunterkam, hörte sie das unverkennbare Lispeln der jungen Madame Devoisy. Sie machte kehrt, ging in ihr Zimmer zurück, warf sich den Mantel über, griff nach dem Brief, den sie gerade geschrieben hatte, und erschien im Laden.

»Ah, Madame«, rief sie aus. »Die Begegnung erspart mir einen Gang.«

»Ist das so.« Madame Devoisy fand Louises lässiges Gebaren ganz und gar unpassend. »Haben Sie mir etwas zu sagen?«

»Ja«, sagte Louise. »Und zwar, dass ich den Stand an der Ste. Colombe nun leider doch nicht übernehmen kann. Meine Freunde in England laden mich dringend zu Weihnachten ein. Es tut mir leid, Madame, aber das verstehen Sie bestimmt. *Maman*, ich gehe nur rasch zur Post.«

Sie winkte ihrer Mutter mit dem Brief und verbeugte sich vor Germaine, die ihrem Ehemann beim Mittagessen alles erzählte.

Sie führte Louises Abreise auf den Ring zurück. »Ich glaube, sie ist mit jemandem in England verlobt«, sagte sie.

Paul vergaß sich und lachte auf. »Das glaube ich nicht.«

Germaine sah ihn überrascht an. »Warum sollte sie das nicht sein?«

»So leicht verloben Menschen sich nicht mit Ausländern. Außerdem ist sie doch sehr französisch, würde ich meinen. Ich glaube nicht, dass ein Engländer ihr gefallen würde.«

»Kennst du sie denn?«

»Nein, ich kenne sie nicht«, sagte er. »Im Laden hab ich sie natürlich gesehen.«

Die Lüge war nicht vermeidbar, und er log, ohne zu zögern. Er wünschte, Louise hätte sich tatsächlich mit jemandem in England verlobt und würde so aus seinem Leben verschwinden. Aber so gut fügte es sich nicht immer.

Trotzdem war es ein unerwarteter Glücksfall, dass sie nicht mehr in sein Haus kommen würde, und er lächelte seiner Frau zu, als habe er plötzlich die Erlaubnis erhalten, sich an seiner Ehe zu freuen.

II

Drei Tage vor Weihnachten bestieg Louise den Morgenzug nach Paris. Es war noch dunkel draußen, und als sie in dem hell erleuchteten, gut gewärmten Erste-Klasse-Abteil saß, konnte sie die Gesichter ihrer Eltern vor dem Fenster kaum noch erkennen. Dampfwolken quollen unter dem Zug hervor, in denen sie sich ausnahmen wie Gespenster, das weiße Gesicht und der schwarze Bart ihres Vaters, der unförmige schwarze Hut ihrer Mutter, unter dem nichts zu sehen war außer ihrem vor Kummer bebenden Kinn.

Der Schaffner blies seine Trompete. Schwach drangen ihre Stimmen durch das Glas. »Auf Wiedersehen, Louise. Auf Wiedersehen, Kleines.«

Louise winkte und lächelte, und ihre Eltern gerieten außer Sichtweite. Mit einem erleichterten Seufzer schmiegte sie sich in das taubengraue Polster des Fensterplatzes.

Es war schön, erster Klasse zu reisen, und schön zu wissen, dass andere die Kosten dafür trugen. Geld ändert alles, dachte sie und sah zu, wie der Tag über der winterlichen Landschaft anbrach. In ihrer Familie war kein nennenswertes Geld vorhanden. Der Laden lief gut, und sie lebten sorgenfrei, aber das war alles. Sie selbst hatte jedoch lange Zeit nahen Umgang mit Menschen gehabt, die Geld besaßen, mit Paul und jetzt mit der englischen Familie, hatte lange Zeit Geld vor Augen gehabt, ohne selbst welches zu besitzen. Zu schade. Der Geldmangel hatte ihr Leben zerstört. Hätte sie Geld besessen, hätte Paul sie nicht für Germaine Brouet verlassen.

Paul hatte ihr nie Geld gegeben; sie hatte es nicht gewollt. Hatte nicht einmal daran gedacht. Erst wenn man keine Liebe mehr hat, besinnt man sich aufs Geld, sagte Louise sich selbst. Ich habe alles, was ich hatte, für nichts weggeworfen, aber das wird mir nicht noch einmal passieren.

Ihre Betrachtungen, die in sachlichem Interesse begonnen hatten, endeten wie üblich in Bitterkeit.

Als sie den Dampfer über den Kanal bestieg, war sie sehr bedrückt, ein Gefühl, das die Aussicht auf die Überquerung nicht zu zerstreuen vermochte. Ein grauer Himmel ruhte auf einem grauen Meer, auf dem weißer Schaum tanzte. Es war eiskalt, und als sie die Gangway hinaufging, setzte Schneeregen ein. Sie ging sofort nach unten und trank während der ganzen Überfahrt schwarzen Kaffee und rauchte. Sie war froh gewesen, Frankreich zu verlassen, in England ankommen wollte sie aber nicht.

Nirgendwo gab es einen Platz für sie, keinen Ort, an dem sie sein wollte. Paul hatte sie heimatlos gemacht.

Frierend, müde und durch die Zumutung der Zollkontrolle verärgert, ging sie durch die Schranke an der Victoria Station, als sie einen auffallend großen Mann bemerkte, der dahinter wartete. Licht und Wärme strömten in ihr Gesicht.

»Oh, Monsieur Avery? Sind Sie hier, um mich abzuholen? Oder erwarten Sie jemand anderen?«, rief sie aus und blickte hinter sich.

»Nein, nein – ich bin Ihretwegen hier«, sagte er und nahm ihren Reisekoffer. »Ist das Ihr Gepäck?«

»Das ist ganz reizend von Ihnen«, sagte Louise und eilte neben ihm her.

»Ich dachte, wenn ich Sie abhole, erwischen wir vielleicht noch den Zug in St. Pancras. Und davon hängt ab, wie lange Ihre Weiterfahrt dauert.«

»Sie sind so nett«, sagte Louise und stieg in das Taxi ein, verzichtete dankbar auf jedes eigene Bemühen und überließ alles ihm. Wie nützlich Männer waren, wie notwendig!

»Nun«, sagte Avery und wandte ihr seinen attraktiven Kopf zu. »Wie geht es Ihnen? Schön, Sie wiederzusehen.«

Louise musste immer genau hinhören, wenn er etwas sagte, weil er, wie viele Engländer, beim Sprechen kaum den Mund bewegte. Das verlieh ihr einen Ausdruck, als hinge sie an seinen Lippen, und das fand er sehr anziehend.

»Mir geht es gut, danke«, sagte sie. »Und Ihnen, Monsieur? Und wie geht es Madame, Ihrer lieben Mutter?«

»Sie fühlt sich nicht wohl. Ihr Herz ist nicht mehr so stark, obwohl ich nicht glaube, dass Grund zur Sorge besteht. Jetzt, wo Sie gekommen sind, wird es ihr bestimmt wieder besser gehen.«

»Ich hoffe es«, sagte Louise.

»Als ich sie fragte, was sie sich zu Weihnachten wünscht«, erzählte er, »sagte sie, das schönste Geschenk wäre, wenn ich Sie ihr wiederbrächte.«

Louise lächelte geschmeichelt zu ihm hinauf. Ihren Eltern ging es ebenso, bei ihnen zählte es jedoch nicht. Ein Kompliment, das etwas bedeuten sollte, musste von außen kommen.

»Es ist reizend von Ihnen, dass Sie mich abholen«, sagte sie noch einmal.

»Wir freuen uns, dass Sie wieder hier sind. Da müssen wir doch tun, was wir können, damit Sie sich wohlfühlen.«

Sie abzuholen war nicht seine Idee gewesen. Er machte sich in der Regel keine großen Umstände, ausgenommen für seine Frau und seine Kinder. Doch als seine Mutter ihn bat, zur Victoria zu fahren, willigte er ein. Er konnte es nicht erwarten, sie der Obhut des französischen Mädchens anzuvertrauen. Mit ihrem Kränkeln und Fordern hatte sie Ellen in letzter Zeit stark in Anspruch genommen, sogar ihn; es summiert sich doch, was dafür an Zeit draufgeht, dachte er insgeheim. Die Weihnachtstage standen vor der Tür, und Ellen hatte zu Hause alle Hände voll zu tun. Sie konnte nicht stundenlang in The Cedars bleiben, und seine Mutter hatte es abgelehnt, nach Netherfold zu kommen. Die Gesellschafterin wieder herzuholen, war die einzige Lösung gewesen, und so hatte er das so schnell wie möglich erledigt.

An der St. Pancras winkte er Weston und Holmes, seinen üblichen Mitreisenden, und stieg mit Louise in ein Abteil ein. Er befürchtete, die Fahrt könne ihm etwas lang werden, und hoffte, sie würde nicht von ihm erwarten, dass er die ganze Zeit redete.

Doch Louise fand Konversation in der Eisenbahn lästig. Man musste schon sehr vertraut mit jemandem sein, um im Zug Gespräche zu führen: in jemanden verliebt sein oder etwas haben, wofür sich beide außerordentlich interessierten. Zugfahrten mit Paul waren das pure Glück gewesen, aber dieser Engländer war nicht Paul, und so richtete sie sich auf ihrem Eckplatz ein und schloss nach ein paar weiteren Höflichkeiten die Augen. Es saßen noch zwei andere Personen im Abteil, daher war es unnötig, dass sie sich weiter anstrengte.

Nachdem er eine Weile abgewartet hatte, ob sie sich unterhalten wollte, zog Avery seine *Times* hervor und las zu Ende, was er am Morgen nicht mehr geschafft hatte.

Ab und zu lugte er über den Zeitungsrand. Ein erstaunliches Mädchen, dachte er. Als sie nicht da gewesen war, hatte er sie sich als Gesellschafterin vorstellen können, nun aber, da er sie wiedersah, ging ihm schlagartig auf, dass er noch nie jemanden gesehen hatte, der als Gesellschafterin für eine alte Dame unpassender gewesen wäre. So, wie sie da ihm gegenüber in der Ecke lehnte, die Augen geschlossen, sah sie aus wie eine müde Balletttänzerin. Sie hatte das typische glatte Haar, die Blässe, die schlanke Statur. Die schmalen Hände mit den blutroten Nägeln lagen gefaltet auf einer Zeitschrift, die den Titel *Chic et Simplicité* trug.

Er wusste nicht, worauf sich diese Worte bezogen, sie fassten sie aber gut zusammen – ihre äußerliche Erscheinung jedenfalls. Den Rest wohl kaum. Der Ausdruck auf ihrem Gesicht war in diesem Moment einer der Enttäuschung und Bitterkeit.

Sie schlug die Augen auf, und er richtete seine auf die Zeitung und war wieder vertieft. Er neigte nicht zum Spekulieren über Leute. Anders als seine Frau, die voreilig Schlüsse zog oder neugierig weiterbohrte, scherte Avery derlei nicht. Wenn man nur ein wenig wartete, offenbarten Menschen gewöhnlich ihr wahres Selbst.

Allmählich hatte er die *Times* ausgelesen. Er stopfte sie für die Schaffner zwischen die Sitzpolster, verschränkte die Arme und schaute in sich hineinlächelnd auf das dunkle Fenster.

Louise, die glaubte, sie näherten sich bereits Newington, zog ihre Handschuhe an, sammelte ihre Journale zusammen und stellte dann fest, dass sie sich zu früh fertig gemacht hatte. Sie wandte ihre Aufmerksamkeit Avery zu, doch der schaute noch immer lächelnd auf das Fenster, das an diesem Winterabend keine Aussicht bot.

Sie beugte sich in seine Richtung. »Irgendetwas amüsiert Sie?«

Er neigte sich zu ihr, als sei er nur zu froh, gefragt zu werden. »Anne kommt heute aus dem Internat nach Hause.«

»Wie?«

»Sie ist schon da, wenn ich nach Hause komme.«

»*Vraiment?*«, sagte Louise und sank in ihre Ecke zurück. Sie war verärgert. Er hatte attraktiv und interessant ausgesehen, aber bloß an dieses Schulkind von Tochter gedacht.

Diese Engländer, dachte sie. Kein Franzose, von einer attraktiven Frau gefragt, woran er denke, hätte eine so einfältige Antwort gegeben.

Doch nun kamen sie Gott sei Dank wirklich an.

An den Winterabenden wurde Avery der Wagen aus einer nahe gelegenen Garage zum Bahnhof gebracht. Keine zehn Minuten nach Ankunft des Zuges fuhr er durch das Tor von The Cedars. Die Tür wurde aufgerissen, und Mrs North erschien im Lichtkegel, hinter ihr das abweisende Gesicht Miss Daleys, die aus dem Dunkel des Vorraums spähte.

Louise rannte die Stufen hinauf und küsste die Wangen der alten Dame mit einer Wärme, die ihre Eltern überrascht hätte.

»Liebes Kind, ich bin so froh, dass ich Sie wieder bei mir habe«, sagte Mrs North fast unter Tränen.

»Und ich bin froh, hier zu sein, Madame.«

»Hatten Sie eine gute Reise, Liebes? War alles in Ordnung?«

»Oh, ja, Madame, dank Ihnen war alles sehr bequem.«

»Daley, nehmen Sie Mademoiselles Sachen. In Ihrem Zimmer brennt ein ordentliches Feuer, Liebes, aber ich komme nicht mit hinauf. Ich darf die Treppe nur dreimal am Tag hinaufsteigen und muss schon zu Bett.«

»Jetzt bin ich ja da und kann für Sie hinauf- und hinunterlaufen, Madame«, sagte Louise. »Ich gehe kurz nach oben und komme gleich wieder herunter. Auf Wiedersehen, Monsieur, und vielen Dank.«

Auf halber Treppe hinter Miss Daley drehte sie sich noch einmal um und bedankte sich abermals. Ganz die Haustochter, dachte Miss Daley.

»Vielen Dank, Avery«, sagte auch seine Mutter. »Möchtest du einen Sherry, bevor du fährst?«

»Nein, danke, Mutter. Ich fahre gleich weiter. Anne ist doch zu Hause.«

»Ich weiß«, sagte Mrs North. »Sie waren hier.«

»Ach? Wie sieht sie aus?«

»Sie ist wieder gewachsen. Lass sie nicht *zu* groß werden, Avery.«

»Ist gut. Auf Wiedersehen, Mutter.«

»Auf Wiedersehen, Lieber.«

Als er durch sein eigenes Tor hindurchfuhr, flog auch diese Tür mit Schwung auf, und eine Gestalt kam mit wehendem Haar aus dem Haus gesprungen.

»Daddy!«

»Na, Kleines …«

Sie umarmten sich.

»Freust du dich, zu Hause zu sein?«, fragte er.

»Ach, und wie! Ich mach die Garagentür für dich zu.«

»Nein, geh rein. Du erkältest dich noch.«

»Nein, ich muss auf dich warten.«

»Hallo, Avery«, sagte Ellen, die im Vorraum erschien, einen Bratenlöffel in der einen, einen Topflappen in der anderen Hand. »Ist sie nicht groß geworden?«

Genau zwei Zentimeter«, sagte Anne, hängte sich an den Arm ihres Vaters und strahlte ihn im Licht von unten an.

»Wir müssen dir ein Gewicht auf den Kopf tun«, sagte ihr Vater zärtlich.

»Komm rein und wärm dich auf«, sagte Ellen. »Hast du die Französin abgeholt?«

»Und ob.«

»Wie war sie?«, fragte Ellen. »Unverschämt wie immer?«

»Eigentlich nicht«, sagte Avery. »Sie war sogar ganz annehmbar. Jedenfalls bin ich froh, dass sie da ist.«

»Oh, das bin ich auch«, sagte Ellen mit Inbrunst und lief zurück in die Küche.

ZEHN

Als Ellen anrief und wie immer zum Weihnachtsessen nach Netherfold einlud, sagte Mrs North, sie würde Louise mitbringen, nicht aber Miss Daley.

»Miss Daley kommt dieses Jahr nicht«, sagte sie. »Pure Eifersucht natürlich. Sie sagt, sie geht mit dem Chor von Tür zu Tür Weihnachtslieder singen, die törichte Frau.«

Ellen hätte lieber Miss Daley bei sich gehabt als Louise. Das französische Mädchen mochte dekorativer sein, Miss Daley jedoch war angenehmer und mit Sicherheit eine größere Hilfe. Seit Jahren hatten sie und Ellen das Weihnachtsessen gemeinsam zubereitet und sich die Komplimente bei Tisch hinterher geteilt. Dieses Jahr musste Ellen es allein tun, da sowohl Miss Beasley als auch Mrs Pretty verkündet hatten, sie gingen die ganze Weihnachtswoche gar nicht »außer Haus«.

Miss Daleys Hilfe würde Ellen fehlen, und sie rief eigens an, um ihr das zu sagen. »Hugh kommt nach Hause, und Mr Bennett kommt natürlich auch aus London. Ohne Sie schaffe ich das nie und nimmer.«

»Das ist sehr nett von Ihnen, Mrs Avery«, sagte Miss Daley, obwohl Ellen gar nicht nett sein wollte, nur aufrichtig. »Aber ich habe meine Vereinbarungen getroffen.

Unser Spaß in der Küche und das Essen werden mir natürlich fehlen, aber ich werde mich am Singen mit dem Chor freuen. Früher konnte ich die Runde ja nie mitmachen. Mrs North hat mich immer gebraucht. Jetzt ist das anders. Und der Chor braucht mich. Alles hat sein Gutes. Keine Sorge, Mrs Avery, Sie schaffen das schon.«

Ellen legte das Telefon auf und lachte betrübt, lachte sich dafür aus, dass es sie nach so vielen gesellschaftlichen Veränderungen noch immer überraschte, wenn jemand wie Miss Beasley und Mrs Pretty und jetzt auch Miss Daley sich lieber privat amüsierten, als ihr zu helfen. Jetzt kannst du sehen, wie du allein zurechtkommst, sagte sie sich und begann mit ihren Vorbereitungen.

Anne schmückte inzwischen das Haus. An den Vorhängen hafteten Stechpalmblätter, überall hing Lametta herab, und die Lampen waren so sehr mit Buntpapier behängt, dass man kaum noch lesen konnte.

»Ist das nicht ein bisschen zu viel des Guten?«, fragte Avery, der angestrengt in sein Buch schaute.

»Lass sie doch«, sagte Ellen. »Bald ist sie zu alt dafür, dann wird es uns leidtun.«

Als sie mit den Dekorationen fertig war, machte Anne Toffee, der allerdings nicht fest werden wollte und mit dem Löffel gegessen werden musste, laut der Konditorin aber trotzdem schmeckte. Sie übernahm auch die Creme, sowohl die Eis- als auch die Buttercreme.

»Wenn wir doch richtige Sahne hätten«, seufzte Ellen.

»Ich hab lieber Buttercreme«, sagte Anne und verrührte voller Begeisterung Zucker, Speisestärke und Margarine.

»Anne, du kannst doch nicht …«

»Doch«, sagte Anne ungerührt. »Ist süßer.«

Ellen seufzte abermals angesichts einer Generation, die Surrogate vorzog.

Am Weihnachtsabend traf Hugh ein und wurde gebührend empfangen.

»Jetzt sind wir vollständig«, sagte Ellen. »Alle eingeflogen.«

»Ins weihnachtliche Nest«, sagte Anne.

Der Weihnachtsmorgen und Kirchengeläut in der Dunkelheit. Entzückte Jauchzer von Anne, die hereingerannt kam, noch ehe ihre Eltern in ihren Betten richtig wach waren. Das seidige Haar fiel über ihre Gesichter, als Anne sie küsste.

»Oh, vielen, vielen Dank, liebste Mami und liebster Daddy. Das schöne Kleid, Mami! Weißer Tüll. Wie ich es mir immer gewünscht habe. Darf ich es heute Abend anziehen? Und der Sattel, Daddy! Ach, das sind wunderbare Geschenke. Fröhliche Weihnachten euch beiden. Gefällt euch, was ich euch geschenkt habe? Ich muss fliegen, ich hab noch so viel auszupacken.«

Ellen erhob sich mühsam aus ihrem warmen Bett. »Fröhliche Weihnachten, mein Lieber«, sagte sie, beugte sich hinunter und küsste Avery.

»Dir auch, Liebling«, murmelte er. »Müssen wir wirklich schon aufstehen?«

»Du nicht. Oh, diese herrliche Schachtel! Oh, die vielen Töpfchen und Flaschen. Das wird schön, wenn ich mal Zeit finde, mir das Gesicht zu machen. Ich danke dir von Herzen, Liebling. Ich hoffe, deine Autofahrerhandschuhe gefallen dir.« Sie hielt sie ihm vor das verschlafene Gesicht.

»Oh, wunderbar«, murmelte er. »Ja, sehr.«

Zufrieden wickelte Ellen sie wieder in das Weihnachtspapier ein, damit er sie noch mal auspacken konnte, wenn er richtig wach war und nach unten kam.

Das Frühstück war ein fröhlicher Trubel. In sämtlichen Zimmern waren buntes Geschenkpapier und Schleifen verstreut, aber Ellen hastete hin und her, räumte auf, spülte, unterstützt von den Kindern, das Geschirr, machte die Betten und brach dann mit Anne in die Kirche auf, die sagte, *Oh, lasset uns anbeten* dürfe sie auf keinen Fall verpassen.

Sie gingen an den verschneiten Feldern entlang zum Dorf, in dem die Kirche inmitten strohgedeckter Häuser stand. Es war eine friedliche und schlichte Szene; seit siebenhundert Jahren strömten die Menschen am Weihnachtsmorgen in diese Kirche.

Auf dem Friedhof waren die Gräber mit Schnee verhüllt, alte Grabsteine neigten sich zur Seite, viele davon mit Engelsköpfen verziert. Schon seit dem 18. Jahrhundert schmückten Köpfe von geflügelten Engeln die Gräber dieser Gegend, und den Einheimischen fielen sie für gewöhnlich gar nicht mehr auf. An diesem Weihnachtsmorgen aber lag dank einer Laune des Winds Schnee auf den Flügeln und Wangen der Engel, was die Blicke der Vorbeieilenden anzog. Sie bemerkten nun, wie viele Engel es waren, in Reihen hintereinander, manche tiefer, manche hoch.

»Oh«, sagte Anne entzückt und blieb stehen. »Als wäre es ein kleiner Engelschor, nicht?«

Die Glocke mahnte, und sie eilten weiter zum Eingang, wo Besucher sich gegenseitig »Frohe Weihnachten« zuflüsterten, bevor sie die Kirche betraten.

Das Innere des kleinen Raums war erhellt vom Schneelicht der Felder, von weißen Blumen und entzündeten

Kerzen. Vor diesem Weiß wirkten die Gesichter der wenigen Chorknaben rot und gesund.

»Ich wusste gar nicht, dass Tom Mayes im Chor mitsingt«, flüsterte Anne.

»Oh, ja«, erwiderte ihre Mutter ebenfalls flüsternd.

»Sieh dir Mrs Prestwich an«, raunte Anne ihr noch zu.

Ihre Mutter schüttelte den Kopf. Annes Gespür für Lächerlichkeit gewann gern mal die Oberhand, und man musste sie öfter in die Schranken weisen.

Der Vikar war alt und gebrechlich, und seine Gemeinde sah bang zu, wenn er die Füße hob und die Stufen zum Altar hinauf- oder hinabstieg. Schickte er sich an, die Stufen zur Kanzel zu erklimmen, waren alle erleichtert, wenn er schließlich über ihnen wieder zu sehen war. Er aber führte sicher durch den Gottesdienst und neigte das Gesicht mit zärtlicher Strenge über seine Herde.

Der Vortrag der Bibelverse gelang dem jungen Bankangestellten, dessen Herz beim Gang zum und vom Rednerpult heftig schlug, ganz vorzüglich. Die sonntäglichen Auftritte retteten seine ganze Woche vor freudloser Öde. Außerdem füllten sie einen großen Teil seiner Zeit aus, denn sie mussten geübt werden. Der junge Mann war nicht vollauf von seiner Darbietung beansprucht; er wusste auch, was die Worte bedeuteten, die er sprach. Die Lektion zum Beispiel, die mit dem Satz endete: »Denn die Gerechtigkeit kennt keinen Tod.« Welche Freude er daran hatte! »Der junge Sims hat sich heute selbst übertroffen«, bemerkte Ellen auf dem Rückweg, als sie an den Feldern vorbeihasteten. »Man sollte der BBC von ihm berichten.«

»Sein Kopf zittert, wenn er vorträgt«, sagte Anne und

schlitterte ein Stück über den Weg. »Und wenn er an seinen Platz zurückgeht, wischt er sich über die Stirn. Ich glaube, es nimmt ihn ganz schön mit.«

Am Tor von Netherfold angelangt, legte sie die Hand auf den Arm ihrer Mutter. »Also, Mami. Denk dran, ich decke den Tisch fürs Mittagessen, wenn ich reinkomme. Jetzt sag ich aber schnell noch Roma Guten Tag.«

So richtig begann das Kochen erst um drei, und als Ellen um vier den Tee zubereitete, traf John Bennett ein. Er kam mit Anne im Schlepptau in die Küche und klopfte seine Fellhandschuhe aus. »Sieh mal, was Onkel John mir geschenkt hat. Die werden grün vor Neid im Internat. Schau!«

»Fröhliche Weihnachten, meine Weihnachtsrose«, sagte John Bennett und überreichte Ellen, die sich vom Herd abwandte, Blumen und Schächtelchen. »Du siehst etwas erhitzt aus, meine Liebe. Was mutest du dir zu?«

»Ich hab gerade den Truthahn begossen und toaste gleichzeitig Scones, und ich *bin* erhitzt«, sagte Ellen und schob sich die Haare aus dem Gesicht. »John, das sollst du doch nicht. Die vielen Sachen wieder. Du bist ein richtiger Verschwender …«

John wollte ihr die Hand küssen, obwohl sie mit Mehl bestäubt war. Als sie ihn darauf hinwies, sagte er, das mache ihm ihre Hand noch kostbarer. Bei so viel Galanterie musste Anne lachen. Sie wartete darauf, was er als Nächstes sagen würde.

»Ich muss mir sowieso die Hände waschen, bevor ich diese unzähligen Päckchen aufmache«, sagte Ellen.

»Ich mach sie für dich auf, Mami. Ich liebe Auspacken!« Schon riss Anne Deckel um Deckel herunter. »Sieh mal – ein hübsches Seidentuch! Sag, kann ich mir das mal von dir borgen? Oh, sieh doch – Taschentüchlein! Und schau – ein Parfüm. Oh, und was ist das?«

»Das sind *marrons glacés*! Meine größte Schwäche. Es ist Jahre her, dass ich die zuletzt gegessen habe. Ich wusste gar nicht, dass es die wieder gibt.«

»Wieso wieder?«, fragte Anne.

»Nach dem Krieg«, sagte ihre Mutter. »Probier mal.«

»Oh! Oh, wie köstlich. Sind das *Kastanien*?«

»Natürlich sind das Kastanien, Dummerchen.« Hugh war hinter sie getreten und nahm sich ein paar.

»Das nenne ich mal gierig«, sagte Anne und tat es ihm gleich.

»Ihr werdet euch beide den Appetit verderben. Und das, wo ich gerade den Tee fertig habe. Kommt alle mit rüber. John, vielen Dank für die wunderbaren Sachen. Ich bringe sie hinauf und sehe sie mir der Reihe nach und in Ruhe an. Könntest du inzwischen das Tablett hineintragen?«

»Großer Gott«, sagte John, der mit dem massiven Silbertablett taumelte. »Dafür braucht man einen Butler, Avery. Ich hoffe, du lässt das nicht Ellen tragen.«

Avery, der einen faulen Nachmittag verbracht hatte und träge war, rappelte sich so weit auf, dass er seinem Partner den »Herrscherblick«, wie Anne ihn getauft hatte, zuwerfen konnte, um ihm zu bedeuten, er wisse selbst am besten, wie er für seine Frau sorgen solle. »Dieses Tablett kommt ungefähr zweimal im Jahr zum Einsatz.«

»Schade.« John stellte es auf den Beistelltisch. »Es ist sehr hübsch.«

»Die meisten hübschen Sachen stehen jetzt im Schrank«, sagte Avery. »Wie du schon sagst, man braucht einen Butler dafür, nicht nur zum Tragen, sondern auch zum Putzen. Und wo sind die Butler heute? *Où sont les neiges d'antan?*«

»Was war das – Französisch oder Deutsch?«, fragte Anne, die ihm den Tee brachte.

Avery schlug die Hand vor die Augen. »Ist das deine Ahnungslosigkeit oder meine Aussprache?«

»Keine Ahnung. Wir müssen Mademoiselle fragen, wenn sie heute Abend kommt. Mir wäre lieber, sie käme nicht«, sagte Anne. »Sie wird nur alles verderben.«

»Das glaube ich nicht. Sie ist eigentlich ganz munter, wenn man sie mal näher kennenlernt.« Avery lächelte in seine Tasse, als er das sagte, weil ihm schlagartig aufging, wie einzigartig unpassend diese Beschreibung für Louise war. Und wie sehr sie ihr selbst missfallen würde.

Nach dem Tee ging Ellen wieder in die Küche. Während Anne hin- und herlief, um den Tisch zu decken, und Avery sich um den Wein und die Gläser kümmerte, war Hugh mit John Bennett in ein Gespräch über das Manuskript vertieft, das er mitgebracht hatte.

»Ich wüsste gern deine Meinung darüber, Hugh«, sagte John zu Hughs großer Freude. »Die eines jungen Mannes über einen jungen Mann. Ich glaube, wenn du es mal angefangen hast, legst du es nicht wieder weg. Heb es dir deshalb vielleicht für später auf.«

»Ich nehme es mit ins Bett«, sagte Hugh.

»Mami hat mir ein Kleid geschenkt, Onkel John.« Anne stellte die Knallbonbons auf den Tisch. »Weißer Tüll, meter- und meterweise. Ich zieh es erst in der letzten Minute an. Ihr werdet Augen machen, wenn ich herunterkomme.«

Um halb sieben knirschte der Kies auf der Zufahrt unter Autoreifen, und kurz darauf betraten Mrs North und

Louise das Haus. Sie waren in Pelze gehüllt; Mrs North besaß mehr als genug für sie beide.

»Fröhliche Weihnachten, Großmama. Fröhliche Weihnachten, Mademoiselle«, rief Anne und küsste ihre Großmutter. Sie wusste nicht, ob sie Mademoiselle – es war schließlich Weihnachten – auch küssen sollte, entschied sich bei ihrem Anblick aber dagegen. »Vielen, vielen Dank für die weiße Tasche, Großmama. Der Stoff glänzt so schön. Das passt wunderbar zu meinen Tennissachen im Sommer.«

Mrs North nötigte Hugh, der ihr aus dem Pelzmantel half, zum Innehalten. »Zu deinen Tennissachen? Das ist eine Kulturtasche, Kind.«

»Ach so?« Anne riss vor Erstaunen die Augen auf. »Als Kulturtasche«, sagte sie hastig, »ist sie natürlich genauso nett.«

»Es tut mir leid, dass du nicht wusstest, was es ist«, sagte die alte Dame, und ihr Ton erinnerte John Bennett auf merkwürdige Art an den Averys, als er sagte, das Tablett komme nur zweimal im Jahr zum Einsatz. »Ich hätte doch gedacht, mit dem Innenfutter ist es offensichtlich.«

»Ich habe es für Plastik gehalten«, sagte Anne.

»Es ist Plastik.«

»Lass es gut sein«, riet ihr Hugh, der mit den Pelzen seiner Großmutter vorüberging. »Du machst es nur noch schlimmer.«

Anne floh in die Küche, während Avery seine Mutter und Louise zu einem Sherry überredete. Ellen blieb kurz bei ihnen und ging dann ebenfalls in die Küche, wo Anne ihr prustendes Gelächter mit einem vors Gesicht gehaltenen Handtuch dämpfte. Sie brachte vor Lachen kein Wort heraus, und Ellen wartete lächelnd, trank ihren Sherry und betrachtete die Szene im Wohnzimmer durch die offene Küchentür.

Mrs North thronte majestätisch in einem Ohrensessel, die Falten ihres dunkelblauen Rocks mit geschickter Hand von Louise gerichtet, die in einem blassgrauen Chiffonkleid, griechisch in seiner Schlichtheit, pariserisch in seiner Raffinesse, neben ihr stand.

Sie ist eine wahre Künstlerin, was Kleidung betrifft, dachte Ellen anerkennend. Sogar bei Averys Mutter. In dem Moment lächelte die alte Dame liebevoll hinauf zu Louise, die ihr das Glas anreichte. Mich, dachte Ellen, hat sie noch kein einziges Mal so angelächelt. Mit mir ist sie nicht zufrieden. Ich wäre aber auch nicht auf die Idee gekommen, mich für ihre Kleidung zu interessieren. Diese Französin hat etwas Verhaltenes an sich, grübelte sie. Oder Zielstrebiges. Etwas sehr Überlegtes. Sie ist kein bisschen wie wir. Wir sind alle spontan, ausgenommen Averys Mutter. Das wird es sein, was sie gemeinsam haben.

Anne kam hinter dem Handtuch vor. »Ach herrje«, seufzte sie ermattet und vergnügt. »Das war lustig. Ich erzähl es dir später, Mami, jetzt hört mich Großmama vielleicht. Ich gehe mich umziehen, ja?«

»Ja, ab mit dir. Ein schönes Bild hast du da abgegeben, so zu lachen.«

»Ach, das vergisst sich wieder«, sagte Anne und rannte davon.

Ellen schloss die Küchentür. Die entscheidende Phase begann, sie musste es jetzt ernsthaft angehen. Sie sehnte sich nach Miss Daley, die so tüchtig war beim Auftragen. Es graute ihr, ohne sie so viele Teller, Schüsseln und Saucieren austauschen zu müssen und gleichzeitig die Soßen zu schwenken, zu würzen, zu probieren und anzurichten und die vielen Gänge zur rechten Zeit auf den Tisch zu bringen. Sie lief gerade ins Wohnzimmer und kündigte das Essen an, als Anne von oben herabrief: »Seid ihr so weit? Ich komme.« Sie wandten sich alle um, und nach einem scheuen Zögern auf der Treppe erschien ihre Tochter in dem weißen Tüllkleid.

Für einen Moment wurde es still, und niemand sprach ein Wort − vielleicht wegen des Kleids, vielleicht aber auch wegen ihrer überwältigenden und anmutigen Jugend. Averys Augen suchten ergriffen die seiner Frau. Ihr kleines Mädchen wurde groß. Anne hatte ihre Kindheit hinter sich gelassen und trat unsicher, aber vertrauensvoll in die Welt ein. Dann sprachen alle auf einmal.

»Komm rein und lass dich anschauen«, sagte Hugh.

»Endlich hast du ein hübsches Kleid«, sagte ihre Großmutter. »Es wurde auch Zeit. Wo hast du das her, Ellen? Finden Sie es nicht schön, Louise? Fast so gut wie in Frankreich, nicht wahr?«

»Du wirst zu schnell erwachsen«, sagte John Bennett. »Es ist ein Jammer. Du warst so ein nettes kleines Mädchen.«

»Kann ich nicht ein nettes großes Mädchen sein?« Anne hatte sich so weit gefangen, dass sie sich in dem Tüll im Kreis drehen konnte.

»Wollt ihr bitte alle ins Esszimmer gehen?«, sagte Ellen bestimmt.

Alle fanden, dass die Tafel wunderbar aussah. Avery platzierte seine Mutter rechts und Louise links neben sich. Ellen blieb nichts übrig, als so erhitzt, wie sie war, aus der Küche heraus ins Esszimmer zu kommen. Sie drückte die Handrücken kurz auf die Wangen und setzte sich.

Auf dem Tellerstapel thronte eine Untertasse für Moppet, die ekstatisch um Averys Knöchel strich. »Sie kommt wohl als Erste dran«, sagte er und schnitt ungelenk mit Tranchiermesser und Gabel ein Stück Truthahn ab.

»Ich stell es ihr hin«, sagte Anne und hob die Untertasse herunter.

Avery tranchierte weiter. »Sie halten die Engländer wahrscheinlich für haustierverrückt«, sagte er, an Louise gewandt.

»Jedenfalls habe ich so etwas noch nicht erlebt«, sagte Louise. »Ich nehme an, das ist hier modern.«

»Modern?«, empörte sich Anne, doch ihr Bruder trat ihr unter dem Tisch ans Bein, und sie verstummte.

Hugh schenkte allen Wein ein, und John Bennett erhob das Glas. »Auf die Köchin!«

Sie prosteten ihr zu, und Ellen lächelte liebevoll. »Ich hoffe, es ist alles in Ordnung«, murmelte sie.

»Der Truthahn ist wunderbar«, sagte Anne nach dem ersten Bissen. »Und die Knallbonbons sind dieses Jahr doch prachtvoll. Ich zieh meines gleich auf, ich muss sofort wissen, was drin ist.«

»Das lässt du schön bleiben«, sagte Hugh. »Du wartest, bis wir mit dem Essen fertig sind. So ein Kleid passt nicht zu dem Benehmen einer Zweijährigen. Du musst dich langsam bemühen, deinem hübschen Aussehen gerecht zu werden.«

»Oh«, gurrte Anne. »Ich seh hübsch aus?«

»Tja, heute Abend schon«, räumte er ein.

»Das ist das erste Kompliment, das ich je von dir gekriegt hab.« Sie strahlte ihn über den Tisch hinweg an.

»Zu viel darfst du auf Komplimente aber nicht geben.«

»Aber du würdest auch nicht Nein sagen, wenn du mal eines bekämst.«

»Anne«, mahnte ihre Mutter vorwurfsvoll.

»Ich ziehe ihn doch nur auf«, sagte Anne und aß noch einen großen Bissen Truthahn.

Die reden untereinander wie mit Kindern oder mit Haustieren, dachte Louise. Ich sitze mit drei Männern am Tisch, die der Katze mehr Beachtung schenken als mir. Das Glück anderer zu sehen, ging ihr auf die Nerven. Glückliche Menschen waren so langweilig. Es zeugte nicht von Intelligenz, glücklich zu sein, fand Louise.

Ellen bemerkte den reservierten Ausdruck in Louises Gesicht und glaubte, sie tue nicht genug dafür, dass sie sich zu Hause fühlte. »Ist der Weihnachtstag bei uns so ähnlich wie bei Ihnen in Frankreich?«, erkundigte sie sich freundlich.

Louise schloss kurz die Augen. »Oh, nein. In Frankreich ist Weihnachten ein kirchliches Fest. Ich glaube, Ihr Weihnachten ist eher wie das deutsche.« Sie sagte es mit eigentümlicher Betonung. Mochten sie es verstehen, wie sie wollten. Doch sie verstanden es gar nicht. Sie hatten Geräusche an der Haustür vernommen, und plötzlich ertönte von draußen eine kräftige Altstimme.

»Drei Schiffe kamen übers Meer ...«

Annes Miene wechselte von Ungläubigkeit zu großer Freude. »Der Stier von Basan!«, rief sie aus.

Mrs North verdrehte die Augen. »Genau genommen handelt es sich um Daley.«

»Am Weihnachtstag ... am Weihnachtstag ...«, schwang sich die Stimme vor der Tür auf, getragen vom leisen Anschwellen des Chors.

»Avery, sag ihr, sie soll sofort gehen«, befahl Mrs North.

»Ach, Großmama, lass sie«, bettelte Anne.

»*Lasst alle uns frohlocken … frohlocken …*«, schmetterte Miss Daley.

»Allmächtiger«, sagte John Bennett.

»*Mais c'est formidable*«, sagte Louise. »*Quelle voix.*«

Miss Daleys Stimme war wie die Kugel unter den Kegeln – zum Schluss hatte sie alle umgeworfen. Sogar Mrs North, ja sogar Louise, die schon gelacht hatte, stellten fest, dass sie weinten. Vor lauter Lachen merkten die anderen nicht, dass Louises Tränen keine Freudentränen waren wie ihre. Louise presste ihr Taschentuch auf die Augen. Der alte Kummer – wollte er denn nie vergehen?

Ellen stand vom Tisch auf und wischte sich ebenfalls über die Augen. »Ich muss mit Miss Daley sprechen.«

»Gib ihr das«, sagte Avery und zog einen Schein aus der Brieftasche. »Sag ihr, sie wird noch unser aller Tod sein.«

Der Gesang hörte auf, und plötzlich erschien in der Tür zum Esszimmer zum Erstaunen aller eine Robin-Hood-Kappe samt Fasanenfeder, unter der das rosige Gesicht von Miss Daley erstrahlte.

»Fröhliche Weihnachten alle zusammen«, wünschte sie glücklich. »Ich wollte nur mal kurz vorbeischauen, wenn ich dieses Jahr schon nicht bei Ihnen sein kann. Hallo, Mademoiselle.« Ganz berauscht vom Singen und von der Gemeinschaft mit ihren Chorfreunden, hatte Miss Daley neben den Hemmungen auch alle Feindseligkeit Louise gegenüber abgelegt. Von gutem Willen erfüllt, wollte sie speziell sie ansprechen, speziell sie anstrahlen. Doch Louise betupfte sich weiter ausdruckslos mit ihrem feinen Taschentuch die Augen. »Vielen Dank, Mr Avery, für die schöne Gabe. So viel bekommen wir heute Abend bestimmt kein zweites Mal.«

»Trinken Sie ein Glas Wein.« Avery schenkte ihr ein. »Wärmen Sie sich auf.«

»Oh, nicht für mich«, protestierte Miss Daley. »Ich krieg davon immer so einen schweren Kopf. Na gut, aber nur, um auf Ihre Gesundheit zu trinken.« Sie erhob ihr Glas, und die anderen taten es ihr gleich. »Viel Glück und dass man es nicht so oft braucht«, sagte Miss Daley überraschend und leerte ihr Glas. »Wunderbar. Haben Sie vielen Dank. Jetzt aber auf Wiedersehen.«

Noch einmal das strahlende Lächeln, und der grüne Hut verschwand.

Anne hob die Hand, horchte in gespannter Vorfreude und brach, als Miss Daleys schmetternder Gesang erneut ertönte, in lautes Gelächter aus.

»Tja, ich werde mit dem Dessert wohl warten müssen, bis das vorüber ist«, sagte Ellen.

Nach dem Essen rundete Ellen die Mahlzeit mit ihrem Kaffee ab und rief, wie immer am Weihnachtstag, ihren Bruder in Manchester an. Sie sprachen über die Entfernung hinweg miteinander, gedachten für einen Moment ihrer Kindheit, sagten wie immer, sie wünschten, sie wären nicht so weit voneinander entfernt.

»Aber bei dir ist alles in Ordnung, ja, Liebes?«, fragte Henry.

»Ja, alles in Ordnung«, antwortete Ellen glücklich. »Machs gut, alter Knabe.«

Danach rief sie im Somerton Manor an und ließ sich Mrs Brockington geben, deren Hände jetzt so steif waren, dass sie kaum noch Briefe schreiben konnte.

»Hatten Sie alle einen schönen Tag?«, fragte Ellen.

»Ja, Liebe, vielen Dank«, sagte Mrs Brockington verhalten.

»Wie geht es Mrs Beard?« Damit traf Ellen ins Schwarze.

»Ach … ähm … ich glaube, sie ist ziemlich müde.«

»Ziemlich verärgert auch?«

»Ach, sie hat sehr viel zu tun«, sagte Mrs Brockington entschuldigend. »Aber sie hat ein ausgezeichnetes Abendessen für uns zubereitet.« Sie ließ unerwähnt, dass Mrs Beard laut und vor den anderen zu Mrs Fish gesagt hatte, sie wäre senil und sollte in ein Heim gesteckt werden, woraufhin Mrs Fish den ganzen Tag geweint hatte.

Als Ellen am Telefon fertig war, ging sie nachschauen, was im Esszimmer los war. John Bennett und Hugh waren mit Mrs North ins Nebenzimmer gegangen, doch Avery, ein Glas alten Kognak in der Hand, und Louise, eine Zigarette in ihrer, standen am Kamin und sahen Anne zu, die zu Tanzmusik aus dem Radio den Tisch abräumte.

Als Anne mit fliegendem weißem Tüll in die Küche tanzte, sagte Louise überraschend, vom Wein und vom Gelächter erweicht: »Ja, sie ist sehr hübsch. Heute Abend ist sie nur Blumen, Sterne und Perlen, wie jemand es einmal über die Duchesse de Longueville gesagt hat.«

Avery sah sie freundlich an, und Ellen blickte lächelnd von den Gläsern auf, die sie gerade aufs Tablett stellte.

»Ein sehr nettes Kompliment, das Sie unserem kleinen Mädchen da machen«, sagte Avery.

»Oh, sie ist sehr hübsch«, wiederholte Louise. »Sie wird es weit bringen.« Sie zog an ihrer Zigarette und warf den Stummel ins Feuer. »Wenn sie es geschickt anstellt«, fügte sie hinzu und atmete den Rauch durch die Nase aus.

Ellen schaute verstimmt auf, doch Avery lachte, und zwar laut. Louise fragte verdutzt, ob sie etwas Falsches gesagt habe.

»Nein, nein«, beteuerte er. »Kommen Sie ins Wohnzimmer zu den anderen.«

Er lotste sie an Ellen vorbei, von der er einen heftigen Ausbruch befürchtete, so zornig, wie sie aussah.

Es brodelte noch in ihr, als er kurz darauf in die Küche kam. »Was für eine abscheuliche Äußerung!«, sagte sie.

»Aber meine Liebe«, sagte Avery mit erhobenen Brauen. »Das war nicht ernst gemeint. Verstehst du denn gar keinen Spaß?«

»Tja, darüber kann ich nicht lachen.« Ellen sammelte Gabeln und Löffel von den Tellern, um sie über Nacht im Wasser einzuweichen. »Was hat ihr gewinnsüchtiges Kalkül mit Anne zu tun? Es besudelt etwas so Junges und Anrührendes mit hässlichen Flecken.«

»Meine Güte, du bist wirklich böse«, sagte Avery liebenswürdig. »Ich wollte Streichhölzer holen. Mein Feuerzeug geht nicht.«

»Schon wieder?« Ellen suchte die Streichhölzer heraus, damit er nicht glaubte, sie sei böse auf ihn. Auch wenn sie es insgeheim doch war, ein bisschen.

»Willst du dich denn nicht mal hinsetzen, Ellen?«, fragte John Bennett, als er später hereinkam.

»Doch, John, in fünf Minuten. Ich befülle nur noch die Wärmflaschen.«

»Kann ich das nicht machen?«

»Ich bin mir sicher, dass du noch nie im Leben eine Wärmflasche befüllt hast. Setz dich wieder an den Kamin. Ich bin gleich fertig.«

Fünf Flaschen in fünf Betten, die Betten aufgedeckt, die Vorhänge zugezogen, das zerzauste Haar glatt gestrichen, das Gesicht aufgefrischt, ging sie schließlich zu den anderen ins Wohnzimmer.

»War das nicht ein wunderbares Weihnachten, Mami?«, sagte Anne, als sie schließlich auf dem Weg ins Bett waren. »Das Beste, das wir je hatten.«

»Das sagst du immer, Schätzchen.«

»Aber diesmal war es wirklich das beste«, beteuerte Anne.

Bevor sie sich hinlegte, schaute Ellen durch die Vorhänge, und beim Anblick des Schnees im Mondlicht stockte ihr der Atem. Alles leuchtete weiß und friedlich. Die Weihnachtsnacht, still und heilig. Die wichtigste Nacht in der Weltgeschichte.

»Wie lange willst du noch in der Kälte stehen?«, fragte Avery aus seinem Bett. »Ich hätte gedacht, nach allem, was du heute getan hast, wärst du müde.«

»Oh, bin ich, bin ich«, sagte Ellen und löschte, als sie in ihr warmes Bett geschlüpft war, das Licht.

Im Haus kehrte Ruhe ein. Im Gästezimmer sann John Bennett noch ein Weilchen über sein einsames, trostloses Leben in Kensington nach und fragte sich, ob Avery wusste, was für ein Glück er hatte. Anne schlief schon, das weiße Kleid schimmernd über einem Stuhl. Hugh hörte nach einer Weile ein leises Kratzen an seiner Tür, er lachte, sprang aus dem Bett und hob das Kätzchen hoch, steckte es unter seine Decke und schlummerte ein, noch lächelnd über ihr zufriedenes Schnurren. Er war, dachte er, wirklich zu Hause.

ELF

Mrs North hatte nicht mehr so viel Freude am Zurechtmachen wie früher. Sie überließ sich passiv Louises Händen, ermattete aber oft, wenn sie an der Frisierkommode saß, und sagte, für heute sei es genug.

Sie wollte sich auch nicht mehr auf Französisch unterhalten.

»Mir fallen die Wörter nicht ein, meine Liebe«, sagte sie zu ihrer Rechtfertigung. »Aber lesen Sie mir vor. Ich höre Sie so gern in Ihrer Sprache lesen. Im Bücherschrank steht eine Ausgabe von *Madame Bovary*. Wie wäre es damit?«

Louise lächelte säuerlich. Sie kannte das Buch in- und auswendig. Emma Bovary war die einzige literarische Gestalt, bei der sie echtes Mitgefühl empfand, ja, sogar eine Wesensverwandtschaft. Niemand, sagte sie oft zu sich selbst, versteht besser als ich, warum sie tat, was sie tat. Es war die quälende Langeweile des provinziellen Lebens.

Es kam für sie zur Unzeit, *Madame Bovary* noch einmal lesen zu müssen. Der englische Winter war einfach zu bedrückend. Das Wohnzimmer, in dem sie nachmittags mit Mrs North saß, befand sich erhöht auf einer Terrasse, und durch die Bogenfenster sah man auf einen weiten Streifen von Feldern und Wäldern, der sacht bis zum Horizont anstieg. Der verstorbene George North war stolz gewesen auf diesen Ausblick, Louise aber machte er zu schaffen. Oft trieben Schnee, Schneeregen oder Nebel darüber, und er war so kahl, bot nichts Interessantes. Sie konnte ihm nichts abgewinnen.

Ein, zwei Seiten des Romans genügten, um Mrs North einschlummern zu lassen, und Louise blieb nichts, als in die Winterlandschaft zu starren und über ihre Vergangenheit und ihre Zukunft zu grübeln.

Paul hatte sie beide vergiftet, sagte sie sich. Es war ihr wohl von Anfang an so bestimmt gewesen. Ihre Wege hatten sich so früh gekreuzt. Als Kind hatte sie auf dem Schulweg zur Ste. Colombe bewundernd die drei Devoisy-Brüder betrachtet, die vornehm, distanziert und stets gemeinsam in den dunkelblauen Umhängen und Schirmmützen wie Marinekadetten zum Lyzeum oder zurück nach Hause zogen.

Paul hatte ihr von den dreien am besten gefallen, und schon bald wurde er der Einzige für sie. Bei der Sonntagsmesse in der Kathedrale konnte sie die Augen nicht von ihm lassen, und im Gedränge der hinausströmenden Menschen schaffte sie es manchmal, so dicht neben ihm zu gehen, dass sie den Saum seines Umhangs mit den Fingern berühren konnte.

Damals beachtete er sie nicht, war so unnahbar wie ein junger Gott. Doch wenn sie später, nach Beendigung ihrer Schulzeit, am Tor des Lyzeums vorüberging, pfiffen einige Schüler ihr heimlich nach, sobald ihre Lehrer außer Hörweite waren. Und nun achtete Louise nicht darauf. Nur einmal wandte sie sich um, und da stand Paul, weit hinten, und ihre Blicke trafen sich.

Seine Aufmerksamkeit war geweckt, und er begann, in den Straßen der Stadt nach ihr Ausschau zu halten. Er kam in den Laden und kaufte sich seine Bücher, und danach war es nur eine Frage der Zeit, dass sie sich hinter der Kirche St. Eustache, die nach der Entstaatlichung verfiel, an den Feldern am Fluss trafen.

In der kleinen Stadt, in der strenge Verhaltensregeln galten und beide sehr bekannt waren, wenngleich in verschiedenen Sphären, mussten sie vorsichtig sein. Die neuen Gefahren wurden für Louise zu einem Spiel, das aufregender war als alles, was sie bisher erlebt hatte. Ihr Doppelleben, ihre Lügen und der Zwang zur Täuschung wurden ihr beinahe zur zweiten Natur. Als es vorbei war, kam ihr alles entsetzlich fade vor: nicht nur, weil sie ihren Geliebten verloren hatte, sondern auch, weil sie wie eine versierte Schauspielerin ohne Rolle war. Außerdem war ihre natürliche Anlage, Menschen zu verachten, noch dadurch gefördert worden, dass die meisten sich leicht täuschen ließen. Sie waren dumm, so gutgläubig zu sein. Wenn man klug genug war – und sie war es –, kam man mit allem davon.

Als es für Paul Zeit zu heiraten wurde, musste er wohl oder übel mit Louise brechen. Die Tochter eines Buchhändlers war nicht als Ehefrau für einen Devoisy geeignet. Außerdem war ihre Mitgift nicht halb so groß wie nötig. So kam es, dass er seinen Eltern zuliebe, um eine Familie zu gründen und in die Kirche und in den Kreis der gemeinhin Achtbaren zurückzukehren, Germaine Brouet heiratete und nun auf Nachwuchs wartete.

Und Louise saß in einem englischen Wohnzimmer die Winternachmittage ab.

Warum nur verbringe ich meine Zeit mit einer alten Frau?, fragte sie sich. Was erwartet mich hier? So angenehm es auch war, es hatte keine Zukunft.

Sie musste nach Hause fahren, sagte sie sich. Musste ihr Schicksal annehmen. Musste André Petit heiraten, der sich als Einziger anbot, und dieser Ehe irgendein Leben für sich selbst abnötigen. Er war gut situiert – kein Vergleich zu den Norths natürlich, aber doch wesentlich besser gestellt als ihre Eltern – und so vernarrt in sie, dass er ihr ihren Willen lassen würde. Sie würde ihren Willen sowieso haben.

Als sie sich durchgerungen hatte, wollte sie sofort fahren. An dem Nachmittag, an dem die Entscheidung gefallen war, schaltete sie lange vor der üblichen Zeit das Licht ein, damit sie Mrs North wecken und ihr sagen konnte, dass sie nach Hause musste.

Die alte Dame blinzelte und setzte sich auf.

»Das war ein sehr interessantes Kapitel, nicht?«, sagte sie wie immer. »Läuten Sie doch bitte nach dem Tee, meine Liebe.«

»Es ist noch nicht Teezeit«, sagte Louise. »Und ich möchte vorher noch etwas mit Ihnen besprechen, Madame.«

»Ach so? Was denn? Geht es wieder um Daley? Ich wünschte, sie würde Ihnen nicht so viel Verdruss bereiten.«

»Nein, es geht nicht um Daley, Madame. Es geht darum, dass ich nach Hause fahren muss. Und zwar so bald wie möglich.«

»Louise!«

»Bitte, Madame, regen Sie sich nicht auf. Ich kann nicht für immer hierbleiben, verstehen Sie.«

»Lassen Sie mich nicht allein, Louise«, bettelte Mrs North. »Bleiben Sie etwas länger, nur für ein paar Wochen.«

»*Mais, voyons*, ich muss an meine Eltern denken.«

Was eine Übertreibung war.

»Bleiben Sie bei mir, bis es mir besser geht«, bat die alte Frau. »Ich bin nicht gesund, Louise.«

»Aber natürlich sind Sie gesund. Ihnen fehlt nichts«, sagte Louise betont munter. »Sie sind nur ein wenig müde, das ist alles. Sie müssen sich ausruhen, und im Frühjahr komme ich wieder.«

Sie hatte nicht die Absicht wiederzukommen. Wozu sollte das gut sein?

»Oh, Louise …«

»Aber, aber, Madame … Sehen Sie, ich habe nach dem Tee geläutet. Eine Tasse Tee wird Ihnen guttun. Das sagen Sie in England doch immer, nicht?«

»Louise, kann ich Sie nicht überzeugen?«

Louise schüttelte den Kopf. »Nein, Madame. Ich bin meinen Eltern gegenüber verpflichtet. Sie wollten nicht, dass ich zu Ihnen komme, aber ich habe sie überzeugt. Sie sind jetzt lange genug ohne mich ausgekommen.«

»Aber warum dieser plötzliche Entschluss zum Gehen?«

»Nun ja, Madame.« Louise zuckte mit den Achseln. »Es hätte Ihnen doch auch nicht gefallen, wenn ich es Ihnen gleich bei meiner Ankunft gesagt hätte, oder? Hier kommt der Tee. Auf den Tisch neben mir, Miss Daley, bitte. Madame ist ein wenig müde. Ich werde den Tee ausschenken.«

Miss Daley warf ihr einen finsteren Blick zu und zog die Vorhänge auf.

»Oh, Miss Daley«, sagte Mrs North bekümmert. »Mademoiselle sagt, sie muss nach Frankreich zurückfahren.«

Miss Daley horchte auf und wandte sich zu den beiden um: »Oh. Wann?«

»Schon bald«, sagte Louise, die den Tee einschenkte. »Nächste Woche.«

»Nächste Woche, Louise?«, hakte Mrs North nach, die aufs Neue schockiert war.

Miss Daley legte die Vorhangseiten übereinander, strich beifällig darüber und ging hinaus. In der Küche fing sie zu singen an. »*Großer Gott, wir loben dich.*«

Mrs North rief Avery zu sich, damit er Louise zuredete. Als er am Abend darauf nach der Arbeit bei Sturm und Wind vorbeikam, schickte sie ihn gleich ins Wohnzimmer, in dem sie das Mädchen allein gelassen hatte. Sie selbst blieb in der Diele und wartete auf das Ergebnis seiner Überredungsversuche.

Louise blickte von dem Brief auf, den sie nach Hause schrieb und in dem sie ihre Ankunft für die kommende Woche ankündigte. »Ah, Monsieur Avery«, grüßte sie mit einem schmeichelnden Unterton und legte den Brief beiseite.

Er ging durchs Zimmer zum Kamin, und sie stand auf und reichte ihm die Hand. Der französische Brauch des Handgebens verunsicherte ihn immer ein wenig, und er war auch jetzt wieder nicht darauf gefasst. Doch als er ihre Hand nahm, hielt er sie für einen kurzen Augenblick fest.

»Wie ich höre, wollen Sie uns verlassen«, sagte er ernst.

Louise hob die Brauen. »Ich muss.«

»Es ist ein großer Schock für meine Mutter.«

»Ja, es tut mir leid.«

»Ich glaube, sie hat gehofft, Sie für lange Zeit zu behalten. Vielleicht für den Rest ihres Lebens.«

»Aber das ist ausgeschlossen.«

»Ich weiß, aber konnten Sie es ihr nicht etwas schonender beibringen?«

»Schonender?«

»Konnten Sie ihr nicht mehr Zeit lassen, sich an den Gedanken, dass Sie gehen, zu gewöhnen?«

»Welchen Sinn hätte das gehabt? Letzten Endes hätte ich doch gehen müssen, und sie hätte die ganze Zeit nur gegrübelt und gegrübelt und gegrübelt, wie sie mich davon abbringen kann.«

Das entzückende Rollen des dreimaligen Grübelns brachte ihn zum Lächeln.

Sie reckte das Kinn. »Warum lachen Sie über mich?«

»Wie Sie ›gegrübelt‹ sagen, gefällt mir, das ist alles.«

»Sprechen Sie Französisch, dann kann ich über Sie lachen«, konterte sie.

Sie stand neben ihm am Kanin, so nahe, dass er den herrlichen Duft wahrnahm, den sie benutzte. Lächelnd sahen sie einander an.

»Gehen Sie nicht«, sagte er unvermittelt.

Im Nu, nur durch den Ton seiner Stimme, veränderte sich die Lage. Beide wussten es, und beide amüsierte es. Kaum zu glauben, Averys Herz schlug schneller. Er verschränkte die Arme, und sein Lächeln wurde noch wärmer. Louises Stimmung hellte sich mit einem Mal auf.

»Ich würde nicht gehen«, sagte er, sein Ton diesmal weniger schwer.

»*Mais, voyons*«, sagte sie spöttisch. »Ich muss.«

»Warum?«

»Seien Sie doch vernünftig. Ich kann nicht ewig hierbleiben. Ich muss an meine Eltern denken, an mich selbst. Es wird Zeit, dass ich heirate.«

Sie begann, im Zimmer hin und her zu gehen, die Hände hinter dem Rücken verschränkt.

»Heiraten?«, sagte er. »Sind Sie verlobt?«

»Nein, aber ich sollte es sein.«

Ihre Sachlichkeit erheiterte ihn. Sie sagte Dinge, die andere Menschen nicht aussprachen. Es klang nicht nur witzig, sondern aufrichtig. Er beobachtete, wie sie vor ihm herumstolzierte.

Dann baute sie sich direkt vor ihm auf, den Kopf fast unter seinem Kinn. »Nun?«, sagte sie herausfordernd.

Die Tür ging auf. Mrs North hatte es nicht mehr ausgehalten und kam herein. Ihr Blick wanderte unruhig zwischen Avery und Louise hin und her. Avery war froh, dass sie da war. Er hatte nicht die Absicht, mit dem französischen Mädchen Spielchen zu treiben, so attraktiv sie auch sein mochte.

»Konntest du sie umstimmen, Avery?«, fragte Mrs North.

»Ich weiß es nicht«, sagte Avery. »Das wollte ich sie gerade fragen. Konnte ich, Mademoiselle?«

Louise war es gewohnt, Nuancen im Ton von Stimmen und Feinheiten des Ausdrucks einzuschätzen. Jahrelang hatte sie in den Gesichtern anderer geforscht, nach Ahnungen von dem, was zwischen ihr und Paul vorging. Sie erkannte sofort, dass Avery einen Rückzieher gemacht hatte. Es war ein Peitschenhieb für ihren ohnehin verletzten Stolz. Sie wandte sich ab, griff nach ihren Schreibutensilien und nötigte Avery damit, seine Frage zu wiederholen.

»Habe ich Sie umstimmen können, Mademoiselle?«

»Nein«, sagte sie und sah ihn mit gerecktem Kinn an. »Nein, ich muss fahren. Ich bedaure, Madame, aber es geht nicht anders. Und wenn Sie mich jetzt bitte entschuldigen wollen, ich möchte in mein Zimmer gehen und meinen Brief beenden. *Bonsoir, Monsieur.* Vielleicht sehe ich Sie ja noch einmal, um mich zu verabschieden.« Sie warf ihm einen spöttischen Blick zu und ging hinaus.

In ihrem Zimmer schaltete Louise das Licht ein, ging zum Spiegel und betrachtete sich darin.

Ich hab wohl doch noch Leben in mir?

Ihr Gesicht sah sie an, die dunklen Augen glänzend, die Lippen geöffnet, die elfenbeinweiße Haut schimmernd vor geheimnisvoller Vitalität. Ein Erlebnis wie dieses war dem Aussehen dienlicher als jede Schönheitsbehandlung.

Für einen Augenblick hatte sie sich stark zu ihm hingezogen gefühlt und er zu ihr, sie wusste es. Dann war er erschrocken und zurückgewichen. Der dumme Mann, er brauchte sich keine Sorgen zu machen. Nie wieder würde sie sich auf eine heimliche Liebesaffäre einlassen, dachte sie und sammelte ihre Sachen zusammen, als würde sie binnen einer Stunde abreisen. Was hatte sie von so einer Affäre zu erwarten, außer am Ende sitzen gelassen zu werden? Niemals, sagte sie zu sich selbst. Nie wieder.

Aber gut zu wissen, dass der Schlag, den Paul ihr versetzt hatte, nicht so tödlich gewesen war, wie sie dachte. Sie erholte sich, wenn sie spürte, dass eine Anziehung da war, und sei es nur für einen Moment. Es ist nicht leicht, dachte sie und fegte den Kalender vom Kaminsims und den vergoldeten Engel vom Frisiertisch, es ist nicht leicht, wenn man erkennt, dass man sich erholt, aber nach Hause fahren und André Petit heiraten muss. Aber es ging nicht anders. Es gab keinen Ausweg.

ZWÖLF

Sie fuhr nach Hause. Ihre Eltern empfingen sie, den Störenfried, so dankbar wie eh und je. Doch obwohl ein Streit wie der am ersten Abend ihrer vorigen Heimkehr dieses Mal ausblieb, war die anfängliche Freude bald erloschen. Louise war, stellten sie bald fest, in unleidlicher Stimmung wiedergekommen. Äußerungen der Zuneigung wurden abgewehrt, Gespräche wurden schon im Keim erstickt. Nichts war ihr recht.

Doch trotz alledem hellten sich die Mienen ihrer Eltern auf, als Louise ihnen mitteilte, sie würde nicht wieder nach England fahren.

»Das ist die beste Nachricht«, sagte ihre Mutter, »die ich seit langer, langer Zeit höre.«

»So ist es«, stimmte ihr Vater zu. »Jetzt kommen wir vielleicht zur Ruhe und können Pläne für die Zukunft machen.«

»Vielleicht begleitest du uns diesen August sogar nach Binic?«, versuchte es Madame Lanier.

»Vermutlich«, sagte Louise, gab jedoch gleichzeitig so deutlich zu verstehen, dass ihr die Aussicht, mit ihnen nach Binic zu fahren oder überhaupt Zeit mit ihnen zu verbringen, keine Freude bereitete, dass es ihre Eltern betrübte.

Sie fragten sich, wo sie versagt hatten. Sie hatten nur das Beste gewollt und sich bemüht, gute Eltern zu sein. Doch sie hatten sie wohl nicht zufriedengestellt. Hatten sie nicht einmal verstanden. Monsieur Lanier machte keine Scherze mehr, und in Madame Laniers breite Stirn gruben sich bald wieder tiefe Sorgenfalten.

Louise ließ die Wochen verstreichen, ohne auf André Petit zu sprechen zu kommen. Sie hatte ihn mehrere Male gesehen, wenn sie sonntags auf den Boulevards spazieren ging, so entsetzlich provinziell, so sehr ein zweiter Charles Bovary, dass sie die Aussicht, ihn zu heiraten, nicht ertrug. Sie sagte sich, sie müsse warten, bis ihre Situation unhaltbar geworden war, was mit Sicherheit eintreten würde, bevor sie ihren Eltern gegenüber etwas verlauten ließ.

Sie nahm keinerlei Anteil an dem, was um sie herum geschah. Eines Morgens jedoch kam sie in den Laden, als Germaine Devoisy ihn gerade verließ.

»Und?«, erkundigte sich Louise bei ihrer Mutter in der unwirschen Art, mit der sie wieder nach Hause gekommen war. »Sieht man schon etwas von einer Familie?«

Die Miene ihrer Mutter hellte sich auf. Sie freute sich über jedes Anzeichen von Interesse bei Louise. »Nein, mein Liebling. Absolut nichts. Dabei sollte das erste Kind doch langsam unterwegs sein. Enttäuschend, nicht? Alle fragen sich. Nein, noch nichts zu sehen.«

»Das wird ihm nicht gefallen«, sagte Louise.

»Nein. Jeder Mann möchte eine Familie. Wenn das so weitergeht, sollte sie vielleicht eine Kur machen. Angeblich verdankt Madame Pouillet ihren Sohn ja Vittel.«

Dass Pauls Nachwuchs auf sich warten ließ, heiterte Louise vorübergehend auf. Sie freute sich, dass er nicht bekam, was er wollte. Aber die etwas weniger beschwerte Phase war bald vorbei, und sie versank wieder in eine Stimmung, noch trüber als zuvor.

Eines Abends, sie hatte an dem Tag so gut wie kein Wort gesprochen, sagte sie, als sie am Abendbrottisch ihren Kaffee austrank: »Vielleicht solltet besser ihr mit André Petit sprechen.«

Die Hände ihrer Eltern fielen von den Tassen herab.

»Louise!«

»Kind, mein liebes Kind.«

Sie standen von ihren Plätzen auf, gingen um den Tisch herum und küssten sie. Sie ließ sie gewähren, bot erst die eine, dann die andere Wange dar.

»Ich bin mir sicher, du bist klug, mein Kind ...«

»Du wirst ihn sehr glücklich machen und mit der Zeit auch selber glücklich sein.«

»Kann sein«, sagte Louise.

Sie wollten sich freuen, wollten darüber sprechen, aber Louise stand auf und ging in ihr Zimmer.

»Oh, Henri, ich bin so dankbar, dass sie endlich bereit ist. Er ist ein guter Mensch.«

»Ja, das ist er wirklich, und sein Geschäft ist gesund. Über einen Apotheker kann man nicht die Nase rümpfen, weißt du. Ich wünsche mir immer, ich wäre selber einer geworden.«

»Mein Lieber, du bist doch sehr glücklich mit den Büchern, und das weißt du auch.«

»Ja, das bin ich. Aber ein Apotheker ist fast ein Arzt, weißt du. Er hat sehr viel Kontakt zu Menschen. Hilft vielen. Das hätte mich interessiert.«

»Du bist gut so, wie du bist«, sagte seine Frau und küsste

ihn. »Und vielleicht kann dein Enkelsohn ja der Apotheker werden, der du selber sein wolltest. Das Leben geht oft solche Wege. Wäre es nicht wunderbar, Enkelkinder zu haben, Henri? Erst neulich hat Madame Piquet zu mir gesagt, Enkelkinder seien das größte Glück einer Frau. Nur reine Freude ohne jede Angst. Ich freu mich so auf meine.«

»Ich finde, wir sollten zur Feier des Tages ein Glas Bénédictine trinken«, sagte Monsieur Lanier und holte eine Flasche und Gläser aus dem Schrank. »Rufst du Louise, oder bringst du ihr ein Glas hinauf?«

Madame Lanier zögerte. »Ich glaube, ich lasse beides bleiben«, sagte sie. »Für sie ist die Entscheidung wohl nichts, was sie feiern möchte. Noch nicht. In späteren Jahren, hoffe ich, wird sie zurückblicken und das begreifen. Das fühle ich ganz sicher.«

»Ich bin mir auch sicher. Vollkommen sicher. Mit André Petit kann sie nichts falsch machen.«

Sie erhoben die Gläser.

»Auf ihr Glück«, sagte Monsieur Lanier.

»Auf ihr Glück«, bekräftigte Madame Lanier mit am Glasrand zitternden Lippen. Arme Louise. Sie erwartete zu viel vom Leben, das war es. Sie erwartete viel zu viel.

»Heute Abend ist es wohl schon zu spät für einen Besuch bei André Petit.« Monsieur Lanier trank den letzten Tropfen des starken Likörs.

»Ja, jetzt ist es zu spät«, sagte seine Frau. »Macht nichts, du kannst gleich morgen früh hingehen.«

Doch am Morgen traf ein Brief aus England ein.

Der Brief war von Avery.

»Keine Sorge«, sagte Louise, als sie den Umschlag am Frühstückstisch öffnete. »Ich fahre nicht wieder hin, ganz gleich, wie sehr sie mich bedrängen.« Doch als sie den Brief las, wurde sie bleich. *»Oh, mon Dieu!«*

»Was ist?«, fragten ihre Eltern. »Was ist denn?«

»Sie ist tot. Mrs North ist tot. Meine Güte, damit hätte ich nie und nimmer gerechnet ...«

»War sie krank? Davon hast du nie etwas gesagt. War sie denn krank?«

»Wartet einen Moment«, sagte Louise mit finsterer Miene. »Wartet, bis ich fertig gelesen habe. Oh!« Sie stieß einen lauten Schrei aus und schlug sich mit den Händen an die Wangen.

»Um Himmels willen, was ist denn?«, bestürmten ihre Eltern sie.

»Papa! *Maman!* Ist das zu glauben? Ist das zu glauben?«

»Nein, bevor du uns nicht sagst, worum es geht.«

»Sie hat mir in ihrem Testament Geld hinterlassen. Sie hat mir tausend Pfund vermacht.« Stumm sahen sie sich an.

»Bist du sicher, Louise? Eintausend *Pfund*?«, sagte ihr Vater.

»Wie viel ist das? Eintausend Francs, Henri?«, fragte Madame Lanier.

»Eintausend Pfund, *maman*«, sagte Louise ungehalten. »Schau – hier steht eintausend Pfund. *Mon Dieu*, wie viel ist das, Papa, umgerechnet?«

»Eintausend Pfund sind ungefähr neunhunderttausend Francs!«, antwortete er.

»Nein!«, rief Madame Lanier, als stünde sie kurz vorm Zusammenbruch. »Neunhunderttausend Francs!«

»Ich kann es nicht glauben«, sagte Louise und griff wieder nach dem Brief.

Madame Laniers Gesicht legte sich langsam in Falten. Tränen flossen ihr aus den Augen.

»Oh, *maman*!« Louise warf ihr einen ungeduldigen Blick zu. »Du hast sie ja nicht mal gekannt. Es ist reine Sentimentalität, wenn du um sie weinst.«

»Es ist, weil sie dich gerngehabt haben muss«, sagte ihre Mutter.

»Ach so.« Das sah Louise ein. »Hat sie. Ich habe viel für sie getan. Aber damit habe ich nie und nimmer gerechnet. Sie hat mir nicht nur das Geld hinterlassen, sondern auch Pelze und Schmuck. Ihr Sohn schlägt vor, dass ich komme und sie abhole. Er sagt, es sei wesentlich einfacher, sie außer Landes zu bringen, wenn ich sie selber abhole.«

»Pelze und Schmuck«, hauchte Madame Lanier.

»Oh, da wird nichts Wesentliches dabei sein«, sagte Louise abschätzig. »Alles eher altmodische Sachen, fürchte ich. Trotzdem bestimmt von Wert. Und es könnte ein Pelzmantel dabei sein, der dir passt, *maman*.«

»Oh, Louise!« Madame Lanier wischte sich die um Mrs North vergossenen Tränen ab. »Ein Pelzmantel! Ich wollte schon immer einen Pelzmantel haben, nicht, Papa?«

»Glaub schon«, sagte er und machte auf dem Rand der Zeitung einige Berechnungen. »Louise, das ist eine sehr große Summe. Die Börse ist derzeit sehr vorteilhaft für dich.«

»Steuerfrei, schreibt Monsieur Avery. Sie hat anscheinend an alles gedacht, die arme Frau.« In geschäftsmäßigem Ton wandte sie sich an ihren Vater. »Ich werde wieder nach England fahren müssen, Papa, und mich darum kümmern.«

»Natürlich«, sagte er würdevoll. »Du musst unbedingt

fahren. Emilie, wenn du heute Morgen die Aufsicht im Geschäft übernimmst, gehe ich zu Vignet auf die Bank und ziehe ein paar Erkundigungen ein.«

»Dann mache ich mich gleich für den Laden fertig«, sagte Madame Lanier. »Oh, Louise, ich freue mich so für dich. Komm, lass mich dir einen Kuss geben. Wir haben sie noch gar nicht umarmt, Papa. Wir waren so damit beschäftigt, über ihr Glück zu staunen, dass wir unser Kind noch nicht beglückwünscht haben. Oh, Louise!«

Beide zogen die lächelnde Louise in eine feste Umarmung, und sie schmiegte sich an ihre Eltern, wie sie es seit Jahren nicht getan hatte.

»Oh, Papa«, sagte sie und rieb das Gesicht an seinem Bart. »Tausend Pfund. Du meinst doch, dass ich sie bekomme, oder?«

»Du bekommst sie«, versicherte er ihr. »Die Engländer sind noch eine ehrenhafte Nation. Jetzt muss ich in den Laden, und sobald du mich ablösen kannst, Emilie, mache ich mich auf den Weg zur Bank.«

»Wartet«, gebot ihnen Louise Einhalt. »Einen Augenblick. Mit André Petit brauchst du jetzt natürlich nicht mehr zu sprechen. Das hier ändert alles.«

Ihre Eltern wurden nachdenklich. Eine Veränderung war es tatsächlich. Tausend Pfund waren zu ihrer Mitgift hinzugekommen, und die ehelichen Fühler konnten jetzt in einem weiteren Umkreis ausgestreckt werden. Louise hatte nun mehr Auswahl, und André Petit, so gut er als Mensch sein mochte, konnte fürs Erste ausgemustert werden. Falls nötig, konnte er später wieder in Betracht gezogen werden, nur eben jetzt nicht. Sollte das Kind, das eintausend Pfund ergattert hatte, eben seinen Willen haben.

Die Laniers verbrachten einen rundherum erfreulichen Vormittag.

Auf seinem kurzen Weg zur Bank erzählte Monsieur Lanier es zwei, drei Personen in strengstem Vertrauen und erhielt Glückwünsche. Im Laden berichtete Madame Lanier über die Ladentheke hinweg ihren Lieblingskunden davon und verriet weitere Details, wenn sie um die Theke herumkam und sie zur Tür begleitete. Sie beugte die rundliche Gestalt zu den Zuhörern, hatte die Hände unterm Kinn verschränkt, so freute sie sich.

Es war nicht allein das Geld, das die Laniers mit Stolz erfüllte, auch wenn sie zu lange und zu hart für Louises Aussteuer gespart hatten, um diesen Aspekt zu vernachlässigen. Nein, es ging auch darum, dass dieses stattliche Vermächtnis für Louise ein Triumph und eine Bestätigung war. Trotz ihres guten Aussehens und ihrer Intelligenz, beides weit überdurchschnittlich, hatte ihre Tochter in ihrer Heimatstadt keinen großen Erfolg gehabt. Und nur eine *parti* hatte ihr einen Heiratsantrag gemacht. Doch was die Nachbarn auch immer von ihr halten mochten, *andere Leute* schätzten Louise; das war jetzt klar.

»Jetzt seht ihr, was euch entgeht, weil ihr sie nicht gewürdigt habt«, besagte die Bewegung, mit der sich Madame Lanier wieder aufrichtete, wenn sie die Neuigkeit mitgeteilt hatte. »Unser Kind braucht bloß den Fuß in die Welt zu setzen, um in seinem wahren Wert erkannt zu werden.«

Sie kostete ihren Vormittag im Laden bis ins Letzte aus. Die Nachricht von dem Erbe, befand sie, machte mehr Eindruck und verhalf Louise in den Augen der Mitbürger ihrer Stadt zu mehr Ansehen, als es die Verlobung mit André Petit getan hätte. Es war ungewöhnlicher, dachte

Madame Lanier selbstgefällig, und außerdem kam es von anderen Leuten.

In ihrem Zimmer im Obergeschoss hatte Louise die Fenster aufgestoßen, denn die Sonne war ziemlich warm. Man konnte fast meinen, der erste Frühlingstag sei angebrochen. Sie beugte sich auf die Straße hinaus und betrachtete die Passanten, die einander einen Gruß zuriefen, stehen blieben und ein paar Worte wechselten. Fast huldvoll blickte Louise auf sie hinab. In ihrem ganzen Leben war sie der Welt noch nicht so freundlich gesinnt gewesen. Die Erbschaft bewirkte bei ihr fast dasselbe wie eine religiöse Bekehrung bei anderen. Es fehlte nicht viel, und sie liebte alle Menschen.

Sie setzte sich an ihren peinlich sauberen Schreibtisch. Während die restlichen Zimmer im Haus oft von einer dicken Staubschicht bedeckt waren – das Gebäude war alt, und aus den alten Balken und Spalten rieselten ständig Gips, Holz und Farbe –, achtete Louise darauf, dass ihr eigenes Zimmer blitzblank glänzte. Sie hütete ihr Eigentum, und niemand wagte, ihre Habe anzurühren.

Sie schob die Manschetten und das goldene Armband mit den Anhängern hoch und las Averys Brief noch einmal. Abgesehen davon, dass es sehr nett von Mrs North gewesen war, Louise das Geld zu hinterlassen, empfand sie nichts Besonderes für die Dame. Sie war schließlich alt gewesen. Irgendwann musste sie sterben. Und es war ja nicht so, dass Louise sie lange gekannt oder Zeit gehabt hätte, Zuneigung zu ihr zu fassen.

Sie bedauerte flüchtig, dass sie nicht mehr für die alte Dame getan hatte. Vielleicht hätte sie dann noch mehr bekommen? Wenn sie mühelos tausend Pfund eingestrichen hatte, was hätte sie erst bekommen, wenn sie sich richtig angestrengt hätte? Vermutlich das gesamte Vermögen. Trotzdem nützte es nichts, jetzt darüber nachzudenken; der Betrag war ja durchaus befriedigend.

Die blicklosen Augen auf den Cupido gerichtet, den Paul ihr geschenkt hatte, zog sie einen Bogen Schmierpapier zu sich heran und überlegte, wie sie die Antwort an Avery formulieren sollte.

Das war nicht einfach. Sie musste gleichermaßen Trauer und Dankbarkeit zum Ausdruck bringen. Sie musste außerdem eruieren, wie sie an das Geld herankam. Beides zusammen sah nicht gut aus, und nach mehreren Versuchen, es zu verbinden, hatte sie plötzlich den Einfall, zwei Briefe zu schreiben, den ersten als Kondolenz- und Dankesbrief, den zweiten mit Fragen zum Geschäftlichen und zu ihrer Reise. Der erste Brief sollte erscheinen, als wäre sie zu sehr von Schmerz erfüllt, um an das Geld zu denken; der zweite sollte erscheinen wie ein nachträglicher Gedanke. Jetzt fiel ihr das Schreiben leichter. Sie beendete beide Briefe zu ihrer Zufriedenheit und lief in den Laden hinunter, um feines Schreibpapier zu holen.

Es waren mehrere Kunden bei Madame Lanier, und Louise erkannte sofort, dass ihre Mutter es ihnen gesagt hatte. Da sie es ihnen jedoch unter dem Siegel der Verschwiegenheit anvertraut hatte, schenkten sie der Erbin nur ein vielsagendes Lächeln. Louise lächelte zurück. Ihr war gleichgültig, wer davon wusste. Je mehr, desto besser. Dann würde auch Paul davon erfahren.

»*Maman*, ich nehme einen Karton von dem Grauen«, sagte sie und winkte mit einer Packung des feinsten Papiers, das es im Laden gab. »Für meinen Brief, weißt du.«

Ihre Mutter strahlte. »Gewiss doch, mein Liebling.«

»Dann hat sie also gut für sich gesorgt?«, nahm eine der Kundinnen das Gespräch wieder auf, als Louise hinausging.

Seine Frau tischte Paul die Neuigkeiten zu Mittag auf.

»Das glaube ich nicht«, sagte er. Er wusste, dass Louise fähig war, ein solches Gerücht in die Welt zu setzen, und das aus keinem anderen Grund, als ihm zu demonstrieren, dass sie sehr wohl ohne ihn auskam und dass andere sie – im Gegensatz zu ihm – zu schätzen wussten.

»Doch, Paul, es ist wahr. Ihre Mutter hat es mir selbst gesagt.«

»Und wer hat es ihrer Mutter gesagt?«

Germaine blickte von dem Salat auf, den sie mit zwei Gabeln in einer Schüssel mischte. »Wieso bist du nur so seltsam, wenn es um Louise Lanier geht? Weißt du etwas über sie?«

Er lachte. »Nein, nichts. Aber erst hieß es, dass sie jemanden in England heiratet, und jetzt heißt es, dass ihr viel Geld hinterlassen worden ist. Das kommt mir, gelinde gesagt, merkwürdig vor.«

»Trotzdem, Paul«, sagte Germaine, »sie hat viel Geld geerbt, ob es dir gefällt oder nicht.«

DREIZEHN

Avery bat Louise, die Sachen abzuholen, die seine Mutter ihr hinterlassen hatte, weil ihm das die einfachste Art und Weise erschien, das Zeug loszuwerden.

Er war entsetzt, wie viel Arbeit es bedeutete, den Haushalt in The Cedars aufzulösen. Jahrelang hatte Mrs North alles aufgehoben und Schubladen, Regale, Schränke, Kisten und Fächer mit Zeitungen, Fotografien und neuem wie altem Krimskrams gefüllt. Das alles musste jetzt wieder hervorgeholt, durchgesehen und weggeschafft werden.

Ellen und Miss Daley plagten sich tagein, tagaus, und trotzdem hatte Avery das Gefühl, es lastete alles auf ihm. Er fand, sein Bruder und seine Schwester sollten ihm zur Hand gehen, doch Cecily lag nach einer Operation in Washington im Krankenhaus, und Howard schrieb, er komme nicht weg. Zu entscheiden, was mit den vielen Besitztümern seiner Mutter geschehen sollte, machte Avery mürbe.

Es machte ihn auch traurig. Der Gedanke, dass seine Mutter eines Tages sterben musste, hatte ihn nie sonderlich beunruhigt, nun aber, da sie tot war, entdeckte er eine Leerstelle, mit der er nicht gerechnet hatte. Es war, als hätte er nicht sie, sondern einen Teil von sich selbst verloren. Er fühlte sich, als wäre seine Kindheit mit einem Mal verschüttet. Es war niemand mehr da, der ihm etwas darüber erzählen konnte. Ihm fiel nun alles Mögliche ein, was er sie noch fragen wollte. Die Antworten hatte sie mit ins Grab genommen; er würde sie nicht mehr erhalten.

Merkwürdigerweise musste er, nachdem er in seiner Mutter vor allem die alte Frau gesehen hatte, die zu einer ziemlichen Prüfung geworden war, jetzt ständig daran denken, wie sie in seiner frühen Kindheit gewesen war. Damals brauchte er nachts nur zu rufen, und sie kam. Sie hielt seinen Kopf, wenn ihm schlecht war, sie beschwichtigte seine Angst und tröstete ihn. Immer wieder stand ihm ein bestimmtes gelbes Seidenkleid vor Augen, das sie oft trug, unter dessen vielen Volants seine kurzen Beine mit den weißen Söckchen verschwanden, wenn er sich an sie schmiegte und sie ihm nach dem Tee auf dem Wohnzimmersofa vorlas. Die Zärtlichkeit, die er – zu spät – für sie empfand, war schmerzlich.

Ihr Tod hatte ihn erschüttert. Sie war genau wie er immer wehleidig gewesen, daher hatte er ihren letzten Klagen nicht mehr Bedeutung beigemessen als früheren. Er zog sie wegen ihres Herzens auf, wie er es seit Jahren tat. Doch eines Morgens, während er im Büro war, starb sie.

Das Drumherum des Todes entsetzte ihn, und er überließ es Ellen, die grässlichen Vorkehrungen zu treffen, da es ja nicht ihre Mutter war, wie er betonte, und es ihr nicht so viel ausmachen konnte.

»Verzeihen Sie, Sir, eine persönliche Frage muss ich Ihnen doch stellen«, sagte der Bestatter, der fand, Avery weiche aus.

»Kann das nicht meine Frau beantworten?«, sagte Avery,

der sich genötigt sah, weiter auf dem Kaminvorleger aus-zuharren, den Mann zwischen sich und der Tür.

»Nein, Sir«, beharrte der Bestatter. »Es dauert nicht lange.« Er näherte sich auf Zehenspitzen. Avery sah es mit Schrecken. »Es ist Folgendes, Sir«, sagte der Mann und spähte durch starke Brillengläser zu Avery hinauf. »Ich glaube, ich sollte Sie davon in Kenntnis setzen, dass für Sie in diesem Grab kein Platz mehr ist. Mit Ihrer verstorbe-nen Mutter wird die gesamte verbliebene Kapazität ausge-schöpft sein …«

Avery streckte die Hand aus und schob den Mann bei-seite. »Darum kümmere ich mich, wenn es so weit ist«, sagte er und schritt hinaus.

Der Bestatter schaute gekränkt und richtete seine star-ken Gläser auf Ellen, die ein Lachen unterdrückte und ihn so gut wie möglich besänftigte. Auf ihn einredend, kom-plimentierte sie ihn zur Tür hinaus und musste, wieder am Kamin, noch einmal über Averys empörte Miene schmun-zeln, als der Bestatter ihm ins Gedächtnis rief, dass auch er einmal sterben und begraben werden musste. Dann wurde sie wieder ernst. Avery konnte den Gedanken an seinen eigenen Tod nicht ertragen, aber wer konnte das schon? Sterben! Bloß nicht daran denken. Gehen wir ins Kino. Machen wir uns Tee. Trinken wir einen.

»Mr Porter ist weg, Avery«, rief sie vom Fuß der Treppe.

Auch Louises Erbe brachte Avery auf. Zwar nicht das Erbe an sich, sagte er, aber die Umstände, die es bereitete.

»Soll sie herkommen und sich die Sachen holen«, sagte er. »Sie gehören schließlich ihr, oder? Sie kann ruhig etwas tun für ihre tausend Pfund. Sie hat es doch gut getroffen.«

Was den Moment der Anziehung im Wohnzimmer an

dem Abend in The Cedars betraf, so war er keinen weiteren Gedanken wert. Solche Augenblicke gibt es im Leben jedes Mannes. Soll sie herkommen. Sie könnte Ellen und Miss Daley beim Ausräumen helfen. Ellen war auch der Meinung, es sei das Beste, wenn sie käme und sich aussuchte, was sie von den Pelzen und dem Schmuck haben wollte.

Beide setzten stillschweigend voraus, dass sie in The Cedars wohnen würde wie zuvor. Doch als Ellen sie bat, das Zimmer herzurichten, lief Miss Daley rot an und lehnte ab.

»Ich will mit dieser Französin hier nicht allein sein, Mrs Avery. Ich bleibe nur aus Pflichtgefühl, bis überall klar Schiff gemacht ist, und bediene diese junge Frau nicht mehr. Von der hab ich genug.«

Ellen war perplex und wusste nicht, was sie sagen sollte. Als sie Avery davon berichtete, wurde er böse.

»Verflucht noch mal, die Scherereien nehmen wohl überhaupt kein Ende«, schimpfte er. »Dann müssen wir sie halt hier unterbringen.«

»Oh, das möchte ich nicht«, protestierte Ellen.

»Ich kann es nicht ändern«, sagte Avery. »Wir müssen. Wir müssen es als einen Teil des ganzen Durcheinanders hinnehmen.«

»Dann hoffe ich, sie bleibt nicht lange.«

»Warum sollte sie? Sie müsste in drei, vier Tagen mit allem fertig sein.«

»Es ist ein weiter Weg, um bloß für drei, vier Tage zu bleiben.«

»Sie kommt wegen der tausend Pfund, nicht?«, sagte Avery, der immer gereizt reagierte, wenn er sich bedrängt fühlte. »In der Regel nimmt man dafür ein paar Umstände in Kauf.«

»Aber ich muss auch Umstände in Kauf nehmen.«

»Was?« Avery tat, als wisse er wirklich nicht, wovon sie sprach. »Was für Umstände denn?«

»Ach, ist doch egal«, versetzte Ellen, nun selbst böse geworden.

Sie hatte die Französin nicht gern bei sich im Haus, richtete das Gästezimmer aber dennoch her wie für einen willkommenen Gast. Das Zimmer lag direkt neben ihrem eigenen, ging jedoch auf einen anderen Teil des Gartens hinaus, auf eine kleine Wiese mit Sträuchern am Ende, gesäumt von Primeln, Hyazinthen und Veilchen. Das Zimmer hatte kohlmeisengelbe Chintzvorhänge, und wenn man es betrat, erschrak man fast über das strahlende Licht, das der darunter blühende Forsythienstrauch heraufwarf. Als Ellen sich zuletzt noch einmal vergewisserte, dass nichts fehlte, wäre sie am liebsten selbst in ihr Gästezimmer eingezogen. Dann fuhr sie zum Bahnhof und holte Louise ab.

Sie staunte über die Veränderung, die das Geld bei dem Mädchen bewirkt hatte. Louise küsste Ellen auf beide Wangen und bekundete wortreich ihr Mitgefühl.

»Ach, Madame North war so gut«, sagte sie, als sie vom Bahnhof bergauf fuhren. »So gut und freundlich zu mir. Aber ich hätte doch niemals gedacht, dass sie stirbt, und niemals, dass sie mir so viel Geld oder überhaupt Geld hinterlässt. Sie und Ihr Mann glauben doch nicht, dass ich sie dazu überredet habe, oder?«

»Lieber Gott, nein«, sagte Ellen. »Wir wissen, wie gern sie Sie gehabt hat. Übrigens, ich hatte keine Zeit, es Sie wissen zu lassen, aber Sie wohnen bei uns. Nicht in The Cedars. Das stört Sie doch nicht, oder?«

»Im Gegenteil«, sagte Louise. »Es wäre dort sehr traurig für mich. Sie sind sehr freundlich, Madame.« Sie war froh, in Netherfold zu wohnen, wo es hübscher war und insgesamt besser. Dass nicht nur Frauen anwesend waren, machte es noch interessanter.

Als sie das Gästezimmer betrat und von seinem Gold begrüßt wurde, war ihre Freude herzlicher, als Ellen es ihr zugetraut hätte, und prompt war auch sie freundlicher gestimmt. »Ich laufe hinunter und mache Tee«, sagte sie.

»Ah, Tee.« Louise setzte ihren Hut ab. »Den habe ich natürlich vermisst – Ihren Tee.«

Als Ellen das Zimmer verließ, schloss Louise die Tür. Hier werde ich mich sehr wohlfühlen, sagte sie zu sich selbst und ging zufrieden hin und her. Gut, dass ich alles mitgenommen habe, was ich wollte, denn ich werde einige Zeit bleiben. Es hat keinen Sinn abzureisen, bevor ich das Geld habe. Ich kann nichts tun, bevor ich es bekomme, und ich gehe am besten auf Nummer sicher.

Sie öffnete Schubladen und Schränke, inspizierte alles, was sie mit ihren Sachen füllen würde, nahm es in Besitz. Nach und nach stahl sich der Duft des französischen Parfüms unter der Tür hervor, drang sacht durch die Luft, veränderte sie, wies Louises Anwesenheit aus.

»Überflüssig zu fragen, ob sie angekommen ist«, sagte Avery düster, als er abends nach Hause kam.

»Wieso?« Ellen war gerade dabei, das Silber auf dem Tisch zu verteilen. Sie war spät dran.

»Der Parfümgeruch.«

»Großer Gott, von hier? So stark?«

»Nein, aber unverkennbar.«

Er war immer noch bedrückt und gab sich keine Mühe, es zu verbergen. Als Louise herunterkam, gab er ihr gleichgültig die Hand, und sie hatte die Lage, beziehungsweise die Lage, wie er sie gerne hätte, sofort erfasst. Gedanklich mit der Schulter zuckend, überließ sie ihn seiner Distanziertheit und hielt sich an Ellen.

Diese hatte Louise zwar nicht dahaben wollen, musste aber schon bald zugeben, dass die Auflösung des Haushalts in The Cedars mit ihr wesentlich schneller ging. Ellen hatte die Aufgabe nicht gern übernommen. Sie ermüdete sie und machte sie traurig. Genauso wie Menschen starben auch Häuser. Das hier war ein fröhliches, angenehmes und geliebtes Haus gewesen, doch jetzt war es tot, und sie wollten es so rasch wie möglich ausräumen.

Es erfüllte einen mit Wehmut, Mr Norths grau melierte Anzüge von Mottenkugeln zu befreien, rostbraune Jacken aus Seehundfell, knittrige Seidenkleider und unzählige Paare alter Glacéhandschuhe, die wie Bücklinge nebeneinanderlagen, auszuräumen. Von allem war so viel da. Unter Stöhnen hatten Ellen und Miss Daley aufs Geratewohl Pakete geschnürt, die Heilsarmee und die Jugendklubs kommen lassen, die Handwagen aller möglichen Verbände vollgepackt und die Menge trotzdem nicht wesentlich reduziert.

Aber jetzt kam Louise. Sie sichtete zuerst, was ihr gehören sollte, drehte Mrs Norths Pelze mit den kundigen Händen einer Geschäftsfrau um und traf rasch ihre Auswahl.

»Es stört Sie nicht, wenn diese Dinge an mich gehen?«, fragte sie Ellen.

»Keineswegs. Nicht im Geringsten. Was soll ich damit anfangen?«

Der Schmuck wurde auf die gleiche forsche Weise unter die Lupe genommen. Louise wollte fair erscheinen und ließ Ellen aus den schlechtesten Stücken wählen. »Sie sind sich sicher, dass Sie das nicht möchten?«, fragte sie und hob eine Granatkette hoch.

»Großer Gott, nein. Die sieht ja aus, als hätte jemand Rosinen aufgefädelt!«

Louise lächelte. Es würde nicht mehr aussehen wie aufgefädelte Rosinen, wenn Monsieur Chaix damit fertig war, aber wenn Mrs Avery das nicht bedachte, war das ihre Sache.

Weit davon entfernt, es ermüdend zu finden, reizte es Louise, das Haus in seine Einzelteile zu zerlegen und zu ergründen, woraus es bestand. Geschwind räumte sie die Zimmer leer, erfasste sofort, was wertvoll war und was nicht, und erbeutete dabei eine ganze Menge. Sie stattete ihre Mutter auf Jahre hinaus aus und ihren Vater ebenso, verschickte riesige, virtuos gepackte Pakete, versehen mit der Aufschrift »Gebrauchte Kleidung«, damit sie keine Zollgebühren zu bezahlen brauchten. Miss Daley sah mit zusammengepressten Lippen zu.

»Zum Glück kann ich von mir behaupten, dass ich nicht so bin«, sagte sie, und das stimmte auch. Sie nahm nur Mrs Norths Nähkästchen und ein paar Filzhüte an.

Sie wusste nicht, und es gab keinen Grund, es ihr zu sagen, dass die alte Dame in dem Kodizill zu ihrem Letzten Willen, in dem sie Mademoiselle Louise Lanier tausend Pfund hinterließ, ein früher Miss Alice Eva Daley zugedachtes Vermächtnis von zweihundertfünfzig Pfund gestrichen hatte. Vermutlich, weil Miss Alice Eva Daley sich Mademoiselle Lanier gegenüber nicht so verhalten hatte, wie Mrs North es gewünscht hatte.

Louise seufzte, weil sie nicht mehr aus dem Haus nehmen konnte. Die Norths, erkannte sie, würden ihr praktisch alles geben. Und weil das so war, übernahm sie in letzter Minute noch die Wohnzimmervorhänge. Undenkbar, dass ein solcher Brokat in die Auktion gehen sollte. Sie stellte fünf riesige Pakete zusammen und schickte sie an ihre Eltern, denen es die Sprache verschlagen würde.

Am Ende war das Haus leer. Nichts war mehr übrig von der alten Mrs North. Als Ellen nach oben ging, um sich von Miss Daley zu verabschieden, räumte die gerade ihre Hühneraugentinktur, die Frostbeulenlotion, ihre Heilsalze, Glyzerin, Gurke und die Fotografie ihres Vaters vom Kaminsims des Zimmers, in dem sie sechs Jahre geschlafen hatte. Miss Daley war von dem Geistlichen ihrer Kirche als Haushaltshilfe angestellt worden und wurde bereits sehnsüchtig erwartet, denn jeden Moment sollte ein neues Baby kommen.

»Ich werde Sie hoffentlich ab und zu in der Stadt sehen«, sagte Ellen, die Miss Daley gernhatte.

»Oh, ja«, erwiderte Miss Daley fröhlich. »Das heißt, falls ich Zeit habe, auszugehen. Bei Mr Salter wird es viel anstrengender, und ich bekomme nicht einmal halb so viel Lohn. Hier hatte ich eine sehr gute Stelle, bis diese Französin kam und alles verdarb. Und bitte nehmen Sie es mir nicht übel, Mrs Avery, aber ich würde schauen, dass ich mich nicht zu sehr mit ihr einlasse, wenn ich Sie wäre.«

»Sie fährt bald wieder zurück. Und danach sehen wir sie bestimmt nie wieder.«

»Und dann drei Kreuze«, sagte Miss Daley.

Die Türen von The Cedars wurden zugesperrt und der Schlüssel übergeben. Das Haus sollte in Behördenräume umgewandelt werden.

»Das haben Sie wunderbar gemacht«, sagte Ellen zu Louise, als sie zum letzten Mal wegfuhren.

»Sie übertreiben«, lachte Louise. »Ich komme mir sehr staubig vor und bin ziemlich müde.«

»Sie müssen sich jetzt ordentlich ausruhen«, sagte Ellen. »Bevor Sie nach Hause fahren.«

VIERZEHN

I

Ellen sorgte selbst für die versprochene Ruhe. Sie brachte Louise das Frühstück hinauf und stellte das Tablett, wie von der Französin erbeten, draußen vor die Tür. Sie überließ ihr ihre eigene Ecke des Wohnzimmersofas. Sie forderte sie auf, Blumen für ihr Zimmer zu schneiden, und lächelte auch dann noch, als Louise sämtliche schöne Rosen nahm. Sie selbst hielt sich weitgehend zurück. Sie las nicht, wenn sie Lust dazu hatte, sie kochte aufwendig, wenn sie sich mal hätte hinsetzen können. Sie rannte pausenlos herum, wie Frauen es taten, wenn sie einen Gast im Haus hatten.

Sie hatte aufs Geratewohl und von Herzen »ordentlich ausruhen« gesagt und geglaubt, Louise würde vielleicht noch vierzehn Tage bleiben.

Doch nach vierzehn Tagen machte Louise keinerlei Anstalten, abzureisen. Fast hätte Ellen sich bei Avery entschuldigt. Nachdem sie so sehr gegen ihr Kommen gewesen war, gestand Ellen nun nur ungern, dass sie Louise gebeten hatte, noch zu bleiben. Das Leben war voll von solchen Kleinigkeiten, die unausgesprochen blieben, sogar zwischen Mann und Frau.

»Ich glaube, sie wird bald gehen«, versicherte sie Avery. Allmählich hoffte sie darauf, dachte an das spanische

Sprichwort: »Nach drei Tagen beginnen Fisch und Gast zu stinken.« Ganz so schlimm war es noch nicht, aber sie freute sich darauf, das Haus wieder für sich zu haben.

Avery war Louise in der ersten Zeit aus dem Weg gegangen. Er konnte sich nach wie vor nicht dazu überwinden, freundlicher zu ihr zu sein. Er musste schon tagsüber so vielen Menschen mit Freundlichkeit begegnen und wollte wenigstens zu Hause von diesem Zwang befreit sein.

Es dauerte eine Weile, bis ihm dämmerte, dass Louise ihm ebenfalls aus dem Weg ging. Morgens kam sie nicht herunter, bevor er das Haus verlassen hatte; abends ging sie nach dem Essen so rasch wie möglich hinauf. Kam er in ein Zimmer, in dem sie sich aufhielt, verließ sie es sofort. Manchmal sah er ihr regelrecht verdutzt nach.

Eines Abends stellte er sich ihr in den Weg. »Ich habe mit den Anwälten gesprochen«, sagte er. »Es wird ungefähr drei Monate dauern, bis das Geld, das meine Mutter Ihnen hinterlassen hat, Ihnen gehört. Sie brauchen sich nicht mehr damit zu befassen. Es geht ganz einfach. Wenn die Bank of England zugestimmt hat, wird das Geld zu Ihrer Bank in Amigny transferiert.«

»Ich verstehe«, sagte sie und wandte sich zur Tür. »Danke.«

»Es – äh ...«, stammelte er und nahm seinen Sherry vom Kaminsims, »ich meine, Sie brauchen deswegen nicht hierzubleiben, wenn Sie das Gefühl haben, Sie sollten nach Hause fahren.«

Louise drehte sich wieder zu ihm um. Es machte sie rasend, wie er da stand in seinen perfekt geschnittenen englischen Kleidern, das Glas in der Hand, mit seinem guten Aussehen und der starken Position, die ihm sein

Wohlstand und seine Männlichkeit verschafften. Aus dieser Überlegenheit heraus sagte er ihr, sie solle nach Hause fahren. Er schickte sie weg. Dabei hatte sie ihn schon einmal am Haken gehabt oder hätte ihn haben können, wäre sie bei seiner Mutter geblieben. »Mrs North hat mich zum Bleiben aufgefordert«, erklärte sie und verließ das Zimmer.

»Sie sagt, du hättest sie zum Bleiben aufgefordert«, sagte Avery herausfordernd zu Ellen, die gleich danach hereinkam.

»Oh, ja, hab ich. Vor einiger Zeit«, gestand Ellen schuldbewusst. »Als wir in The Cedars mit allem fertig waren. Ich sagte, sie müsse sich nun ordentlich ausruhen. Aber ich habe nicht länger als vierzehn Tage gemeint.«

»Tja, da hast du's«, sagte Avery, trank seinen Sherry aus und griff nach der Zeitung. »Wenn du kein Datum festgelegt hast, bist du selbst schuld.«

Oben in ihrem Zimmer schrieb Louise ihren Eltern. »Ich habe Neuigkeiten für euch. Heute höre ich, dass es ungefähr drei Monate dauern wird, bis mir das Geld ausgehändigt wird. Ich finde, ich sollte bleiben, und sei es nur für den Fall, dass ich vielleicht etwas unterschreiben muss.«

Ihre Eltern schrieben zurück, sie sehnten sich zwar danach, dass sie heimkomme, aber in diesen Zeiten trenne sich kein Land gern von Geld. Man könne nie wissen. Es sei viel besser, an Ort und Stelle zu bleiben und selbst ein Auge darauf zu haben, schrieben sie neben anderen rätselhaften Wendungen.

Und jetzt, schrieben sie, hätten auch sie Neuigkeiten für sie. Die junge Madame Devoisy erwarte ein Kind. Es sollte im November zur Welt kommen. Madame Devoisy freue sich so sehr, dass sie es allen erzähle. Sei das nicht schön? Es wäre doch traurig, wenn es für so ein Erbe keine Kinder gäbe. Da stimme Louise doch sicher zu.

Louise stimmte nicht zu. Sie verabscheute diese Neuigkeit. Warum sollte er glücklich sein? Sie musste leiden, weil sie einmal eng verbunden gewesen waren, warum nicht auch er? Männer hatten alles. Nach Averys Versuch, sie loszuwerden, schwelte in ihr immer noch die Wut. Sie hasste Männer, sagte sie sich. Doch leider mussten sich Frauen das, was sie wollten, durch sie verschaffen. Zumindest Frauen wie sie. Sie war keine Frau, die eine Karriere anstrebte. In einem Büro oder sonst wo zu schuften, kam für sie nicht infrage. Eine Frau mit ihrer besonderen Begabung hatte das nicht nötig, sagte sie sich, als bespräche sie die Angelegenheit mit der Freundin, die sie nie gehabt hatte.

Ihre Mitmenschen waren Louise im Wesentlichen gleichgültig, und sie hatte nie ein Mädchen oder eine Frau zur Freundin gehabt. Nun aber verfiel sie, hauptsächlich aus eigenem Interesse, auf die Idee, sich Ellen zur Freundin zu machen.

Sie mochte Ellen, sagte sie sich selbst, auch wenn sie sich über sie ärgerte. Ellen war doch ein bisschen zu gut, um wahr zu sein. Ein bisschen zu freundlich, vertrauensvoll und glücklich. Ein Beispiel für die bekannte englische Scheinheiligkeit, vermutete Louise. Entweder das, oder Ellen war, wie sie war, weil sie nie Grund gehabt hatte, anders zu sein. Sie hatte ja alles: einen ansehnlichen Ehemann, Geld, Kinder, ein reizendes Haus. Und dennoch hatte Louise sie recht gern.

Ihren Mann aber behandelte Ellen falsch, fand Louise. Sie war selbstlos, demzufolge war er es nicht. Ellen übernahm die Verantwortung für alles im Haus und offensichtlich auch für die Kinder, demzufolge tat er es nicht. Er war sich Ellens sicher, und das war, meinte Louise, Ellens eigene Schuld. Sie war überhaupt zu offen und zu einfach gestrickt. Eine Frau musste Raffinesse und Scharfsinn haben, und beides ging Ellen ab. Aus vielerlei Beweggründen also – um sich bei Ellen einzuschmeicheln und ihre Gastfreundschaft so lange auszunutzen, wie sie sie brauchte, und um es Avery heimzuzahlen, indem sie ihn isolierte und ein weibliches Bündnis gegen ihn schmiedete – wollte Louise Ellens Blatt verbessern und ihr ein paar für das Spiel der Frau unverzichtbare Karten in die Hand geben.

Eines Nachmittags fing sie an. Ellen, in Baumwollkleid und Gummistiefeln, das Haar ins Gesicht gefallen, grub die Rabatten um. Louise, die eine Sonnenbrille aufgesetzt hatte und eine Zigarette zwischen den Fingern hielt, drehte im Garten Runde um Runde zum Wohle ihrer Figur und zum Schaden des Rasens, der mittlerweile so zerstochen war von französischen Absätzen, dass Ellen kaum an etwas anderes denken konnte.

Ich muss etwas sagen, nahm Ellen sich ein ums andere Mal vor, wusste aber nicht, wie sie es ausdrücken sollte, um ihren Gast nicht zu verletzen.

»Soll ich Tee machen und ihn in den Garten bringen?«, rief Louise, die gern Tee zubereitete, weil das etwas war, was Germaine Brouet weder selbst fertigbrachte noch ihre Angestellten.

»Äh – danke«, sagte Ellen, innerlich stöhnend.

Obwohl Louise so redete, als wäre sie als Einzige in Frankreich imstande, Tee zu machen, hieß das nicht, dass sie es auch konnte. Sie wärmte die Teekanne an, brachte das Wasser zum Kochen oder behauptete es zumindest, die Blätter aber schwammen stets oben.

Doch Ellen beschloss, es in Kauf zu nehmen – sie nahm in letzter Zeit ständig irgendetwas in Kauf –, weil die feuchte Erde so dick an ihren Gummistiefeln klebte, dass sie nicht ins Haus gehen und ihn selbst machen konnte. Sie fühlte sich wie ein Ackergaul, der aus der Furche kam, als sie auf die Bank zusteuerte, zu der Louise das Tablett brachte. »Morgen müssen wir die Gartenstühle herausholen«, sagte sie. »Ich freue mich jedes Jahr auf den Tag, an dem wir die Stühle zum ersten Mal draußen haben. Das heißt, es ist Sommer geworden. Oh«, sagte sie, als sie sich setzte. »Ich bin ganz steif vom Umgraben.«

»Ja, und trotzdem tun Sie es«, packte Louise die Gelegenheit beim Schopfe. »So viel Gartenarbeit, das ist nichts für eine Frau. Sie haben doch William. Warum überlassen Sie es nicht ihm?«

»Er hat anderes zu tun. Außerdem mache ich es gern«, sagte Ellen und trank den schwachen Tee.

»Aber Sie ruinieren sich die Hände. Und bringen Ihre Haare in Unordnung. Und müssen so hässliche Stiefel anziehen.«

Ellen lachte.

»Sie nehmen sich nicht ernst genug«, sagte Louise. »Sie sehen nicht vorteilhaft aus.«

»Was – jetzt? Natürlich nicht. Das erwarte ich auch nicht, ich will es nicht einmal.«

»Ich meine nicht nur jetzt«, erwiderte Louise kühl. Sie mochte es nicht, ausgelacht zu werden. »Ich meine die ganze Zeit. Sie machen nicht das Beste aus sich.«

Ellen lachte noch einmal. So freimütig äußerten Menschen sich selten. »Mir fehlt die Zeit dazu.«

»Für das, was man tun möchte, ist immer Zeit. Im Grunde *wollen* Sie nicht das Beste aus sich machen. Sie halten es für überflüssig.«

»Oh, nein«, sagte Ellen liebenswürdig. »Ich möchte schon so gut aussehen wie möglich.«

»Aber lieber lesen Sie abends im Bett und kochen oder rennen im Haus herum, und vor allem arbeiten Sie lieber im Garten und scharren in der Erde«, ereiferte sich Louise mit entrüstet gerollten Rs. »Sie können nicht *soignée* sein und zugleich umgraben. Das ist unmöglich.«

»Aber was wird dann aus dem Garten?« Ellen lachte erneut. »Er würde schrecklich aussehen, wenn ich mich nicht darum kümmern würde.«

»Sich um das eigene Aussehen zu kümmern, ist wichtiger, Madame«, sagte Louise ernst.

Ellen amüsierte das Gespräch. Doch als sie hinaufging, um sich umzuziehen, betrachtete sie sich im Spiegel. Bin ich wirklich so ein schlimmer Anblick?, dachte sie.

Sie versuchte, sich mit den Augen anderer zu betrachten. Was sie sah, war eine Frau, die immer noch, fand sie, jung aussah, mit zerzaustem hellbraunem Haar, noch ohne Grau, einer Figur, so schlank wie eh und je, mit langen Beinen. Sie war sich unschlüssig, was sie von ihrem Gesicht halten sollte, dachte aber an das schönste Kompliment, das sie je bekommen hatte. »*Das* da«, sagte einmal eine fremde Frau in Ellens Hörweite zu einer anderen, »ist ein Gesicht, das mir gefällt.« Die beiden Frauen lächelten ihr zu, als gefalle Ellen ihnen überhaupt gut.

So übel bin ich gar nicht, sagte Ellen sich, allerdings

jetzt doch zweifelnd, und stieg unter die Dusche. Als sie wieder an ihrer Frisierkommode saß, klopfte Louise an die Tür. Das war das Schlimmste, wenn man jemanden bei sich zu Hause hatte: Man musste die Türen schließen.

»Herein«, sagte Ellen, und Louise erschien mit einem Hut: »Den sollten Sie einmal aufprobieren.«

Das wird langsam lästig, dachte Ellen, die nach unten gehen und mit der Suppe für das Abendessen anfangen wollte.

»Ich möchte Ihnen das Haar richten.«

Ellen unterdrückte einen Seufzer und ließ sie widerwillig gewähren.

»Sie haben Glück, dass Ihr Haar von Natur aus wellig ist. Sie machen aber nichts daraus«, belehrte Louise sie. »Ich mach das so, sehen Sie. Dann setze ich den Hut auf – so. Sehen Sie? Jetzt haben Sie ein reizendes Gesicht.«

»Sie meinen also, der Hut macht das Gesicht schön?«

»Der Hut macht mehr aus dem Gesicht.«

»Es ist ein hübscher Hut, zweifellos«, gab Ellen zu. »Aber mit einem Hut und Schleier kann ich schlecht an den Kühen vorbei über die Felder spazieren.«

Louise drehte verzweifelt die Hand nach außen. »Aber wer will denn bei Kühen spazieren! Bei Kühen, *mon Dieu*! Ah, Engländerinnen. Was soll man nur mit ihnen anfangen? Wie Sie es in Ihrer Sprache sagen – sie fordern es heraus.«

»Fordern was heraus?«, lachte Ellen und setzte den Hut ab.

»Ah, Madame, mögen Sie das nie erfahren«, raunte Louise ihr zu und wandte sich zum Gehen.

Ellen ging ihr nach. »Sie verstehen sich sehr gut auf

Kleider, ich weiß«, beschwichtigte sie Louise. »Nicht nur auf Ihre eigenen. Sie haben auch dafür gesorgt, dass Mrs North wunderbar aussah. Und es ist sehr freundlich von Ihnen, es bei mir zu versuchen. Aber das wäre Zeitverschwendung, für Sie und für mich. Meine Interessen liegen woanders. Ich mag Kleidung, ich freue mich, wenn ich nett aussehe, aber ich kann mich nicht Tag und Nacht damit befassen. Ich arbeite *gern* im Garten. Und wenn ich mich zwischen glatten weißen Händen und Gartenarbeit entscheiden muss, nehme ich immer den Garten.«

»*Hélas*«, sagte Louise und verschwand mit dem Hut in ihr Zimmer.

Am Abend gab Ellen Avery amüsiert das Gespräch wieder. Sie erwartete, dass es ihn ebenfalls amüsierte, doch er sagte nur: »Na ja, bei sich sind ihre Mühen nicht umsonst. Was ist das nur für ein Parfüm, das sie benutzt?«

»Ich weiß es nicht. Ich hab sie mal gefragt, aber sie dachte wohl, ich will es mir ebenfalls anschaffen, und hat es mir nicht gesagt. Es gibt Frauen, die mit einem guten Kuchenrezept nicht herausrücken, weißt du, damit kein anderer dafür gelobt werden kann«, sagte Ellen, als wüsste Avery, wovon sie sprach. Sie richtete sich abrupt auf und sah durch das Dunkel hindurch zu Averys Bett. »Du findest nicht, dass ich schlimm aussehe, oder?«

»Natürlich nicht.«

»Findest du, ich sollte mich mehr zurechtmachen?«, bohrte sie weiter.

»Nein.« Avery drehte sich zur Seite und zog die Decke herauf. »Das würde nicht zu dir passen.«

»Oh«, sagte Ellen und legte sich wieder hin. »Dann ist es ja gut.« Trotzdem war ihr irgendwie flau.

Nach längerem Schweigen sagte Avery unvermittelt: »Wann fährt sie nach Hause?«

»Ich weiß es nicht. Sieht so aus, als müssten wir ihr bald einen Wink geben.«

»Sieht so aus, ja.«

Danach schlief Ellen ruhig ein.

II

»Was sollen wir machen, wenn wir nächste Woche zur Trimesterhalbzeit zu Anne fahren? Wir können Mademoiselle ja schlecht mitnehmen«, sagte Ellen und sah Avery beklommen an. Er war in letzter Zeit etwas freundlicher zu Louise gewesen, und Ellen befürchtete, dass er vielleicht sogar mit dem Gedanken spielte, die Französin einzuladen.

Doch er sagte sofort: »Um Himmels willen, sie kann nicht mit.«

Ellens Miene hellte sich auf. »Das würde alles verderben.«

»Natürlich. Anne würde das nicht mögen. Und es ist ihr Tag.«

Annes Name brauchte nur zu fallen, schon läuteten sie im Gleichklang wie zwei perfekt synchronisierte Uhren.

»Wir nehmen vermutlich wie immer jede Menge Essen mit?«, erkundigte sich Avery.

In der Schule war an dem freien Tag der Trimesterhalbzeit die Küche geschlossen, und Eltern und Kinder versammelten sich stets in der Bibliothek zu einem Tee-Picknick, wie es genannt wurde.

»Sie möchte Birnen aus der Dose, Buttercreme, Schinken-Sandwiches, Meringues, meine Steinbrötchen, Plätz-chen und alle Süßigkeiten, die wir kriegen können, ohne unsere eigenen Lebensmittelmarken für sie auszugeben.«

»Was dieses Kind alles verdrücken kann«, sagte Avery. »Meine Süßigkeitenmarken kann sie natürlich haben, aber ich schaue morgen in London noch nach etwas anderem.«

Das Etwas erwies sich als eine Schachtel kandierte Ma-ronen, die er am nächsten Abend vorführte, als er nach Hause kam.

»Die liebt sie«, wusste Ellen.

»Das hier – das ist wirklich etwas Besonderes«, sagte selbst Louise lebhaft. »Ihre englischen Süßigkeiten kom-men mir so künstlich vor, aber *marrons glacées*, ein franzö-sisches Produkt – ein Genuss!« Sie warf ihnen mit Finger- und Daumenspitze eine Kusshand zu.

Sie wartete darauf, etwas angeboten zu bekommen. Of-fenbar bemerkte das aber niemand. Sie waren für seine Tochter. Louise zog sich zurück. Noch nie hatte man ihr Süßigkeiten *gezeigt*. Gezeigt bekommen und dann zu hören, sie seien für jemand anderen bestimmt – das war beispiellos. Er war verrückt nach seiner Tochter, war wie ein Verliebter. Jemand sollte ihn darauf hinweisen. Es war unnatürlich.

Beim Abendessen war sie kühl und ging, obwohl sie neuerdings länger unten blieb, anschließend rasch in ihr Zimmer.

Ellen hatte gedacht, Avery schliefe bereits, da sagte er: »Ich glaube, Louise fand, ich hätte ihr von den kandierten Maronen anbieten sollen, weißt du.«

Ellen hatte den Kopf schwer vom Kissen gehoben, um

ihm zuzuhören, nur um festzustellen, dass es das gar nicht wert war. »Aber sie sind doch für Anne. Vorher welche rauszunehmen, hätte die schöne Schachtel ruiniert.«

»Ja. Aber sie wirkte etwas ungehalten, weil sie keine angeboten bekam.«

»Sie hätte es nicht erwarten sollen«, sagte Ellen und sank zurück aufs Kissen und in den Schlaf.

Ellen meinte, Avery würde sich über Gebühr mit Louises Empfinden beschäftigen, entschuldigte sich selbst aber wortreich bei ihrem Gast dafür, dass sie sie nicht nach Mershott mitnahmen.

»Es ist wirklich nur ein Tag für Eltern und Kinder. Das verstehen Sie doch, oder?«, wiederholte sie mehrere Male.

»Vollkommen, Madame.«

An dem Samstagmorgen, an dem sie mit dem Auto abfuhren, stand Louise am Tor und winkte so liebenswürdig, dass Ellen und Avery das schlechte Gewissen plagte, weil sie sie zurückließen.

»Keine Ahnung, was sie den ganzen Tag mit sich anfangen wird«, sagte Avery.

»Geht mir auch so. Hoffentlich steht sie es durch.«

Als die beiden außer Sichtweite waren, ging Louise voller Vorfreude ins Haus zurück. Das war das erste Mal, dass sie allein darin war. Keine der beiden Zugehfrauen würde heute kommen. Sie hatte die vielleicht einmalige Gelegenheit, alles zu durchsuchen. Das Haus konnte sich nicht wehren. Harmlos schien die Morgensonne durch das Treppenfenster und lag auf den Stufen. Das Leben der Norths, ihr ganzes Dasein, war den prüfenden Augen der Fremden ausgeliefert.

Louise begann mit Averys Ankleidezimmer, denn das

interessierte sie am meisten. Auf dem Tisch stand eine Fotografie von Anne. Was sonst, dachte Louise. Er stellte zur Schau, wie gern er seine Tochter hatte. Louise nahm Averys Haarbürsten in die Hand und roch lustvoll daran. In seiner Brillantine nahm sie einen Hauch von Ambra wahr. Paul hatte auch so eine benutzt, tat es vielleicht noch. Was für Erinnerungen dieser Geruch wachrief.

Louise betastete Averys Morgenmantel, der hinter der Tür hing. Es gefiel ihr, wieder Männersachen um sich zu haben. Sie ging hin und her, befühlte sie.

Schuhe standen in Reih und Glied, mit Schuhspannern versehen. Im Gegensatz zu seiner Frau kam für ihn bei seiner Garderobe nur das Beste infrage. Louise bewunderte ihn dafür. Sie schaute in seine Schubladen, legte den Inhalt behutsam wieder genauso hinein wie zuvor. In einer Lade stieß sie auf ein Päckchen Briefe und zog sie aufgeregt hervor. Jetzt würde sie zum Kern des Mannes vordringen. Doch sie waren von Kinderhand – abermals Anne. Louise versuchte, ein, zwei Briefe zu entziffern. Bei »Schickt mir bitte Süsikeiten. Es ist dringent«, war sie ebenso irritiert wie bei: »Hier in der Schule haben wir eine Box für Forschläge«, und dem hinten auf dem Kuvert hinzugefügten Postskriptum: »Ich habe einen Forschlag in die Box gesteckt.« Sie ahnte nicht, dass der Brief Avery bis heute, ein halbes Dutzend Jahre später, zu Gelächter, ja fast zu Tränen zu rühren vermochte.

Enttäuscht wandte sie sich von den Schubladen ab. Sie enthielten nicht den Schlüssel zu dem Mann. Sein Leben fand anderswo statt, dachte sie. Vielleicht hatte er eine Geliebte. Das kam bei Männern vor, sogar in England.

Sie ging in das große Schlafzimmer, in dem sich vor

den vielen Fenstern sacht die Vorhänge bewegten. Hier schliefen sie. Sonnenlicht lag auf ihren Betten. Alles war heiter, bezaubernd. Urplötzlich überkam sie der Drang, alles zu verwüsten. Warum sollten diese Leute, die anderen, auch Paul und seine Frau, so viel haben, wenn sie nichts hatte? Warum musste immer sie diejenige sein, die außerhalb stand?

Nicht dass sie sich mit dem, was diese Frauen hatten, zufriedengäbe. Louise verachtete sie dafür, dass sie ihre Möglichkeiten nicht nutzten. Wenn sie diesen Ehemann hätte, würde sie dafür sorgen, dass er mit ihr durch die Welt reiste. Nach Rom im Winter, in die Berge, ans Meer und in die Casinos im Sommer. Nach Amerika, Spanien, sie wollte überallhin. Dieser Mann konnte es sich leisten, und trotzdem lebte seine Frau wie eine Bäuerin, kochte selbst und bestellte den Boden. Was für eine Närrin sie ist, dachte Louise und ließ die Schranktür vor Ellens Mänteln, Röcken und Leinenkleidern zuschnappen. Und abends im Bett liest sie also fromme Bücher?, dachte sie, als sie die Bände auf Ellens Nachttisch in die Hand nahm. Erstaunlich, sie ist doch gar keine Katholikin.

Sie ging hinunter und machte Kaffee. Es war noch genug Zeit, sie hatte den ganzen Tag vor sich. Sie zog mit dem Kaffee ins Wohnzimmer um und stieß bei der Durchsicht des Schreibtischs auf ein Album mit Schnappschüssen. Darin waren Dutzende Fotografien von Avery und Ellen. Florenz, stand darunter, Fiesole, Korsika, Malta, Rom, Venedig. Louise war verärgert. Sie hatten die Welt also doch gesehen.

Gegen zwei Uhr, während Louise ihre Erkundungen fortsetzte, fuhren Avery und Ellen durch das Tor des Internats, das einst ein prächtiges Landhaus gewesen war. Aus allen Richtungen kamen die Wagen an und wurden auf der Zufahrt abgestellt. Eltern, Brüder, Schwestern, Tanten und sogar Hunde stiegen aus und versammelten sich nach vielem Türenschlagen auf dem breiten kiesbestreuten Vorplatz des Gebäudes. Dort warteten sie.

Im Obergeschoss drückten sich Gesichter an die Fenster. Das waren die Mädchen, hatte Anne ihnen einmal erzählt, deren Eltern nicht kamen. Ellen, die hinaufblickte, empfand einen jähen Schmerz für die Kinder der Welt, die keine Eltern hatten oder die ihren Eltern gleichgültig waren.

Die Turmuhr schlug zwei. Eine Glocke ertönte. Die Türen unter dem palladianischen Portikus schien unter dem Ansturm zu bersten, als Hunderte von Mädchen in einer Flutwelle von wehendem Haar, lachenden Gesichtern und fliegenden Beinen herausströmten. Junge Stimmen erfüllten die Luft mit ihren Freudenrufen und aufgeregten Jauchzern. Die Eltern auf der Zufahrt erwarteten sie schon und wurden umringt. Jedes Mädchen strebte zielsicher auf seine Familie zu. Anne kam bei ihrer an.

»Oh, Mami. Oh, Daddy, … oh …«

Nach und nach löste sich das Knäuel aus Familien im Freudentaumel des Wiedersehens auf, und die Kinder zogen ihre Eltern in alle Richtungen davon.

»Ihr müsst euch gleich mein Zimmer ansehen, Mami und Daddy. Ich bin nämlich umgezogen, wisst ihr. Gehen wir am besten gleich rauf, bevor Pug ihre Leute anschleppt. Alle zusammen, das gäbe ein schreckliches Gedränge. Oh, Mami, Pug darf doch im Sommer für eine Weile zu uns kommen – ihre Mutter erlaubt es. Ach, und die Direktorin möchte euch sprechen. Ist das nicht dumm, wenn eure Zeit so kostbar ist? Ich wette, es geht darum, dass ich noch nicht so weit bin, nächstes Jahr die Prüfung abzulegen. Ihr wisst schon, nicht das Abgangszeugnis, die andere, wie auch immer die heißt. Ach, Mami«, sagte sie und drückte ihrer Mutter in überschießender Freude den Arm. »Oh, Daddy, es ist so lieb von euch zu kommen. Es kommen nicht so viele Väter, wisst ihr, aber du schon, und ich freu mich so.«

Weiter drauflosplappernd, stieg sie eine Etage nach der anderen mit ihnen hinauf. Ellen war außer Puste, ließ sich aber nichts anmerken. Das Zimmer, als sie schließlich da waren, ähnelte dem in einem guten Landhotel: zwei Betten, weiß gestrichene Wände, Chintzsessel, Blumen auf den breiten Fensterbänken.

»Das ist das Badezimmer. Pug und ich teilen es uns mit zwei anderen.«

»Dafür geben wir also unser Geld aus«, bemerkte Avery, und auch Ellen staunte. »Wie sich die Zeiten ändern«, sagte sie. »Ich war in einem winzigen Kämmerchen mit weißen Vorhängen, wir wurden bestraft, wenn wir etwas übersehen hatten, und ich hatte dienstag- und freitagabends Badetag. Die Haare wurden einmal im Monat gewaschen.«

»Ich wasche meine, wenn ich Lust dazu habe«, sagte Anne. »Gehen wir runter und sehen nach, wann ihr zur Direktorin kommen sollt. Ich hoffe, wir sind bald dran, damit wir es hinter uns haben. Hast du viel Buttercreme mitgebracht, Mami?«

»Ich hab von allem viel mit«, sagte Ellen, und dafür drückte Anne sie noch einmal extra und Avery auch, der nicht ausgelassen werden sollte.

»Hättet ihr doch nur Roma mitbringen können!« Anne polterte schon wieder die Treppe hinunter. »Ist diese Französin immer noch bei uns? Ich hoffe, sie ist weg, wenn ich nach Hause komme.«

»Oh, ja, sechs Wochen. Oh, ja, bestimmt«, sagte Ellen. »Sie hat genügend Zeit, bevor du nach Hause kommst. Wir wissen nicht, warum sie noch bleibt, aber sie tut es.«

»Hier ist der Aushang mit den Gesprächszeiten. Die Direktorin erwartet Mr und Mrs Weeks um 14:30 ... Mr und Mrs ... Hier seid ihr. Mr und Mrs North um 15:10. Ach, gar nicht übel. Ich wäre sehr böse gewesen, wenn es sich mit dem Tee überschnitten hätte. Kommt weiter, ihr müsst euch unser Klassenzimmer ansehen. Das hab nämlich ich in Ordnung gebracht, ich war an der Reihe. Ich bin sehr streng damit und hab alle ihr Papier aufsammeln lassen.«

Als sie später vor der Tür zum Direktorenzimmer stehen blieb, bat sie ihre Eltern, nicht so lange drinnen zu bleiben. »Denkt dran, die Zeit rennt, und ich warte draußen. Unterbrecht sie, wenn ihr könnt. Sie braucht sich nicht umständlich über mich auszulassen. Bis dann, besser ihr als ich, obwohl sie gar nicht so schlimm ist.«

Wenn die Internate inzwischen anders waren als zu Ellens Zeit, so waren es die Direktorinnen ebenfalls. Miss Beldon wirkte ruhig und natürlich, und sie lächelte. Das Zimmer war voller Blumen. Eine getigerte Katze döste gemütlich auf ihrem Schreibtisch und blinzelte die nacheinander hereinkommenden Eltern träge an.

»Anne ist ein kluges Mädchen«, sagte Miss Beldon. »Aber ich glaube, sie meint, dass sie sich nicht besonders anzustrengen braucht.«

Annes Eltern lächelten nachsichtig.

»Sie ist ein sehr fröhlicher Mensch«, sagte Miss Beldon.

»Das ist das Wichtigste«, sagte Annes Vater.

»Wir möchten, dass sie bei den Abschlussprüfungen die höchste Stufe erreicht. Dass sie die sogenannte Studierbefähigung erwirbt, auch wenn sie vielleicht kein Studium an einer Universität aufnehmen möchte. Sie ist durchaus dazu in der Lage, wenn sie sich anstrengt. Allerdings ist sie in Französisch sehr schlecht«, erklärte Miss Beldon.

»Ich glaube, sie mag Französisch nicht«, sagte Ellen.

»Ich habe mich gefragt, ob sie im Sommer nicht einen Urlaub in Frankreich verbringen könnte«, schlug Miss Beldon vor.

»Anne fährt in den Ferien nur ungern weg«, erwiderte Ellen. »Sie möchte ihr Pferd nicht allein lassen, wissen Sie.«

»Von Roma habe ich gehört.«

»Wir haben aber gerade eine Französin im Haus. Vielleicht würde sie noch bleiben und mit Anne in den Ferien üben, Avery. Würde das genügen, Miss Beldon?«

»Es würde sicher sehr helfen«, sagte die Direktorin.

Beide sahen Avery an.

»Mademoiselle wird wahrscheinlich sowieso noch bleiben, ob wir sie darum bitten oder nicht«, sagte er. »Dann kann sie genauso gut mit Anne üben. Wenn sie es möchte.«

»Oh, ich glaub schon«, warf Ellen hastig ein. Sie wollte keine unnötige Diskussion über Louise aufkommen lassen, wenn draußen Anne wartete.

Gleich darauf sagte Miss Beldon, sie wollten gewiss so viel Zeit mit ihrer Tochter verbringen wie möglich, und entließ sie mit einem Lächeln.

Nachdem ihre Tochter sie umarmt hatte, als sei die Viertelstunde so lang wie die nächste Trimesterhälfte gewesen, gab Ellen ihr die Kritik wieder: »Es ist dein Französisch, Liebes.«

»Oh, ja, kann sein. Ich hasse Französisch«, sagte Anne.

»Was wäre dir lieber – im Sommer nach Frankreich fahren oder zu Hause mit Mademoiselle zu üben?«

»Ach, Mami, ich kann doch Roma nicht im Stich lassen. Ich werde mit Mademoiselle auskommen müssen. Du weißt aber, Pug kommt für eine Weile zu mir. Ich muss nicht die ganzen Ferien Unterricht haben, oder?«

»Nein, nein«, versicherte Ellen ihr. »Nur ab und zu Konversation.«

»So viele Mädchen«, staunte Avery, als ein Strom an ihm vorüberrauschte, um Tische zum Tee zu sichern. »Einige sind ganz schön kräftig. Schaut euch diese Beine an, wie junge Bäume.«

»Ach, hier kümmert sich kein Mensch um Beine«, sagte Anne. »Beeilen wir uns. Ich hab unser Essen auf einen großen Tisch am Fenster gelegt, aber wenn wir nicht schnell sind, räumt es vielleicht jemand beiseite.«

»Ich würde mich für diese Berge an Essen schämen«, bemerkte Avery, als er sich setzte, »wenn es auf den anderen Tischen nicht genauso schlimm aussähe.«

»Genauso gut, meinst du«, sagte Anne. »Das muss bis zum Trimesterende reichen. Ich geh jetzt zur Durchreiche und hole uns Tee, Mami und Daddy. Passt auf, dass niemand sich zu uns setzt, solange ich weg bin.«

Ellen wusste, dass auch der Besuch für Anne eine Kurve beschrieb. Bis zur Teezeit stieg ihre Freude gleichmäßig an; nach dem Tee fiel sie ab, bis sie wieder fahren mussten. Als das Teegeschirr abgeräumt und die leeren Schachteln und Körbe in den Autos verstaut waren, schlenderten

Eltern und Kinder in gedämpfter Stimmung durch die Gärten oder saßen grüppchenweise in der Bibliothek und den Aufenthaltsräumen. Als die Norths so lange herumgewandert waren, wie sie konnten, setzen auch sie sich. Das Gespräch verlief schleppend, es war, als warte man auf die Abfahrt eines Zuges. Anne hielt ein kleines, wehmütiges Lächeln aufrecht, das ihren Eltern das Herz abpresste. So war es immer am Tag der Trimesterhälfte.

»Wir könnten glatt bei einer Beerdigung sein«, sagte Avery. Anne lachte und putzte sich die Nase.

An diesen Tagen liebte Ellen Avery noch einmal mehr als ohnehin schon. Für diesen Besuch legte er das Gebaren männlicher Größe und kaufmännischer Weltgewandtheit ab, war auf reizende Weise nur Annes Vater, stellte sich zurück, um sie glücklich zu machen, und war es, weil sie glücklich war, auf eine tief demütige Weise selbst auch. Auch wenn der Schmerz vielleicht lächerlich war, brachte die Stunde nach dem Tee Vater, Mutter und Kind einander sehr nahe, schweißte sie zusammen. Unauflöslich, nach Ellens Gefühl.

Es schlug sieben.

»Ich seh euch nicht nach«, sagte Anne. »Ich laufe mit Pug hoch aufs Zimmer. So haben wir es ausgemacht. Ich sage nicht mal Auf Wiedersehen.«

»In Ordnung«, sagte Avery und wandte sich ab. »Ab mit dir …«

FÜNFZEHN

I

»Tja«, sagte Ellen auf der Heimfahrt im Auto. »Da ist Louise geblieben und geblieben, und wir wollten die ganze Zeit, dass sie geht, und jetzt müssen wir sie sogar bitten, zu bleiben.«

»Vielleicht sagt sie Nein«, sagte Avery.

»Das glaube ich nicht. Ich glaube, sie will sich ihr Geld sichern.«

»Du hältst sie für geldgierig, nicht?«

»Das habe ich nicht gesagt. Ich glaube, sie denkt sehr praktisch und hat alles genau durchdacht. Bei Louise ist nichts unüberlegt.«

Avery fuhr weiter und lächelte matt.

»Aber wenn sie bleibt«, nahm Ellen den Faden nach einer Weile wieder auf, »bist du netter zu ihr, nicht? Bis jetzt bist du sehr distanziert gewesen. Ich vermute zwar, sie hat es nicht gemerkt, sie weiß ja nicht, wie du sonst bist, aber ich habs gesehen. Es gefällt dir nicht, dass sie ständig bei uns ist. Trotzdem, wenn sie Anne in Französisch hilft, wirst du etwas freundlicher sein, ja?«

Avery murmelte etwas vor sich hin, was Ellen als Zustimmung auffasste. Sie hatte einen schönen Tag verbracht und war jedermann herzlich zugetan, Louise eingeschlossen. Louise sollte von jetzt an in die Familie aufgenommen werden. Annes Französisch würde sich verbessern, Hugh bekam demnächst Urlaub, und es würde für jeden ein schöner Sommer werden. Wie stets war Ellen darauf bedacht, alles angenehm zu gestalten.

Das Auto bog in die kleine Nebenstraße ein, und das Haus, auf das sich sanft der Abend senkte, wartete. Der Flieder roch süß, und eine Amsel sang. Ich bin eine Frau, die Glück hat, dachte Ellen und rannte hinein. Obwohl sie die vierzig bereits überschritten hatte, rannte sie immer noch. »Hier sind wir«, rief sie. »Wir sind wieder da.«

Doch Louise war weit weg im Garten und rauchte gedankenversunken eine Zigarette. Sie war so voll von Neuem wie eine Katze von heimlich geschleckter Sahne, und wie eine solche ließ sie sich nichts davon anmerken.

»*Tiens*, Sie sind schon da?«, sagte sie und schaute auf die Uhr, als Ellen auf sie zukam. Sie sprach aus, was ihr durch den Kopf ging, und grüßte nicht. Es gefiel ihr nicht, dass Ellen wieder auftauchte.

Auf der Heimfahrt hatte Ellen Louise innerlich in eine Freundin der Familie umgemodelt. Doch jetzt, von Angesicht zu Angesicht, erkannte sie, dass Louise war wie zuvor – kalt und egozentrisch.

Außerdem hatte sie nicht einmal den Tisch fürs Abendessen gedeckt. Zwar würde ihr das vielleicht nur eine Frau und Hausfrau übel nehmen. Doch es war, fand Ellen, ein Indiz für ihren Charakter.

Wenn sichtbar wäre, was wir denken, würden wir den einen Moment lohend hell und den nächsten dunkel aussehen wie glühende Asche; je nachdem, was wir oder was andere, hauptsächlich aber die anderen, in dem Moment gerade sagen und denken. Ich werde sie nicht bitten, noch zu bleiben, dachte Ellen, als sie Louise voraus zum Haus ging.

Doch Avery tat es. Sie hatten sich kaum zum Abendessen gesetzt, da sagte er: »Wir haben heute mit Annes Direktorin gesprochen, und sie berichtet uns, dass Anne sehr schlecht in Französisch ist.«

»Das hätte ich Ihnen auch sagen können«, erwiderte Louise mit einem ihrer seltenen Lächeln.

»Die Direktorin schlägt vor, dass sie die Sommerferien in Frankreich verbringt«, fuhr Avery fort.

»Ach?«

Reserviertheit verschloss Louises Züge. Sie glaubte, sie würden sie bitten, das Mädchen nach Amigny mitzunehmen, und das würde sie nicht tun.

Ellen sah Avery eindringlich an und wollte ihm vermitteln, er solle nicht weitersprechen. Doch er merkte nichts.

»Anne möchte in den Ferien nicht von zu Hause weg«, sagte Avery. »Und da wir das ebenfalls nicht wollen, haben wir uns gefragt, ob Sie vielleicht bei uns bleiben und ihr Nachhilfe geben könnten.«

»Nachhilfe?«

»Ihr Unterricht geben.«

»Ah – Unterricht«, sagte Louise leicht abfällig. Jetzt, da sie tausend Pfund besaß, fand sie nicht, dass man sie bitten sollte, Unterricht zu erteilen.

»Wir meinen, ob Sie jeden Tag ein wenig auf Französisch mit ihr sprechen würden …«

Je mehr Avery sie zu überzeugen versuchte, desto mehr Einwände hatte Louise: »Ich weiß nicht, ob ich so lange bleiben kann.«

»Wie lange wollten Sie denn bleiben?«, fragte Ellen.

Avery sah überrascht zu ihr hinüber.

Louise konnte schlecht sagen, dass sie die Absicht hatte, zu bleiben, bis sie das Geld bekam. Daher beendete sie das Thema mit einem Verweis auf elterliche Liebe. »Ich muss meine Eltern fragen, was ich tun soll«, sagte sie zögerlich.

»Natürlich.« Avery lächelte sie an, als durchschaue er sie, und Louise, den Blick auf die Suppe gesenkt, lächelte ebenfalls.

Aber Ellen ließ es keine Ruhe. »Ich habe meine Meinung geändert«, sagte sie zu Avery, kaum dass sie unter sich in ihrem Zimmer waren.

»Deine Meinung geändert?«, sagte Avery erstaunt.

»Ja«, herrschte Ellen ihn an, als hätte er das wissen müssen.

»Woher um alles in der Welt soll ich das wissen? Warum hast du deine Meinung geändert?«

»Na … sie hatte nicht einmal den Tisch zum Abendessen gedeckt …«

Avery brüllte vor Lachen.

»Psst«, machte Ellen. »Sie hört uns doch.«

»Woher soll sie denn wissen, worüber ich lache?«, sagte Avery ungeduldig. »Wirklich, Ellen, du bist lächerlich.«

»Das mag sein. Aber ich hatte plötzlich das Gefühl, es wäre ein Fehler, sie zum Bleiben aufzufordern.«

»Du bist zu unbeständig.« Avery ging in sein Ankleidezimmer. »Ich kann dir nicht folgen. Aber du brauchst dir keine Gedanken zu machen. Sie wird nicht bleiben, das war offensichtlich.«

Als das Licht aus war, hatte Ellen das Gefühl, die unterkühlte Stimmung vertreiben zu müssen, die zwischen ihnen entstanden war. »Vielleicht war ich ja lächerlich. Außerdem spielt es keine Rolle, ob sie bleibt, oder? Wir können jederzeit jemand anderen für Anne auftreiben.«

»Ich glaube schon«, sagte Avery, gewillt, die Wogen glätten zu lassen. »Allerdings haben wir uns an das Mädchen bereits gewöhnt. Ich mag keine Fremden im Haus.«

»Ich auch nicht. Schön, warten wir ab, wie sie sich entscheidet. Gute Nacht, Liebling«, sagte Ellen, fast beruhigt.

»Gute Nacht, Liebling.«

»Anne schläft jetzt in diesem netten Zimmer. Sie hat ein glückliches Leben, Gott sei Dank. Hugh wird die Nacht wohl in einem Zelt verbringen. ›Niemand ist vor seinem Ende glücklich zu preisen‹ und so weiter, du weißt schon, Avery«, sagte sie und richtete sich, auf den Ellbogen gestützt, noch einmal auf. »Ich sollte das eigentlich nicht sagen, bevor sie nicht erwachsen sind, aber ich finde, was ihr Glück angeht, haben wir bei unseren Kindern alles richtig gemacht.«

»Ich hoffe es. Aber schlaf jetzt.«

»Ja.«

Louise hatte sich überlegt, dass sie lieber in Netherfold bliebe, als mit ihren Eltern nach Binic zu fahren, selbst wenn sie das Geld bereits hatte. So sagte sie am nächsten Morgen, sie könne es möglicherweise doch einrichten, bis Ende August zu bleiben. Nun blieb Ellen nichts anderes übrig, als ihr zu danken, und das tat sie auch, wenngleich anfangs zurückhaltend.

Doch nachdem sie eine Viertelstunde im Garten nach dem Rechten gesehen und Roma Äpfel gebracht hatte und nun mit Louise auf dem sonnigen Fleckchen vor den Wohnzimmerfenstern Kaffee trank, hatte sie den Kopf wieder voller Pläne und versöhnlicher Gedanken. »Ich finde, Sie sollten ab und zu für einen Tag nach London fahren. Das ist von hier ganz einfach. Mein Mann könnte Sie mitnehmen. Er wird wohl keine Zeit haben, Sie herumzuführen, fürchte ich, aber Sie hätten eine Mitfahrgelegenheit zum Bahnhof und zurück.«

»Das mache ich«, sagte Louise. »Das könnte mir gefallen.«

»Der Sommer hier ist herrlich«, sagte Ellen und reckte sich genüsslich in der Sonne. »Wir müssen Sie bald einmal nach Somerton Manor mitnehmen.«

Louise ließ diesen überschwänglichen Ausbruch von Ellen zu.

II

Es gibt Zeiten im Leben, in denen die kleinste Regung Gefahren in sich birgt. Im Glauben, wiedergutmachen zu müssen, dass er ihr nichts aus der für Anne bestimmten Schachtel angeboten hatte, und als Dank für ihre Bereitschaft, noch zu bleiben, brachte Avery Louise kandierte Maronen mit.

Der Zufall wollte es, dass Ellen zu Williams Häuschen gegangen war und Louise, die allein im Haus war, gerade die Diele durchquerte, als er hereinkam.

»Für Sie«, sagte er und überreichte ihr mit übertrieben feierlicher Verbeugung die runde, mit einer Schleife versehene Schachtel.

Louise riss die Augen auf. Sie wandte sich vor der Treppe um und wirkte plötzlich quicklebendig. »*Mais c'est charmant*«, rief sie aus. »Für mich? *Tiens!*« Sie nahm die Schachtel an sich und strahlte.

»Entschuldigen Sie, dass ich Ihnen neulich keine anbieten konnte«, sagte er, für seine Verhältnisse dürftig.

»Oh, aber das habe ich doch verstanden! Das ist eine wunderbare Überraschung …«

Während sie noch dastanden und lächelten, trat Ellen durch die Terrassentür ins Wohnzimmer und rief nach der kleinen Katze. »Moppet … Moppet …«

Louise machte schnell kehrt und lief leichtfüßig und geräuschlos mit der Schachtel hinauf zu ihrem Zimmer.

Avery war verdattert. Er hatte kein Geheimnis aus seinem Geschenk machen wollen. Er hätte für Ellen auch eine Schachtel mitbringen sollen, hatte daran aber nicht gedacht. Jetzt war Ellen da, und es war passiert. Zögernd stand er herum.

»Oh, du bist da«, sagte Ellen fröhlich. Sie freute sich immer, wenn er nach Hause kam.

Als er sie küsste, schielte er über ihren Kopf hinweg zur Treppe. Louise kam wieder herunter, ohne die Schachtel. Was konnte er jetzt sagen, ohne sie zu verraten und Ellen gegen sie aufzubringen? Gar nichts. Darum musste er sich später kümmern. Er konnte nicht zulassen, dass sich die Situation so entwickelte, wie Louise es offenbar im Sinn hatte. Trotzdem fand er es amüsant. Ausgesprochen sogar.

»Ich finde, wir sollten einen Sherry trinken«, sagte er zu den beiden Frauen.

Für ihn war das fast so etwas wie ein Grundsatz: In Zweifelsfällen greif zum Sherry! Der räumte ihn auf. Alles rückte von ihm ab, und nach einem Glas Sherry lösten sich Probleme meist von selbst. Zumindest heute Abend befreite der Sherry ihn von dem Gefühl, Ellen gegenüber nicht ganz ehrlich gewesen zu sein. Obwohl es albern war, das als Unehrlichkeit zu betrachten, sagte er sich. Es war nicht sein Fehler, dass das Mädchen ein Geheimnis aus den Maronen gemacht hatte und ihnen eine Bedeutung verlieh, die er nicht beabsichtigt hatte.

»Ich habe William gebeten, Roma morgen zum Schmied zu bringen. Sie hat ein lockeres Hufeisen«, sagte Ellen. »Reiten Sie, Mademoiselle?«

»Nein.«

»Möchten Sie es nicht einmal ausprobieren?« Ellen war noch immer entschlossen, Louise zu Abwechslung zu verhelfen.

»Ich glaube nicht. Ich habe nicht die Hosen dazu.« Als Avery lachte, verschanzte sie sich nicht wie sonst hinter ihrer Würde, sondern lachte mit: »Was ist jetzt wieder verkehrt?«

»Ich weiß zwar nicht, warum, aber Hosen klingt komischer als Breeches«, sagte Avery.

»Britches ist ein hässliches Wort.«

»Da haben Sie recht«, sagte Ellen. »Aber Sie können Annes Jodhpurs haben. Die passen Ihnen.«

»Jodhpurs? Oh, das ist zu viel«, protestierte Louise. »Ich kann nicht mehr folgen.«

Sie versuchten, es zu erklären, und lachten viel. Wie schön, dachte Ellen, dass sie so gut miteinander auskamen, und lächelte Avery an, weil er dabei mittat.

An dem Abend holte Louise in ihrem Zimmer die kandierten Maronen aus ihrem Koffer. Nicht, um welche zu essen, sondern um sich darüber zu freuen, während sie ihre letzte Zigarette rauchte.

Rauchen war für sie eine Kunstform. Sie konnte dabei ihre Hände vorführen, undurchschaubare Gesichter machen, die Augen zusammenziehen zum Schutz vor dem Rauch und das Kinn recken, wenn sie ihn fortblies. Ihr Gegenüber durfte keinen Moment vergessen, dass sie eine Zigarette rauchte, und sie führte ihre Kunststückchen sogar vor, wenn sie allein war.

Jetzt lächelte sie beim Rauchen, und in ihrem Lächeln schwangen Triumph, Zorn und auch Aufregung mit. Triumph, weil sie gewonnen hatte, und Aufregung, weil das Spiel jetzt in seine ernsthafte Phase eintrat. Sie hatte den Köder baumeln lassen. Auf den brauchte sie jetzt nicht mehr zu achten. Sie selbst war der Köder.

Nicht dass sie dieses Mal einen besonderen Plan verfolgte. Sie fühlte sich zu Avery hingezogen und wollte ihn dafür bezahlen lassen, dass er sie so lange nicht beachtet oder sich jedenfalls den Anschein gegeben hatte, sie nicht zu beachten. Außerdem hatte sie stets im Hinterkopf, jeden Vorteil wahrzunehmen, der sich ihr bot. Trotz der tausend Pfund war ihre Zukunft ungewiss. Sie suchte, fast instinktiv, wie eine Raupe am Ende eines Stiels, nach etwas, woran sie sich halten und worauf sie klettern konnte.

Sie beugte sich näher zum Spiegel, stieß Rauch aus und blinzelte unter den Lidern hervor ihr Spiegelbild an. Sie hatte nicht die Absicht, ein zweites Mal den Kopf zu verlieren, sagte sie sich. Wenn er seinen verlor, umso schlimmer für ihn.

Ihr Blick wurde schärfer. War das eine Sommersprosse? Abermals beugte sie sich in heftiger Sorge näher zum Spiegel. Gott sei Dank, nein. Mochte seine Frau Sommersprossen haben, sie jedoch ließe das niemals zu. Doch selbst wenn es keine Sommersprosse war, war es ein leichter Makel, befand sie. Sie griff nach einem kleinen Tiegel Salbe und trug sie behutsam auf.

Gesicht, Hals, Hände und Arme unterzog sie stets einem langwierigen Ritual der Reinigung und des Eincremens und mied dabei den Einsatz von Wasser. Sie bürstete sich das Haar, machte sich die Nägel, legte sich frische Unterwäsche für den nächsten Tag zurecht, wusch ihre Seidenstrümpfe aus. Sie pflegte sich sehr gründlich, und Ellen, die das Licht aus ihrem Fenster noch in die Bäume fallen sah, als ihr eigenes Zimmer nebenan schon lange im Dunkeln lag, fragte sich, was um alles in der Welt das Mädchen allabendlich so lange tat, bevor es ins Bett ging.

Erst als sie ihre aufwendige Toilette beendet hatte, fiel Louises Blick wieder auf die Schachtel mit den Maronen. Sie legte sie zurück in den Koffer und ging schließlich lächelnd zu Bett, mit dem in den Nacken gedrehten Haar und den blassen Lippen so reizlos wie eine Nonne.

SECHZEHN

Ein, zwei Sandkörner, die an einem Sandhügel ins Rutschen gerieten, konnten zum Schluss die gesamte Landschaft verändern. Mit der Aufforderung, über den Sommer zu bleiben, und mit der Schachtel kandierte Maronen nahmen in Netherfold die Verschiebungen und Verlagerungen ihren Anfang.

Louise tat im Haus immer weniger. Ihr Standpunkt war, dass sie, wenn sie in den Ferien mit dem Mädchen arbeiten sollte, jetzt die Hände in den Schoß legen konnte. Sie verdächtigte zu Unrecht Ellen, sie wie ein Au-pair beschäftigen zu wollen – eine Rolle, die für sie nicht infrage kam. Sie war Gast. Sie war zum Kommen aufgefordert und zum Bleiben überredet worden. Als Gefälligkeit würde sie in den Ferien mit dem Mädchen Französisch sprechen, verlangt oder erwartet werden durfte von ihr jedoch nichts. Außerdem, auch wenn sie diesen Umstand für sich behielt, stand Avery jetzt hinter ihr.

Also kam sie morgens noch später herunter, was zu spitzen Bemerkungen vonseiten Mrs Prettys und Miss Beasleys führte, die, wenn sie sich auf der Straße begegneten, ihr Unverständnis darüber zum Ausdruck brachten, dass Mrs North sich das gefallen ließ.

»Steht sich selbst am nächsten, nicht wahr?«, sagte Mrs Pretty. »Zu mir sagt sie nicht einmal Guten Tag. Zu Ihnen?«

»Die doch nicht«, gab Miss Beasley zurück. »Nicht, dass ich ihr Gelegenheit dazu gäbe. Ich halte nichts von diesen Ausländern, die herüberkommen und unsere Arbeit machen.«

Was hier nicht zutraf, denn Louise tat keinerlei Arbeit, außer ihr eigenes Zimmer in Ordnung zu halten. Sie war in diesem Punkt eigen und verschwiegen und hielt die Tür fest verschlossen. Wochen vergingen, bevor Ellen einen Blick in ihr Gästezimmer erhaschen konnte. Nicht dass es wichtig gewesen wäre, sagte sie sich.

Ellen sah es so: Louise war nicht die Gesellschaft, die sie sich ausgewählt hätte. Sie hatten wenig gemeinsam und würden im Grunde niemals miteinander auskommen. Aber spielte das eine Rolle? Ellens geschäftiges, glückliches Leben ging weiter wie zuvor. Da war das Haus, um das sie sich kümmern musste, und der Garten. Bald kam Hugh auf Urlaub heim. Anne kam in den Ferien. Wenn Louise also Ellens Eckplatz auf dem Sofa in Beschlag nahm, wenn sie unzumutbar lange im Bad blieb, obwohl andere es brauchten, wenn sie zusätzliche Arbeit bereitete, wenn sie sich mit Avery auf einen Sherry ins Wohnzimmer setzte, kaum dass er nach Hause gekommen war, während Ellen das Abendessen ohne Hilfe allein auf den Tisch brachte, war das zwar ärgerlich, sicher, aber spielte es wirklich eine Rolle? Die Frage stellte Ellen sich, wenn sie vernünftig sein wollte. Und Avery stellte ihr dieselbe Frage, wenn sie ihm manchmal etwas erzählte, was sie geärgert hatte.

Eine Zeit lang machte Ellen also blind und glücklich

weiter wie zuvor. Noch immer war sie in gewisser Weise naiv. War sie vielleicht nicht gerade einfältig wie eine Taube, so war sie gewiss nicht klug wie eine Schlange. Mit Schlangen hatte Ellen keinerlei Erfahrung. Sie war noch nie einer begegnet.

»Heute Nachmittag bekommen Sie Ihre erste Reitstunde«, sagte Avery eines Samstags beim Mittagessen zu Louise.

»Gehst du nicht zum Golf?«, fragte Ellen überrascht.

»Nein. Ich habe vorige Woche schlecht gespielt. Ich will mich nicht gleich noch mal unglücklich machen, also gebe ich Louise ihre erste Reitstunde.«

Louise?

»Ja, es ist besser, wenn wir Sie Louise nennen«, sagte Ellen, an ihren Gast gewandt. »Wollen Sie Ellen zu mir sagen?«

»Ah, Madame«, Louise drehte eine Hand nach oben, »Sie sind viel älter als ich. Das wäre unhöflich, glaube ich.«

Ellen und Avery mussten beide lachen. »Mein fortgeschrittenes Alter hatte ich ganz vergessen«, sagte Ellen. »Dann bleiben Sie eben bei Madame, wenn Sie finden, Sie wären sonst respektlos.«

»Ich bin daran gewöhnt, Madame zu Ihnen zu sagen. Ich fürchte, ich vergesse, Sie anders anzusprechen.«

»Wo sind Annes Reitsachen, Ellen?«, erkundigte Avery sich nach dem Mittagessen. »Kannst du sie holen?«

Kann er denn nicht warten?, dachte Ellen. Muss er nach den Reitsachen für sie fragen, noch ehe der Tisch abgeräumt ist?

Weder er noch Louise boten nach dem Essen ihre Hilfe an. Sie zündeten sich Zigaretten an und schlenderten zu den Fenstern, während Ellen hinaufging, um die Jodhpurs und ein Hemd zu holen. Sie wollte sie in Louises Zimmer bringen, doch zu ihrem Erstaunen war die Tür verschlossen.

»Ich wollte Ihnen die Sachen aufs Bett legen«, sagte Ellen, als sie im Wohnzimmer erschien, so barsch, dass Louise sich überrascht vom Fenster umdrehte. »Aber Ihre Tür war abgeschlossen.« Ihr Blick war sehr direkt.

»Ja.« Louise atmete Rauch aus und wedelte ihn mit kleiner Hand beiseite. »Mrs Pretty war heute Vormittag da.«

»Mrs Pretty ist durch und durch ehrlich. Ich schließe nie die Türen oder auch nur Schubladen oder Schränke vor ihr ab und möchte auch nicht, dass jemand anderes das tut.«

Louises Nasenflügel bebten. Wortlos nahm sie Ellen die Reitsachen vom Arm und ging nach oben.

»Du solltest nicht mit ihr sprechen wie mit einer Bediensteten«, sagte Avery.

»*Sie* sollte *uns* nicht behandeln wie Bedienstete«, gab Ellen zurück und räumte den Tisch ab. »Noch dazu welche, denen sie nicht trauen kann.«

»Ach komm«, sagte Avery in versöhnlichem Ton. »Vielleicht schließen die in Frankreich ihre Schlafzimmertüren ab.«

»Vielleicht«, sagte Ellen unbesänftigt und ging mit dem Tablett hinaus. Sie schloss die Küchentüre hinter sich und wusch in Windeseile ab.

»Louise«, rief Avery vom Fuß der Treppe hinauf. »Ich gehe Roma satteln. Kommen Sie zur Koppel, wenn Sie fertig sind.«

Gleich darauf ging Louise am Küchenfenster vorüber

und gab ein ausgesprochen seltsames Bild ab. Manche Frauen sahen in Jodhpurs nicht vorteilhaft aus, und Louise gehörte dazu. Ellen schaute, vergaß ihren Zorn angesichts der unverhofften Belustigung, warf das Küchentuch hin und ging ins Freie, um sich den Spaß anzusehen.

Auf der Koppel hielt Avery Roma, gesattelt und friedlich wie ein Lamm. Louise kam bei ihm an, doch als Ellen am Geländer erschien, sah sie über die Schulter und wartete demonstrativ zum Zeichen dafür, dass sie keine Zuschauer wollte. Ellen blieb jedoch, wo sie war, und Louise musste den Fuß auf Averys Hand stellen und sich hinaufheben lassen. Furchtsam und widerwillig saß sie auf der Stute. Avery erklärte ihr, was sie mit den Händen tun sollte, und begann, Roma um die Koppel zu führen. Alles ging so still vor sich, dass Ellen zum Abwasch zurückkehrte.

Doch schon im nächsten Moment hörte sie Avery schallend lachen, und Louise stakste mit wütender Miene am Küchenfenster vorbei.

»Ach, probieren Sie es doch noch einmal«, rief Avery. »Louise! Seien Sie nicht albern. Nicht aufgeben!«

»Es gefällt mir nicht«, rief Louise kalt zurück. »Das Pferd ist zu breit.«

Wieder lachte Avery schallend. Ellen lächelte. Die erste Reitstunde war schnell vorbei.

»Ich mache jetzt was, das mir viel besser gefällt«, rief Louise pikiert und kam durch das Terrassenfenster ins Haus.

Avery ritt auf Roma ein Stück die Straße hinunter, aber nicht weit. Die Sonne brannte. Er kehrte um, sattelte das Pferd ab und band es los. Roma trabte in den Schatten der großen Kastanie, blieb dort stehen und schlug mit dem Schweif nach Fliegen.

Avery kam langsam zum Haus zurück. Wäre er doch zum Golf gefahren! Jetzt musste er hier herumlungern, sagte er wütend zu sich selbst.

Er, der gerade den Garten betrat, und Ellen, noch immer am Küchenfenster, schraken im selben Moment zusammen. Auf dem Rasen, eben noch grün und leer, erschien ein schmaler Streifen blendender Weiße – Louise, nackt bis auf eine Sonnenbrille und etwas, das wie zwei gestreifte Handtücher aussah. Während Avery vom Spalier herüber- und Ellen zum Fenster hinausstarrte, breitete sie eine Decke auf dem Rasen aus und legte sich hin, um ein Sonnenbad zu nehmen. Sie hatte einen unvorteilhaften Eindruck gemacht, jetzt würde sie einen vorteilhaften machen. Mit dem Pferd und der Reithose hatte sie komisch ausgesehen, jetzt aber sah sie nicht komisch aus.

Ellen starrte erstaunt hin. Sonnenbaden war nichts Besonderes, alle legten sich in die Sonne, doch Ellen hatte nie erlebt, dass jemand so viel von seinem Körper gezeigt hätte. Der Körper war schön, sagte Ellen sich, und deshalb war es wohl gerechtfertigt. Aber was für eine Erscheinung – an einem Samstagnachmittag mitten auf dem Rasen!

Averys erster Gedanke war, dass er, wenn er wie geplant über den Rasen ging, in Louises Privatsphäre eindrang. Darum kam er über die Küche ins Haus.

»Gütiger Himmel«, sagte Ellen, die noch immer aus dem Fenster sah.

»Du sagst es, gütiger Himmel«, erwiderte Avery mit dem Versuch eines Lachens.

Das Mädchen war gefährlich.

»Sieh sie dir bloß an«, sagte Ellen.

Avery spürte einen Anflug von Zorn. Ellen sollte wirklich nicht ... sie sollte begreifen ... sie sollte es nicht für selbstverständlich halten, dass ihn das völlig kaltließ. Verdammt noch mal, er war ein Mann wie jeder andere, und ob es ihr klar war oder nicht, dieses Mädchen war aufreizender als alle, denen er bisher begegnet war. Er hatte Angst, dass man es ihm anmerkte, schaute aber hin.

Louise hatte sich auf der Decke zusammengerollt, die Knie zum Kinn heraufgezogen. Sie hatte offenbar keine Knochen im Leib, ihr elfenbeinweißer Körper war mit schmalen weißen Streifen überzogen.

»Sie sieht aus wie ein Feuerrad«, sagte Ellen. »Oder eine Wespe. Oder sogar eine Schlange.«

Avery gab lediglich ein knappes »Hm« von sich, vor Entrüstung, nahm Ellen an, und marschierte zur Küche hinaus. Auch wenn es schon spät war, beschloss er, doch noch zum Golf zu gehen.

Als Louise ihn mit dem Auto wegfahren hörte, ging sie ins Haus, um ihr Sonnenöl zu holen, und verbrachte den restlichen Nachmittag auf der Decke, ihren Körper großzügig mit Öl eingerieben. Wenn einem etwas keinen Spaß machte, suchte man sich eben eine andere Beschäftigung. Sie konnte aus allem einen Vorteil schlagen, ganz gleich, was sie tat.

Ellen ließ sie den Garten in Beschlag nehmen. Sie war unerklärlich müde, ging hinauf und legte sich mit einem Buch auf ihr Bett, doch die nackte Gestalt auf dem Rasen ging ihr nicht aus dem Sinn. Sie stand immer auf und betrachtete sie durch die Vorhänge. Egal, wann sie schaute, Louise war nach wie vor darin vertieft, die Sonne auszunutzen, dachte Ellen entrüstet. Sogar die Sonne wurde dazu genötigt, Louise zu Diensten zu sein.

Ellen hatte Avery gebeten, netter zu Louise zu sein, fand aber schon bald, er übertreibe es. »Rückendeckung solltest du ihr nicht geben, finde ich«, sagte sie, als Avery die eine oder andere schneidende Bemerkung Louises unwidersprochen hinnahm. Stets reagierte er lediglich mit einem Lächeln, und das Mädchen lächelte unwillkürlich zurück. Es erweckte den Anschein, nur Avery wisse, wie man sie zu nehmen habe.

»Ich finde auch, du solltest ihr nicht überallhin nachlaufen«, sagte Ellen, die es leid wurde, die beiden zum Essen aus dem Garten oder von der Koppel zu holen, aus den Ställen oder manchmal sogar von oben, wo sie zusammen auf dem Fensterbrett des Treppenfensters saßen, plauderten und rauchten.

Eines Abends kam sie erregt ins Wohnzimmer. »Ich habe den ganzen Nachmittag Marmelade gemacht. Ich habe das Abendessen gekocht, ich habe den Tisch gedeckt und wieder abgeräumt. Zur Abwechslung könntet ihr jetzt mal beim Abwasch helfen.«

»Aber gewiss doch, Madame«, sagte die überraschte Louise kühl, drückte ihre Zigarette aus und ging schnurstracks in die Küche.

»Wir machen es zu zweit«, sagte Avery und erhob sich aus dem Sessel. »Ich wasche ab. Louise kann abtrocknen. Du setz dich hin.«

»Nein«, sagte Ellen. »Ich wasche ab, ihr könnt beide abtrocknen.«

»Kommt nicht infrage.« Avery fasste sie an den Ellbogen

und drückte sie in ihren Sessel. »Du bleib sitzen. Hier hast du die Zeitungen. Du ruhst dich aus.«

»Avery«, flüsterte Ellen wütend, als er auf die Tür zusteuerte. »Lass sie es machen. Warum soll sie nicht, wenigstens einmal! Avery …«

Aber er ging zur Küche weiter, und sie dachte zornig und gekränkt, dass er es ihr heimzahlte. Avery und Louise hatten reagiert, als hätte sie bloß schlechte Laune. Aber wer hätte die nicht?, fragte sie sich.

Kurz danach ging Ellen in den Garten. Beim Gärtnern kam sie stets wieder zur Ruhe. Abends im Bett sagte sie Avery aber nichts von dem, was sie beschäftigte. Zum ersten Mal senkte sich Schweigen über sie.

Das blieb allerdings, wie der erste Schnee, nicht liegen. Am Morgen schmolz es weg, und alles schien wie zuvor.

»Ich fahre nach London«, sagte Louise ein paar Tage später. »Wie Sie es vorgestellt haben.«

»Vorgeschlagen haben«, korrigierte Avery, der schon zu Hause war. Louise hatte extra so lange gewartet, um ihre Absicht zu verkünden.

»Vorgeschlagen haben«, wiederholte sie fügsam. »Ich fahre morgen nach London, wie Sie es vorgeschlagen haben.«

»Ja, tun Sie das«, sagte Ellen, deren erster Gedanke war, dass es nett wäre, sie los zu sein.

»Ich fahre mit Avery im Auto und im Zug mit, wie Sie es vorgeschlagen haben.«

Es stimmte ja. Ellen hatte den Vorschlag gemacht, zu einer Zeit, als sie Louise gegenüber noch ohne Argwohn war. Heute hätte sie so etwas nicht mehr getan. Hätte sie nicht gerade einen Termin beim Zahnarzt gehabt, dachte sie flüchtig, wäre sie nach London mitgefahren.

Schäm dich, sagte sie dann zu sich selbst. Sie mochte ja an Louise zweifeln, aber doch niemals an Avery. Niemals, niemals an dem Avery, der in der Nacht von Hughs Geburt an ihrem Bett gekniet hatte. Er mochte dem Mädchen in einem Maße schmeicheln und alles nachsehen, die jede Frau überflüssig gefunden hätte, doch das hatte nichts zu bedeuten. Ellen hatte bloß noch nie miterlebt, dass er einer anderen Frau die geringste Aufmerksamkeit geschenkt hatte, daran lag es.

Ich bin eifersüchtig, dachte sie am nächsten Morgen, als die beiden mit dem Auto davonfuhren. Das ist es. Ich bin eifersüchtig und wusste nicht, dass ich dazu fähig bin.

All die Jahre hatte die Eifersucht unvermutet in ihrem Charakter gehockt wie eine Kröte unter einem Stein, der bis jetzt noch nicht umgedreht worden war. Ellen war enorm erleichtert, als sie ihre bösen Ahnungen auf Eifersucht zurückführen konnte, und verbrachte einen gut gelaunten Vormittag mit Mrs Pretty. Einmal fiel Louises Name.

»Auf dem Herweg«, hob Mrs Pretty arglos an, »hab ich gemeint, ich hätte Mademoiselle mit Mr North in seinem Wagen gesehen? Wohl irgendwohin gefahren, ja?«

»Ja. Nach London, für den Tag.«

»Oh«, sagte Mrs Pretty. »Schau an«, sagte sie und ging in die Hocke, um die Tischbeine abzuwischen.

»Avery hat sie zum Bahnhof mitgenommen«, meinte Ellen hinzufügen zu müssen.

»Ich verstehe«, sagte Mrs Pretty, als hätte ein Kind ihr

etwas angeboten, was es für eine Süßigkeit hielt, und sie nun so tun müsse, als schlucke sie es.

»Ich weiß nur, dass ich meinen Mann nicht allein mit dem Mädchen nach London fahren lassen würde«, sagte sie zu Miss Beasley, als sie im Bus saßen.

»Ach, Ehemänner«, schnaubte Miss Beasley.

»Sie fordert es heraus, wenn sie ihn lässt«, sagte Mrs Pretty.

Sie wrangen das Thema bis auf den letzten Tropfen aus, als handelte es sich um einen der Wischlappen, die sie in Netherfold beide benutzten. Sie wrangen es aus und legten es beiseite. Später würden sie wieder danach greifen, es in ihr gemeinsames Interesse tauchen und wie zuvor unter sich weiterreichen.

Avery verbrachte widerwillig die Zeit mit Louise. Er fand, Ellen hätte ihn mit ihrem Vorschlag in diese missliche Lage gebracht. Das Mädchen konnte ja schlecht allein in London herumstolpern – was blieb ihm übrig? Aber das durfte nie wieder vorkommen, ermahnte er sich. Er hatte zu viel zu tun. Außerdem würde es Ellen, auch wenn sie selbst schuld war, nicht gefallen, und sie war ihm viel zu lieb … Aber er kam doch ständig mit Frauen zusammen, teils sehr attraktiven Frauen, führte sie zum Mittagessen aus, zum Tee, traf sie auf Partys, war im Büro von ihnen umgeben, warum also sollte es sie jetzt stören?

Trotzdem war das hier, er gab es zu, anders. Die Tatsache, dass Louise unter seinem eigenen Dach wohnte, machte es anders. Warum aber, genau besehen? Dennoch, das Ganze war töricht und unakzeptabel, dabei aber seltsam belebend. Es war lange her, dass er sich so lebendig gefühlt hatte.

Er hatte nicht vor, zu weit zu gehen. Er gab einer Anziehung nach und ließ sich auf eine passive Weise amüsieren. Er kam sich Ellen gegenüber zwar gemein vor, verschaffte sich aber etwas Spielraum. Nach zwanzig Jahren der Treue durfte ein Mann ja wohl … Ach, was machte es schon? Das Mädchen fuhr bald nach Hause. Und sobald Anne wieder zu Hause war, musste diese Sache endgültig aufhören.

Es hätte nicht unverfänglicher sein können, wie sie den Tag verbrachten, legte Avery einem unsichtbaren, peinlich berührten Beobachter dar. Sie saßen einfach lange in einem Restaurant beim Mittagessen und in einem zweiten lange beim Tee. Louise hatte die Lokale aus den berühmten Namen ausgewählt, die er ihr nannte.

Dennoch, je näher am Abend die Heimkehr rückte, desto unbehaglicher war ihm. Es durfte nicht wieder vorkommen, ermahnte er sich. Er würde nicht anfangen, Ellen zu betrügen, nicht einmal ansatzweise. Im Zug war er ziemlich still und ernst, und Louise überließ ihn seinen Selbstvorwürfen. Sie unternahm keinen Versuch, sie ihm auszureden, gab ihm zu verstehen, wie selbstverständlich es für sie war, dass er den Tag mit ihr verbrachte. Das hätte sie von jedem Mann erwartet. Eine Frau wie sie war nicht ohne Begleitung unterwegs.

Sie sprachen sich nicht darüber ab, was sie Ellen sagen sollten. Avery brachte es nicht fertig, und Louise machte sich offenbar keine Gedanken darüber. Trotzdem wich sie am Abend Ellens Fragen aus.

»Was haben Sie gemacht?«, erkundigte sich Ellen.

Louise zuckte mit den Achseln. »Ich bin herumgelaufen. Ich habe mich vergnügt.«

»Haben Sie etwas zu Mittag gegessen? Das ist in London heute nicht ganz einfach. Man muss sehr zeitig kommen ...«

»Ich habe viel gegessen«, sagte Louise.

Es ist zu peinlich, dachte Avery. Es war die Sache nicht wert. Es durfte nicht wieder vorkommen.

SIEBZEHN

Doch Avery kannte sein Naturell nicht, obwohl er es hätte kennen können. Er war nicht leicht aus der Ruhe zu bringen, aber einmal aus der Ruhe gebracht, verfolgte er sein Ziel fast besessen. Er hätte sich nur daran zu erinnern brauchen, wie er der jungen Ellen gefolgt war, als sie mit Vater und Tante durch Frankreich in die Schweiz, durch die Schweiz nach Italien und wieder zurück nach Frankreich reiste, wie er sich an ungeahnten Orten vor ihr aufgebaut und sie angefleht hatte, ihn zu heiraten, und jedes Mal, wenn er plötzlich auftauchte, hagerer ausgesehen hatte, weil er so wenig schlief. »Der ist hartnäckig wie nur was«, hatte Ellens Vater damals gesagt – und zu Recht.

Jetzt war er wieder besessen, auch wenn es ihm noch nicht klar war. Er wollte nicht wahrhaben, dass er ernsthaft vernarrt war. Das wäre viel zu peinlich gewesen und zerstörerisch. Doch er ging auf der abschüssigen Bahn immer noch ein Stückchen weiter, war sich sicher, dass er sich fangen konnte, wenn er es wirklich wollte.

Er kannte sein Naturell nicht, und Louises Naturell kannte er noch weniger. Louise aber wusste um seines ebenso wie um ihres.

Sie war in ihrem Element. Eine Affäre in Aussicht zu

haben, war wie von den Toten aufzuerstehen. Sie war wieder im Spiel, wie aufregend! Das war einzigartig, nichts im Leben nahm einem so den Atem, machte einen so lebendig, verlangte einem so viel Scharfsinn ab. Die eigenen Fähigkeiten voll ausspielen zu können, das hieß, wirklich am Leben zu sein, dachte Louise, wenn sie sich an diesen Sommermorgen genüsslich im Bett räkelte. Sie wusste nun, worauf sie aus war, und würde aufpassen, es dieses Mal nicht zu verderben. Sie war jetzt älter, sagte sie sich. Hatte ihre Lektion gelernt.

Dieses Mal war es viel amüsanter, denn sie allein besaß die Macht. Viel interessanter, wenn das Herz nicht beteiligt war, auch wenn Avery ohne Zweifel gut aussah. In gewisser Weise rächte sie sich an Paul. Sie bekam wieder, was ihr zustand. Avery zu erobern und sich anzueignen, war für die Wiederherstellung ihres Selbstvertrauens notwendig.

Was seine Frau betraf, dachte Louise, als Ellen die Treppe hinablief, um Frühstück zu machen, so schien das törichte Weib nicht zu begreifen, dass es kämpfen musste. Die Schlacht war eröffnet und wäre vorüber, bevor sie es überhaupt begriffen hatte. Und Louise hatte kein schlechtes Gewissen. Die Frau verdiente nicht, was sie hatte, wenn sie es nicht behalten konnte. Außerdem, warum sollten andere Leute immer alles haben und Louise Lanier nichts? Es war Zeit, dass sich das änderte.

In der Zwischenzeit ließ sie ihren Fisch auszappeln. Sie kannte alle Tricks, verstand sich darauf, einen starken, verborgenen Strom zwischen ihnen in Gang zu setzen. Ihn weiter zu locken, sich ihm zu entziehen. Ihn zornig zu machen, zu verwirren und dann zu beschwichtigen. Nicht da zu sein, wenn er mit ihr rechnete wie beispielsweise eines Abends, als er nach Hause kam, sie suchte und feststellte, dass sie zu Bett gegangen war.

»Was ist los?«, sagte er. »Ist sie krank oder so?«

»Weit gefehlt«, sagte Ellen. »Sie sah ausgesprochen blühend aus.«

Er ging in den Garten und strich dort herum, sah zu ihrem Fenster hinauf. Er pfiff nicht, aber beinahe. Sorgte dafür, dass sie ihn hörte, falls sie nicht wusste, dass er heimgekommen war.

Doch sie machte sich rar. Daraus schloss er, dass sie sich absichtlich von ihm fernhielt, und schlug beim Hineingehen die Wohnzimmertür hinter sich zu. Wie konnte sie es wagen, ihn so zu behandeln? Sie musste nach Hause fahren. Er würde es ihr sagen, wenn er sie am Morgen sah. Dann fiel ihm ein, dass er sie morgens ja nie sah. Er würde bis zum nächsten Abend warten müssen. So lange. Er fand Entlastung, indem er sie bei Ellen herabsetzte.

»Warum geht sie zu Bett?«, sagte er so aggressiv, dass Ellen ihn ansah. »Sie sollte dir zur Hand gehen. Verdammt noch mal, macht sie auch nur einen Finger krumm?«

»Keinen einzigen. Aber wie ich deinen Worten entnommen hatte, spielt das keine Rolle.«

»Aber das geht zu weit«, brauste er auf. »Es wird ja immer schlimmer.«

»Ich hoffe, sie gibt sich wenigstens Mühe, wenn sie Anne unterrichtet«, sagte Ellen. »Sonst ist es all das, was ich von ihr zu ertragen habe, nicht wert. Ich wollte, wir hätten sie nicht zum Bleiben aufgefordert.«

»Vorsicht, sie kommt«, sagte er, und eine unerwünschte Erregung pulsierte in seinen Adern.

Sie kam herunter, kühl und bleich, und setzte sich weit

entfernt ans Fenster, ihr glatter dunkler Kopf zeichnete sich vor dem gelben Abendlicht ab.

»Ich habe Kopfschmerzen«, sagte sie und ließ die Finger langsam über ihre Stirn gleiten.

»Das tut mir leid«, sagte Avery, der ihr nicht glaubte.

Louise griff nach einer Zeitschrift. Ellen stopfte Socken, Avery las seine Zeitung.

Ihr Parfüm zog durchs Zimmer. Unvermittelt stand er auf und trat durchs Terrassenfenster hinaus in den dunkler werdenden Garten. Er ging auf dem Rasen hin und her und rauchte, und Ellen war froh, dass er seine Missbilligung Louise gegenüber bekundet hatte, indem er hinausging, als sie hereinkam. Louise aber lächelte, den Kopf über die Zeitschrift gebeugt.

Die Tabakpflanzen, eine Wolke aus weißen Schmetterlingen in der Dunkelheit, sandten ihren Abendduft herein. Ellen im Wohnzimmer und Avery draußen hatten im selben Moment denselben Gedanken.

»Gerade ist mir klar geworden«, sagte Ellen und ließ ihre Stopfarbeit auf den Schoß sinken, »dass das Ihr Parfüm ist.«

»Was soll mein Parfüm sein?«, sagte Louise mit einer Bedächtigkeit, die Ellen manchmal beleidigend fand.

»Die Nicotiana – die Tabakpflanze. Riechen Sie sie nicht aus dem Garten?«

»Irgendetwas rieche ich. Vielleicht ist es das Gleiche. Ich weiß es nicht.« Sie blätterte die Seiten um.

Avery war für einen seltsamen Augenblick von ihrem Duft umhüllt. Er wollte ihn loswerden, wie giftige Dämpfe. Er verließ den Garten und entfloh in das Sträßchen.

»Guten Abend, North«, grüßte ihn ein Nachbar, der

unter den Lampen mit seinem Hund entlangschlenderte und auf Gesellschaft hoffte.

»Guten Abend«, sagte Avery und schritt weiter. Wer war der Mann? Er wusste es nicht.

Im Wohnzimmer fragte sich Ellen, wo er hingegangen war, und Louise war wütend. Es war Zeit, dass er hereinkam und sie unterhielt. Dafür war sie nicht in ihrem Zimmer geblieben und hatte das Abendessen ausgelassen.

Für ihren Geschmack kam Avery nicht schnell genug zurück. Er war Engländer und schwerfällig. Viel Zeit blieb nicht mehr, dann kam Anne nach Hause. Nicht nur, dass sie dann ständig im Haus war, Avery hatte sie auch viel zu gern. In ihrem Zorn auf Avery war Louise in Versuchung, die Sache übers Knie zu brechen, aber in diesem Stadium war das wahrscheinlich verhängnisvoll.

Dann bekam Hugh Urlaub.

Hughs Eltern freuten sich immer, wenn er da war, dieses Mal aber waren sie regelrecht erleichtert. Für Ellen kehrte mit dem Augenblick, in dem ihr Sohn das Haus betrat, die Normalität zurück. Hugh ging selbstverständlich davon aus, dass sein Zuhause noch genauso war wie immer, und das gab Ellen das Gefühl, dass es tatsächlich so war. Hughs junge Stimme, sein Lachen, seine Stiefel auf dem gewachsten Boden stellten Ellen und das Haus wieder her. Sie fand zu ihrem gewohnten Zutrauen zurück und fuhr Louise in die Parade, verlangte, dass sie im Haushalt mithalf, und passte auf, dass sie die Aufgaben auch erledigte.

Für Avery war Hugh ein Puffer zwischen sich und Louise. Er beschloss, sich seinem Sohn zu widmen und sie abzuwehren. Die Spannung wurde gemildert, und Louise fand sich auf dem Abstellgleis wieder.

In ihrer Wut nahm sie eine kindliche Gewohnheit wieder auf und kaute an den Nägeln, bis sie, vorher exotisch geformt und lang, so kurz waren, dass der Anblick ihr Einhalt gebot. Sie setzte die abgebissenen Nägel auf ihre Rechnung für den phlegmatischen Avery und die überflüssige Ellen und änderte ihre Taktik.

Sie wandte ihre Aufmerksamkeit Hugh zu.

Sie war jetzt ganz Lächeln und flüchtige Blicke und erschien auf einmal viel jünger. Sie tauschte Zigaretten mit ihm, bat ihn, die französischen zu probieren. Avery verfolgte es mit zornigem Schweigen.

Louise versuchte, sich wieder bei Ellen beliebt zu machen. Am Sonntag schlug sie eine Vorspeise vor dem Essen vor und bereitete einen *salade de tomates* zu, garniert mit Schnittlauch und französischem Dressing. Als Louise ihn vor Ellen auf den Tisch stellte, sah er sehr hübsch aus in seiner Einfachheit.

»Ich wusste gar nicht, dass Sie so etwas können«, bemerkte Ellen kurz angebunden. Kommt etwas spät, sollte das heißen.

»Oh, für den Soldaten müssen wir uns anstrengen«, sagte Louise und lächelte Hugh über den Tisch hinweg zu.

»Waren Sie im Krieg an der Front, Monsieur Avery?«, fragte sie unschuldig, als sie sich an ihren Platz am Tisch setzte.

Er musste verneinen und tat es kühl.

Abends stellte Louise das Grammofon an und wollte Hugh das Tanzen beibringen. Höflich stolperte er mit ihr über den Rasen. Er hatte noch kein großes Interesse daran, stellte seine Mutter verzückt fest.

Wenn sie abends auf dem warmen Fleckchen vor den

Wohnzimmerfenstern saßen, sprach Louise mit Hugh über französische Literatur, die sich ihrer Ansicht nach in einem beklagenswerten Zustand befand. Sie wusste nichts darüber, doch das ging ihren Zuhörern nicht anders. Sie brauchte nur einige Namen von Autoren einzuwerfen, deren Bücher sie auf den Ladentischen ihres Vaters gesehen hatte – Sartre, Duhamel, Aragon –, um Eindruck zu machen. Avery blickte sie hämisch an, aber sie war derart angeregt mit Hugh beschäftigt, dass sie keine Augen für ihn hatte.

Sie folgte Hugh mit unverhohlener Bewunderung auf Schritt und Tritt, und Ellen war sehr erleichtert. Dieses Mädchen setzte seine Reize bei jedem Mann ein. Sie hatte es bei Avery versucht, und jetzt knöpfte sie sich Hugh vor. Weder beim Ehemann noch beim Sohn hatte sie viel erreicht, dachte Ellen. Wenn sie wüsste, dass sie so gar nicht Hughs Geschmack entsprach! Er hatte seiner Mutter das Foto gezeigt, das er in seiner Brieftasche aufbewahrte. Es war das Gesicht eines lachenden jungen Mädchens namens Margery, die Louise nicht unähnlicher hätte sein können. Louise war für Hugh eine echte Plage und verdarb ihm fast seinen Urlaub. Ellen hatte das Gefühl, bald etwas sagen zu müssen, obwohl es natürlich besser war, das Hugh selbst zu überlassen.

Er war offenbar bereit dazu.

»Hör mal, Mutter«, sagte er eines Abends, als er nach dem Essen zu Ellen in die Küche kam. »Ich gehe rüber in den Stall. Aber sag ihr nicht, wo ich bin, ja? Ich will ein Regal zimmern, als Willkommensgeschenk für Anne. Die Idee hab ich von einem Kameraden im Lager. Man setzt einfach eine Reihe von Kästen aneinander. Da kann Anne die Bürsten für Roma reintun und das Putzzeug, die Lederseife und so weiter und braucht sie nicht auf den Boden zu legen. Gute Idee, was?«

»Eine sehr gute Idee«, bekräftigte Ellen herzlich.

»Aber pass auf, dass diese Frau mir nicht auf den Pelz rückt, ja? Gott sei Dank ist sie nicht mehr da, wenn ich das nächste Mal heimkomme. Ich gehe hier raus, dann sieht sie mich nicht.«

»Sei vorsichtig. Ich weiß nicht, wo sie ist.«

»Sie ist überall, das ist ja das Schlimme. Bye-bye, ich bin weg – du kommst später rüber, wenn du kannst, ja?«

Aber Louise kam als Erste.

Hugh war immer gern im Stall gewesen. Mit den offenen Türen und der Sonne, die sich noch übers Pflaster ergoss, roch es an diesem Abend nur nach Pferd, Leder und Stroh. In dem kurzärmeligen Sporthemd und der alten Flanellhose fühlte er sich pudelwohl. Das Schlimmste am Militärdienst war, dass man nur selten für sich sein konnte, hier aber war es nett und einsam. Er probierte erst eine Anordnung für seine Kästen aus und fand dann noch eine bessere, baute sie sorgfältig zusammen, trat zurück, um sie zu bewundern, und dachte daran, wie Anne sich freuen würde. Vor sich hin pfeifend, hämmerte er vorsichtig los. Er wollte die Französin nicht anlocken. Doch mit der Zeit vertiefte er sich so in sein Tun, dass er sie vergaß. Er sang. Er trällerte ein altes Lied, das passenderweise gerade wieder populär geworden war. »*Margie, I'm always thinking of you, Margie ...*«

Er hämmerte vor sich hin, und mit einem Mal lag ein Schatten auf den Pflastersteinen. Louise war da.

»Mist!«, zischte Hugh.

»Ach, wie fleißig du bist«, flötete Louise und kam auf hohen Absätzen über das Pflaster zu ihm gewankt.

»Ja, bin ich«, sagte Hugh tonlos.

»Und was machst du da – hm?«

Sie trat – zu dicht – neben ihn und beugte sich über die Kästen.

»Ich würde an deiner Stelle nicht hierbleiben. Es wird gleich schrecklich laut werden.«

Er hämmerte los wie wild, aber sie wich keinen Millimeter zurück. Nach einer Weile musste er aufhören, weil seine Kästen sonst nicht heil blieben. Er hörte auf und seufzte.

»Ach, lass das doch«, redete Louise auf ihn ein. »Es ist so heiß hier drin, und außerdem riecht es nach Pferd.«

»Mir gefällts«, sagte Hugh knapp, immer mehr verärgert über ihre Anwesenheit. »Du kannst ja gehen.«

»Aber ich bin gern bei dir«, gurrte Louise. »Sag mal, Hugh, warum bist du so reserviert? Magst du mich nicht, Hugh?«

»Darüber habe ich mir noch keine Gedanken gemacht«, wich Hugh aus, der nicht grob genug war, ihr die Wahrheit zu sagen.

»Tu es doch mal – bitte. Ich gefall dir doch, Hugh, nicht?«

Sie schloss die Hände fest um seinen bloßen Arm und lächelte ihn lockend von unten an. Hugh erstarrte und schaute voller Verlegenheit und Abneigung mit gesenktem Kinn an den Wangenknochen vorbei auf sie hinab.

Ein zweiter Schatten fiel über das Pflaster, und Avery stand in der Tür. »Was um alles in der Welt soll das werden?«, fragte er sie mit belegter Stimme.

Louise umklammerte den Arm noch fester, doch Hugh machte sich unvermittelt los und steuerte auf die Tür zu.

»Du hast mich gerettet, danke«, sagte er zu seinem Vater und verschwand lachend im Eilschritt Richtung Haus.

Avery stand da, den Blick fest auf Louise geheftet, die gelassen auf ihn zuschlenderte.

»Und?«, sagte sie, als sie vor ihm stand.

»Warum kannst du ihn nicht in Frieden lassen?«, sagte Avery, als ginge es ihm um Hugh. »Er ist noch ein Kind.«

Louise lachte höhnisch. »Und du meinst, ich interessiere mich für Kinder?«

»Ich wusste, dass sie sich früher oder später an mich ranmacht«, sagte Hugh zu seiner Mutter. »Vater war fuchsteufelswild. Ich glaube, er sagt ihr die Meinung. Hoffentlich macht er nicht zu viel daraus. So etwas darf man nicht überbewerten. Das kommt so häufig vor, du würdest lachen, Mutter. Ich dachte immer, Mädchen wären dafür zu schüchtern, aber nein, es gibt viele, die einen mit Haut und Haaren fressen wollen. Man könnte richtig Angst vor ihnen bekommen.«

»Ich finde es fürchterlich. Wofür hält sie sich? Was für ein Geschöpf ...«

»Sag du aber nichts«, sagte Hugh. »Ich möchte nicht, dass sie denkt, ich hätte es dir erzählt. Angeblich tun Männer so etwas ja nicht. Und, Gott, was spielt es für eine Rolle? Wenn ich das nächste Mal nach Hause komme, ist sie nicht mehr da.«

Als Ellen dazu kam, mit Avery über den Vorfall zu sprechen – die Gelegenheit ergab sich erst spätabends, als sie in ihrem Zimmer waren –, fand sie ihn ausweichend. Zuerst dachte sie, er fände wohl genau wie Hugh, dass Männer über Frauen nichts ausplaudern sollten. Aber der eigenen Frau gegenüber war das ja wohl übertrieben? Hugh war ihr Sohn, und was ihm widerfuhr, ging sie beide etwas an. Doch Ellen konnte Avery nicht mehr entlocken als: »Ich finde, du steigerst dich da zu sehr hinein. Für sie war es nur Spaß. Lass Hugh das allein regeln.«

»Oh, das tue ich«, beteuerte Ellen. »Mir geht es nicht um Hugh. Sondern darum, was für ein Mensch Louise ist ...«

»Du steigerst dich hinein«, sagte Avery noch einmal.

Ellen gab auf, war aber nachdenklich.

Eine glücklich verheiratete Frau entwickelte die Gewohnheit, ihrem Mann alles zu erzählen, alles mit ihm zu besprechen, sogar winzige Kleinigkeiten. Die schlechte Qualität der Kohle zum Beispiel. Und wenn sie ihm abends am Kamin gegenübersaß und sagte: »Ist diese Kohle nicht *miserabel*?«, und wenn er am Feuer den Blick von seinem Buch hob und sagte: »Grässlich. Der reinste Schiefer«, dann hatten sie sogar schlechter Kohle noch etwas Gutes abgewonnen.

Ein geliebter Ehemann war der ideale Kamerad, der wichtigste Vertraute, und eine glückliche Ehefrau hörte sich häufig trivial an, wenn sie eigentlich nur etwas abfragte und sich an ihrem einzigartigen gegenseitigen Vertrauen freute. Dadurch büßte sie die Fähigkeit zu unabhängigem Denken und Handeln aber weitgehend ein. Entweder übernahm ihr Mann mit der Zeit ihre Denkweise oder sie die seine, meist ohne zu wissen oder sich Gedanken darum zu machen, wessen Denkweise es war.

Ellen war es seit zwanzig Jahren gewohnt, mit Avery

zusammen zu handeln, niemals ohne ihn. Sie hatte darauf gewartet, dass er ihrer Meinung sein würde, in Bezug auf Louise müsse etwas geschehen. Aber wenn etwas getan werden sollte, begriff sie plötzlich, musste sie es selbst tun, und zwar ohne es ihm zu sagen. Die Entscheidung, die sie treffen musste, war von großer Tragweite. Ellen traf sie ganz und gar nicht gern. Ihr war zumute, als zerreiße sie eins der unzähligen kleinen Bänder, die sie mit Avery verbanden.

Sie nahm sich vor zu warten, bis Hugh wieder weggefahren war, und wartete sogar danach noch ein bisschen länger. Sie scheute die ganze peinliche Angelegenheit, und bei der Vorstellung, Louise vor die Tür zu setzen, fing ihr Herz aus irgendeinem Grund an zu rasen – vollkommen lächerlich, sagte sie sich. Sie rechtfertigte sich vor sich selbst damit, dass Louise ihr auf die Nerven gegangen war. Es war schrecklich, ständig mit jemandem am Tisch sitzen zu müssen, den man nicht mochte, denjenigen im eigenen Haus die Treppe hinauf- und hinabgehen zu sehen, seine Schritte in einem Zimmer zu hören, das er als seines bezeichnete und in dem er heimlich seine Ziele verfolgte. Ellens Haus war kein Zuhause mehr, seit Louise es betreten hatte. Langsam und schleichend hatte sich alles verändert. Ellen probte immerzu, was sie zu Louise sagen wollte, und eines Tages, nach dem Mittagessen, sprach sie es plötzlich aus. Die Röte flog über ihren Hals, als sie begann.

»Ich bin zu dem Schluss gekommen, Mademoiselle« – das Louise hatte sie schon vor einer Weile fallen gelassen –, »ich bin zu dem Schluss gekommen, dass Anne in den Ferien nicht unbedingt mit Ihnen französische Konversation üben muss. Und da Ihre Angelegenheiten inzwischen geregelt sind, möchte ich Sie bitten, so bald wie möglich abzureisen. Sagen wir, Ende nächster Woche.«

Louise fuhr vom Fenster herum. Sie hatte nicht erwartet, dass die Raupe sich in diese Richtung windet. Sie war perplex. »*Mais, voyons*, Madame, ich kann nicht abreisen. Das ist unmöglich. Meine Eltern sind in Binic«, log sie und machte einen Schritt auf Ellen zu. »Dahin fahren sie jedes Jahr im Sommer. Das Haus ist geschlossen. Wohin soll ich gehen? Und was sollte ich sagen? Sie erwarten mich nicht. Sie selbst haben mich doch gebeten, bis Ende August zu bleiben, Madame.«

»Ich weiß«, sagte Ellen. »Aber es wäre mir lieber, Sie gingen. Die Dinge haben sich nicht so entwickelt, wie ich es erwartet habe.«

»Ich nehme ernst, was Sie sagen, Madame. Womit habe ich Sie verärgert?«

Ellen antwortete darauf nicht und wiederholte nur: »Ich möchte, dass Sie gehen.«

»Aber ich kann nicht – noch nicht«, beteuerte Louise. »Was ist der Grund? Ich habe das Recht, danach zu fragen. Ist es das kleine Spiel, das ich mir mit Ihrem … Ihrem Sohn erlaubt habe?« Sie hätte beinahe Ihrem kostbaren Sohn gesagt. »Sie finden daran doch sicher nichts Böses, Madame? Ich verstehe die Engländer wirklich nicht. In Frankreich hat man seinen Spaß, wenn man jung ist. Ich kann jetzt nicht gehen, Madame, es sei denn, Sie werfen mich hinaus, obwohl ich nirgendwo hinkann, und ich glaube nicht, dass Sie das tun. Dazu sind Sie nicht fähig, Madame.«

Menschen werden oft dadurch matt gesetzt, dass man ihnen sagt, sie seien ja eigentlich gutmütig, und jetzt war

Ellen matt gesetzt. Sie wollte das nicht, ihre Meinung über Louise war kein Jota besser, aber sie hinauszuwerfen, wenn sie nirgendwo hinkonnte, wie Louise gesagt hatte, brachte sie denn doch nicht fertig.

»*Tenez, Madame*«, sagte Louise und schnipste die länger werdende Asche an ihrer Zigarette auf den Teppich. »Ich möchte mich nicht aufdrängen, aber es gibt keine andere Möglichkeit. Es ist nur für einen Monat. Danach trennen sich unsere Wege. Was sagen Sie dazu?«

»Mir bleibt wohl nichts übrig, als einzuwilligen«, erwiderte Ellen, wandte sich ab und verließ das Zimmer.

Louise blickte ihr skeptisch nach. Das war ein Gefahrensignal. Sie musste entweder sehr vorsichtig oder sehr kühn sein. Sie musste nachdenken. In der Zwischenzeit durfte sie sich ihren Zorn über diese Beleidigungen nicht anmerken lassen und musste sich noch eine Weile fügen. Mit zusammengepressten Lippen begann sie, fürs Erste den Tisch abzuräumen.

ACHTZEHN

I

An diesem Sommerabend war die Atmosphäre im Wohnzimmer angespannt. Um den Anschein von Unbekümmertheit zu erwecken, saßen Avery und Louise so weit wie möglich voneinander entfernt: sie in der Sofaecke, die sie in Beschlag genommen hatte, und er an den Fenstern. Die Tür war absichtlich offen gelassen worden, und aus der Küche drangen deutlich hörbar die Geräusche von Ellens Essensvorbereitungen. Avery und Louise schwiegen und sahen einander durch den Raum hinweg an.

»Avery«, sagte Louise mit leiser Stimme. »Hörst du das?« Sie beugte sich vor und klopfte zweimal auf den kleinen Beistelltisch neben dem Sofa. »Weißt du, was das bedeutet, Avery?«

Er schüttelte ungeduldig den Kopf.

»Es bedeutet ›Je t'aime‹. Es ist ein geheimes Zeichen für dich. So, siehst du?« Sie wiederholte das Klopfen.

»Herrgott noch mal, lass diese Spielchen!«, stieß er halblaut heraus. »Gefährliche, dumme Spielchen – sie gehen mir auf die Nerven. Und sie sind riskant. Früher oder später merkt Ellen etwas. Diese Blicke und Berührungen ...«

»Kommt ihr«, rief Ellen kalt. »Das Abendessen ist fertig.«

Hinterher saßen sie zu dritt im Wohnzimmer. Jeder von ihnen gab vor, etwas zu lesen. Als Louise, von Ellen unbemerkt, ihre Botschaft klopfte, stand Avery kurzerhand auf und ging in den Garten.

Spät in der Nacht aber, als Ellen schlief und er wach lag, denn er konnte nicht schlafen mit dem Wissen, dass Louise im Nebenzimmer war, hörte er deutlich, wie zwei Mal hinter ihm an die Wand geklopft wurde. Er erstarrte. Das traute sie sich doch nicht? Er musste sich irren. Das riskierte sie nicht. Aber es klopfte wieder.

Für Uneingeweihte mochte es wie tropfendes Wasser klingen oder wie eine Fliege, die gegen einen Lampenschirm prallte. Doch er wusste, was es war, und zog sich die Decke über den Kopf.

Zum Teufel mit ihr, zum Teufel, dachte er hitzig. Sie muss aufhören. Das muss aufhören.

Gleich danach steckte er den Kopf hervor und lauschte. Es klopfte wieder.

Das muss ein Ende haben, sagte er sich. Er stand aus dem Bett auf, blieb stehen und lauschte Ellens regelmäßigem Atem, während sein eigener so schnell ging, als wäre er gerannt. Er trat hinaus auf den Treppenabsatz, wo Louise im Dunkeln bereits auf ihn wartete. Sie presste sich an ihn.

»Avery, du bist gekommen. Ich liebe dich.«

»Du bist wahnsinnig. Wenn Ellen aufwacht. Das ist schrecklich. Nicht hier um Himmels willen.«

»Avery, ich liebe dich, ich liebe dich.«

»Du weckst Ellen noch auf, wenn du so weitermachst«, zischte er.

Damit sie aufhörte, schob er sie zurück in ihr Zimmer.

Er wollte seinem abscheulichen Benehmen ein für alle Mal ein Ende setzen.

Unvorstellbar, dass er sich am Morgen wie üblich von Ellen das Frühstück auftischen ließ, doch genau das tat er. Er hatte sich noch nie dermaßen erniedrigt gefühlt. Er fühlte sich entsetzlich einsam, als hätte er sich selbst irgendwo zurückgelassen. Doch wo, wusste er nicht.

Mein Gott, wie lange dauert es noch, bis ich etwas trinken kann?, dachte er. Hier kann ich nichts trinken. Am Bahnhof auch nicht. Ich bekomme erst was, wenn ich in London bin. Wie soll ich das durchstehen?

Er brachte es nicht fertig, Ellen zum Abschied zu küssen, tat so, als hätte er es vergessen. Ihr lag nicht mehr so viel daran wie früher, ihn zu küssen; sie ärgerte sich zu sehr darüber, dass er sich auf Louises Seite geschlagen hatte. Sie ließ ihn gehen und rief ihm nicht nach, er habe vergessen, ihr einen Kuss zu geben.

Anne kam nach Hause. Anne würde ihn retten. Dann wäre es mit diesem widerwärtigen Wahnsinn vorbei. Nicht einmal Louise würde es wagen, wenn Anne da war ...

II

Es war Mittwochnachmittag, und Anne war wieder zu Hause. Das Haus, dachte Ellen, war wieder das alte. Avery hatte einen Teil seines Urlaubs genommen, damit er mit ihr zusammen sein konnte, und als sie am ersten Abend auf Roma ausritt, überließ er Louise sich selbst und fuhr eiernd mit dem alten Fahrrad neben Anne her, genauso wie sie es immer gemacht hatten. Louise schloss sich in ihrem Zimmer ein. Die letzten beiden Tage hatte sie fast ausschließlich dort verbracht und kam auch jetzt nicht heraus. Ellen atmete freier ohne sie.

Nachdem sie mit ihrem Vater eine Runde Squash nach eigenen Regeln gespielt hatte, packte Anne der Heißhunger auf Süßigkeiten aus dem Dorfladen.

»Ich gehe aber nicht mit, damit das klar ist«, sagte Avery. »Du hast mich fix und fertig gemacht.«

»Das kann gar nicht sein«, sagte Anne und drückte ihn, falls es doch so war. »Mami, du kommst mit mir mit, ja?«

Ellen warf sich also einen leichten Mantel über, ließ den Gürtel offen und trat glücklich hinaus in die Sonne.

Sie waren noch nicht einmal am ersten Feld vorüber, da fiel ihr ein, dass sie die Briefe für die Post auf dem Tischchen in der Diele liegen gelassen hatte.

»Ich laufe zurück und hole sie«, bot Anne an.

»Nein, ich komme mit. Heute ist jeder Schritt draußen schön.«

»Oh, ja. Pug wird es hier gefallen. Morgen in drei Wochen kommt sie, ist das nicht wunderbar?«

Sie kehrten um, betraten den Garten durch die Pforte an der Seite und schlenderten ums Haus herum, ihre Schritte gedämpft auf dem Gras. Gleichzeitig erreichten sie die offene Terrassentür des Wohnzimmers.

Auf dem Sofa waren Avery und Louise.

Ellen und Anne standen dort, starrten sie an, und ihr Lächeln erstarb langsam, bis das Blut ganz aus ihren Gesichtern gewichen war und von dem Lächeln nichts mehr zu sehen war.

Die Umarmung dauerte an. Sie hätte keine Zeugen haben sollen.

Plötzlich aufmerksam geworden, blickte Avery auf. Niemand rührte sich. Die kleine Uhr tickte. Ein Blütenblatt fiel von einer Rose in der Vase. Louise, deren Kopf herabhing und deren Mund offen stand, schlug die Augen auf.

Es war Anne, die den Bann brach. Sie schob ihre Mutter zur Seite, damit sie hinauskam, und rannte mit einem erstickten Schrei des Abscheus und Entsetzens über den Rasen davon.

Ellen ging langsam rückwärts zur Tür hinaus. Ihr war so übel, dass sie sich draußen auf das Mäuerchen setzen musste. Das Hämmern ihres Herzens machte ihr in dem Moment mehr zu schaffen als alles andere. Als sie sich übergeben hatte, lag kalter Schweiß auf ihrer Stirn und unter den Augen. Nach einer Weile wischte sie sich das Gesicht ab und erhob sich. Ging wieder hinein.

Sie standen jetzt jeder an einem Ende des Kaminsimses, sahen weder sich noch Ellen an. Beide rauchten, rangen um Fassung.

»Avery«, sagte Ellen. Ihre Lippen waren starr, wollten die Worte nicht formen. Ellen leckte darüber und setzte noch einmal an. »Avery, sie muss gehen.«

Louise ging schnell zu Avery und schob ihre Hand in seine. Er ließ sie fallen.

»Es war meine Schuld«, sagte er.

»Das war nicht das erste Mal«, sagte Ellen. »Das weiß ich jetzt.«

»Sie müssen gehen«, sagte sie zu Louise. »Auf der Stelle.«

Louise erholte sich langsam. Sie hatte nichts zu verlieren. Nachdem der erste Schock überwunden war, tat es ihr nicht mal leid, dass die Krise da war. Das Schicksal hatte ihr gute Karten zugespielt.

»Anne hat euch gesehen«, sagte Ellen, ihre Augen anklagend auf Avery. »Es war dir gleichgültig, dass ich da bin, während du mit diesem Mädchen schläfst. In unserem Haus, in dem wir so glücklich waren. In dem die Kinder geboren wurden. Du hast dich darauf verlassen, dass ich blind bin. Tja, ich war blind. Weil ich dir vertraut habe. Ich hätte dir bis zuletzt vertraut, wenn ich es nicht gesehen hätte.« Ihr Atem ging stoßweise. »Ich bin dir vielleicht gleichgültig, Anne aber sicher nicht. Was hast du ihr angetan?«

Avery wandte sich jäh ab und stützte einen Ellbogen auf den Kaminsims, rauchte weiter.

»Du kannst nicht beides zugleich haben, Avery. Du kannst nicht die Kinder und mich haben und außerdem noch eine Frau wie Louise. Du kannst keine Affären haben und die Liebe deiner Familie behalten. Es sei denn, wir sehen und erfahren nichts davon, und selbst dann wäre alles vergiftet.«

»Himmelherrgott, Ellen«, sagte Avery, ohne sie anzusehen. »Lass mich das regeln. Das kann ich nicht, wenn du dabei bist. Geh weg, ich bitte dich.«

»In Ordnung.« Sogar jetzt vertraute sie noch darauf, er würde tun, was das Beste war. »Ich muss Anne suchen. Was soll ich für sie tun? Wie willst du ihr das erklären?«, sagte sie und ging, ohne seine Antwort abzuwarten, in die Küche, um etwas Wasser zu trinken. Ihre Kehle war ausgedörrt.

Er hat es nicht abgestritten, dachte sie, die Hand am Wasserhahn.

Er hat es nicht abgestritten, dachte sie, im Küchengarten angekommen, wo sie überlegte, was sie hier eigentlich gewollt hatte.

Sie ging zurück zur Koppel. Aber Roma war nicht da. Anne war weggeritten, und das war vielleicht das Beste, was sie tun konnte.

Ellen setzte sich auf den unteren Querbalken des Koppeltors, den Rücken unbequem an den oberen gelehnt. In dieser krummen Haltung wartete sie, frierend, obwohl es ein warmer Tag war. Ihr war zu übel, als dass sie etwas anderes hätte tun können, und sie würde sich bald wieder besser fühlen. Das musste sie, aber im Moment war ihr vom Hämmern ihres Herzens übel. Was stimmt nicht damit, dachte sie flüchtig. Das hat es doch noch nie getan.

Zorn, Widerwille, Hass auf Louise und vor allem das Gefühl des Verrats schlugen in Wellen gegen die Schranke des Schocks. Nicht mehr lange, und sie würden sie durchbrechen und Ellen überwältigen, doch im Augenblick saß sie nur auf dem Balken des Tors.

Was zuerst durch die Schranke brach, war Angst um Anne. Wo war sie? Niemals, dachte Ellen in einer jähen Aufwallung von Gefühlen, würde sie Avery verzeihen, dass er Annes unschuldige Liebe zerstört hatte. Sie selbst musste sich der Situation stellen, wenn ihr weniger übel war, Anne aber konnte es nicht, und niemand konnte es für sie tun. Der Schaden, der in dem Moment im Wohnzimmer angerichtet worden war, würde bis zum Ende von Annes Leben bestehen bleiben.

Ellen erhob sich und lief über die Koppel zum anderen Tor, durch das Anne hereinkäme. Sie ging ein Stück die schmale Straße entlang, blieb stehen und horchte auf Romas Hufgetrappel, hörte aber weiter nur das Hämmern ihres Herzens. Sie hielt den Atem an, als könnte sie es damit ersticken, und horchte abermals auf Roma.

Nun aber vernahm sie das unverkennbare Geräusch von Averys Auto, das aus der Garage herausfuhr. Ungläubig stand sie da. Doch, es war das Auto. Sie rannte zurück zur Koppel und stolperte durch das unebene Gras in den Garten. Das Autogeräusch entschwand in der Ferne. Sie rannte zum Tor. »Avery! Avery!«, rief sie sinnlos.

Das Auto war nicht mehr zu sehen. Ellen stand am Tor, der Gürtel ihres Mantels lose, und sah von rechts nach links. Dann machte sie kehrt und ging zurück ins Haus.

Sie hatte das Wohnzimmer kaum betreten, da sah sie ein Blatt Papier auf dem Tisch.

»Da du darauf bestehst, dass L. sofort gehen muss, muss ich irgendwo ein Zimmer für sie suchen. Aus naheliegenden Gründen nicht hier im Ort. Ich werde einige Zeit weg sein, weil ich vermutlich bis nach London fahren muss.« Darunter sein großes gekritzeltes »A«.

Der erste Schock des Nachmittags hatte Ellens Verstand verwirrt. Der zweite entwirrte ihn. Ihre Sinne geschärft und klar, las sie die Zeilen mit geschürzten Lippen noch einmal.

»Da du darauf bestehst ...« Er gab ihr die Schuld daran, dass er mit Louise fortging. Das war typisch für ihn, auch wenn er so etwas seit Jahren nicht mehr getan hatte.

Er war mit Louise fortgegangen. Mit dem Blatt Papier in der Hand lief Ellen die Treppe hinauf in sein Ankleidezimmer. Seine Bürsten, sah sie sofort, fehlten. Sie öffnete seine Schränke und sah, dass er seine Sachen für eine Übernachtung mitgenommen hatte.

Mit grimmiger Miene ging sie in Louises Zimmer. Das Einzige, was von ihr übrig war, war der Geruch ihres Parfüms. Sie hatten schnell gehandelt. Oder hatte sie ihre Koffer bereits gepackt? So musste es sein. Der Verrat bestätigte sich abermals.

»Ich habe zugelassen, dass sie ihn nimmt«, sagte sie laut und ging in ihr Zimmer.

»Wirklich? Ich, es zugelassen?«

Sie setzte sich auf die Kante von Averys Bett, stand aber sofort wieder auf, als ob es beschmutzt wäre. Avery, der hier die vielen Jahre neben ihr geschlafen hatte, Avery, ihr Ehemann, ihr anderes Ich, der so etwas tat. Im Geiste ließ Ellen noch einmal Revue passieren, wie er ausgesehen hatte, bevor er merkte, dass sie und Anne ihn anblickten. Sie würde das niemals vergessen können. Er war hässlich gewesen, ein Fremder. Er hatte alles verraten, was zwischen ihnen gewesen war. Und dass Anne das hatte sehen müssen ...

Sie ging ans Fenster und hielt Ausschau nach ihr. Die Koppel war immer noch leer, aber das Tor war geschlossen, also war sie zurückgekommen.

Ellen ging hinunter und durch den Garten. Als sie die Stalltür öffnete, war Anne gerade dabei, Roma zu striegeln. Sie stand mit dem Rücken zum Eingang und redete unablässig tonlos auf das Pferd ein. »So, ja, so ists brav. Gutes Mädchen.«

»Anne«, sagte Ellen. Sie hatte das Gefühl, sie könne ihrem Kind nicht in die Augen schauen, wagte kaum, es anzusprechen. Sie war überwältigt von Scham für das, was das Kind gesehen hatte.

»Ich bin noch nicht fertig«, sagte Anne über die Schulter. »Ich brauche noch eine ganze Weile. Warte bitte nicht auf mich.«

»Anne, komm ins Haus …«

Anne schüttelte das helle Haar.

»Sie ist weg«, fügte Ellen hinzu.

Die Bürste hielt inne. »Ist sie gegangen?« Nun sah Anne ihre Mutter frontal an.

»Ja«, sagte Ellen, den Blick voller Angst vor der nächsten Frage auf Annes Gesicht geheftet.

»Wo ist – wo ist er?«

»Er ist – er sagt, er kommt später wieder«, sagte Ellen und sah weg.

Anne lachte auf. Es war das schmerzhafteste Geräusch, das ihre Mutter jemals gehört hatte.

»Glaub das ja nicht.« Anne warf die Bürste so auf die Steine, dass Roma erschrak, und ging an ihrer Mutter vorbei zur Tür.

Ellen streckte die Hand aus.

»Nicht«, sagte Anne abwehrend. »Bitte, Mami.«

Sie schritt über den Rasen zum Haus, drehte bei den Wohnzimmerfenstern ab und ging durch die Hintertür hinein. Stieg hinauf in ihr Zimmer und sperrte ab, schloss sich ein und die Welt aus.

Es wurde Abend, aber niemand machte Licht im Haus. Still stand es da, Türen und Fenster in die milde Nacht geöffnet. Das Kätzchen kam und verlangte miauend sein Fressen. Ellen fühlte sich für eine kurze Weile weniger verlassen, als sie auf dem Boden kniete und Moppet mit kleinen Bröckchen Kaninchenfleisch fütterte. Die raue Zunge leckte über ihre Finger mit dem Futter, und die Katze schnurrte, erfreut über die Aufmerksamkeiten.

Gegen neun Uhr klingelte das Telefon, und Ellen, deren Herz bis zum Ersticken schlug, nahm ab. Es war aber nur Mrs Wilson, die sie für Freitag zum Kaffee einlud. Sie hätte sie so lange nicht zu Gesicht bekommen, sagte sie. Ellen gab sich Mühe, natürlich zu klingen, und sagte, es tue ihr leid, aber sie könnten nicht. Diese Woche nicht, derzeit nicht. Avery habe zu viel zu tun, sagte sie mit grausamer Ironie. Später vielleicht.

Mrs Wilson erwiderte kalt, das tue ihr ebenfalls leid. Diese Norths, die immer so selbstgenügsam waren, immer so gleichgültig ihren Nachbarn gegenüber, die nie jemanden außerhalb des eigenen Familienkreises sehen wollten. Was hatte eine Gemeinde von solchen Leuten?

Es war fast Mitternacht, als Avery anrief. Ellen, noch immer im Mantel, der Gürtel noch immer lose herabhängend, nahm den Hörer ab.

»Ich komme nicht zurück.«

»Avery, was willst du damit sagen?« Ellens Stimme bebte. »Du kommst heute Nacht nicht zurück?«

»Ich komme nie mehr zurück.«

»Avery!«

»Du hättest nicht aufzubleiben brauchen«, sagte er. »Ich schreibe. Ich werde alles regeln. Bis dahin frag John Bennett ...«

»Avery«, schrie Ellen voller Angst. »Wo bist du? Du musst zurückkommen, Avery!«

»Nein, Ellen, ich kann nicht«, sagte er und legte auf. Er wollte ihr nicht zuhören. Wagte es nicht.

»Ich habe die Brücken hinter mir abgebrochen«, sagte er im Hotelzimmer mit schwerer Stimme zu Louise.

»Aber natürlich. Das hast du schon vor einiger Zeit.«

Avery wandte sich ab. Es ging ihm weniger um sie. Sie war da, sie war unvermeidlich. Er war ihr verpflichtet. Mehr als alles andere jedoch empfand er Scham, unerträgliche verzweifelte Scham bei der Erinnerung an Annes Gesicht. Dass das geliebte Kind sehen musste, was sie an diesem Nachmittag gesehen hatte ... Wie konnte er jemals zurückgehen?

So etwas war früher bestimmt auch schon passiert, anderen Männern, vermutete er. Was sie dann taten, wusste er nicht. Er konnte jedenfalls nicht zurückgehen, ausgeschlossen. Er konnte Anne nicht mehr unter die Augen treten. Ellen vergab ihm zuletzt vielleicht sogar, Anne aber niemals. Das Leben mit seiner Familie war für ihn vorüber. Es hatte in dem Augenblick geendet, als er aufblickte und seine Frau und seine Tochter in der Tür standen.

Obwohl er es hinter einer Fassade der Gelassenheit verbarg, gehörte die Unmäßigkeit zu Averys Natur: Unmäßigkeit beim Werben um Ellen, in seiner Liebe zu Anne, in seiner Leidenschaft für Louise. Er hatte auch einen unmäßigen Stolz. Er würde nicht zurückgehen und für den Rest seines Lebens zu Kreuze kriechen. Besser einen Schnitt machen, besser es beenden, und da der Schnitt sein musste, wollte er ihn schnell und sauber vollziehen. Doch seine erste Sorge galt nicht Louise.

Er hatte eine Suite in einem kleinen Hotel genommen, zu ihrer Enttäuschung nicht in einem der berühmten Häuser, in denen er als ständiger Gast am Mittagstisch und bei Partys zu bekannt war. Betreten murmelnd, flüchtete er jetzt in sein Zimmer und schloss die Verbindungstür ab.

Louise lächelte. Als ob sie das interessierte. Sie zog es bei Weitem vor, allein zu sein. Es gab so viel, worüber sie nachdenken musste. Was für ein Tag! Sie war froh, dass er vorbei war, obwohl sie viel besser davongekommen war, als sie es erwartet hatte. Nun, wo sie es verwand, staunte sie eigentlich über ihr Glück. Da sie im Wohnzimmer erwischt worden waren, hatte sie viel früher als erhofft erreicht, dass er mit ihr wegging. Es war zwar ein grauenhafter Moment gewesen, aber er hatte sie befreit und Averys Bande gekappt, und das war die Hauptsache.

Bevor sie das Licht ausschaltete, beugte sie sich zum Bett hinaus und betrachtete ihr überall im Zimmer verstreutes Gepäck. Dass sie das alles herausgeschafft hatten! In den wenigen Minuten! Da konnte man doch wirklich sehr zufrieden sein.

NEUNZEHN

»Guten Morgen, Madam«, rief Mrs Pretty fröhlich und meldete ihre Ankunft an der Hintertür.

»Ach herrje«, sagte Ellen erschöpft und erhob sich von dem Sessel im Wohnzimmer, wo sie die Nacht verbracht hatte. »Ich hab ganz vergessen, dass sie heute kommt.«

Sie ging zum Bücherregal und gab sich den Anschein, dort etwas zu tun, damit sie sich nicht in den Raum umzudrehen brauchte. Sie fühlte sich ertappt, noch im Mantel, das Haar strähnig. Sie strich es glatt, so gut es ging. Unerträglich, Mrs Pretty heute im Haus zu haben.

So aufgewühlt, wie sie war, hatte sie nicht zu Bett gehen können. Sie hatte sitzen bleiben müssen, bei eingeschaltetem Licht, und das Geschehene wieder und wieder Revue passieren lassen. In diesem Haus hatte er mit dem Mädchen geschlafen, mit zwei Frauen gleichzeitig gelebt, hatte seine Frau gebeten, ihn allein zu lassen, damit er die Sache regeln konnte, und sich davongemacht, als sie nicht da war. Und danach hatte er *angerufen* und gesagt, er komme nicht wieder.

Er hatte jeglichen Anstand verloren. Das Mädchen hatte ihm jeglichen Anstand ausgetrieben. Er muss schrecklich in sie verliebt sein, dachte Ellen. Er liebt mich nicht mehr.

Sie wand sich bei dem Gedanken, wie töricht sie gewesen war. Im Haus herumgerannt war sie, hatte gesungen, den Haushalt geführt und sich darauf verlassen, dass er sie liebte, als das nicht der Fall war. Sie hatte sich vollkommen lächerlich gemacht, dachte sie bitter, und Louise hatte sich die ganze Zeit ins Fäustchen gelacht. Vielleicht hatten sie beide gelacht. Ellen traute Avery inzwischen alles zu.

Wie lange hat er mich schon satt?, fragte sie sich.

Wenn sie zurückblickte, hatte sie die ganze Zeit gewusst, dass er Louise zu viel Beachtung schenkte, hatte es aber als »Albernheit« abgetan. Und »albern« waren viele Männer. Sie war peinlich berührt gewesen, wenn sie ihn dabei beobachtete, als hätte er bei einem Essen in Gesellschaft Soße am Kinn oder so, und sie konnte es ihm nicht sagen, weil sie nicht in seine Nähe kam. Sie hatte es nicht ernst nehmen können. Es wäre ihr nie in den Sinn gekommen, an ihm zu zweifeln. Sie hatte in einer Traumwelt gelebt. Doch die hatte sie jetzt verlassen. Jetzt sah sie klar. Von nun an würde sie keinem Menschen mehr vertrauen.

In Gedanken ging sie Punkt für Punkt alles noch einmal durch, drehte und wendete es wieder und wieder um.

Er war doch liebevoll gewesen. Und schau, was er uns angetan hat. Und dann hatte er am Telefon gesagt: »Du hättest nicht aufzubleiben brauchen.« Er hatte ihr gerade das Herz gebrochen, wollte aber nicht, dass sie auf ihn wartete. Ellen lachte grimmig. Was sollte das heißen – er könne nicht zurückkommen? Sie war in der Nacht im Haus herumgewandert, verzweifelt, weil sie ihn nicht fragen konnte, was er gemeint hatte. Zum ersten Mal seit zwanzig Jahren wusste sie nicht, wo er war.

War es überhaupt das erste Mal? Im Rückblick meinte sie nun nichts als eine lange Spur des Verrats zu erkennen.

Wieder und wieder horchte sie in der Nacht an Annes Tür. Aber dahinter war es totenstill. Sie traute sich nicht, etwas zu sagen oder auf die Klinke zu drücken, falls das Kind doch schlief. Sie hoffte es aus tiefster Seele, bezweifelte aber, dass es so war. Die plötzliche Verschlossenheit sah Anne gar nicht ähnlich. Ellen haderte bitter mit sich, weil sie nicht wusste, was sie tun sollte. Sie hatte doch immer gewusst, was sie für ihre Kinder tun musste. Doch jetzt, in der ersten Krise, war sie ratlos, war hilflos. Sie war froh, dass Hugh nicht da gewesen war und den Nachmittag miterlebt hatte, denn das hätte sie nur noch mehr überfordert.

Am frühen Morgen legte sie ein Tablett vor Annes Tür und klopfte.

»Was ist?«, fragte Anne wie aus weiter Ferne.

»Dein Frühstück, Liebes«, sagte Ellen und fügte hinzu: »Bitte iss es, mir zuliebe.«

Es gab keine Antwort, später aber war das Tablett verschwunden. Jetzt hörte Ellen ihre Tochter im Zimmer hin und her gehen und grübelte, wie sie ihr gegenübertreten sollte, wenn sie ins Wohnzimmer herunterkam. Doch stattdessen war Mrs Pretty aufgetaucht und machte alles nur noch komplizierter.

»Ach, hier sind Sie, Madam«, sagte Mrs Pretty, als sie sie aufgespürt hatte. »Ich konnte Sie nicht finden.«

»Guten Morgen«, sagte Ellen gespielt munter, drehte sich aber nicht um.

»Einen wunderschönen Morgen, noch einmal«, sagte Mrs Pretty, wuselte durch das Zimmer und schüttelte die Kissen auf. »Als ich heute durch Ihren Garten heraufkam, sagte ich mir, Ihre Blumen sind einzigartig; sie sind herrlich dieses Jahr, nicht? Ich sage mir immer, es wäre eine traurige Welt ohne Blumen.«

»Das stimmt«, sagte Ellen. »Ja.«

»Mit einer Blume ist man der Natur so nahe wie mit nichts sonst, sage ich mir immer«, sagte Mrs Pretty und rollte die Läufer zusammen.

»Ja.«

»Miss Anne war bestimmt wieder so aufgeregt, nach Hause zu kommen. Ich hab sie noch nicht gesehen, wissen Sie. Ist sie heute Morgen mit dem Pferd ausgeritten?«

»Nein. Sie ist noch nicht heruntergekommen.«

»Oh, dann sehe ich sie ja noch. Tja, ich hab ja nie geraucht«, sagte sie tadelnd und klaubte die von Avery und Louise am Nachmittag zuvor hineingeworfenen Zigarettenstummel aus dem Kamin. »Was Zigaretten kosten, und die hier nicht mal halb geraucht. Die sind von Mademoiselle, dem Lippenstift nach zu urteilen. Sehen Sie sich das mal an, Madam.« Sie hielt ihr eine Handvoll hin.

Ellen warf einen Blick darauf und hoffte, Mrs Pretty würde sie nicht ansehen. Tatsächlich war all ihre Aufmerksamkeit auf die Zigaretten gerichtet. Ihr Mann würde dafür noch Verwendung haben. Sie lief hinaus und versenkte sie in ihrer bauchigen Handtasche, und Ellen nutzte die Gelegenheit, nach oben zu fliehen.

In der Küche stützte Mrs Pretty nachdenklich die Hand auf den Tisch. Ihr war gerade aufgefallen, dass keine Frühstücksbecher abzuwaschen waren. Oder hatte Madame das schon erledigt? Sie stand in der Küchentür und schaute ins Innere des Hauses. Komisch, es war alles so still. Wenn gestern Vormittag etwas vorgefallen wäre, hätte Miss Beasley es ihr doch erzählt. Verwirrt schlich sie durch die Küche und zog behutsam ihre Gerätschaften hervor. Es war, als hätte es hier einen Todesfall gegeben.

Oben traf Ellen Anstalten, Mrs Prettys Verdacht zu zerstreuen, indem sie unter die Dusche ging und sich zurechtmachte. Als sie sich zum Spiegel beugte, wurde ihr zum ersten Mal klar, dass sie die Lebensmitte erreicht hatte.

Ist es das?, dachte sie. Sie ist mindestens fünfzehn Jahre jünger als ich.

Männer mochten Jugendlichkeit bei Frauen. Sie glaubten, ein Recht darauf zu haben.

Louise hat im Grunde recht, dachte sie. Wenn du dich im Harem nicht genug bemühst, richtet dein Ehemann sein Interesse eben auf eine, die es tut. Soll er doch, dachte sie stolz und wandte sich von ihrem müden Gesicht ab. Selbst wenn ich auf die Idee gekommen wäre, mich mehr um ihn zu bemühen, ich hätte es nicht gekonnt. Ich habe ihn wie einen Partner behandelt, wie jemanden, der genau wie ich für unsere Ehe verantwortlich ist, und er geht nach der Hälfte, als wäre es nichts weiter als eine Filmvorführung, die ihn langweilt.

Als sie aus dem Bad kam, war Annes Tür offen, und Anne selbst stand an der Frisierkommode. Den Rücken zur Tür, das Haar im Nacken links und rechts über die Schultern geworfen, nestelte sie an einer Schublade. Diese stumme Aufforderung, ihre Mutter möge kommen, hatte etwas so Verlassenes, dass Ellen jetzt zum ersten Mal brennende Tränen in die Augen stiegen.

»Anne«, sagte sie beim Hineingehen, ihr Ton so natürlich wie möglich. »Mrs Pretty ist unten. Sie hätte fast gemerkt, wie grässlich ich aussehe, lass du dich also nicht erwischen. Sie freut sich darauf, dich zu sehen, wir müssen uns deshalb etwas überlegen.«

»Weiß sie es?« Anne hatte die Augen so anklagend zu ihrer Mutter gehoben, dass Ellen beinahe gesagt hätte: »Du gibst doch nicht *mir* die Schuld, oder?«

Doch Anne gab ihr die Schuld. Sie gab der gesamten Erwachsenenwelt die Schuld und hasste sie. Sie sah rein gar nichts mehr in dieser Welt, die durch und durch entsetzlich war, und dass sie das jetzt wusste, hatte sie ihrem Vater zu verdanken. Folglich klagte ihr Blick an, und als Ellen nicht antwortete, weil sie unter diesem Blick die Frage vergessen hatte, fragte Anne noch einmal.

»Weiß sie es?«

»Nein«, sagte Ellen. »Natürlich nicht.«

Sie sehnte sich danach, zu trösten und selbst getröstet zu werden, aber das sollte nicht sein. Wenn sie versuchte, das Hindernis niederzureißen, würde Anne ein neues, noch mächtigeres errichten. Sie konnte das Kind nur mit hilfloser Liebe anblicken.

Sogar Annes Aussehen hatte sich über Nacht geändert. Sie war blass, fast unscheinbar und viel älter. Die Veränderung presste ihrer Mutter das Herz ab, doch sie sagte nur: »Möchtest du ein Bad nehmen, Liebes?«

»Ist gut«, sagte Anne und schloss sich im Bad ein. Dieses Mal gab es kein Singen, kein Rufen: »Mami, wasch mir doch den Rücken. Ich bin ja auch nach Hause gekommen, damit du mir den Rücken wäschst.«

Ellen stand auf dem Treppenabsatz herum.

Was mache ich jetzt?, überlegte sie. Warten. Ich muss warten, bis er sich dazu entschließt, mir das weitere Vorgehen mitzuteilen.

Was tat er an diesem Morgen? Wie wachte er auf neben Louise?

Ellen presste die Hand auf ihr Herz, um es zu beruhigen. Es hörte gar nicht mehr auf zu rasen. Manchmal zog es sich krampfhaft zusammen, hielt inne und jagte wieder vorwärts. Es vermehrte ihre Not noch weiter, denn den Arzt konnte sie nicht danach fragen. Er würde wissen wollen, ob sie irgendeinen Schock erlitten hatte, und sie konnte es ihm ja nicht sagen ... Sie erwog, ihren Bruder Henry in Manchester anzurufen, aber auch ihm müsste sie berichten, was vorgefallen war, und damit würde es so endgültig. Es würde die Situation verfestigen.

Hugh würde sie auch nicht informieren. Aber wenn Mrs Pretty aus dem Weg war, würde sie John Bennett anrufen. Der Gedanke, mit John zu sprechen, war wie ein Licht, das in nebliger Nacht erschien und einen wissen ließ, dass man in einer plötzlich stillen, plötzlich unbekannten Welt nicht allein war. Vielleicht hatte John eine Ahnung, wo Avery sein konnte.

Der Riegel der Badezimmertür glitt zurück, und Ellen schickte sich an, ihrer Tochter zu helfen, das Zusammentreffen mit Mrs Pretty durchzustehen. »Soll ich dir das Haar bürsten, Liebes?«, fragte sie.

Doch Anne, die sich sonst so gern von ihrer Mutter das Haar bürsten ließ, schüttelte den Kopf. »Nein, danke. Gehen wir hinunter.«

An der Wohnzimmertür nahm Anne Haltung an. »Guten Morgen, Mrs Pretty.«

»Da bist du ja, mein Schatz. Wie geht es dir?«, sagte Mrs Pretty herzlich und trat näher, um sie genauer anzusehen. »Nanu, was haben sie mit dir gemacht? Du bist blass. Gut, dass du heimgekommen bist, nicht, Madam? Sie muss sich ordentlich ausruhen. Sie verlangen ihnen in der Schule heute so viel ab. Es geht nur noch um Konkurrenz. Sie sollten den Jimmy unserer Daphne mal sehen. Der hat über die Prüfung für die Mittelstufe einen Nervenzusammenbruch gekriegt. Ein Kind noch und wacht jede Nacht schreiend auf wegen seinem Rechnen. Eine richtige Schande ist das. Lass dich nicht verrückt machen von deinen Prüfungen, mein Schatz. Das ist die Sache nicht wert. Wir haben auch keine Prüfungen abgelegt, was, Madam? Und schau uns an. Zwei glücklicher verheiratete Frauen hast du nie gesehen, so wahr ich hier stehe. Jetzt geh zu deinem Pferd, damit du an die frische Luft kommst und ein bisschen Farbe kriegst.«

Anne lächelte und rannte davon.

»Ach ja«, seufzte Mrs Pretty. »Sie wird erwachsen.«

»Wenn ich Montag wiederkomme, sieht sie schon besser aus, könnt ich mir denken«, meinte sie später noch, als sie sich für den Heimweg das Kopftuch umband. Es sollte Mrs North trösten, die anscheinend Trost nötig hatte. »Ich würde schauen, dass sie sich heute Nachmittag mal richtig schön hinlegt, Madam. Vielleicht wächst sie zu schnell.«

Als Mrs Pretty gegangen war, blieb Ellen noch auf dem Treppenabsatz stehen und erblickte durch das Fenster Ted Banks, den Briefträger, der am Tor vom Fahrrad stieg. Sie ging nicht wie sonst hinunter, um Guten Tag zu sagen und sich nach seinem Garten zu erkundigen, sondern rührte sich nicht vom Fleck. Vielleicht kam ja ein Brief von Avery, vielleicht hatte er gestern Abend oder heute Morgen sehr früh geschrieben. Ihr Herz machte einen seiner entsetzlichen Sprünge, als der Brief durch die Tür fiel.

Doch er war für Anne bestimmt, ein dicker Brief von Pug. Sie schrieben sich in den Ferien ausführlich. Ellen war froh, dass der Brief jetzt gekommen war. Er würde Anne daran erinnern, dass sie trotz des Unglücks zu Hause noch immer ihre Freundin hatte.

In dem Moment kam ihre Tochter von der Koppel herüber. Beim Überqueren des Rasens hob Anne das Gesicht und blickte mit so großem Kummer auf das Haus, dass in Ellen mit einem Mal heißer Zorn aufstieg.

»Ich werde ihm nie verzeihen. Niemals …« Eine schreckliche Erschütterung erfasste sie. Sie hatte das Gefühl, in Tränen ausbrechen zu müssen, holte jedoch tief Luft und war in der Lage zu lächeln, als Anne hereinkam. »Der Brief hier ist eben für dich gekommen. Er ist von Pug.«

Annes Miene hellte sich für einen Augenblick auf. »Ja, er ist von Pug«, sagte sie beim Aufmachen. »Seitenlang wie immer.«

Dann erstarb das Licht, und sie stopfte sich den Brief in die Tasche.

»Willst du ihn nicht lesen?«

»Später«, sagte Anne, und sie gingen ins Wohnzimmer, wo sie sich mit einer gewissen Verlegenheit zum Mittagessen setzten.

Ellen suchte Annes Blick, doch ihre Augen stahlen sich auf eine Weise fort, die Ellen große Sorgen bereitete.

Plötzlich blickte das Mädchen so direkt auf wie früher. »Jetzt kann Pug nicht mehr zu uns kommen.«

»Ach? Schreibt sie denn, warum?«

»Nein. Sie glaubt immer noch, dass sie kommt. Aber wir können sie jetzt nicht herkommen lassen.«

Ellen errötete vor Qual. »Oh, Anne. Es wäre viel besser,

wenn sie käme. Bis dahin sieht vielleicht alles wieder ganz anders aus. Vielleicht ist es bis dahin schon vorbei.«

Anne beugte sich vor und sah sie aufmerksam an. »Vorbei? Es kann nie vorbei sein. Soll das heißen, du würdest Daddy wieder hier wohnen lassen?«

»Aber, Anne«, stammelte Ellen, »es ist sein Zuhause. Wenn ich einen Fehler gemacht hätte oder du, sollten wir doch auch heimkehren können, nicht?«

»Das ist nicht dasselbe.« Anne war jetzt weiß bis zu den Lippen. »Er kann nicht wiederkommen. Wenn er jemals wiederkommt«, sagte sie und sprang auf, »gehe ich weg. Dann bleibe ich nicht hier. Ich will ihn nie wieder sehen.« Ein tiefer Schluchzer brach aus ihr hervor, sie rannte aus dem Zimmer und die Treppe hinauf, warf ihre Zimmertür zu und schloss ab, bevor Ellen bei ihr war.

»Anne, lass mich rein«, flehte Ellen und rüttelte an der Klinke. »Verschließ dich nicht vor mir. Wir sollten zusammen sein. Wir sollten einander helfen ... Anne ...«

Doch Anne schluchzte nur weiter, das Gesicht ins Bett gedrückt. Der Sturm war losgebrochen, und Ellen konnte nichts weiter tun als dabeistehen und zuhören, ausgeschlossen, hilflos.

Der Tag verging sehr langsam, trug sie jedoch unermesslich weit. Ihr glückliches Gestern war jetzt in weite Ferne gerückt. Mitten am Nachmittag griff sie zum Telefon, um mit John Bennett zu sprechen, legte aber wieder auf. Wenn sie ihn im Büro anrief, hörte vielleicht jemand mit. Sie musste warten, bis er bei sich zu Hause in Kensington war. Sie, die immer impulsiv gedacht und gehandelt hatte, musste jetzt planen. Es war sechs Uhr, als sie seine Nummer wählte.

»Ellen, wie nett.« Die Freude in seiner Stimme war herzlich. »Wie geht es dir?«

»Mir gehts gut, danke. Dir auch?« Damit war der Höflichkeit Genüge getan. »John«, sagte sie unvermittelt. »Du hast Avery heute vermutlich nicht gesehen.«

»Nein, er hat ja Urlaub. Ist er denn in der Stadt gewesen?«

»Er ist in London, John.«

»Oh. Warum?«

Es wurde still.

»Stimmt irgendetwas nicht, Ellen?«

»Er ist gestern mit Louise weggegangen. Mit der Französin.«

»Gegangen? Mit der Französin? Was willst du damit sagen?«

»Anne und ich haben sie im Wohnzimmer überrascht. Er liebt sie. Er ist mit ihr weggegangen.«

Am anderen Ende wurde es für längere Zeit still.

»Ellen, willst du mir sagen, dass Avery mit diesem Mädchen durchgebrannt ist?«

»Ja.«

»Er ist gestern fort, und du hast seitdem nichts mehr von ihm gehört?«, fragte John Bennett.

»Er hat gegen Mitternacht aus London angerufen.«

»Er hat *angerufen*?«

Abermals Stille an beiden Enden.

»Ellen, ich kann das nicht glauben. Avery hängt an dir und den Kindern. Mit der Französin fortgegangen? Mit diesem kaltherzigen Wesen? Das ist einer dieser unglaublichen Aussetzer, eine Verblendung, ein temporärer Wahnsinn.«

»Er sagt, er kommt nicht zurück.«

»Kommt nicht zurück? Aber sicher kommt er zurück, der Narr. Wo ist er?«

»Ich weiß es nicht.«

»Du weißt es nicht? Gott, wenn ich es wüsste, ich würde ihm schon auf den Pelz rücken. London, sagst du?«

»Die Vermittlung sagte, ein Ferngespräch aus London. Mehr weiß ich nicht. Er hat aufgelegt, als ich ihn fragte, wo er ist.«

»Das geht über meinen Verstand. Avery.« Wieder Stille. »Ich komme morgen, Ellen. Vormittags geht es noch nicht, aber ich nehme den Zug, der um halb fünf bei euch ankommt. Kannst du mich abholen?«

»Ach, vielen Dank, John. Ich brauche deinen Rat. Ich weiß nicht, was ich für Anne tun kann. Hugh habe ich es noch gar nicht gesagt.«

»Warte damit. Avery wird in ein paar Tagen wieder da sein. Es ist besser, niemand erfährt, dass er überhaupt weg gewesen ist, der Narr. Morgen, halb fünf. Ich wünschte, ich könnte gleich etwas tun. Ich probier es mal an verschiedenen Stellen, ich telefoniere ein bisschen herum.«

»Das wird nichts nützen«, sagte Ellen. »Er wird nicht wohin gegangen sein, wo man ihn kennt.«

Sie legte den Hörer auf und trat hinaus in den Garten, hatte aber keine Augen für den wunderschönen Abend. Kam wieder herein und ließ sich ermüdet in ihre Ecke auf dem Sofa nieder. Sie wäre beinahe eingenickt, ihr Kopf sank schon zum Kissen. Doch bevor ihre Wange es berühren konnte, rückte sie entsetzt zur Seite. Sie roch Louise. Es war auf diesem Sofa ... hier waren sie gewesen. Ellen ging ins Esszimmer hinüber, wollte sich hinsetzen, zitterte wieder.

Sie war dort, als Anne die Treppe herunter und ins Zimmer kam. Ellen erhob sich halb, die Augen auf das Gesicht des Kindes gerichtet, im Kopf die Frage, was sie tun oder sagen konnte, das nicht falsch wäre. Doch Anne, die verquollenen Lippen zu einem Lächeln verzogen, kam auf ihre Mutter zugerannt. Sie sank neben dem Stuhl zu Boden und lehnte sich, mit dem Rücken zu ihr, an Ellen an, streckte eine Hand aus und griff nach der Hand ihrer Mutter, drückte die Wange dagegen, das Gesicht verborgen. »Lass uns nicht darüber reden, Mami«, sagte sie.

»Nein, Liebes.«

Mit der anderen Hand begann Ellen, Annes Haar zu streicheln. Hin und her strich behutsam ihre Hand, und nach einiger Zeit sank Annes Kopf gegen ihre Knie, und sie war eingeschlafen.

Der Tag war lang und bitter gewesen, Kummer lag hinter und vor ihnen, doch in dieser kurzen Spanne im Esszimmer gab es nichts als Frieden und Liebe.

ZWANZIG

Gegen halb zehn Uhr am nächsten Morgen – Avery rasierte sich gerade, sodass keine unmittelbare Gefahr bestand, dass er nach Hause flüchtete – ging Louise die Hoteltreppe hinunter und an die frische Luft und sah sich um. An dem einen Ende der kurzen, stillen Straße floss in voller Lautstärke der Londoner Verkehr, am anderen Ende aber war ein Platz, auf dem große Platanen sommerliche Schatten warfen. Hier herrschte eine Atmosphäre von Eleganz und Reichtum, ganz nach Louises Geschmack.

Unter den wenigen kleinen Geschäften, die gerade öffneten, befand sich eine Buchhandlung, und Louise überquerte mit einem Lächeln zärtlicher Verachtung für das heimische Pendant die Straße, um sie sich anzusehen. Sie tat es wegen ihres Vaters. Wenn sich alles gut fügte, konnte Louise ab und zu einen Gedanken an ihre Eltern erübrigen. An dem Laden angekommen, sah sie, dass er französische Modejournale führte, ging zufrieden hinein und kaufte einige Exemplare.

In einer Pâtisserie erstand sie außerdem ein Schächtelchen Dragees, um sich für einen, wie sie fürchtete, langen, faden Tag in der Suite im ersten Stock zu wappnen. Auf dem Rückweg durch die Hotelhalle bestellte sie drei Dutzend gelbe Rosen. Das hätte Avery tun sollen, aber da er es versäumt hatte, erledigte sie es.

»Was um alles in der Welt ist das?«, fragte er, als sie heraufgebracht wurden.

»Rosen, *mon cher*«, sagte Louise. »Ich dachte mir, sie würden den Raum etwas fröhlicher machen. Gott weiß, dass wir es nötig haben. Gelbe, siehst du. *Couleur de ménage.*«

Avery wusste natürlich nichts davon, dass Gelb die traditionelle Farbe der Ehe war. Aber das sollte er auch nicht. Ab und zu konnte sie sich – ohne Furcht, verstanden zu werden – einen solchen Spott genehmigen.

Sie brauchte Abwechslung. Avery war schwerer lenkbar, als sie erwartet hatte. Sie hatte mehrere Anläufe unternommen, doch die Stege, die sie zwischen sich und ihm ausgelegt hatte, erwiesen sich bereits beim ersten Versuch, sie zu überqueren, als unsicher. Sie ließen Louise im Stich, und sie wagte sich keinen Schritt weiter. Daher überließ sie ihn meist seinem Schweigen, auch wenn das in ihren Augen kaum dem Verhalten eines durchgebrannten Paars in der Zeit bis zur Hochzeit entsprach.

Aber sie hatte keine Eile, und derweil wurden die Mahlzeiten im Zimmer serviert. Das Essen war ausgezeichnet. Wenn Kellner oder Zimmermädchen anwesend waren, sprach sie ausschließlich Französisch. Das rückte sie in Distanz zu ihnen. Insgeheim waren sie aber doch neugierig, und dass sie sie auf dem Treppenabsatz als das französische Flittchen in Nummer neunzehn bezeichneten, konnte Louise sich denken. Es war eine Wiederholung dessen, was sie zu erdulden hatte, als sie mit Paul zusammen war. Eines Tages, sagte sie sich, werde ich in einer Position sein, in der diese Wichte es nicht wagen, mir den Respekt zu verweigern.

In dem fast runden Wohnzimmer mit der blassen adamgrünen Wandfarbe und den hohen Fenstern kam man sich vor wie am Grund eines Brunnens, dachte Avery, der in einem Sessel saß, Kognak trank und eine Zigarette nach der anderen rauchte.

Louise hielt den Großteil des Tages mit ihren Modejournalen durch, doch am späteren Nachmittag, nach dem Tee, schob sie sie seufzend von sich. »Es ist trübsinnig hier drin«, sagte sie.

»Ganz deiner Meinung«, erwiderte Avery. So eine Hölle auf Erden hatte er in seinem Leben noch nie durchgemacht, sagte er sich. Seine grauenhafte Tat, die ihm wie »Sünde« vorkam – nicht, weil er mit Louise zusammen war, sondern weil er Anne und Ellen so wehgetan und alles verloren hatte –, saß ihm im Nacken. Er drehte den Kopf und sah Louise tiefernst an, durchlebte den schicksalhaften Moment noch einmal. »Wärst du doch bloß nicht genau in dem Moment heruntergekommen.«

»Aha«, sagte Louise. »Die Frau hat mich in Versuchung geführt?«

Das hatte er verdient, sagte er sich und schaute beschämt.

Louise nutzte ihre Chance. *»Pauvre chéri.«* Sie streckte die Hand aus und berührte seine.

»Dieses Zimmer macht mich wahnsinnig«, sagte er.

»Ah – mich auch. Ich hasse es«, gab Louise impulsiv zurück. »Wir sind hier eingepfercht wie zwei Hühner. Ach, lass uns wegfahren, Avery. Nach Paris. Um die schwarzen Gedanken zu vertreiben, lass uns nach Paris fahren.«

Er sah sie an. Nach Hause konnte er nicht. Lange hielt er es in dem verdammten Zimmer nicht mehr aus. Er musste weg, irgendwohin, ob es nun Paris war oder irgendein anderer Ort.

»Ach, hab ich vergessen«, sagte Louise und versank wieder in der Depression. »Du hast ja keinen Pass.«

»Doch.«

»Du hast einen?«

»Im Büro«, sagte er.

Leben strömte in ihr Gesicht, in ihre Hände, sogar in ihr Haar. »Du hast deinen Pass hier? In London? Oh, Avery, gehen wir ihn holen. In deinem Büro sind um die Zeit doch wohl alle gegangen. Oh, dafür liebe ich dich, Avery. Wenn du wüsstest, wie *je m'ennui*. Wie satt ich England habe, und wie ich mich nach Frankreich sehne. Schnell! Lass uns gehen, sofort.« Über den Tisch hinweg zog sie mit beiden Händen an seiner Hand.

»Du willst wohl deine Eltern besuchen«, sagte er vorwurfsvoll und argwöhnte, er wäre dann sich selbst überlassen.

Um ein Haar hätte sie gesagt, dass ihre Eltern doch in Binic waren, konnte sich aber gerade noch bremsen.

»Du vergisst, Avery«, sagte sie ernst, »dass ich meine Eltern nicht besuchen kann, solange ich mit dir zusammen bin. Sie würden Fragen stellen, und was soll ich dann sagen? Es sind gute Menschen, gute Katholiken. Ich kann ihnen nicht mitteilen, was geschehen ist. Es würde ihnen das Herz brechen.«

Avery nahm sich noch eine Zigarette. »Dann kann also keiner von uns nach Hause. Verflucht, was haben wir da angerichtet.«

»Avery, lass uns deinen Pass holen und morgen nach Paris fahren. Du wirst sehen, in Paris ist es anders. Lass es uns mit Paris probieren, Avery.«

»Meinetwegen«, sagte er ohne Begeisterung. Aber er war bereit, sich von ihrer mittragen zu lassen. Er war untätig in seinem Elend, und es war eine gewisse Erleichterung, sich von jemandem mitschleppen zu lassen, der die nötige Kraft aufbrachte. Vielleicht war es, wie sie sagte, woanders ja wirklich besser.

Er wollte sich nicht die Mühe machen, sein Auto zu holen, und so fuhren sie mit dem Taxi in die Strand Street, stiegen dort aus und gingen das kurze Stück durch die verlassenen, heißen Straßen zu Fuß. Überall, dachte Avery, stank es nach Abfall oder Verfaultem. Zu Hause war es jetzt abendlich kühl und roch immer so frisch. Was mochten sie dort jetzt tun? Was von ihm halten?

Eine kleine schwarz-weiße Katze kam hinter einer Mülltonne hervor, machte einen Buckel und sah zu ihm herauf. Er dachte an Moppet, bückte sich und ließ Louise warten, während er sie streichelte.

»*C'est gentil, le petit chat*«, sagte sie in einem Ton, der total falsch klang. Sie konnte, wie er wusste, Katzen nicht leiden.

Ach, dachte er mit einem Seufzer, vielleicht hat sie es mir zuliebe gesagt. Leg es wenigstens zu ihren Gunsten aus.

Sie bogen um die Ecke und kamen zu der unauffälligen rußgeschwärzten Fassade des Verlagshauses Bennett und North.

»*Tiens*, hier ist es?«, sagte Louise mit Respekt. »Ein altes Haus – sehr elegant.«

Avery schloss die Tür auf, und sie stiegen zu seinen Räumen hinauf. Louise ging herum und nahm beifällig alles in Augenschein. Die Verfassung, in der sich die Räumlichkeiten befanden, und die edle Ausstattung seines Büros ließen ihn in ihrer Achtung steigen. Während des langen Tages im Hotel hatte sie geglaubt, sie könne seine bleierne Gesellschaft nicht mehr lange ertragen. Das Büro stellte seine Bedeutung jedoch wieder her. Es lohnte sich also doch, und sie musste aufpassen, dass sie sich nicht durch Gereiztheit alles verdarb.

»Aber Avery, du hast ja hier ein Badezimmer und ein Schlafzimmer!«

Sie kam zu seinem Schreibtisch zurück, wo er so etwas wie einen Brief an John Bennett zustande zu bringen versuchte.

»Avery, warum hast du hier ein Bett?«

»Was?« Er sah ungeduldig auf, ohne zu begreifen, was sie sagte. Also fragte sie noch einmal. »Oh, weil ich hier übernachte, wenn eine Party lange geht, wenn du es unbedingt wissen musst.«

»Na, wenn das der einzige Grund ist …«, sagte Louise und ging zurück ins Schlafzimmer.

»Aber du hast hier auch Kleidung. Deine Anzüge sind hier – deine Abendanzüge. Und ein Reisekoffer – zwei Reisekoffer«, rief sie beschwingt. »Wirklich, *mon cher* Avery, man könnte meinen, du hättest dich genau für so einen Fall wie unseren heute vorbereitet. Ich packe für dich.«

Er saß am Schreibtisch und sinnierte über den Brief.

»Du wirst inzwischen wissen …«, schrieb er und fing noch einmal neu an.

»Ich war ein solcher Narr. Ich kann nicht zurück …
Kümmere dich um sie …

Ich weiß nicht, was ich tun soll. Ich kann nicht zurück …«

Er bekam es nicht hin. Es war zu schwierig. Als Louise mit dem Koffer erschien, zerriss er den Brief und steckte die Fetzen ein, damit seine Sekretärin, wenn sie am Morgen kam, nicht erfuhr, was er vorgehabt hatte. »Gehen wir«, sagte er, nahm die Taschen und seinen Pass. »Verschwinden wir von hier.«

Louise musste fast rennen, um mit ihm Schritt zu halten, doch das störte sie nicht. Für ihren Geschmack konnte er gar nicht schnell genug gehen. Klappt alles bestens, dachte sie mit einem Hochgefühl. Das Leben tat sich immer weiter auf.

Gestern hatte sie noch nicht geahnt, dass sie heute in London sein würde, und heute Morgen hatte sie nicht geahnt, dass sie morgen in Paris sein würde. Von dort hoffte sie ihn nach La Baule zu locken. Es war gerade Saison. Sie hatte schon immer nach La Baule fahren wollen, und es sah so aus, als gelänge ihr das jetzt. Außerdem täte es ihm gut. Es wäre nichts mit ihm anzufangen, wenn er weiter bloß Kognak trank.

EINUNDZWANZIG

In La Baule wollte Avery an Ellen schreiben. Er brachte nicht einmal die ersten Zeilen zustande.

»Meine liebe Ellen«, schrieb er probeweise unter der Sonnenblende auf der Terrasse, vor sich einen Aperitif.

Das sah so fremd aus. »Liebe Ellen.« Er hatte bei Ellen immer ein Kosewort hinzugesetzt. Er konnte nun nie wieder zwanglos »Liebling« zu ihr sagen. Jedes Mal, wenn sich Zärtlichkeit in seine Gedanken schlich, musste er das Blatt Papier zusammenknüllen und eine Pause einlegen.

Der Kellner, der unaufdringlich hinter dem weißen, von Efeu in Kübeln überrankten Spalier parat stand, wusste es schon: Wenn der Engländer das Blatt Papier zusammengeknüllt hatte, bestellte er noch ein Getränk.

»Oui, monsieur«, sagte der Kellner und eilte davon, froh über einen so einträglichen Kunden.

»Liebe Ellen«, versuchte es Avery im Badezimmer.

Die Schwierigkeit war, allein zu sein, um schreiben zu können. Jedes Mal, wenn sich Louise näherte, knüllte er den Brief zusammen und gab wieder auf.

»Hast du geschrieben?«, fragte sie immer wieder und wahrte, wenn er den Kopf schüttelte, ein Schweigen, das voller Tadel war.

Manchmal wollte sie von ihm wissen, was sie tun konnte. »Ich kann meinen Eltern nicht mitteilen, dass ich in Frankreich bin, und kann ihnen deshalb gar nicht schreiben. Sie sind bestimmt schon außer sich vor Angst.« Sie verschwieg, dass sie sie auch früher oft vierzehn Tage lang im Ungewissen gelassen hatte. »Ich kann nicht nach Hause. Was soll ich tun, Avery?«

»Ich weiß es nicht«, sagte er ernst. »Ich weiß genauso wenig, was ich tun soll.« Er taumelte von einem Gefühl zum nächsten, und alle waren schmerzlich. Manchmal war er voller Groll und Hass auf Louise. Warum gab es sie überhaupt? Warum nur war sie nach Netherfold gekommen? Sie hatte sein Leben zerstört. Sie spottete zwar darüber, aber sie *hatte* ihn in Versuchung geführt. Wäre sie eine andere Frau, wäre es nie zu dem Vorfall im Wohnzimmer gekommen. Natürlich hatte sie ihn in Versuchung geführt. Er gab wohl zu, dass er zu dem Fehltritt bereit gewesen war. Aber nicht mehr als andere Männer, sagte er sich.

Sie waren gesehen worden, das war der springende Punkt. Wenn sie nicht gesehen worden wären, wäre die Affäre folgenlos geblieben. Doch jetzt konnte er nicht mehr zurück.

Wenn er, wie es stets der Fall war, zu dieser traurigen Erkenntnis gelangte, wandte er sich wieder Louise, seiner einzigen Gefährtin, zu. Sie war seine Leidensgenossin. Sie konnte ebenfalls nicht nach Hause. Sie war von ihrer Familie ebenso abgeschnitten wie er von seiner. Er war ihr etwas schuldig, hatte etwas wiedergutzumachen.

In seiner tiefen Scham war Avery bescheiden geworden. Außer Louise, glaubte er, würde ihn niemand haben wollen. Er war ihr zusehends dankbar, weil sie bei ihm blieb.

Vor allem jetzt. In La Baule ergaben es die Umstände, dass Louise noch stärker glänzte und Avery noch weiter verkümmerte. Sie war auf vertrautem Boden, sprach ihre Muttersprache und regelte alles. Er stand bloß daneben und zahlte. Er hatte seine Bedeutung eingebüßt, sprach kein Wort, außer, um Getränke oder Zigaretten zu bestellen. So amüsant und oft sogar reizend es sein mag, wenn eine Frau eine fremde Sprache nur gebrochen sprach, bei einem Mann war es lächerlich, und Avery, bereits gedemütigt, wollte es nicht riskieren, sich zum Narren zu machen. Dadurch erschien er aus französischer Sicht als typischer Engländer: still, stolz, ernst und reich. Und Louise erschien als das, was ihre Landsleute selbstgefällig für »bien française« ansahen. Wo sie auch war, ob am Strand mit scheinbar nichts als einem großen Strohhut und Armbändern am Leib oder im Casino in den Abendkleidern, die sie in Paris gekauft hatte, sie zog alle Blicke auf sich.

Nach den ersten Tagen, in denen sie ihn so viel trinken ließ, wie er wollte, schränkte Louise Averys Alkoholkonsum ein und sorgte dafür, dass er mehr tat, als nur mit einem Glas unter einer Sonnenblende zu sitzen. Sie sorgte dafür, dass er schwimmen ging, sorgte dafür, dass er sich in die Sonne legte, und rieb ihn mit Öl ein, damit er eine gesunde Bräune entwickelte. Sie schickte ihn auf Spaziergänge am Meer, die bis nach Pornichet und zurück führten. Sie sagte, er sei zu dick. Er müsse abnehmen.

Also ging er, weil er allein sein und darüber nachdenken wollte, was er Ellen schreiben sollte. Und wenn er fort war, seufzte Louise vor Erleichterung und machte ihrerseits rasch eine Runde durch die kleinen Läden, deren Beton noch feucht war vom bretonischen Winter und in denen Pariser Modelle und teure Kosmetikartikel ausgestellt wurden. Etwas zu kaufen, heiterte sie immer auf. Im Gegensatz zu Paul gab Avery ihr viel Geld, zog Hände voll abgegriffener Scheine aus den Taschen und drückte sie ihr in die Hand, als wolle er sie loswerden. Finster sann Louise über den Unterschied nach. Wenn es Liebe war, brauchte man nicht einmal Butter auf dem Brot; ohne sie musste jedoch ein erlesenes Festmahl her. Mit Bitterkeit dachte sie daran, dass sie ihre ganze Unbeschwertheit schon so früh aufgebraucht hatte. Doch nichts konnte sie daran hindern, aus dem, was sich nun für sie ergab, materiell herauszuholen, was nur ging.

»Ellen«, schrieb Avery, der allein in einem *Bois d'Amour* saß, wie das düstere Wäldchen idiotischerweise genannt wurde. Die Stille war tödlich. Was konnte er Ellen sagen?

Eines Nachmittags schlief er, der Länge nach zwischen anderen, praktisch nackten Leibern ausgestreckt, am Strand ein. Als er wach wurde, war er allein, und der Sand war kalt. Im Schlaf hatte er eine Entscheidung gefällt. Mit finsterer Miene ging er in sein Zimmer und schrieb seinen Brief.

In diesen Tagen ging Ellen Ted Banks, dem Briefträger, nicht mehr den halben Weg entgegen. Sie brachte es nicht mehr fertig, unbekümmert die Hand nach der Post auszustrecken und Gärtnertipps auszutauschen. Ted Banks sollte nicht sehen, dass die Unruhe wegen eines Briefs von Avery sie verzehrte. Deshalb wartete sie, im Haus versteckt, und lief, wenn die Briefe durch den Schlitz in der Tür fielen und er fort war, atemlos hin und sah nach, ob er gekommen war. Doch Tag um Tag kam keiner. Sie war vom Warten ausgelaugt, ihr Leben bestand aus nichts anderem mehr.

Eines Morgens kam der Brief dann doch. Ted Banks erwischte sie außerhalb des Hauses, ihrer Zuflucht. Er war früh dran, und als er plötzlich am Tor hielt und wie immer sein Fahrrad anlehnte, war sie auf der Zufahrt und richtete erschrocken die Augen auf ihn.

»Tja, erst gestern hab ich zu meiner besseren Hälfte gesagt, ich hätte Sie schon wer weiß wie lange nicht mehr gesehen«, sagte Ted, zu sehr damit beschäftigt, Briefe unter dem mit einem Gummiband zusammengehaltenen Bündel hervorzuziehen, um Ellens Gesicht zu bemerken.

Sie sah sofort, dass der Brief gekommen war. Ihr Herz tat einen seiner wilden Sprünge, und sie streckte, zu keinem Wort fähig, die Hand aus.

Aber Ted Banks ließ sich nicht zur Eile drängen. Er wand die Fischrechnung und den Aufruf des Bürgermeisters zugunsten des Fonds für Krebsforschung heraus, zog noch zwei Wurfsendungen hervor und ging den Rest des Bündels durch, ob er etwas übersehen hatte.

»Wie machen sich Ihre Tomaten?«, fragte er. Das war der Grund für seine Bedächtigkeit.

»Mhm, ganz gut«, sagte Ellen. Eine ausländische Briefmarke. Wo war er? War er mit ihr nach Frankreich gefahren?

»Meine geraten sehr schön«, berichtete Ted. »Mit Ihren Klemmen haben Sie mir natürlich etwas voraus. Ich glaub, ich werde mir nächstes Jahr auch ein paar anschaffen, und dann müssen Sie aufpassen, weil ich Sie übertreffen werde! Eine ausländische Marke heute Morgen. Macht Mr North Urlaub in fremden Gefilden? Ach, dachte ich mir schon.

Er ist in letzter Zeit nicht zum Bahnhof gefahren. Tja, da hat er schönes Wetter, obwohl ich mir mein Skegness lobe. Die Luft im guten alten Skeggie ist einfach unschlagbar. Also, ich fahr mal weiter. Ihnen einen schönen Vormittag. So gute Erbsen wie dieses Jahr hatte ich mein Lebtag noch nicht. Ein hervorragendes Erbsenjahr. Ihre werden auch nicht übel gewesen sein, könnte ich mir denken?«

»Sie waren sehr gut, ja. Auf Wiedersehen, Ted«, sagte Ellen und machte schließlich mit dem Brief kehrt ins Haus.

Ihre Hände waren so fahrig, dass sie den Umschlag quer aufriss, von dem lila Seidenfutter noch zusätzlich behindert. Sie brachte den Brief heraus.

Nach all seinen Kämpfen, nach allem, was es ihn gekostet hatte, den Brief zu schreiben, traf er Ellen mit kalter, brutaler Wucht:

Ich muss dich bitten, dich von mir scheiden zu lassen, und das möglichst bald. Einen anderen Ausweg gibt es nicht. Ich habe Tom Rayner in London gebeten, für mich tätig zu werden. Du wirst Roach nehmen, vermute ich. Es wird keine Schwierigkeiten geben und sehr schnell vonstattengehen.

Verständnislos sah Ellen Anne an, die gerade die Treppe herunterkam. Anne, den Brief in der Hand ihrer Mutter fest im Blick, näherte sich langsam. »Ist er von ihm?«, fragte sie. Wenn es sich vermeiden ließ, sagte sie nicht mehr »Daddy«.

Ellen wollte den Brief in ihre Rocktasche schieben.

»Warum guckst du so, Mami? Ist es etwas Schlimmes? Was schreibt er? Du kannst mir jetzt nichts verheimlichen, ich weiß zu viel. Was ist, Mami?«

Sie standen im Licht der Morgensonne, blickten einander an, und am Gesicht ihrer Mutter lernte Anne in einer weiteren Lektion, dass die Welt der Erwachsenen nicht das war, wofür sie sie gehalten hatte, kein Kontinent der Macht und Erfüllung, sondern einer der Hilflosigkeit, des Schmerzes und der Hässlichkeit. Eine Welt, die man besser nicht betrat. Früher war sie fröhlich darauf zugerannt, nun war sie zum Stehen gekommen. Schrak zurück. Sie kannte jetzt Zweifel und Misstrauen, vor allem jedoch die Angst vor dem Leben, an der ein junges Herz erkrankte und von der es sich lange nicht erholte, wenn überhaupt.

»Was schreibt er, Mami?«, fragte sie noch einmal.

»Er möchte, dass ich mich von ihm scheiden lasse«, brachte Ellen schließlich heraus.

Annes Miene hellte sich auf und verhärtete sich. »Was stört dich daran? Du hättest es sowieso getan. Wir wollen ihn nicht. Schreib schnell und willige ein. Mach es gleich, Mami, dann hast du es hinter dir.«

Todunglücklich wandte Ellen sich ab. Ging in die Küche. Frühstück. Sie mussten frühstücken. Was auch geschah, man frühstückte. Immer.

Anne kam nicht nach. Sie ging in den Garten, über den Rasen und den Weg zwischen den Apfelbäumen entlang. Ihre Lippen bebten, aber sie wollte nicht weinen. Ihre Mutter würde es beim Frühstück merken. Sie erreichte das Koppeltor und lehnte sich daran, und ihrer schmerzenden Kehle entrang sich kein Ton. Doch Roma hob den Kopf und kam, freundlich grüßend, indem sie den Kopf zur Seite warf und leise wieherte, von allein ans Tor. Anne stieg auf den ersten Balken, damit sie sich besser darüber beugen konnte, und umarmte die Stute. So standen sie da, Mädchen und Pferd.

Roma hatte sich nicht verändert. Sie war dieselbe, die Einzige, die noch dieselbe war. Sogar Annes Mutter war auf unbegreifliche Weise eine andere geworden. Wie konnte sie ihn zurückhaben wollen? Ihn zurückhaben zu wollen bedeutete, das Grauenhafte anzuerkennen. Es bedeutete, zu sagen, ja, so etwas kommt vor, wir müssen damit fertigwerden, das Leben ist so.

Bis auf Roma war alles anders. Alles war dahin. Wie konnte sie jetzt wieder zur Schule gehen? Sie war dort beneidet worden, galt als die, die alles hatte.

Das stimmte. Auch wenn Anne nichts davon wusste, fürchteten die Lehrerinnen, alles zu haben − Verstand, Aussehen, ein glückliches Zuhause, liebende Eltern, die unfehlbar zu jedem Schulfest erschienen −, könnte dieses reizende Kind verderben. Wenn die Rollen für die schulischen Theateraufführungen besetzt wurden, wählten die auf Ausgleich bedachten Lehrerinnen andere, vom Glück weniger begünstigte Mädchen für die Hauptrollen aus, obwohl Anne sie besser hätte spielen können. Es gab Anne einen Stich, als die Namen verlesen wurden, doch sie lächelte tapfer weiter, und die Lehrerinnen mochten sie dafür umso mehr. Sie hatte so viel, sagten sie, sie würde bald darüber hinwegkommen.

Im Internat hatte Anne sich in der Sonne ihres Zuhauses geaalt, doch jetzt war alles anders. Ihre Eltern würden zur Trimesterhalbzeit nicht mehr gemeinsam kommen, und alle würden sich nach dem Grund dafür fragen. Sie würde in Zukunft nicht mehr von zu Hause erzählen können, nicht einmal Pug. Im vorigen Trimester hatten sie einen

Pakt geschlossen, einander alles zu sagen, immer, und den musste Anne nun schon brechen. Sie würde niemals sagen, was geschehen war, und wie sollte sie sich anhören, was Pug ihr anvertraute, wenn sie ihr nichts mehr anvertrauen konnte?

Geheimnisse zu haben, bedeutete im Internat, ausgeschlossen zu sein. Das wusste Anne. Sie kannte unglückliche Mädchen, denen die glücklichen ihre Geheimnisse entlocken wollten, wenn sie von einem wunden Punkt in der Familie raunten, einem schwarzen Schaf vielleicht oder einem furchtbaren Skandal. Jetzt war Anne Teil der Minderheit geworden, war abgeschnitten von den Glücklichen, die zugleich den Ton angaben, die alle Preise errangen und von allen gemocht wurden. Ihr graute davor, in so einer Welt unterzugehen. Man musste glücklich sein, wenn man weiterkommen wollte. Oder man musste eine Freundin haben. Aber wie konnte man eine Freundin haben, wenn man ihr nicht alles erzählen durfte?

»Jetzt habe ich nur noch dich«, sagte sie zu Roma.

»Anne«, rief ihre Mutter vom Garten. »Kommst du zum Frühstück?«

»Ich komme!«

Der Ton ihrer Stimmen und das, was sie sagten, hatten sich verändert. Sie sprachen jetzt ruhig und nicht mehr als nötig. Vergnügtes Jauchzen, nicht enden wollendes Gelächter, all das hörte man von Anne nicht mehr.

Ellen wartete nicht auf Anne, wie sie es früher getan hatte, weil ihre Tochter das nicht wollte. Sie ging über den Rasen, gleichgültig gegen den Tumult des Gartens. Im Haus war die Vernachlässigung weniger sichtbar, aber ebenfalls nicht zu leugnen. Alles, was mit dem Haus zu tun hatte, hatte seinen Sinn und seine Rechtfertigung verloren. Eine Familie ist wie ein Puzzlespiel. Verschwindet ein Teil, geht der Rest nicht mehr auf.

Er würde sie sogar heiraten, dachte Ellen, als sie am Frühstückstisch stand, die Hand auf dem Brief in ihrer Tasche.

Er war grausam. War herzlos.

Soll er gehen, dachte sie, urplötzlich lodernd vor Zorn – ein Gefühl, das sie neuerdings in jähen, heißen Wogen überkam. Sie hörte Annes Schritte und floh in die Diele, damit die Woge sich glätten konnte. Ihr Zorn erschreckte sie. Die Schlaflosigkeit, das hämmernde Herz, der Hass, die nagende Angst – alles erschreckte sie. Sie kam nicht dagegen an, verlangte sich die Fähigkeit dazu jedoch verbittert und entrüstet ab. All die Bücher, all die Gebete, und sie hatte ihnen nichts entnommen. Als bei ihr alles im Lot war, hatte sie beten können; jetzt konnte sie es nicht. Die gegenwärtige Lage war für sie so bedrängend, dass sie, ehe der Druck nicht von ihr genommen war, nicht an Gott denken konnte. Ihr fehlte die Geduld zum Beten – und diese Erkenntnis war ein Schock für sie. Gott war ja wohl für solche Zeiten da? Wenn die irdische Liebe versagte, sollte man auf die himmlische zurückgreifen können. Dennoch war sich Ellen ihrer noch nie so unsicher gewesen.

Der alte Spiegel über dem Halbmondtisch in der Diele zeigte ihr, dass ihr eingefallenes Gesicht jetzt blass genug war, um wieder hineinzugehen. »Nach dem Frühstück rufe ich Onkel John an«, sagte sie.

Anne, die lustlos auf ihren Cornflakes herumkaute, nickte; was Onkel John allerdings ausrichten sollte, konnte sie sich nicht denken. Natürlich nichts. Aber man musste es den Leuten wohl sagen.

»Was machst du heute, Liebes?«, fragte Ellen.

»Ich weiß nicht.«

Sie saß mit so rundem Rücken am Tisch, dass ihre Mutter sie fast zum Geradesitzen ermahnt hätte. Doch der kleinste Vorwurf würde Anne verletzen, würde ihr schaden. Mit zwanglosen Wortwechseln war es vorbei.

»Möchtest du nicht mit Roma ausreiten?«

Anne schüttelte den Kopf und stand vom Tisch auf. »Zu heiß.« Sie stand am Fenster, sah hinaus und wandte sich plötzlich zu ihrer Mutter um. »Lass dich scheiden, Mami«, sagte sie. »Und lass uns ohne ihn noch einmal von vorn anfangen. Ich ertrage es nicht, so herumzulungern.«

»Es ist nicht leicht«, sagte Ellen. »Aber wir müssen uns gegenseitig da durchhelfen, nicht?«

»Mmh«, sagte Anne und wich aus. »Aber pass auf, dass es sich nicht länger hinzieht als unbedingt nötig, ja?« Sie ging nach oben, um ihr Bett zu machen, und Ellen rief John Bennett an.

»John, endlich ist ein Brief gekommen«, sagte sie. »Er schreibt, er will sich von mir scheiden lassen.«

John Bennett schrie nicht auf, wie sie es erwartet hatte. Er sagte nicht, das sei undenkbar, Avery sei ein Narr und könne das unmöglich wollen. Stattdessen sagte er nach kurzem Schweigen: »Ich weiß, Ellen. Er ist wieder da. Er ist gestern wiedergekommen.«

Ellens Herz tat einen seiner Sprünge. »Wieder da?«, stammelte sie. »Im Büro?«

»Ja. Sein Urlaub war vorbei. Ich habe nicht damit gerechnet, dass er kommt. Ist er aber.«

»Hast du – hast du mit ihm über alles gesprochen?«

»Ja«, sagte John ernst. »Besser, ich komme heute mal zu dir raus.«

»Ist er immer noch bei ihr?«, fragte Ellen.

»Ja, leider. Ja.«

Ellen legte bedächtig den Hörer auf. Es war ihm also ernst damit. Ohne jede Schuld ihrerseits, die ihr bewusst wäre, ohne dass sie es an Liebe hätte fehlen lassen, wollte er ihr gemeinsames Leben beenden und ihr Zuhause zerstören.

ZWEIUNDZWANZIG

John Bennett verlor allmählich das Vertrauen in seine Fähigkeiten als Vermittler. Er wollte Avery und Ellen aus tiefstem Herzen wieder zusammenbringen – alles andere war undenkbar. Sie waren so glücklich gewesen, hatten so gut zusammengepasst, und wenn seine Zuneigung zu Ellen, die er bewunderte, auch größer war, hatte er Avery doch gemocht, auch wenn der für ihn immer eine unbekannte Größe geblieben war. Er hatte immer gespürt, sagte sich John, dass Avery zu so einer Entgleisung fähig war. Doch nun, nachdem der Fall eingetreten war, war niemand mehr bemüht als John, ihm wieder in die Spur zu helfen. Diese Ehe, diese Familie, für John Bennett so lange ein Quell der Wehmut und des Neids, mussten gerettet werden. Anfangs war er sich sicher, dass es gelingen konnte, mittlerweile jedoch zweifelte er daran, dass er Avery oder Ellen zur Vernunft brachte.

Als Avery nach seiner Abwesenheit ins Büro seines Partners spaziert kam, wahrte John Bennett, dem es für einen Augenblick vor Verblüffung die Sprache verschlug, kaltes Schweigen. Er war zwar über die Maßen erleichtert, Avery wiederzusehen, wollte den verlorenen Sohn aber trotzdem nicht mit offenen Armen empfangen.

Doch als Avery ohne Vorrede damit herausrückte, dass er sich von Ellen scheiden lassen wolle, war es um John Bennett geschehen. Er war wie betäubt. Von seinem Schreibtisch aus, an dem er mit dem Rücken zum Fenster saß, starrte er würdelos und mit offenem Mund Avery an, der mit einem mahnenden Ausdruck mitten im Zimmer stand.

Misch dich nicht in meine Angelegenheiten, sagte Averys Blick. Ich bin gekommen, um dich über meine Absichten in Kenntnis zu setzen, mehr nicht. Und du belass es besser auch dabei.

»Scheidung!«, flüsterte John Bennett. »Scheidung! Du und Ellen … Hast du den Verstand verloren?«, sagte er, über den Tisch gebeugt.

Avery blickte ihn schweigend an.

»Begreifst du nicht, wie glücklich du gewesen bist?«

In Averys Wange zuckte ein Muskel.

»Was ist mit Anne?«, wagte John einen Schuss ins Blaue. »Ich dachte, sie wäre dein Ein und Alles. Willst du für die Französin auf sie verzichten?«

»Halt den Mund«, blaffte ihn Avery an. »Du weißt nicht, wovon du sprichst. Dieses hochtrabende Gerede – darüber sind wir lange hinaus, du Narr.«

»Ich will dir helfen«, sagte John Bennett. »Ich möchte euch beiden helfen.«

»Du kannst nicht helfen. Da ist nichts mehr zu helfen. Das Einzige, was du tun kannst, ist Ellen bei der Scheidung beistehen. Das zumindest solltest du für sie tun können.« Er wollte seinen Partner verhöhnen, weil der Vorteil auf diesen übergegangen war. Bis jetzt war er immer auf Averys Seite gewesen: besser aussehend, größer, unbefangener, mit einer Frau, die ihn nicht verlassen hatte, und mit Kindern. Doch jetzt war er erniedrigt vor diesem bedächtigen kleinen Mann, der ihm ständig sagte, was er zu tun hatte. Eine Unverschämtheit, von Anne anzufangen! »Ellen hat so oder so genug für dich getan«, provozierte Avery weiter.

»Das brauchst du mir nicht zu sagen«, sagte John Bennett. »Ich vergesse es ihr nicht und werde immer alles für sie und die Kinder tun, die du so schnell aufgibst.«

»Du weißt nicht, wovon du sprichst«, sagte Avery noch einmal. »Habe ich mich verständlich ausgedrückt? Es ist endgültig. Ich gehe nicht zurück. Ich habe es mir mit ihnen verdorben und gehe nicht zurück und krieche für den Rest meines Lebens zu Kreuze.«

»Aus Stolz richtest du alles zugrunde, ja?«

»Nenn es, wie du willst!«, sagte Avery. Er ging so unvermittelt hinaus, wie er ins Zimmer gekommen war, überquerte die Straße zum Pub und genehmigte sich einen doppelten Kognak. Dann ging er zu Louise ins Hotel zurück. Mehr konnte er an einem Tag nicht aushalten, sagte er sich.

Als Avery fort war, versank John in düsteren Gedanken.

»Soll ich wieder reinkommen, Mr Bennett?«, fragte seine Sekretärin.

»Nein, noch nicht. Nein.«

Was hatte er falsch gemacht?, grübelte er. Womit hatte er Avery so aufgebracht, dass der keine Vernunft annehmen wollte? Hatte er zu selbstgerecht geklungen? Offenbar wirkte er auf Avery immer so, vielleicht, weil er durchblicken ließ, Avery sei nicht gut genug für Ellen. Aber Vorwürfe und Selbstgerechtigkeit halfen jetzt nichts. Was dann? John hatte keine Ahnung, musste es aber herausfinden, weil so viel auf dem Spiel stand.

Er dachte daran, wie die beiden in Netherfold gewesen waren. Manchmal, wenn Ellen ins Zimmer gekommen war und ihre Familie beisammen gesehen hatte, hatte eine fast kindliche Freude ihr Gesicht erhellt, als hätte sie sie gerade erst entdeckt. Er dachte an Weihnachten zurück. Man hätte meinen können, eine glücklichere Familie fände man nirgendwo. Und doch hatte das Unglück in Gestalt der Französin bereits mit am Tisch gesessen. Wie seltsam und risikoreich das Leben doch war!

Ausgenommen sein eigenes. Sein eigenes war immer zu ruhig verlaufen. Marianne war hereingeplatzt, und mit ihr hatten Abwechslung, Lachen und Schönheit Einzug gehalten und waren mit ihr auch wieder gegangen. Danach war es wieder still geworden. Mit dem blühenden Leben war er in den letzten Jahren nur in Netherfold in Berührung gekommen – und er hatte es so genossen! Es war nicht nur Ellen, es waren auch die Kinder und sogar Avery – die ganze Atmosphäre bis hin zu den Spatzen im Garten. Sogar die wirkten dort fröhlicher als überall sonst.

Und doch war Avery entschlossen, das alles zu zerstören.

Schließlich rief John Bennett seine Sekretärin herein, weil er nicht weiterkam bei dem Versuch, einen Ausweg aus dem Dilemma der Norths zu finden.

Als Ellen am Morgen darauf anrief, wurde ihm schwer ums Herz. Er würde zu ihr fahren müssen, aber ohne Hoffnung im Gepäck, ohne einen Ausweg zu wissen. Sie war schon aufgewühlt genug gewesen, als sie ihm am Telefon von Averys Brief berichtete. Wie würde sie es aufnehmen, wenn er ihr von seinem Gespräch mit ihm erzählte? Das alles war schmerzlich, und der sanftmütige John Bennett scheute vor der ihm dabei zufallenden Rolle zurück.

Doch als er am Nachmittag nach Netherfold kam, stellte er fest, dass Ellen alles sehr gefasst aufnahm. Zu gefasst, wie er fand. Sie hatte anscheinend völlig aufgegeben.

Sie saßen im Wohnzimmer, das merkwürdig und auf eine Weise anders aussah, die er sich nicht erklären konnte. Erst nach einer Weile ging ihm auf, dass dort, wo früher immer Blumen gestanden hatten, keine mehr waren. Er drehte den Kopf und schaute hinaus in den Garten. Vielleicht gab der gerade keine her? Doch die Rabatten quollen regelrecht über. Ein anderes Wort fiel ihm nicht ein beim Anblick der wuchernden Blumen, in voller Blüte oder noch knospend, lebend oder verwelkt. Nichts offenbarte Ellens Gemütszustand deutlicher als der Zustand ihres Gartens. Sie hatte wohl wirklich keine Hoffnung mehr, dachte John und wandte sich ihr mit sorgenvoller Miene wieder zu. »Du musst mit Avery sprechen«, sagte er.

Ellen errötete vor Scham. »Du wirst feststellen, dass er nicht mit mir sprechen will«, sagte sie.

»Er muss aber.«

»Versuch du es doch, ihn dazu zu bringen.«

John knurrte verärgert. Er war anscheinend der Einzige, der diese Ehe retten wollte. Von den beiden Hauptbetroffenen war der eine entschlossen, sie zu zerstören, und die andere fand sich damit ab. John Bennett spürte eine Müdigkeit. Es war Schwerstarbeit, mit zwei schwierigen Menschen zu verhandeln. Außerdem überraschte ihn Ellens Einstellung. Es kam ihm vor, als sei sie vollkommen umgeschwenkt. Bei dem Telefongespräch am Morgen hatte der Gedanke an Scheidung sie noch hörbar entsetzt.

John wusste nicht, wie viel sie seitdem nachgedacht hatte und wie falsch sie mit ihren Annahmen lag. Sie war inzwischen davon überzeugt, dass Avery wahnsinnig in Louise verliebt war. Den Eindruck musste man schließlich haben, wenn ein Mann mit einer Frau durchbrannte. Ellen kannte Averys leichtsinnige Hingabe an die Liebe und meinte, es müsse jetzt ebenso sein. Warum sollte er auf den Glückstaumel verzichten und zu einer Frau zurückkehren, die er nicht mehr liebte, und zu einer Tochter, der er nicht mehr in die Augen sehen konnte? Natürlich kam er nicht zurück. Es war eine unmögliche Situation. Scheidung war der einzige Ausweg.

Und so reagierte sie stumm, fast dümmlich auf John Bennetts Verärgerung, und er kam zu dem Schluss, dass irgendetwas an der Sache rätselhaft war. Er hatte tags zuvor nicht den Eindruck gehabt, Avery wolle sich aus Liebe zu der Französin von Ellen scheiden lassen, und hier ließ nun Ellen Avery unerklärlicherweise kampflos ziehen.

Es war wohl schlimmer, als ich dachte, sagte er sich. Avery war nicht einfach fortgegangen. Es musste etwas vorgefallen sein und sie so schockiert haben, dass es nicht zu kitten war. Aber wie konnte er danach fragen?

»Ich muss gehen, Ellen«, sagte er ernst. »Wollte denn Anne gar nicht herunterkommen?«

Ellen stand von ihrem Stuhl auf. »Doch, ja. Sie muss uns zum Bahnhof begleiten. Ich lasse sie nicht gern allein. Es ist zu still hier. Das Haus hat sich ebenfalls verändert, siehst du?« Sie wies mit einer verlorenen Geste auf das Zimmer.

Sie ging hinaus in die Diele und rief vom Fuß der Treppe nach ihrer Tochter. »Kommst du bitte? Wir müssen Onkel John zum Bahnhof bringen.«

John Bennett blickte hinauf, wartete darauf, das Kind in die Arme zu schließen und zu trösten, so gut es ging, oder vielleicht auch nichts zu sagen, Anne bloß zu drücken oder gedrückt zu werden wie immer.

Ihre Tür ging auf und zu. Sie kam heruntergerannt, fliegender Mantel, fliegendes Haar.

»Hallo, Onkel John«, sagte sie, als sie unten war. »Geht es dir gut? Alles in Ordnung so weit?«

Sie wirkte verkrampft und gleichgültig. Die Veränderung bestürzte ihn. Sie sah aus, als hätte sie eine schwere Krankheit durchgemacht oder eben noch nicht ganz hinter sich. Sie wahrte Abstand von ihm. Keine Umarmung, keine Küsse. Er war ein Mann, wie ihr Vater. Der arme John Bennett war gekränkt und verblüfft von dem anklagenden Blick, mit dem sie ihn ansah. Warum ihn? Was hatte er getan?

»Soll ich zuschließen, Mami? Oder machst du es? Dann steig ich schon mal ins Auto ein.«

Sie ging zur Tür hinaus, band sich, die Haare im Gesicht, den Gürtel ihres Mantels fest um die Taille. John Bennett blickte ihr besorgt nach. Sie war dünner geworden und viel erwachsener. Auch Ellen wirkte erheblich älter. Wenn Avery die beiden sehen könnte, ginge ihm das sicher zu Herzen, und er brächte es nicht über sich, sie zu verlassen.

»Wir müssen los, wenn du deinen Zug noch erreichen willst, John«, sagte Ellen.

Auf der Fahrt sprachen sie nicht viel. Harmloses Geplauder schien nicht mehr möglich, und vor der stillen Anne auf dem Rücksitz konnten sie nicht über Avery sprechen. Als sich John Bennett am Bahnhof zum Aussteigen anschickte, stieg Ellen ebenfalls mit aus.

»Mach dir nicht die Mühe, mich zum Zug zu bringen«, sagte er.

»Nein, aber ich bring dich bis in die Schalterhalle.«

»Kommst du auch, Anne?«, erkundigte er sich durch das geöffnete Fenster.

»Ich glaub, ich steig nicht aus«, sagte Anne. »Mami ist ja nicht lange weg. Machs gut, Onkel John. Es war sehr nett, dich wiederzusehen«, sagte sie steif zum Abschied.

John Bennett atmete verächtlich aus. Er war so gekränkt und wütend über dieses Mädchenpensionatsgehabe, dass Ellen ihn unterhakte, als sie davongingen.

»Nimm es ihr nicht übel, John. Sie hat ihren Vater sehr geliebt, weißt du. Es war ein schrecklicher Schock für sie. Diese fürchterliche Sache hat sie am meisten getroffen. Wenn Anne nicht wäre, könnte ich es vielleicht noch ertragen. Ich weiß nicht, was ich für sie tun kann. Sie will nicht, dass ich ihn auch nur erwähne. Eines Abends ist sie zusammengebrochen und hat sich auf den Fußboden vor meine Knie gesetzt und ist eingeschlafen, und ich dachte, wir zwei kommen schon zurecht. Tun wir auch, solange ich nicht von Avery spreche. Wenn ich es tue, zieht sie sich zurück und kommt erst wieder in meine Nähe, wenn sie glaubt, dass ich es nicht wieder tue.«

John Bennett seufzte. Er nahm die Aktentasche und den Schirm, ohne den er kaum einen Schritt tat, in eine Hand und fasste Ellens Hand mit der anderen. So blieb er einen Moment stehen, traurig und hilflos, Ellens Hand in seiner, und Anne sah aus dem Seitenfenster mit einem merkwürdig wachsamen Blick zu ihnen herüber.

Sie verabschiedeten sich, und Ellen ging zurück zum Auto. »Kommst du zu mir nach vorn, Liebes?«

»Ach, ich glaub, ich sitz hier ganz gut«, sagte Anne, die früher glücklich über die Rückenlehne gekraxelt wäre, um neben ihrer Mutter zu sitzen.

Auf halber Strecke nach Hause fragte sie plötzlich: »Hat Onkel John sich von seiner Frau scheiden lassen?«

»Nein, hat er nicht.« Ellen schaute kurz nach oben in den Innenspiegel. Worüber das Kind jetzt nachdachte! Doch Anne schaute zum Seitenfenster hinaus, und Ellen sah nur ihr blasses strähniges Haar. Was war mit ihrem hübschen Haar passiert? »Ich glaube, Onkel John hofft immer noch, dass sie zurückkommt«, fügte sie hinzu.

»Ach?« Anne drehte den Kopf, und ihre Mutter sah im Spiegel, dass ihr Gesicht sich aufgehellt hatte. Wenig später kletterte sie über die Rückenlehne. »Ich glaub, ich komm doch nach vorn.«

»So ist es besser«, sagte Ellen, und sie lächelten sich zu.

Es gab in diesen dunklen Tagen immer noch Lichtblicke. Alles war relativ, und Ellen lernte, für kleine Wohltaten dankbar zu sein. Diese hielt allerdings nicht lange an.

Sie aßen zu Abend, eine der stillen Mahlzeiten, die sie jetzt hastig zu sich nahmen. Sich zu zweit an den Tisch zu setzen war schlimmer denn je, weil mit Averys Abwesenheit, die hier noch deutlicher zu spüren war als an anderen Orten im Haus, auch aller Spaß und die Freude an gutem Essen ausblieben. Ellen und Anne sprachen nun ein paar Worte und aßen ein paar Bissen, und das Schweigen lauerte im Hintergrund. Die Stille im Haus war ungewöhnlich, dachte Ellen. Als wäre jemand gestorben oder etwas daraus entschwunden. Nicht nur Avery, sondern ein unsichtbarer Geist.

Sie räumten zusammen ab und spülten, und anschließend ging Ellen mit einem Buch ins Wohnzimmer, ohne wirklich lesen zu wollen. Anne ging langsam nach oben.

Nach einer Weile kam sie wieder herunter und baute sich vor ihrer Mutter auf. »Mami. Ich will nicht zurück ins Internat.«

Ellen war perplex. Damit hatte sie nicht gerechnet. »Aber Anne ...«, setzte sie an, und eine Ader pochte heftig an ihrem Hals, wie es mittlerweile bei jeder neuen Wendung der Lage der Fall war.

»Ich kann nicht zurück«, sagte Anne. »Lass mich bei dir bleiben. Es wäre jetzt alles so anders. Bitte, Mami, zwing mich nicht, wieder hinzugehen. Ich kann nicht mit Pug in einem Zimmer schlafen, wenn sie die ganze Zeit überlegt, was los ist.«

»Sag es ihr«, riet ihr Ellen. »Sag es ihr. Sie ist deine Freundin.«

»Ich kann es ihr niemals sagen«, erwiderte Anne und bedachte ihre Mutter, die sie dazu für fähig hielt, mit einem strengen Blick. Sie ging ans Fenster und blieb dort stehen, während Ellen sie verzweifelt mit den Augen verfolgte. Dann kam sie zu ihr gerannt und setzte sich bei ihrer Mutter aufs Knie. »Ach, Mami, ich möchte hier bei dir bleiben. Mami, ich bitte dich.«

»Liebes, hör mir zu«, sagte die arme Ellen, schob Annes Haar zur Seite und blickte in das junge Gesicht, dessen

Unglück offen zutage lag. »Bitte, hör mir einen Moment zu.«

»Mami …«

»Ich weiß, wie du dich fühlst. Denk nur nicht, ich wüsste es nicht. Um dich mache ich mir mehr Sorgen als um mich. Für dich ist es der erste Kampf, den du bestehen musst – und viel zu früh. Du solltest aber kämpfen, Anne. Ich bin selber nicht tapfer. Es ist schrecklich schwer, aber wir dürfen uns nicht geschlagen geben, Liebes.«

»Könnte ich nicht auf ein anderes Internat gehen?«

»Fürs nächste Trimester würden wir dich nirgendwo mehr unterbringen, oder? Du weißt, wie schwer es ist, Plätze an Schulen zu bekommen. Und es ist nur dieses Jahr, in dem alles so wichtig für dich ist. Du musst deine Prüfungen jetzt ablegen, weil unser Leben sich verändert hat, Anne. Ich bin mir sicher, dein – dein Vater wird sehr gut für deine Zukunft vorsorgen, aber es hat sich alles verändert. Wir wissen nicht … ich meine …«, stammelte Ellen. »Wir konnten doch noch gar nicht überlegen. Es gibt so viel zu bedenken. Wir müssen Pläne für deine Zukunft machen. Die Gegenwart ist sehr dunkel, ich weiß, aber wir müssen den Blick in die Zukunft richten, müssen herausfinden, was für eine Arbeit du wirklich mit Freude tun kannst. Im Moment geht es nur darum, die Prüfung zu machen. Das ist das Einzige, was wir absehen können, nicht?«

Ellen schlug einen munteren Ton an, wollte an Annes Mut und Interesse appellieren, doch Anne sah ihrer Mutter forschend ins Gesicht, während die Tränen auf ihrem eigenen trockneten. »Mami«, sagte sie. »Wenn du dich scheiden lässt, bedeutet das, dass wir das Haus verlassen müssen?«

Ellens Blick flackerte. Vor diesen Fragen fürchtete sie sich, seit Averys Brief gekommen war.

»Ich fürchte, ohne Daddy können wir nicht weiter hier wohnen.«

»Warum? Warum können wir das nicht? Er hat doch viel Geld. Kann er uns nicht so viel geben, dass wir hier wohnen können? Das muss er doch. Er hat uns hierhergebracht. Er ist unser Vater ...«

»Liebes, hör zu«, versuchte Ellen, sie zu beruhigen. »Er wird uns mit einer großen Summe unterstützen, könnte ich mir denken. Falls wir sie annehmen«, fügte sie hinzu. »Aber dafür, dass wir hierbleiben können, wird sie sicher nicht reichen. Er selber muss ja auch leben. Mit ihr, nehme ich an. Sie werden auch ein Haus brauchen ...«

»Das will ich nicht hören. Aber wenn wir nicht hier wohnen, was wird dann aus Roma?«

Roma. An Roma hatte Ellen nicht gedacht. Noch eine Komplikation. Ein Leben, in dem sie in der Lage waren, Roma zu behalten, sah sie nicht vor sich. Verzweifelt blickte sie Anne an.

»Was ist mit Roma, Mami?«, bohrte Anne nach und rüttelte ihre Mutter am Arm. »Du willst doch nicht ... ich kann nicht ...«, stammelte sie.

Ellen bekam ihre Hände zu fassen und redete fahrig auf sie ein: »Anne, wir können nicht alles auf einmal regeln. Gib mir Zeit, Liebes. Ich habe erst gestern erfahren, dass dein Vater sich scheiden lassen will. Ich brauche Zeit zum Nachdenken.«

»Mami, bitte nimm mir Roma nicht weg.« Anne sah ins Gesicht ihrer Mutter hinauf. Ihre Lippen bebten kläglich. »Bitte nicht, Mami.«

Ellens Augen füllten sich mit Tränen. »Als ob ich das jemals täte, wenn ich es verhindern könnte«, sagte sie und wollte das Kind in die Arme nehmen.

Doch Anne schüttelte ihre Hände ab und stand auf. »So ist das also«, schluchzte sie. »Ich verstehe. Ich weiß schon. Verstehe …«

»Ach, Anne, sei doch vernünftig, Liebes«, sagte Ellen flehentlich und kam auf die Beine.

Doch Anne rannte zur offenen Tür hinaus, durch den Garten und auf die Koppel, auf der Roma friedlich graste und grüßend den Kopf hob.

Ellen lief hinterher, blieb aber außer Sichtweite und schaute durch die Apfelbäume zu dem Kind, das sie nicht mehr erreichen und nicht mehr trösten konnte. Sie hatte schon befürchtet, Anne würde in der Aufwallung auf Roma davonreiten, aber sie standen beisammen, Anne mit hängendem Kopf, den Arm um Romas Hals geschlungen, und Roma, die spürte, dass irgendetwas nicht stimmte, zuckend vor Unruhe.

Sie waren ein anrührendes Paar. Ellen wusste, was Anne empfand, weil sie selbst deutlich spürte, wie hilflos Tiere waren – von einem Halter zum anderen weitergereicht, wurde es für sie, je älter sie wurden, von Mal zu Mal schlimmer. Egal, ob es sich um einen Hund, eine Katze oder ein Pferd handelte, es bedeutete auch für den Halter Kummer und Schmerz, ganz gleich, wie diejenigen spötteln mochten, die für Tiere nichts empfanden.

Wie oft hatten sie und Avery Anne versichert, dass Roma das nicht passieren würde. Doch was konnte sie jetzt tun?

»Oh, Gott, all das wächst mir über den Kopf«, sagte sie

plötzlich. »Hilf mir, und hilf mir, Anne zu helfen. Bitte, Gott, hilf uns.«

In ihrer Fassungslosigkeit und ihrem Zorn über den Verrat hatte sie seit jenem abscheulichen Nachmittag nicht mehr gebetet. Sie ging zurück zum Haus, fast ohne zu begreifen, dass sie es soeben wieder getan hatte, denn es war so natürlich gewesen wie Atmen.

DREIUNDZWANZIG

In dem Geschäft in der Rue des Carmes, wo sie von Madame Lanier bedient wurde, bestellte Germaine Devoisy Karten für eine Abendeinladung.

»Es wird für eine Weile die letzte sein«, sagte sie. Mit einfältigem Lächeln, hätte Louise festgestellt.

»Ah, Madame, das ist vernünftig«, stimmte Madame Lanier zu, ihr ganzer Körper ein bekräftigendes Wogen. »Sie haben zwar gesellschaftliche Verpflichtungen, aber eine Fehlgeburt in diesem Stadium wäre traurig, nicht wahr?«

»Oh, Madame.« Germaine stockte der Atem.

»Oje, das hätte ich nicht sagen sollen«, rief Madame Lanier, bewegte ihren massigen Körper in erstaunlichem Tempo um die Ladentheke und zog einen Stuhl heran. »Wie dumm ich bin! Setzen Sie sich, Madame, ich bitte Sie. Liebe Madame, setzen Sie sich. Ich kann mich nicht genug tadeln.«

»Nicht der Rede wert. Ich fühle mich sehr wohl. Es war nur der Gedanke. Schrecklich, wenn ich jetzt eine Fehlgeburt hätte.«

»Aber das werden Sie natürlich nicht«, beteuerte Madame Lanier.

»Nein«, sagte Germaine bestimmt. »Ich bin kerngesund,

und ich passe gut auf. Wo waren wir stehen geblieben? Die Karten. Für dieses Mal denke ich an etwas Schlichtes, Madame Lanier. Büttenpapier hatte ich letztes Mal.«

»Sind Sie sich sicher, dass es Ihnen gut geht?«, fragte Madame Lanier und beugte sich vor. »Ein Glas Wein?«

»Nein, nein, danke.« Mit einer Handbewegung tat Germaine das Angebot ab und mit ihm Madame Lanier, die sich hinter die Ladentheke zurückzog.

Sie widmeten sich den Karten.

»Und Ihre Tochter ist noch in England?«, erkundigte sie sich beim Aufstehen.

»Noch in England, Madame. Ihre Angelegenheiten sind geregelt. Ich meine, unter uns«, Madame Lanier senkte bedeutungsvoll die Stimme, »sie hat das Geld. Aber die Familie weilt derzeit in London«, fuhr sie fort und hob die Stimme wieder, »und ich glaube, offen gestanden, es gefällt Louise so gut, dass sie es noch länger auskosten wird.«

Sie lachte fröhlich, und Germaine lachte auch und sagte, das könne sie Louise nicht verübeln, und darüber gelangten sie zur Ladentür.

Ein Wagen war draußen vorgefahren. Am Steuer hielt Paul Devoisy nervös Ausschau nach seiner Frau.

»Mein Mann holt mich ab! Er meint, ich könnte jetzt keine paar Schritte mehr allein gehen. Sind Männer nicht goldig, wenn man ein Kind erwartet?«, flüsterte sie Madame Lanier zu.

»Ah, das sind sie, Madame. Das sind sie wirklich. Mein Mann war der reinste Engel für mich.«

Und trotzdem ist dabei Louise herausgekommen, dachte Germaine. Hoffentlich haben wir mehr Glück mit unserem Kind.

»*Au revoir*, liebe Madame«, sagte Madame Lanier. »Bitte geben Sie auf sich acht.«

»Das werde ich«, strahlte Germaine sie an. »Mache ich.«

Paul war ausgestiegen und hielt seiner Frau die Autotür auf. Er verbeugte sich vor Madame Lanier, die ihm ein breites Lächeln schenkte und sich in den Laden zurückzog.

»Ah, Henri, da bist du ja! Gerade rechtzeitig, dass ich nach den Pfannen sehen kann. Das war die junge Madame Devoisy. Ihre Schwangerschaft wird allmählich sichtbar. Es steht ihr. Ich habe den Ehemann gesehen. Er legt auch zu.«

»Was – du glaubst doch nicht etwa, dass er auch schwanger ist?«, sagte Monsieur Lanier und bezog Posten hinter der Ladentheke.

»Schwachkopf«, neckte Madame Lanier ihn zärtlich.

Lächelnd rührte und würzte sie mit geübter Hand. Sie hatte den kleinen Wortwechsel mit der jungen Madame Devoisy genossen und freute sich darauf, Louise in dem Brief, den sie schon halb geschrieben hatte und der noch in die Nachmittagspost sollte, davon zu berichten. Sie wollte ihr schreiben, dass Monsieur Paul jetzt viel männlicher aussah als früher und dass sich auch seine Manieren erstaunlich gebessert hatten. Früher konnte er einem nicht in die Augen sehen vor Scham oder Scheu oder was immer, und das war jetzt ganz anders. Die Ehe tat ihm gut. Sein Gesicht war freundlich und offen. In ihrer Treuherzigkeit meinte Madame Lanier, die Veränderung in Paul Devoisy würde Louise ebenso freuen wie sie selbst.

Auf dem Herd köchelte die Suppe für den Abend. Die würde gut, dachte sie glücklich. Sie würde Henri schmecken. Die Abende waren bereits so kühl, dass eine heiße

Suppe willkommen war, auch wenn man Henris Nase den Sommerurlaub noch ansah.

Jedes Jahr wurde Monsieur Laniers große Nase aufs Neue von der Sonne und dem Salz in Binic angegriffen. Sie wurde hochrot und schwoll so stark an, dass sein Kneifer schief saß. Fast immer mussten sie deswegen die Apotheke aufsuchen. Zuletzt schälte sie sich und hinterließ rosa Flecken, aber Henri gefiel es. Die Nase zeigte, dass er am Meer gewesen war, sie verlängerte sein Urlaubsglück. Und wie schön der Urlaub in diesem Jahr gewesen war! Monsieur Lanier hatte die köstliche Unbeschwertheit sehr genossen, war den ganzen Tag in Espadrilles und einem locker sitzenden Leinenanzug herumgelaufen, hatte am Strand gesessen oder mit seiner Frau Schnecken von der Hecke abgeklaubt. Im Hotel war er so bekannt, dass man extra für ihn Gerichte zubereitete. In diesem Jahr stand dort ein neuer Koch am Herd, und die Hammelkeulen waren blutiger und zarter denn je, genau so, wie die Laniers sie mochten. Auch das Gebäck war ausgezeichnet gewesen. Die Gäste saßen zusammen an einer langen Tafel, und die Mahlzeiten waren üppig und lärmend. Die Laniers hatten, jeder für sich und mit schlechtem Gewissen, bei mehreren Gelegenheiten gedacht, dass Louise in England wohl ebenso gut aufgehoben war. Das Kind wäre natürlich nicht im Hotel geblieben, sondern ausgegangen; für sie aber war es herrlich. Madame legte die Deckel wieder auf die Kasserollen und schrieb den Brief an Louise an einer Seite des Esszimmertischs fertig, bevor sie zum Mittagessen deckte.

»Schreibt mir postlagernd«, hatte Louise sie instruiert. »Wir sind in London und haben vor Kurzem zweimal das

Hotel gewechselt. Deshalb ist es am besten, mir die Briefe ans Postamt zu schicken. Ich werde noch eine Weile nicht nach Hause kommen, liebe Eltern. Es gibt Entwicklungen. Vielleicht erlebt ihr bald eine reizende Überraschung. Ich kann noch nichts verraten, aber seid nicht ungeduldig. Glaubt mir, dass ich tue, was das Beste für mich ist.«

Voller Anteilnahme rätselten ihre Eltern herum. Ein Mädchen, das bereits tausend Pfund zustande gebracht hatte, konnte alles Mögliche zustande bringen. Was konnte es diesmal sein?, fragten sie einander hocherfreut.

»Natürlich ist Paris amüsanter als London«, schrieb Louise. »Trotzdem, London hat etwas, und es ist angenehm hier.«

Wie angenehm es in Wirklichkeit war, verriet sie niemandem. Schon gar nicht Avery. Wenn er abends nach Hause kam, gab sie ihm, allerdings ohne dass es sich wie eine Klage anhörte, zu verstehen, dass ihre Tage lang und unausgefüllt waren, voller Sorgen, und dass sie das nur seinetwegen ertrug. Sich selbst gestand sie jedoch ein, dass sie seit dem Bruch mit Paul nichts so sehr genossen hatte.

Sie war gern den ganzen Tag allein und litt keinen Mangel an Beschäftigung. Den Vormittag verbrachte sie größtenteils damit, Toilette zu machen, während die Zimmermädchen im Flur vor Wut kochten, weil sie nicht hineinkommen und aufräumen konnten.

Sie verließ das Zimmer selten vor zwölf Uhr. Und danach war gerade noch Zeit, zum Wohle ihrer Figur einen Gang durch die Bond Street, die Dover Street, die Hill Street und um den Berkeley Square zu machen, gefolgt vom Mittagessen.

Nachmittags hatte sie Termine für ihr Haar, das Gesicht, die Hände und für Anproben. Sie ließ sich Kostüme schneidern. Sosehr die englische Kleidung sonst zu wünschen übrig lassen mochte, so etwas wie die Londoner Kostüme gab es kein zweites Mal, das erkannte sie an. Es war befriedigend, in den besten Häusern einzukaufen, und sie genoss die Anproben, bei denen ihre Figur und ihre Kenntnisse der modischen Schnitte gewürdigt wurden. Die Assistentinnen behandelten sie mit Respekt, und wenn sie erschien, vernahm Louise sofort ihren Namen.

»Mrs North ist da. Mrs North zur Anprobe. Mrs North in Nummer vier. Sagen Sie bitte Mr Dean Bescheid. Mrs North ... Mrs North ...«

Das war der Name, den sie »angenommen« hatte, wie es so schön hieß, und hier traf es zu. Louise hatte sich Ellens Namen, ohne mit der Wimper zu zucken, angeeignet.

In der Zeit zwischen Tee und Abendessen ging Louise ins Kino und sah sich einen französischen Film an. Die Filme aus ihrer Heimat waren so viel besser als die einfältigen amerikanischen Streifen über heldenhafte und schießwütige Gangster oder die englischen über heldenhafte Internatslehrer, die beim Sprechen kaum die Lippen bewegten und bis zur Langeweile ehrenhaft waren. Die Franzosen waren nach Louises Ansicht Realisten, waren die Einzigen, die das Leben sahen, wie es war. Ihre Einschätzung der Engländer im Allgemeinen und der Familie North im Besonderen deckte sich im Großen und Ganzen mit ihrer Meinung zu den englischen Filmen. Louise nahm ihnen ihre Empfindungen nicht ab. Sie waren ohne Belang. Nur die Franzosen besaßen Gefühl und Verstand und waren erwachsen.

Es wäre vergebens gewesen, hätte Shylock zu Louise

gesagt: »Hat nicht ein Jude Augen? Hat nicht ein Jude Hände?«, und so weiter. Das mochten die Juden ja haben, aber nicht die, auf die es Louise ankam. Und darum interessierten sie sie nicht. Dasselbe galt für Engländer und für die Norths. Die Bedrückung der Familie in Netherfold störte sie nicht. Sie würde zwar Ellen nur ungern noch einmal von Angesicht zu Angesicht gegenübertreten, aber das hatte sie auch nicht vor.

In der Zwischenzeit nahm sie das Warten hin, und sie wartete sehr angenehm. Sie war sich sicher, dass Avery sie heiraten würde, und sei es nur, weil er es nicht ertrug, allein zu sein.

»Wer Geduld hat, für den kommt auch die Zeit«, hieß es im Sprichwort, und für Louise hatte es sich bewahrheitet. Sie hatte nur gewartet, und die Norths waren wie dumme Fische aus dem Glas gesprungen, in dem sie als Familie jahrelang zusammen geschwommen waren; einer direkt ins Netz, die anderen, um ihr Leben anderswo zu verröcheln.

VIERUNDZWANZIG

I

Avery ging jeden Tag ins Büro. Er kam morgens zeitiger und ging abends später als früher, denn er brauchte nicht mehr mit dem Zug zu fahren. Während um ihn herum alles auseinanderbrach, klammerte er sich an die Routine im Büro. Allmorgendlich zur Arbeit zu gehen, verlieh dem Leben den Anschein von Vernünftigkeit. Trotz allem, was geschehen war, hielt er daran fest, dass er nach wie vor seinen Lebensunterhalt verdiente, nach wie vor etwas für seine Familie und sogar für John Bennett tat, mit dem er in diesen Tagen kaum sprach.

Er fand es seltsam tröstlich, die vertraute Treppe hinaufzusteigen, auf der das Morgenlicht auf das Porträt des alten Thomas Bennett fiel, den Firmengründer. Sein eigenes Zimmer war eine Zuflucht, und mit einem Gefühl der Befreiung schloss er sich ein. Er mochte das Büro lieber denn je und arbeitete so fleißig wie noch nie. Er arbeitete, weil es ihm gefiel; es gefiel ihm besser als alles, was ihm geblieben war. Er ackerte sogar Manuskripte durch, froh über die Ablenkung.

Für alle im Büro war offensichtlich, dass etwas nicht stimmte. Alle wussten, dass die beiden Verleger sich aus dem Weg gingen, und die Veränderung in Avery blieb niemandem verborgen. Anfangs führte das zu aufgeregten Spekulationen, bald jedoch spürten die Angestellten bedrückt die Peinlichkeit der Situation. Johns Sanftheit und Averys Charme und Humor wurden vermisst. Das Büro war nicht mehr, was es früher gewesen war.

Eines Morgens saß Avery am Schreibtisch und arbeitete gewissenhaft ein Manuskript durch. Als die Tür auf- und wieder zuging, blickte er nicht sofort auf, sondern blieb sitzen, die Brille auf der Nase, das lichter gewordene Haupthaar sichtbar, über die Papiere gebeugt. Es hatte etwas Anrührendes, ihn so zu sehen, doch der Junge, der mit dem Rücken zur Tür stand, empfand das nicht. Er war zu stark von seinen eigenen Gefühlen beansprucht: von Zorn und von Ärger. Avery sah auf.

»Hugh!« Ein warmer Freudenschwall erfüllte ihn beim Anblick seines Sohns. Sein Gesicht hellte sich auf. Er erhob sich von seinem Stuhl und ging um den Schreibtisch herum. Doch das ernste Gesicht des Jungen ließ ihn innehalten. Er war der verlorene Vater, fiel ihm ein. Dem verlorenen Sohn konnte verziehen werden, dem verlorenen Vater allerdings nicht. Niemand würde angelaufen kommen und *ihm* um den Hals fallen.

Er stand drei Schritte von seinem Sohn entfernt. Sein Ausdruck änderte sich. »Wie geht es dir, Hugh?«

»Gut, danke«, sagte der Junge steif, als stünde er in Habacht. »Ich bleib nicht lange. Ich bin nur gekommen, um dir zu sagen, dass du die Abmachungen, die du getroffen hast, damit ich nach Cambridge gehen kann, absagen musst. Ich werde das nicht tun. Ich werde in der Armee bleiben.«

»Aber du hasst die Armee!« Die Worte brachen aus Avery hervor.

»Ich bleibe lieber in der Armee, als hier mit dir zu arbeiten«, sagte Hugh, seine Augen klar und kühl.

Avery wandte sich ab, als hätte ihn sein Sohn ins Gesicht geschlagen. Er ging zu seinem Schreibtisch zurück und hob einen Aschenbecher hoch, spielte damit herum.

»Geh nach Cambridge, Hugh, ich bitte dich. Wirf diese Chance nicht weg. Tu etwas anderes, wenn du dort fertig bist und das möchtest. Dann bist du älter und wirst mich vielleicht verstehen und anders über mich denken.«

»Niemals«, erwiderte Hugh heftig. »Weißt du, dass die Frau, mit der du lebst, mir gegenüber mehrmals zudringlich geworden ist? Das tut sie bei jedem Mann – für so eine Frau hast du Mutter verlassen …« In seiner Wut und Verzweiflung begann Hugh zu stottern. Sein Gesicht lief dunkelrot an, und zu seinem großen Ärger traten ihm Tränen in die Augen. »Du … du …«, hob er noch einmal an.

»Hugh, wirf dein Leben nicht weg, weil ich … weil ich … Du darfst dein Leben nicht wegwerfen, Hugh.«

»Du bist derjenige, der unser Leben weggeworfen hat. Du ganz allein. Was hat Mutter getan, dass du sie so behandelst? Ich kann mit dir nichts anfangen. Ein Mann, der so eine Schlampe Mutter vorzieht …« Mit den geballten Fäusten und den zusammengebissenen Zähnen sah er aus, als wolle er seinen Vater schlagen.

»Hugh, ich bitte dich nur um eines. Verpflichte dich noch nicht bei der Armee. Warte damit. Überleg es dir noch einmal. Geh nach Cambridge, ich bitte dich.«

»Ich nehme dein Geld dafür nicht an. Mutter wird auch kein Geld von dir nehmen. Wir kommen ohne dich zurecht.«

Avery war sprachlos. Er starrte Hugh an, der wiederum

ihn böse anfunkelte und dessen Atem so schnell ging, als wäre er gerannt.

»Wir haben dich geliebt«, sagte Hugh, dem es bei dem Gedanken daran die Kehle zuschnürte. »Aber schau, was du uns angetan hast. Tja, jetzt hassen wir dich. Anne am meisten. Ich gehe. Und wage ja nicht, mir Geld zu schicken. Wenn du das tust, verbrenne ich es.«

»Du junger Narr«, sagte Avery. »Hugh …«

Wieder ging die Tür auf und zu. Er war fort.

Avery kehrte an seinen Schreibtisch zurück. Dort saß er lange Zeit, den Kopf auf die Hände gestützt. Er überließ sich seinem eigenen nagenden Kummer. Nach einer Weile aber dachte er nicht mehr an sich, sondern an Hugh. Der Junge musste davon abgehalten werden, etwas so Törichtes zu tun und sich bei der Armee zu verpflichten.

Averys Hände zitterten immer noch ein wenig, als er sie sinken ließ und auf das vergessene Manuskript legte. Was konnte er für seinen Sohn tun? Nichts, antwortete er sich selbst. Mit Worten würde er bei Hugh nichts ausrichten. Er musste jemand anderen dazu bringen, ihn mit allem Mitteln zu überzeugen, und dafür kam natürlich nur John Bennett infrage.

Es widerstrebte Avery sehr, John Bennett um Hilfe zu bitten. Doch es war notwendig. Er stand auf, strich sich mit den Händen übers Haar, ging ein paar Schritte im Zimmer auf und ab und danach über den Treppenabsatz zum Büro seines Partners.

»Hugh war da«, sagte er, als die beiden allein waren. Wenn Avery nun etwas zu sagen hatte, tat er es ohne Vorrede.

»Ja«, sagte John Bennett. »Ich habe ihn gesehen.«

»Du hast ihn gesehen?«

Es ärgerte Avery maßlos, dass Hugh gekommen sein sollte, um John Bennett aufzusuchen.

»Dann hat er dir erzählt, dass er bei der Armee bleiben will?«

»Ja. Ich bin darüber sehr besorgt.«

Averys Gereiztheit nahm zu. Wegen seines Sohns besorgt zu sein, stand allein ihm zu. Bis jetzt hatte noch niemand John Bennett darum gebeten.

John Bennett rückte die Stifte, die Kalender, von denen er stets mehrere führte, die Ablagen und anderen Krimskrams auf seinem Schreibtisch gerade. Das tat er stets, wenn er im Begriff war, etwas Heikles auszusprechen.

»Er möchte nicht mit dir arbeiten, Avery«, brachte er heraus. »Er erträgt die Vorstellung nicht, dich über Jahre täglich hier zu sehen, nachdem du seine Mutter auf diese Weise behandelt hast, und ich muss sagen, ich kann es ihm nicht verdenken.«

Avery errötete vor Wut.

»Ich habe es dir schon einmal gesagt. Du weißt nicht das Geringste darüber, zumindest weißt du nicht, wie sich die Angelegenheit von meiner Seite ausnimmt. Deshalb verschone mich mit deinen Ansichten.«

»Ich sage dir, dass dein Sohn nicht mit dir arbeiten will«, antwortete John kühl.

»Das hat er mir schon selbst gesagt. Warum möchtest du es wiederholen?«, sagte Avery aufbrausend.

»Vielleicht als Überleitung zu etwas, was ich selbst dir sagen möchte.« John nestelte wieder an seinen Stiften. »Tatsache ist, Avery«, sagte er, legte sie weg und blickte auf, »ich habe ebenfalls wenig Lust dazu, mit dir zu arbeiten. Meinst du nicht, es wäre besser, wenn ich dich aus der Partnerschaft herauskaufe?«

Für einen Moment war es vollkommen still. Beim Anblick von Averys Gesicht taten John Bennett seine Worte plötzlich leid, und er öffnete den Mund, um sie zurückzunehmen. Doch er dachte an den Jungen und an Ellen, und er schwieg.

»Du möchtest mich heraushaben, damit du meinen Sohn reinholen kannst, vermute ich«, sagte Avery.

»Letzten Endes ja. Es würde ihm seine Laufbahn sichern.«

»Das gäbe eine schöne Bescherung, nicht? In der Verlagswelt. Ein feines Durcheinander, was?«

»Und wessen Schuld ist das? Du hast es doch herausgefordert!«

»Verflucht noch mal!«, schrie Avery. »Was habe ich getan, das Dutzende – Hunderte – von Männern nicht andauernd tun?«

»Das weiß ich nicht. Mir hat niemand etwas gesagt. Ich weiß nur, dass du mit der Französin weggegangen bist und nicht zurückkommen willst.«

Avery sah ihn durchdringend an und atmete hörbar. »Wenn du mich aus dem Verlag hinausdrängst«, sagte er schließlich, »wie soll ich dann deiner Meinung nach Netherfold erhalten und meine Familie unterstützen?«

»Ich glaube nicht, dass sie das von dir erwarten«, sagte John behutsam. »Ellen hat sogar gesagt, sie will keine Alimente.«

»Was?«, rief Avery.

»Es sind ihre Worte«, murmelte John Bennett verlegen, die Hände wieder bei den Stiften.

Er schrak zusammen, als Avery über dem Schreibtisch vor ihm aufragte. »Das ist dein Werk«, sagte Avery dumpf. »Du hast ihr eingeredet, kein Geld von mir anzunehmen, damit sie dich um Hilfe bitten kann. Wahrscheinlich übernimmst du jetzt meine Familie? Kapital aus der Katastrophe schlagen, hm? Du bist hinter Ellen her, klar. Du sehnst dich ja schon jahrelang nach ihr.«

»Hör auf, Schluss jetzt.« John Bennett erhob sich so unvermittelt, dass er mit dem Kopf beinahe an Averys Kinn gestoßen wäre. »Und sei bitte so gut und geh raus. Du kannst nicht beides haben. Du überlässt es deiner Frau und deiner Familie, für sich selbst zu sorgen, und wenn sie es tun oder jemand anders es für sie tun will, ist es dir nicht recht.«

»Du und Ellen«, sagte Avery aufgebracht. »Dir kommt das sehr gelegen, nicht? Es hätte sich nicht besser fügen können, was?«

»Du trinkst zu viel. Belästige mich nie wieder mit deiner Kognakfahne und deinen Beleidigungen. Ich habe genug von dir, Avery.« Er läutete die Klingel auf seinem Schreibtisch, ging zur Tür und hielt sie weit auf. »Miss Everett«, rief er. »Würden Sie jetzt bitte wieder hereinkommen?«

II

Als Avery ins Hotel zurückkehrte, war Louise auf ihrem Vormittagsspaziergang. Er hatte die Suite für sich allein und ging in sein Schlafzimmer, in dem er eine Flasche Kognak aufbewahrte, von dem er sich ein großes Glas einschenkte. Dann ein zweites. Er war entschlossen, Kognak in sich hineinzuschütten, stand mit dem Glas in der Hand am Fenster und wartete darauf, dass der Alkohol seinen Zweck erfüllte. Avery war tief verletzt worden, erst von Hugh, dann von John Bennett. Alle waren sie gegen ihn. Sie wussten, dass er am Boden lag, und hatten sich zusammengetan, um ihn noch tiefer nach unten zu drücken. Es war eine Verschwörung: Ellen wollte keine Alimente, Hugh wollte nicht nach Cambridge, und John wollte ihre Partnerschaft nicht fortführen. Sie wollten ihn bestrafen, waren darauf aus, ihn zu vernichten.

Er goss sich noch mehr Kognak ein. Sie müssten es doch wissen, schrie etwas in ihm auf. Sie müssten wissen, dass er sie liebte und ohne sie verloren und verzweifelt war. Für einen grässlichen Moment schossen ihm Tränen in die Augen, und seine Lippen schlugen gegen das Glas. Gott, das reicht nicht, dachte er und beeilte sich, noch mehr zu trinken. Bald würde es wieder gut sein. Der Kognak würde dafür sorgen.

Die Entlastung setzte ein. Alles verschwamm in Wärme, der Schmerz und alles Übrige. Er stellte das Glas ab, stand, die Fingerspitzen auf die Tischkante gestützt, da und blickte durch die offene Tür in die dahinter liegenden Zimmer. Die beige Suite. Alles sah aus wie kalter Porridge. Keine Regung. Kein Entkommen. Kein Garten, keine singenden Vögel. Vernichtet in einer Suite. Die ein kleines Vermögen kostete. Und wennschon, er brauchte ein Zimmer für sich. Er hatte Angst, dass Louise ihn verließ, wollte aber nicht mit ihr zusammen sein. Er hatte versucht, mit ihr zu schlafen, falls sie das erwartete. Doch die Erinnerung an diesen schrecklichen Nachmittag kam ihm in die

Quere. Er hatte das Gefühl, dass Ellen und Anne noch da waren. Er probierte es noch einmal, aber es war zwecklos.

Die Wohnzimmertür ging klickend auf und wieder zu. Louise war da, stand in der Mitte des Raums und begutachtete ihr neues Kostüm im Spiegel über dem Kamin. Sie drehte sich hin und her, strich den Stoff über der Taille und den Hüften glatt, warf über die Schulter einen Blick auf ihren Rücken. Ausgezeichnet. Ich brauche eine Pelzstola, dachte sie. Avery muss mir diese Woche eine kaufen. Es wird langsam kühl.

Avery, schwankend auf die Fingerspitzen gestützt, fand, dass sie sehr zufrieden mit sich aussah. Warum sollte sie auch nicht? Sie ist sehr gut weggekommen, dachte er, als sich der vom Kognak erzeugte Nebel für einen Moment hob. Aber ich muss sie heiraten. Da hilft alles nichts. Ich kann sie nicht auch noch enttäuschen. Ich brauche jemanden, bei dem ich sein kann und der bei mir ist. Kluges Mädchen, diese Louise. Sie wird sich um mich kümmern. Ich bin ein armer Kerl. »Irgendjemanden brauche ich, irgendjemanden, dringend«, sagte er mit einem Schluchzer.

»Avery«, schrie Louise auf und fuhr herum. »Was tust du hier? Wieso bist du am Vormittag hier? Du trinkst ja wieder. Das ist zu viel.«

Sie kam herüber und griff nach der Flasche, schloss sie im Wohnzimmerschrank ein und steckte den Schlüssel in ihre Handtasche. Was machte er hier? Es war gleich Mittagszeit, und sie hatte sich auf eine ruhige Mahlzeit in ihrer Lieblingsecke des Hotelrestaurants gefreut.

»Wieso bist du hier?«, fragte sie aufgebracht. Es war nicht nötig, ihre Verärgerung zu kaschieren, davon bekam er in seinem betrunkenen Zustand sowieso nichts mit. »Wieso bist du um diese Tageszeit nicht im Büro?«

»Ich bin gegangen, endgültig«, sagte er und ließ sich von ihr ins Wohnzimmer bugsieren und in einen Sessel setzen.

Sie starrte ihn an. »Ist das wahr?«

»Ja. Ich hatte einen schrecklichen Vormittag. Hugh war da. Er will nicht mehr nach Cambridge gehen.«

»Ist das wichtig?«

»Natürlich ist es wichtig«, sagte Avery und wollte dem Menschen ins Gesicht sehen, der so etwas fragen konnte. »Er wird nicht nach Cambridge gehen, weil er das Geld dafür nicht von mir nehmen will. Er bleibt lieber in der Armee, als mit mir im Büro zu arbeiten.«

»Und darum bist du gegangen?«

»Ich bin gegangen, weil John Bennett ebenfalls nicht mit mir arbeiten will.«

»Dann muss er dir sehr viel Geld bezahlen«, sagte Louise mit schneidender Stimme.

»Ja, dafür wird er bezahlen müssen«, erwiderte Avery mit einem albernen Lächeln. »Dafür lasse ich ihn gehörig zahlen.«

»Und, was spielt es dann für eine Rolle?«, fragte Louise. »Wer möchte in einem Büro arbeiten, wenn keine Notwendigkeit dafür besteht?«

»So kann man es auch sehen«, stimmte Avery betrunken zu. »Warum arbeiten, wenn man dafür bezahlt wird, es nicht zu tun? Allerdings habe ich es gern getan«, sagte er dann und schluchzte wieder unerwartet auf.

»*Mon Dieu*, lass das«, sagte Louise angewidert. »Das ist hässlich. Du siehst scheußlich aus. So dumm.«

»Ich bitte um Entschuldigung.« Avery riss sich zusammen. Er strich sich mit beiden Händen übers Haar und wischte sich das Gesicht mit dem Taschentuch ab.

»Sie wollen mich unbedingt bestrafen. Ellen droht nun damit, keine Alimente anzunehmen.«

Louise lachte.

»Darüber brauchst du dir bestimmt keine Sorgen zu machen.«

»Warum?«

»Jeder nimmt Geld. Das ist nur eine Geste, das hat keine Bedeutung.«

»Und, was wird nun?«, sagte sie gleich darauf barsch.

»Mit dem Büro?«

»Nein. Mit dem Mittagessen. Es ist Mittagszeit. Kommst du mit hinunter oder nicht?«

»Ich will nichts zu Mittag essen.«

»Ich aber«, sagte Louise, als ob ihm das hätte einfallen müssen.

»Dann musst du natürlich hinuntergehen. Ich bleibe hier.«

»Soll ich etwas heraufschicken?«

Er schüttelte den Kopf.

Louise sah sich im Zimmer um. An den Kognak kam er nicht heran. Gab es hier etwas anderes, was er trinken konnte?

»Dann gehe ich jetzt.«

Bei ihrer Rückkehr war er nüchtern, und das Mittagessen hatte auch sie wiederhergestellt.

»Avery, ich habe nachgedacht«, sagte sie und setzte sich auf die Lehne seines Sessels. »Wenn du gern arbeitest, musst du arbeiten. Du bist Verleger. Die Leute mögen dich. Wenn du nicht betrunken bist, hast du Charme. Du kannst eine eigene Firma gründen, und die Autoren kommen alle zu dir statt zu diesem Mr Bennett. Ich werde auch für dich arbeiten, Avery. Wenn wir verheiratet sind, werde ich Empfänge für Schriftsteller geben. Wir werden einen vornehmen Salon führen.«

Er schüttelte den Kopf. »Nein. Ich kann keine Firma in Konkurrenz zu John und Hugh aufmachen. Ich kann nicht gegen sie arbeiten.«

Louise machte ein Geräusch tiefsten Missfallens und erhob sich von der Sessellehne. »Du bist doch wirklich wie der Held eines eurer albernen englischen Filme. Meine Geduld ist erschöpft. Was willst du sonst tun?«, fuhr sie ihn an. »Denk doch mal an dich. Tu etwas für dich. Du weinst bloß, wenn etwas schiefgeht, oder trinkst Kognak und gibst auf.«

Avery schwieg düster. Louise ging in ihr Zimmer, zog die neue Jacke und den Rock aus, streifte den Hausmantel über und legte sich auf ihr Bett. Sie ruhte nachmittags immer, wenn sie nichts anderes zu tun hatte. Sie ließ die Tür offen, damit sie Avery im Blick hatte.

Nach einer Weile sagte er, laut denkend: »Ich könnte Sellers und Pirbeck in New York dazu bewegen, mich als ihren hiesigen Repräsentanten einzustellen. Teilhaber im Grunde. Sie haben einmal etwas in der Richtung verlauten lassen. Vor etlichen Jahren. Aber ich müsste rüberfahren und sie aufsuchen.«

Louise setzte sich auf. »Nach New York fahren, Avery?«

»Ja.«

Im Nu kniete sie vor seinem Sessel, das weiße Gewand wie ein Fächer auf dem Teppich. »New York!«, hauchte sie. »Das ist ja wunderbar. Ich wollte schon immer nach New York. Wann fahren wir?«

»Mir ist jede Zeit recht, wenn wir nur von hier wegkommen.« Avery rutschte unruhig hin und her. »Ich möchte nicht im Lande sein, wenn die Scheidung durchgeht.«

»Nein, natürlich nicht.« Louise legte ihre kühle schmale Hand auf seine. »Lass uns so bald wie möglich fahren, lieber Avery. Ich werde sofort zur Behörde gehen. Begleitest du mich?«

»Ach, ich weiß nicht. Ich bin ziemlich erledigt.«

»Komm mit. Es wird dir guttun. Geh und nimm ein Bad. Ich habe mal gelesen, es sei praktisch unmöglich, sich in warmem Badewasser Sorgen zu machen, und das stimmt auch, denn ich habe es ausprobiert. Schau, ich lasse dir eine Wanne ein und bestelle uns Tee aufs Zimmer. Danach geht es dir gleich viel besser, und anschließend buchen wir die Überfahrt – auf der Queen Elizabeth, hoffe ich. Und wir schauen nach vorn, lieber Avery. Nur nach vorn.«

Er stand auf, fürs Erste etwas weniger beschwert. Ihre Begeisterung konnte er zwar nicht teilen, aber zumindest kam er weg, unternahm etwas.

Während er in der Wanne lag, schminkte Louise sich neu, nahm das Make-up ab, das sie zwei oder drei Stunden vorher aufgetragen hatte, und legte es mit Sorgfalt neu auf. Sie zog wieder das neue Kostüm an – dieses ewig gleiche Tun ermüdete sie nie – und läutete nach dem Tee.

New York! Es wurde immer besser! Die Queen Elizabeth. Das verhieß noch mehr Kleider. Sie hatte gehört, dass die Frauen bei diesen Atlantiküberfahrten täglich ein anderes Abendkleid trugen. Nie dasselbe Kleid zweimal, aber alle prachtvoll. Der Chic, so hatte sie immer angenommen, war phänomenal. Tja, sie sollten mal sehen, wie eine Französin aussehen konnte! Aber dann hatte sie noch viel zu tun, dachte sie mit köstlicher Aufregung. Sie würde dafür sorgen, dass sie ihre Schiffskarten nicht zu bald bekamen, weil sie Zeit brauchte, um ihre Garderobe zusammenzustellen. Überstürzt einzukaufen kam nicht infrage.

Jammerschade, dass Avery an jenem Tag nicht gleich alle seine Kleider aus Netherfold mitgenommen hatte, dachte sie und unterbrach ihr Hin und Her durch das Wohnzimmer. Er brauchte sie doch, und es war gute Kleidung. Es war unsinnig, Geld für neue auszugeben, wenn keine Notwendigkeit dafür bestand. Jedenfalls bei einem Mann. Und es war lächerlich, dass Avery nicht schrieb und nach ihnen verlangte. Doch dazu konnte sie ihn nicht bewegen. Ich schreibe selbst, beschloss sie, als der Tee gebracht wurde.

»Komm, Avery«, rief sie an der Badezimmertür. »Komm, *mon petit*. Der Tee ist fertig.«

Sie gab sich alle Mühe, es anheimelnd und hoffnungsvoll klingen zu lassen. Wenn sich für sie etwas gut anließ, konnte Louise bezaubernd sein.

FÜNFUNDZWANZIG

I

Die Kunst des Briefeschreibens, wie sie im Pensionat Ste. Colombe gelehrt wurde, enthielt kein Beispiel für einen Brief, in dem man die Ehefrau seines Liebhabers bat, die Kleider nachzuschicken, die er zurückgelassen hatte, als er sie verließ. Louise musste daher geraume Zeit darüber nachdenken, wie sie es formulieren sollte. Es war, gestand sie sich ein, ein schwieriger Brief.

»Madame«, schrieb sie schließlich und verzichtete auf die Angabe des Hotels. »Wären Sie so freundlich, Mr Norths Kleider und seine persönlichen Sachen an seine Schneider zu schicken, die Messrs. Peers und Vane, Savile Row, London, W1?«

Danach musste sie abermals nachdenken. Nein, glauben Sie mir, Madame, mit feiner Gesinnung, vorzüglicher Hochachtung oder besten Grüßen kam man hier nicht weiter. Da sie in der gesamten Palette französischer Höflichkeiten nichts Passendes fand, unterzeichnete sie einfach mit »L. Lanier« und gab den Brief mit weniger Erfolgsgewissheit auf, als Ellen ihr zugetraut hätte.

Sie an Ellens Stelle hätte so einen Brief zerrissen und die Papierschnipsel an die Schneider geschickt. Louise glaubte nicht, dass sie kommen würden. Doch sie kamen.

Die Engländer, dachte sie staunend, waren wirklich unglaublich, aber umso besser.

Peers und Vane schickten die Kisten und Schachteln ins Hotel, wie von Louise angewiesen.

Sie trafen ein, als Avery bei seinem Anwalt war, und Louise machte sich selbst daran, sie auszupacken. Im Steckfach einer Kiste fand sie Briefe, dasselbe Bündel mit Annes Briefen, auf die sie gestoßen war, als sie am Tag von Annes Trimesterpause Averys Schubladen durchsucht hatte.

»Ich habe einen Forschlag in die Box gesteckt«, las sie noch einmal auf der Rückseite eines Kuverts.

Louise presste die Lippen zusammen. Warum hatte seine Frau diese Briefe beigelegt? Sie waren eine Botschaft, um ihn nach Hause zu locken, natürlich. Tja, ihre kleine List sollte nicht verfangen. Avery sollte sie nicht bekommen. Sie würden ihn nur verstören, und dann würde er wieder zu viel Kognak trinken. Louise fand, dass sie durchaus das Recht hatte, die Briefe in ihre Handtasche zu stecken und sie später verschwinden zu lassen.

Kaum hatte sie es getan, betrat Avery die Suite. Beim Anblick der Kisten und Kleider blieb er stocksteif stehen. »Wo kommen die denn her?«, fragte er schneidend.

Louise zuckte mit den Achseln. »Von da, wo du sie zurückgelassen hast.«

»Wie kommen sie hierher? Ich dachte, niemand weiß, wo wir sind.«

»Sie wurden an deine Schneider geschickt.«

Avery starrte sie einen Augenblick schweigend an. »Hast du danach geschrieben?«

»Ja«, sagte Louise, hängte ein Jackett auf einen Bügel und trug es zum Kleiderschrank.

Abermals Schweigen.

»Wie konntest du so etwas tun?«

»Ich habe es getan«, sagte Louise mit erhobenen Brauen. »Wie ich es konnte, ist nicht die Frage. Einer musste es doch tun, und ich wusste, du würdest es nicht machen.«

»Das stimmt. Ich hätte das niemals fertiggebracht. Aber das verstehst du vermutlich nicht.«

»Ich verstehe die Engländer generell nicht.« Louise suchte in aller Seelenruhe Hemden zusammen. »Du hast deine Frau verlassen, findest es aber unerträglich, um deine Sachen zu bitten. Wenn das nicht Mücken seihen und Kamele verschlucken ist, weiß ich nicht, was es sonst sein soll.«

Avery verstummte wieder. Sie hatte sicher recht. Aber arme Ellen. Seine Wangen fielen ein, als er sich vorstellte, wie Ellen in dem kleinen Zimmer zu Hause seine Sachen aus den Schubladen und Schränken genommen hatte.

»Du hast sechsundzwanzig Hemden, *mon cher*. Eine richtige *trousseau*.«

II

Am 22. September sollte Anne trotz ihrer Bitten und Ellens eigener Bedenken ins Internat zurückkehren. War es richtig oder falsch, sie wieder hinzuschicken? Ellen wusste es nicht. Sie war sich darüber so unschlüssig wie neuerdings bei den meisten Dingen. Früher hatte sie zwar nie etwas ohne Avery entschieden, doch jetzt hatte sie das Gefühl, jede Fähigkeit zu unabhängigen Entscheidungen verloren zu haben. Ein ums andere Mal kreisten ihre Gedanken um die Frage nach Annes Rückkehr ins Internat. War es klug, das Kind nach dem Schock, den es erlitten hatte, zu etwas zu zwingen, wovor ihm graute? Aber wäre es nicht das Beste, wenn Anne sofort von ihrem zerstörten Zuhause wegkam, wieder mit Gleichaltrigen zusammen war und beschäftigt war, sodass ihr keine Zeit blieb, über das Geschehene nachzudenken? Nach langem Abwägen kam Ellen zu dem Schluss, es sei wohl das Beste für Anne, wenn sie wieder zur Schule ging.

Anne betrübte diese Entscheidung, und sie willigte nur unter einer Bedingung ein: Ihre Mutter durfte der Direktorin nicht sagen, was passiert war. Ellen errötete ertappt, denn genau das hatte sie tun wollen, damit die unübersehbare Veränderung in Anne verstanden wurde.

»Wenn du es der Direktorin sagst, Mami«, drohte Anne, weiß im Gesicht, »geh ich weg. Dann bleibe ich nicht da.«

»Aber Anne, sie wird es doch verstehen. Sie wird nichts als Mitgefühl empfinden.«

»Ich will kein Mitgefühl. Ich will, dass niemand davon erfährt. Anderen leidzutun, das ertrage ich nicht.«

»Aber sie meinen es doch gut ...«, hob Ellen an und verstummte. Ihr fiel plötzlich ein, dass sie selbst ebenso zögerte, es anderen zu sagen, sogar Menschen, denen sie es früher oder später sagen *musste*. Es war zwecklos, dem Kind etwas zu predigen, was sie selbst nicht praktizierte. In ihrem Kummer hatte sie sich treiben lassen, jetzt aber musste sie sich zusammennehmen und ihren Schwierigkeiten stellen.

Als Erstes kündigte sie beiden Zugehfrauen. Mit Avery war auch die halbe Hausarbeit verschwunden, und den

Rest wollte sie allein erledigen. Je mehr sie zu tun hatte, desto besser. Außerdem konnte sie sich, wenn sie tat, wozu langsam ein Plan in ihr reifte, den Lohn für die Frauen nicht mehr leisten.

Daher teilte sie Mrs Pretty nervös mit, es tue ihr leid, aber sie benötige sie nicht mehr, und Mrs Pretty, die damit gerechnet hatte, äußerte ebenfalls ihr Bedauern. Dabei beließen es beide.

Als Ellen tags darauf dasselbe zu Miss Beasley sagte, wandte die hagere Frau sich vom Spülbecken um und rückte mit etwas heraus, das sie schon seit geraumer Zeit loswerden wollte.

»Ich sage Ihnen mal was, Madam«, sagte sie und blickte Ellen in die rot umränderten Augen. »Etwas, was ich noch keinem Menschen gesagt habe, seit ich in diese Stadt gekommen bin. Ich habe auch einen Ehemann.«

»Ach?«, sagte Ellen erstaunt.

»Einen Ehemann«, wiederholte Miss Beasley mit finsterer Miene. »Aber ich bekenne mich nicht zu ihm. Es ist dreißig Jahre her, dass er mir denselben Streich gespielt hat wie Ihrer jetzt Ihnen. Ich dachte nur, ich sags Ihnen, weil ich weiß, was Sie durchmachen. Aber Sie kommen darüber hinweg. Heute können Sie sich das nicht vorstellen, aber das werden Sie. Sehen Sie mich an.« Miss Beasley streckte die Hände aus, eine Kartoffel in der einen, das Messer in der anderen Hand, präsentierte sich mit faltigem Hals und dünnem Haar stolz Ellens prüfendem Blick. »Sehen Sie mich an. So schlecht habe ich mich nicht gehalten, oder?«

Dieser Appell aus dem Munde einer so abgearbeiteten Frau überraschte Ellen und war ihr außerdem unangenehm. Sie trat schnell zu Miss Beasley an die Spüle hin, um die Tränen zu verbergen, die ihr in den Augen brannten, und um ihr beizustehen.

»Sie haben sich sehr gut gehalten«, brachte sie wahrheitsgemäß heraus, denn wenn Miss Beasley es so sah, war es auch so.

»Und Sie haben Ihre Kinder«, sagte Miss Beasley. »Ich hatte niemanden.«

Sie standen beisammen, Miss Beasley schälte rasch die Kartoffeln, und Ellen sah ihr zu.

»Ich sag Ihnen was.« Miss Beasley trat aufs andere Bein. Sie ließ ihr Gewicht immer abwechselnd auf dem einen und dem anderen Bein ruhen. »Ich schau ab und zu vorbei, wenn ich in der Gegend bin, falls es Sie nicht stört. Sie können jemanden brauchen, der weiß, wie das ist. Und ich kann Ihnen zur Hand gehen, wenn etwas sauber gemacht werden muss. Das kommt unweigerlich. Damit muss man rechnen.«

»Ja. Ich würde mich sehr freuen, Sie zu sehen. Sie sind sehr nett, Miss Beasley.«

»Ich denke an meine Mitmenschen«, sagte Miss Beasley mit finsterer Miene.

Später erledigte Ellen noch etwas, das sie vor sich hergeschoben hatte. Sie rief ihren Bruder Henry in Manchester an.

Seine Überraschung war sehr groß. »Warum um alles in der Welt hast du mir das nicht gleich gesagt?«, fragte er verwundert.

»Ich weiß auch nicht. Ich konnte nicht, Henry. Es ...«

»Aber ich hätte etwas unternommen. Ich wäre ihm gefolgt.«

»Das hätte nichts genützt.«

»Hast du gar nichts unternommen?«

»Ich werde mich von ihm scheiden lassen.«

»Ellen, das geht nicht.«

»Er möchte es so.«

»Aber er ist im Moment nicht bei Sinnen. Er kommt wieder zur Vernunft. Ellen, lass dich nicht überstürzt von ihm scheiden, um Gottes willen.«

»Du verstehst das nicht, Henry. Du weißt nicht, was – was vorgefallen ist.«

»Ich komme. Ich komme morgen, wenn ich im Krankenhaus fertig bin.«

»Nein, lass. Bitte«, sagte Ellen eindringlich. »Noch nicht. Du kannst nichts tun. Ich besuche dich, wenn Anne wieder im Internat ist. Komm nicht, Henry. Es ist zu weit, und du bist zu stark eingespannt. Du kannst nichts ausrichten, und mehr als das kann ich dir nicht sagen. Jetzt klingelt schon zum dritten Mal jemand nach dir. Machen wir Schluss, Henry.«

»Ich verstehe dich nicht«, sagte er. »Ich rufe dich morgen wieder an, wenn ich das verdaut habe. Auf Wiedersehen, Liebes. Ich kann dir gar nicht sagen, wie mir zumute ist. Du und Avery ... Ellen, du kannst dich nicht von ihm scheiden lassen.«

»Wiedersehen«, sagte Ellen.

Sie hatte ihn fragen wollen, auch wenn es nur am Telefon möglich war, was mit ihrem hämmernden Herzen los sein könnte, war jedoch nicht dazu gekommen. Vielleicht war es auch gut so, denn sonst hätte Henry auf seinem Besuch bestanden, und das wollte sie nicht. Sie wollte keine Fragen gestellt bekommen, die sie niemals beantworten könnte. Sie würde nie schildern, was sie und Anne an jenem Nachmittag im Wohnzimmer gesehen hatten.

Doch das schnelle Hämmern ihres Herzens kam zu den anderen Kümmernissen noch hinzu und musste ebenfalls in Angriff genommen werden.

Nachdem sie es von Tag zu Tag verschoben hatte, rief sie Dr. Simms an und bekam einen Hausbesuch verordnet. Dr. Simms war stets liebenswürdig gewesen, hatte ihre zwei Kinder auf die Welt gebracht, und Ellen war ihn gewohnt, doch der Gedanke daran, dass er sie untersuchte, erfüllte sie mit nervöser Furcht. Vor Ärzten konnte man nichts verbergen. Ihr Elend und ihre Schwäche würden offen zutage liegen. Sobald er ihr Herz abgehört hatte, würde er Bescheid wissen. Doch er wusste es schon vorher. Er hatte das Haus kaum betreten, da war ihm klar, dass die Gerüchte, die er gehört hatte, aber nicht hatte glauben wollen, zutrafen. Er musste jedoch warten, bis seine Patientin ihm aus eigenem Antrieb davon erzählte, und sie sagte zuerst nicht mehr, als dass ihr Herz sich seltsam aufführe.

»Lassen Sie es mich einmal abhören.« Ellen zog den Kragen ihres Kleids zur Seite und wandte das Gesicht ab, als er das Stethoskop an ihre Brust anlegte. Das Herz erzählte eilig seine kummervolle Geschichte, und der Arzt hörte zu, die Augen aber auf dem Gesicht der Frau, die er immer als glücklich gekannt hatte. Jammerschade, dachte er.

»Ihr Herz ist vollkommen gesund, Mrs North«, sagte er, fasste sie bei der Hand und führte sie sacht zu einem Sessel. »Aber Sie haben eine nervöse Tachykardie und zeigen alle Anzeichen für anhaltende Belastung. Sie sehen aus, als hätten Sie seit Wochen nicht geschlafen. Meinen Sie nicht,

Sie hätten mich schon früher aufsuchen sollen, meine Liebe?«

»Ja«, sagte Ellen schlicht und beließ es dabei. »Können Sie das Hämmern beenden?«

»Ich kann es versuchen. Aber kann ich auch die Belastung wegnehmen, die der Grund dafür ist?«

Ellen schüttelte den Kopf. »Mein Mann hat mich verlassen.« Jedes Mal, wenn sie es aussprach, gab es ihr einen Stich vor Bitterkeit, als schnitte sie wieder ein intaktes Band zwischen sich und Avery durch und ließe zu, dass es ihn forttrug. Jedes Mal, wenn sie es aussprach, wurde es wahrer. Jeder, dem sie es sagte, schob sich zwischen sie und Avery, bis sie das Gefühl hatte, ihn bald überhaupt nicht mehr sehen zu können. Sie hasste dieses Aussprechen.

Und musste es doch wieder tun, als sie den Anwalt der Familie aufsuchte, der das Gerücht glaubte, als er es hörte, weil er, der schon so viele Menschen von ihrer schlechtesten Seite erlebt hatte, auf dem Gebiet alles glauben konnte. Trotzdem war er schockiert, als Ellen das Thema Scheidung zur Sprache brachte.

»Aber, Mrs North«, sagte er mit tiefem Mitgefühl, »handeln Sie da nicht etwas voreilig? Bestimmt kommt Ihr Mann wieder zur Besinnung und kehrt zu Ihnen zurück. Ich kannte seinen Vater. Ich kenne Avery sein ganzes Leben lang. Ein gut aussehender Mann wie er ist vielen Versuchungen ausgesetzt, im Innersten aber doch vernünftig …«

»Er kommt nicht zurück. Es ist wirklich endgültig. Er möchte die Scheidung.«

»Wissen Sie, Mrs North«, versuchte es Mr Roach, hinter dessen Schreibtisch ein Gasfeuer bullerte, obwohl es ein warmer Vormittag war, »wir haben Sie und Avery immer für ein absolut ideales Paar gehalten. Der Bruch lässt sich doch bestimmt heilen? Ich werde mit Avery sprechen.«

»Es hat keinen Zweck«, sagte Ellen. »Bitte tun Sie, worum er bittet.«

Mr Roach probierte es weiter. Er bemühte sich sehr, gab zuletzt aber auf und zog einen Schreibblock zu sich heran. Während er Fragen stellte und sich Notizen machte, dämmerte ihm, dass dahinter etwas steckte, was sie verschwieg. Er sagte etwas in diesem Sinne, weil er einerseits als Anwalt die Tatsachen richtig erfassen wollte, andererseits als Mann von Natur aus neugierig war. Ellen fertigte ihn oberflächlicher ab, als er erwartet hätte.

»Ehebruch und böswilliges Verlassen sind als Scheidungsgründe doch hinreichend, nicht?«, fragte sie ihn.

»Ja, das sind sie. Gewiss.«

»Dann haben Sie alle notwendigen Angaben. Wie lange wird es dauern?«

Mr Roach, der pikiert war, änderte sein Verhalten. Bis dahin war er verständnisvoll gewesen, jetzt war er distanziert: »Eine Scheidung ist heute eine Angelegenheit von einigen wenigen Monaten. So, wie die Termine fallen, wird es sechs Wochen bis zum vorläufigen und noch einmal sechs Wochen bis zum endgültigen Scheidungsurteil dauern. Ihre Sache wird natürlich in London verhandelt.«

»Nein«, sagte Ellen. »Meines Wissens werden Dutzende Scheidungssachen in Benhampton verhandelt. Das ist nur zwanzig Meilen entfernt. Da kann ich hinfahren.«

»Oh, hier würde ich es nicht tun.« Mr Roach war schockiert. Seine wohlhabenderen Klienten ließen ihre Sachen immer in London verhandeln. »Es ist ganz unüblich, seine Scheidung vor ein Grafschaftsgericht zu bringen.«

»Da es eine Verhandlung geben muss«, beharrte Ellen, »kommt es nicht auf den Ort an. Das Grafschaftsgericht genügt.«

»Sehr wohl«, sagte Mr Roach pikiert. »Wie Sie wünschen, Mrs North. Ich werde mich in den nächsten Tagen mit Ihnen in Verbindung setzen. Oder vielmehr werde ich den jungen Letchworth beauftragen, sich mit Ihnen in Verbindung zu setzen. Er betreut unsere Scheidungen vor dem Grafschaftsgericht.«

»Vielen Dank.«

»Es tut mir leid, dass ich Sie nicht dazu bewegen konnte, Ihre Ansicht zu ändern, Mrs North«, sagte Mr Roach und stand auf. »Ich finde, Sie machen einen großen Fehler, wenn Sie nicht noch wenigstens sechs Monate abwarten, ob Ihr Mann zu Ihnen zurückkehrt.«

Diese ahnungslosen Leute, alle meinen es nur gut, dachte Ellen beim Gehen.

Nachdem sie nun bei sich klar Schiff gemacht hatte, wollte sie Anne noch einmal überreden, sie an die Direktorin schreiben zu lassen.

»Um es dir zu erleichtern, Liebling«, bettelte sie.

Doch Anne wollte davon nichts hören. »Nein. Sie darf es nicht erfahren. Warum sollte sie?«

»Weil sie für dich verantwortlich ist. Es ist nicht gut, zu verheimlichen, dass es dich verändert hat. Es hat mich verändert, oder etwa nicht? Und dich hat es auch verändert.«

»Ich komme schon zurecht«, sagte Anne trotzig. »Ich werde mir nicht das Geringste anmerken lassen.«

»Aber es ist eine Belastung, das durchzuhalten. Wenn

jemand Bescheid wüsste, jemand, der so nett und klug ist wie Miss Beldon …!«

Doch Ellen mühte sich vergebens.

Als Mutter und Tochter am Morgen des 22. September mit Hut und Handschuhen im selben Moment aus ihren Zimmern kamen, nickten beide erleichtert beim Anblick der anderen. Ellen war jedes Mal aufs Neue verdutzt, dass Anne ihr neuerdings wie eine Ebenbürtige gegenübertrat. Das war nicht der Blick eines Kindes auf seine Mutter, sondern der gleichberechtigt abschätzende Blick einer Erwachsenen auf eine andere. Ellen konnte sich nicht daran gewöhnen. Das Kind wirkte dadurch fast wie eine Fremde und so viel älter.

An diesem Morgen war Anne erleichtert, dass ihre Mutter dank des sorgfältig aufgelegten Make-ups für andere praktisch aussah wie immer. Ellen wiederum war erleichtert, weil sie wusste, dass Anne keinen Verdacht erregen wollte und dass ihr das gelingen würde, auch wenn sie sich in den letzten Wochen so hatte gehen lassen. In der grauen Schuluniform mit der weißen Bluse machte sie wieder einen gewaschenen, gekämmten und schulmädchenhaften Eindruck. Sie sah fast so aus wie früher, und dieses Mal ging es, anders als sonst an ihrem letzten Vormittag zu Hause, ohne Tränen und ohne wehmütiges Lächeln ab. Mit einem flüchtigen Blick zu ihrer Mutter prüfte sie, ob sie vor den Weston-Mädchen, den Mowbrays und all den anderen, die von der Anschlussstation kamen und mit in den Zug zur Schule einstiegen, bestehen würde.

»Fertig, Liebling?«, sagte Ellen.

»Ja.«

Als sie losfuhren, schaute Anne kein einziges Mal zurück. Ellen spürte deutlich, dass ihre Tochter sich für die Rückkehr in ihre eigene Welt wappnete, und wagte kein aufmunterndes oder gar liebes Wort zu sagen. Anne gab ihr stumm zu verstehen, dass sie das nicht wollte. Nach Averys Auszug entdeckte Ellen in dem anschmiegsamen, glücklichen Kind, das alles richtig fand, was seine Eltern sagten und taten, einen Charakterzug, den sie nicht vermutet hatte. War es Stärke oder Härte? Ellen war sich nicht sicher. Heute war sie sich nur selten sicher, was Anne oder Hugh betraf – geschweige denn sie selbst. Louise hatte sie alle bis zur Unkenntlichkeit verändert.

Während der Fahrt durch die Stadt erblickte Ellen einen ihr von früher gut bekannten grünen Hut, an dem eine lange, feine Fasanenfeder aufragte wie eine Antenne. »Da ist Miss Daley«, rief sie und bremste. »Ich habe sie seit Weihnachten nicht mehr gesehen.«

»Halt nicht an«, bat Anne.

In dem Moment blieb Miss Daley auf dem Bürgersteig stehen, und hinter ihren Brillengläsern blitzte ein Licht des Erkennens auf.

»Sie hat uns gesehen«, sagte Ellen.

»Halt nicht an.«

»Nur kurz, Liebling, ganz bestimmt …«

»Nein. Mami, bitte. Wir müssten es ihr sagen. Oder sie weiß es und würde von sich aus etwas sagen. Außerdem haben wir keine Zeit.«

Und weil Anne schon genug anderes zu bestehen hatte, lächelte Ellen Miss Daley bedauernd zu und fuhr weiter. Aber es stimmte sie traurig. Sie wusste nicht einmal Miss Daleys Adresse und würde es ihr nicht erklären können.

Auf dem Bahnhof hatte der fröhliche Schaffner Dienst, den sie so mochten.

»Na, so was«, sagte er, nahm ihre Tickets in Empfang und schob sich die Schirmmütze in den Nacken. »Dass Sie jetzt kommen! Heute früh erst sag ich zu Bert hier, dass Mr North schon eine ganze Weile nicht mehr zum Achtuhrzwanziger angerannt kommt. Immer auf den letzten Drücker, der Mr North. Er fehlt einem richtig. Aber vielleicht ist er nicht zu Hause, was?«

»Ja, er ist nicht zu Hause«, sagte Ellen lächelnd und war froh, dass hinter ihr andere Leute nachdrängten und sie vom Kontrolleur wegkam.

Sie und Anne gingen schweigend durch die Unterführung. Als sie den Bahnsteig betraten, waren die Mowbray-Mädchen schon da, und gleich darauf kamen die Westons mit ihrer Mutter, und Begrüßungen und Ausrufe erfüllten die Luft.

»Oh, Anne. Oh, Sara. Jocelyn, du hast dir die Haare abschneiden lassen! Lass mich mal sehen. Ja, stimmt. Sie sieht ganz verändert aus, nicht? Hattet ihr schöne Ferien? Wir waren in Frankreich, das war wunderbar! Wo bist du hingefahren, Anne? Ach, du fährst ja nicht weg, oder? Du willst deinen Gaul nicht allein lassen. Pug war bei dir zu Besuch, oder? Sie ist nicht gekommen? Warum denn? Wieso?«

Während sie selbst ein paar Worte mit Mrs Weston wechselte, verfolgte Ellen, wie Anne mit den Verlegenheiten umging, die schon hier auf sie einstürmten. Sie lächelte und beantwortete die Fragen, schüttelte den Kopf, dass die Haare flogen, und sah beinahe aus wie immer.

Träger kamen und holten das Gepäck der Mädchen.

»Ach, warum müssen wir dahin?«, stöhnte Christine Weston.

»Ich verstehe nicht, warum du ständig jammerst«, sagte die sorgenfreie Mrs Weston, die an jedem Arm eine Tochter hängen hatte. »Ihr könnt von Glück reden, und das wisst ihr. Es ist eine wunderbare Schule. An so einer wäre ich auch gern gewesen.«

»Den Satz merke ich mir für meine Kinder«, erwiderte Christine.

»Aber du willst doch das Theaterstück in diesem Trimester um nichts auf der Welt verpassen, oder?«, fragte ihre Mutter.

»Ach, du hast ja recht«, gab Christine zu, plötzlich ernst. »Hör mal, Anne, ich hab vorige Woche einen Brief von Jane Fairhurst bekommen, und sie schreibt, angeblich werden Jungs von der Overingham School *Viel Lärm um nichts* mit uns zusammen proben. Ich hoffe ja bloß, dass das nur ein Gerücht ist. Jungs!«

»Oh.« Anne erschauerte so heftig, dass alle außer ihrer Mutter lachten. Das Stück betraf die beiden Mädchen unmittelbar; sie gingen davon aus, dass sie mitspielten.

»Jungs!«, stöhnte Christine. »Ich leg mich auf der Bühne gern richtig ins Zeug, aber wer kann das, wenn Jungs mitmachen? Außerdem spiele ich selber am liebsten männliche Rollen. Ich hatte gehofft, ich kriege den Benedick«, sagte sie und stolzierte anmutig hin und her.

»So ein frecher Kerl, entsetzlich«, sagte ihre Schwester.

Der Zug fuhr ein. Die Weston-Schwestern gaben ihrer Mutter einen Kuss. Anne gab ihrer Mutter ebenfalls einen. Die Mädchen bestiegen ein Abteil und tauchten am Fenster wieder auf, nur Anne nicht. Ellens hämmerndes Herz kannte kein Erbarmen. Anne musste doch herausschauen und Auf Wiedersehen sagen. So durfte sie doch nicht wegfahren – so verschlossen.

Dann lehnte sich Anne in einem Abteil weiter hinten im Waggon aus einem Fenster, das glänzende Haar unter dem runden Schulhut nach vorn hängend.

»Liebling«, sagte Ellen und hastete hin.

»Mami«, sagte Anne mit bebenden Lippen. »Du schickst Roma nicht weg, ohne es mir zu sagen, stimmts?«

»Anne«, sagte die arme Ellen und reckte sich hinauf. »Wie konntest du nur denken, ich würde so etwas tun?«

»Ach, Mami.«

»Liebling, ich finde eine Möglichkeit. Ich schaffe das, irgendwie. Ich überlege mir etwas, aber du musst mir helfen, Anne.«

»Das tue ich, Mami. Wenn nur –«

»Sch jetzt, sch. Lächle, Kind. Vertrau mir, dass ich mein Möglichstes tue.«

»Ja, Mami. Lass mich dir noch einen Kuss geben.«

Ellen reckte sich hinauf. Sie bekam den Kuss und gab Anne einen. Der Zug fuhr an.

»Schreib gleich, Mami. Gleich heute, wie du es früher gemacht hast.«

»Mach ich.«

»Wiedersehen, liebste Mami.«

»Wiedersehen … Wiedersehen …«

Sie winkten, bis der Zug um die Kurve gebogen war. Danach musste sich Ellen abwenden und sich die Tränen abwischen, bevor sie Mrs Weston gegenübertreten konnte.

Aber Mrs Weston wischte sich ihre ebenfalls ab und schnäuzte sich die Nase. »Ist es nicht schrecklich, wenn sie wegfahren? Aber wir sind dumm. Wenn sie dort ankommen, sind sie total glücklich. Eigentlich macht es ihnen schon in Benhampton nichts mehr aus, jede Wette. Mein Mann sagt, wenn wir nichts Schlimmeres zu beweinen haben, als dass die Mädchen wieder ins Internat fahren, geht es uns gut.«

Ellen fuhr nach Hause und dachte darüber nach, was sie sich eingebrockt hatte. Es war Irrsinn, Anne auf die Idee zu bringen, dass sie Roma behalten konnten. Aber das klägliche Gesichtchen am Zugfenster war zu viel für sie gewesen. War es immer noch. Sie sah selbst keine Möglichkeit, die Stute zu behalten, und wollte es dennoch unbedingt. Aber wie nur? Wie?

Sie fuhr das Auto in die Garage und schloss mit kräftigem Rucken die schweren Tore, was sie immer Avery überlassen hatte. Sie sperrte das Haus auf, überhörte die Stille, die ihr entgegenschlug, und ging hinauf in ihr Zimmer. Sie legte den Mantel ab, trat ans Fenster und schaute zur Koppel hinüber, als fiele ihr bei Romas Anblick vielleicht etwas ein, was sie tun konnte.

Die Koppel war von Pappeln umringt, deren goldene Blätter wie die Schellen eines Tamburins glitzerten. Roma graste zufrieden in dem Rund.

Wie viel mag es kosten, sie zu behalten?, überlegte Ellen. Niemand hatte das je ausgerechnet.

Es hängt davon ab, wo wir wohnen, dachte sie.

Sie mussten also irgendwo wohnen, wo Romas Unterbringung nicht so teuer war. Ein weiterer Grund, warum sie ans Land gebunden waren.

Bei seinem letzten Besuch hatte John Bennett, als sie und Anne ihn zum Bahnhof gebracht hatten, urplötzlich vorgeschlagen, sie sollten alle zusammen bei ihm in Kensington einziehen. Spontan wandte Ellen sich ihm zu, ein Leuchten im Gesicht. Das war die Lösung! Sie sehnte sich danach, irgendwo unterzukriechen, sich wieder »häuslich« einzurichten, ihre Schwierigkeiten ad acta zu legen, sie John zu überlassen. Und als Gegenleistung würde sie ihn doch viel besser versorgen als jede Haushälterin. Sie öffnete den Mund, um all das auszusprechen, erhaschte im Innenspiegel aber einen Blick auf Annes Gesicht und sagte nichts davon.

Anne beugte sich aufmerksam vor und beobachtete John Bennett und ihre Mutter mit so viel Ekel und Abscheu, dass Ellen beinahe aufgeschrien hätte. Sie hat den Verdacht, schoss es Ellen durch den Kopf, dass John Bennett in sie verliebt war. Dasselbe Gesicht hatte sie auch an dem Tag gemacht, als sie ihn schon einmal zum Bahnhof brachten und Anne sich nach seiner Frau erkundigte. Anne wollte wissen, ob ihre Mutter bereit war, dasselbe Spiel zu spielen wie ihr Vater, und wartete auf die Bestätigung ihres Verdachts, dass alle Erwachsenen so waren.

Den Blick gefährlich auf den Innenspiegel gerichtet, fuhr Ellen weiter, während John neben ihr die Vorteile von Kensington ausbreitete. Wie um alles in der Welt war das Kind auf diese groteske Idee gekommen?

Es musste an Johns albernen Scherzen und seinen Handküssen liegen. Er hatte ihr gegenüber immer den Verehrer herausgekehrt, und das hatte sich nach dem grauenhaften Nachmittag in der Vorstellung des Kindes zu einem falschen Bild gefügt.

»Das ist ein großartiges Angebot, John«, sagte Ellen eindringlich. »Und es ist wirklich sehr nett von dir. Aber ich kann mir nicht vorstellen, dass Anne und ich jemals vom Land wegziehen, oder, Liebes?«

Wieder der Ausdruck totaler Erleichterung auf dem Gesicht des Kindes. Die Anspannung löste sich, Anne sank in ihre Ecke der Sitzbank zurück. »Das können wir nicht, Mami, oder?« Sie holte tief Luft und beugte sich so weit vor, bis ihr Kinn an John Bennetts Schulter lag. »Aber tausend Dank, Onkel John, dass du uns gefragt hast«, sagte sie. Nun konnte sie ihn wieder mögen. Die Gefahr, dass er und ihre Mutter in einem Haus wohnen oder heiraten wollten oder dass zwischen ihnen das aufkam, was grässlicherweise Liebe genannt wurde, war gebannt. »Du bist lieb, Onkel John.«

Es war das erste herzliche Wort, das sie zu ihm sprach, und er freute sich rührend, auch wenn sie über einen Umzug zu ihm nicht nachdenken wollten, dessen Vorteile er weiter herausstrich, bis er zum Zug musste.

»Wenn ihr nicht kommen wollt, muss ich zumindest Hugh zu mir nehmen«, sagte er an der Autotür. »Bis ihr euch woanders eingerichtet habt, und danach vielleicht auch noch.«

»Sehr gut, John, du Lieber, und vielen, vielen Dank«, sagte Ellen und küsste ihn herzlich. Anne beugte sich vor und küsste ihn ebenfalls, dankbarer, als er je ahnen würde.

Dass sie auf dem Land wohnen wollten, hatte Ellen gesagt, um jeden Gedanken an Kensington bereits im Keim zu ersticken. Jetzt schien es, als nötige Roma sie dazu, an dieser aufs Geratewohl gemachten Äußerung festzuhalten. Aber wie, fragte sie sich, sollte sie auf dem Land Arbeit finden? Wie all diese Probleme unter einen Hut bringen?

Wenn ich das wüsste, dachte sie, ließ die Hand vom

Fensterbrett gleiten und kehrte sich ab. Gäbe es doch jemanden, mit dem sie das besprechen könnte! Doch sogar ihr Bruder, sogar John Bennett, beide so willig, zu retten, was zu retten war, würden es furchtbar unzweckmäßig finden, unter diesen Umständen ein Pferd halten zu wollen. Ellen musste daran denken, wie es Avery und sie erheitert hatte, dass die Roytons, als sie ihr ganzes Geld verloren hatten, das Angebot ihrer Freunde ausschlugen, mietfrei in deren netten kleinen Haus unterzukommen, weil ihr Flügel dort nicht hineinpasste. Roma war jetzt ihr Flügel, und Ellen war ebenso entschlossen, sich nicht von ihr zu trennen.

Sie ging zielstrebig wieder nach unten, nahm sich Papierstapel von dem Schreibtisch, auf dem Avery sie abgelegt hatte, und breitete sie auf dem Esszimmertisch aus. Da es schon Viertel nach eins war, holte sie sich ein Glas Milch und einen Apfel, den sie essen wollte, während sie die Sachen durchging.

Für sich allein zu kochen hatte Ellen, die Verfechterin guter Ernährung, keine Lust. Sie beugte sich über die Papiere und wünschte, sie könnte besser mit Zahlen umgehen. Seit zwanzig Jahren hatte sie sich nicht mehr damit befasst, hatte nie versucht, die Steuererklärungen zu begreifen. Es war auch nie notwendig gewesen, da das Einkommen praktisch allein von Avery kam. Sie wusste nicht einmal, wie viel Geld ihr Vater ihr als Leibrente hinterlassen hatte. Sie schätzte die Summe auf ungefähr dreihundert Pfund pro Jahr, die inzwischen jedoch nur noch halb so viel wert sein dürften. Sie hob ein Blatt hoch, und ihr fiel ein, dass Avery ein paar Anteile an der Strumpffabrik auf sie übertragen hatte. Hier war auch der Dividendenschein. Und hier war etwas über die Umwandlung von Anteilen.

Ellen grübelte. Was hatte das zu bedeuten? Musste sie etwas einzahlen? Oder sollte ihr etwas ausgezahlt werden? Sie wusste es nicht. Ihre Unkenntnis war bodenlos.

Sie griff nach dem Glas Milch und schaute beim Trinken verdrossen hinaus in den Garten. Es war einfach zu viel. Der Garten war ihr so weit entglitten, dass sie regelrecht böse auf ihn war. Sie wurde der Dinge nicht mehr Herr, was ihr Gefühl der Erschöpfung noch steigerte.

Mit den Papieren auf dem Tisch war es nicht anders. Es waren zu viele. Avery hätte sie nicht in diesem Zustand hinterlassen dürfen. Wenn er schon gehen musste, hätte er sie zuerst in Ordnung bringen sollen. Ellen würde sich damit an die Bank oder an die Anwälte wenden müssen.

Sie schob die ersten Dokumente schon zusammen, breitete sie dann aber wieder aus. Annes Gesicht fiel ihr ein, als der Zug ausfuhr – noch den Tränen nahe, aber voller Vertrauen darauf, dass ihre Mutter Roma rettete.

Ich muss allein dahinterkommen, sagte Ellen sich.

Sie las und sortierte, rätselte, machte sich Notizen, suchte nach anderen Unterlagen. Sie holte Rechnungen hervor und verglich, was von dem gemeinsamen Bankkonto abging, das sie und Avery immer gehabt hatten.

Es wurde dunkel. Regen schabte an den Fenstern. Sie fügte dem Tee, den sie später als sonst zu sich nahm, ein gekochtes Ei hinzu, machte aus zwei Mahlzeiten eine. Sie war in das große Heer allein lebender Frauen eingetreten, der Frauen ohne Männer, die gekochte Eier zu Abend aßen.

Sie lebte nun in dem Haus ohne die Erwartung, dass

noch jemand kam. Wochen dieser tödlichen abendlichen Stille lagen vor ihr. Als die Katze plötzlich miauend ihr Abendbrot verlangte, fuhr sie zusammen.

Sie widmete sich wieder den Papieren, und bis zum Zubettgehen hatte sie ermittelt, dass sie im Jahr ungefähr zweihundert Pfund eigenes Einkommen hatte, falls sie ihre separate Einkommenssteuer richtig berechnet hatte.

»Ich habe zweihundert Pfund im Jahr«, sagte sie laut – die Selbstgespräche fingen schon an. »Und für den Rest werde ich arbeiten.«

Seit dem Tag, an dem Avery die Scheidung verlangt hatte, hatte sie im Hinterkopf, dass sie keine Alimente annehmen würde. Sie ertrug den Gedanken nicht, von Avery eine Rente zu beziehen, die Frau zu sein, die er beiseitegeschoben hatte und für die er trotzdem bezahlen musste. Er sollte Anne einen Zuschuss geben, aber nicht ihr. Doch wo konnte sie arbeiten und gleichzeitig Anne und Roma bei sich haben?

»Genug für heute«, sagte sie, wieder laut, und legte die Unterlagen zur Seite.

Es war sehr kalt geworden im Zimmer. Mittlerweile musste man abends Feuer machen, doch daran hatte sie nicht gedacht. Sie ging in die Küche, seit Neuestem trostlos und unbenutzt, machte sich eine Wärmflasche und hoffte, dass ihr im Bett warm wurde.

In der Nacht schlich sich die Stille an sie heran wie ein Gespenst. Angsterfüllt lag sie da und hörte nichts als ihr eigenes Herz, das trotz der Verschreibung von Dr. Simms so laut hämmerte wie immer. Das würde nicht aufhören, hatte er gesagt, ehe sie nicht Frieden mit sich gemacht hatte.

Sie knipste die Lampe an und griff nach einem Buch. Doch Averys Bett erstreckte sich neben ihr wie eine Bahre. Mit einem Mal sprang sie auf und machte noch mehr Licht. Zitternd stand sie in ihrem Nachthemd mitten im Zimmer.

»Ich ertrage das nicht«, rief sie aus.

Ihr Blick fiel auf den Wasserkessel, der für den Morgentee bereits gefüllt war. Tee zu machen, gäbe ihr etwas zu tun, würde die Nacht verkürzen. Sie schaltete den Kessel ein, legte sich wieder hin und wartete auf das Kochen. In ihrer Unruhe hatte sie das Kissen unter dem Kopf zusammengeknautscht. Der Kessel begann zu summen. Wie oft hatte sie dieses leise, heimelige Lied beim morgendlichen Warten schon gehört, wenn sie Tee gemacht und Avery geweckt hatte. Zornig schob sie die Erinnerung weg. Da Avery in diesem Augenblick neben Louise schlief, hatte Ellen nichts mehr, woran sie sich erinnern konnte. Welchen Wert oder welche Wahrheit hatte eine x-beliebige Erinnerung an ihn jetzt noch? Avery hatte die Vergangenheit, die Gegenwart und die Zukunft zerstört. An nichts davon wagte Ellen zu denken.

Das Wasser kochte. Sie stand auf und machte Tee, und plötzlich war das Kätzchen da, schnurrte und strich um ihre bloßen Füße.

»Hallo«, sagte Ellen, plötzlich aufgemuntert durch die Gesellschaft. »Verstehst du mich? Möchtest du auch etwas trinken?«

Sie stellte Moppet die Untertasse hin, nahm ihren Tee und ging wieder ins Bett. Moppet schlief gern auf Betten, aber bisher hatte Ellen ihr das bei sich nicht erlaubt. Heute hatte sie, wie Moppet wusste, keine Einwände. Als die Katze die Milch ausgetrunken hatte, sprang sie hinauf, formte sich eine kleine Kuhle und ließ sich wohlig nieder.

Ellen freute sich darüber, an Schlaf war dennoch nicht zu denken. Sie griff wieder nach ihrem Buch. Es war eins von denen, die Mrs Brockington ihr gegeben hatte, verfasst von Evelyn Underhill. Ellen hatte noch nicht hineingesehen und schlug es jetzt aufs Geratewohl auf. Sie wollte nur die Augen darüber hinweggleiten lassen, ihnen etwas zu tun geben, bevor sie zufielen.

»Selbstloses Ertragen von Schmerz und Scheitern«, las sie. »Die Zerstörung der alten Welt, das tapfere Beschreiten von Wegen voller Dunkelheit und Not – all das ist ebenso erforderlich dafür, dass der Mensch das ›Obergeschoss‹ erklimmt, wie das freudige Wissen um Gottes Gegenwart.«

Ellen las die Stelle noch einmal. »Die Zerstörung der alten Welt.« Ihre Welt war zerstört. »Selbstloses Ertragen von Schmerz und Scheitern.« Sie musste es ertragen, tat es aber nicht selbstlos. »Das tapfere Beschreiten von Wegen voller Dunkelheit und Not.« Sie beschritt diese Wege, aber nicht tapfer.

Es war, als hätte jemand aus der Stille zu ihr gesprochen, jemand, der sie verstand, und ihr Geist, der sich aufgebäumt hatte vor Groll, Zorn, Eifersucht und Selbstmitleid, kam zur Ruhe und hörte zu.

SECHSUNDZWANZIG

I

Zwischen der jungen Madame Devoisy und der älteren Madame Lanier war so etwas wie eine Freundschaft entstanden. Auch wenn beide über diesen Ausdruck bestürzt gewesen wären, hatten sie eines gemeinsam: die Treue zum gesellschaftlichen Dünkel, allerdings mit einem Unterschied: Der Blick von Madame Devoisy war nach unten gerichtet, der von Madame Lanier nach oben. Eine junge Herrin aus aristokratischer Familie verkehrte nicht »freundschaftlich« mit der Frau eines Ladeninhabers, und die Frau des Ladeninhabers erwartete das auch nicht. Sie freuten sich jedoch immer, wenn sie einander sahen, und hatten sich viel zu erzählen.

Germaine sagte in letzter Zeit immer öfter zu ihrem Mann: »Hol mich in der Librairie Lanier ab, ja, Lieber?«

»Da bist du dauernd«, bemerkte Paul, aber nicht aus Protest. Solange Louise fort war, störte er sich nicht daran, wie oft seine Frau das Geschäft aufsuchte.

»Ich kann dort in Ruhe warten«, sagte Germaine. »Madame Lanier hat Verständnis. Sie ist eine gütige Frau, und ich glaube ehrlich gesagt, sie interessiert sich für unser Kind ebenso wie wir.«

»Das ist unmöglich«, sagte Paul schmunzelnd. »Niemand

könnte sich für unser Kind so interessieren wie ich, von dir abgesehen.« Er staunte selbst über seine Empfindungen. Er hatte Kinder gewollt, sie waren der Grund, weswegen er geheiratet hatte. Aber niemals hätte er gedacht, so viel Zärtlichkeit für Mutter und Kind zu empfinden. Durch irgendein Mysterium der Ehe war seine Frau so sehr ein Teil von ihm selbst geworden, dass er fast das Gefühl hatte, das Kind ebenfalls auszutragen. Er fand Germaine wunderbar, so heiter und strahlend trotz der zunehmenden körperlichen Strapazen. Wenn er ihr das sagte, küsste sie ihn und erwiderte: »Aber das ist es wert, Dummerchen. Da liegt kein Verdienst darin.«

Sie hatte das Schmollen und die Schüchternheit abgelegt und war jetzt eine Frau. Paul leistete im Stillen Abbitte bei dem Gedanken, dass er sie beinahe mit Herablassung geheiratet und zu ihrem Nachteil mit Louise verglichen hatte. Louise! Für ihn war es ein unverdientes Glück, dass das Schicksal Louise in England festhielt. Er hoffte, sie bliebe für immer dort.

»Ah, ist das Madame Devoisy?«, rief Madame Lanier eines Morgens im Oktober, als die letzten Blätter des Ahorns am Tor zum Archevêché mit leisem Rascheln über das Pflaster strichen. »Guten Morgen, Madame. Wie befinden Sie sich heute?« Sie kam um die Ladentheke herumgewuselt und rückte ihr einen Stuhl hin.

»Oh, ich schnaufe«, keuchte Germaine lachend.

»So ist es gegen Ende immer, Madame. Aber nun dauert es nicht mehr lange, und dann kommen Sie wieder in den Laden gelaufen wie früher.«

»Ist es nicht wunderbar, daran zu denken, dass ich mein Baby mitbringen werde? Bekomme ich seinen Wagen durch die Tür, was meinen Sie? Denn es draußen zu lassen, kommt nicht infrage.«

»Natürlich bringen Sie es mit herein«, sagte Madame Lanier strahlend. »Schauen Sie! Die Tür hat zwei Flügel. Ich werde sie Ihnen weit öffnen.«

Lächelnd drückte Germaine Madame Lanier die Hand und rief über die Fülle ihrer Freundin hinweg Monsieur Lanier durch den Laden zu: »Monsieur, ich habe Ihnen meinen Füllfederhalter mitgebracht.« Sie holte ihn aus der Handtasche. »Irgendetwas stimmt damit nicht. Ich weiß nicht, was, aber Sie finden es bestimmt heraus.«

»Madame, ich stehe zu Diensten«, sagte Monsieur Lanier, kam herüber, nahm den Füllfederhalter in Empfang und ging damit zu seiner eigenen Ladentheke.

»*Spécialiste du Stylo*«, hatte er über sein Geschäft geschrieben, und er wurde dem Namen gerecht, den er sich gegeben hatte. Mit zurechtgerücktem Kneifer zerlegte er den Füller mit pummeligen, flinken Fingern und war sofort vertieft. Die Frauen konnten sich ungehört unterhalten.

»Madame«, sagte Madame Lanier und beugte sich begeistert über den Ladentisch, »was glauben Sie, wo meine Louise jetzt ist?«

»Ich habe keine Ahnung. Sagen Sie es mir.«

»In New York. Sie ist nach New York gefahren, Madame.«

»New York!«, rief Germaine mit der Überraschung aus, die von ihr erwartet wurde. »Wie viel sie umherreist! Ist sie mit den Leuten gefahren, bei denen sie wohnt – North, sagten Sie?«

»Oh, natürlich. Sie gehört jetzt fast zur Familie. Sie

schreibt, New York sei wunderbar, aber der Lärm sei phänomenal. Sie glaubt nicht, dass sie lange dortbleiben. Ich antworte ihr heute noch und berichte ihr dann auch von Ihnen. Sie fragt in ihren Briefen immer nach Ihnen.«

»Wirklich?« Diese Beflissenheit überraschte Germaine. »Bitte danken Sie ihr in meinem Namen. Schreiben Sie ihr, es geht mir gut, ich bin sehr glücklich und warte mit Spannung auf die zweite Novemberwoche.«

»Ah, Madame«, sagte Madame Lanier und stützte ihren umfänglichen Busen gemütlich auf dem Ladentisch ab. »Das ist eine wunderbare Zeit! Fände Louise doch nur ein ebensolches Glück in der Ehe wie Sie oder, in bescheidenerem Maße, ich!«

Germaine blickte durch den Laden zu Monsieur Lanier hinüber, der so konzentriert mit dem Füllhalter hantierte, dass man von ihm nur den dichten schwarzen Haarschopf und den Bart sah, geteilt durch einen Kneifer. Germaine beugte sich zu Madame Lanier hinüber. »Hat Ihre Tochter Ihnen nie etwas über eine Hochzeit geschrieben?«

»Nun, nur zwischen uns«, flüsterte Madame Lanier, »sie hatte praktisch beschlossen, André Petit zu heiraten. Dann erhielt sie die Nachricht von dem Geld, das die alte Dame ihr hinterlassen hat. Sie fuhr hin, wie Sie wissen, um es zu holen, und ist seitdem dort. Ich fürchte, sie hat den Plan, André Petit zu heiraten, nun ganz aufgegeben.«

Germaine schaute verwirrt.

»Aber sie ist doch mit jemandem in England verlobt, nicht?«

»*Mon Dieu*, nein.«

»Sie trug doch aber einen Ring!«

»Einen Ring!«, sagte Madame Lanier erstaunt.

»Ja, das eine Mal, als sie in unser Haus kam, trug sie einen Diamantring!«

»Ach, das war der Ring, den sie von der alten Dame geschenkt bekommen hatte, Madame.«

»Sie trug ihn aber am Verlobungsfinger, und als jemand sie fragte, ob sie verlobt sei, sagte sie, es sei ein Geheimnis.«

Madame Lanier kam am Ladentisch langsam in die Senkrechte und schaute die junge Frau mit offenem Mund an. »Ein Geheimnis?«, sagte sie. »Aber warum sollte sie es vor ihren Eltern geheim halten? Mit jemandem in England verlobt? Davon hat sie nie ein Wort gesagt. Es gibt niemanden in der Familie, mit dem sie verlobt sein könnte. Oh, ich hoffe, es ist wahr, und es ist jemand Passendes, ein guter Katholik. Aber warum erzählt sie es uns nicht? Was stimmt nicht mit dem Mann, dass sie nicht offen über ihn sprechen kann? Oh, Madame, entschuldigen Sie, aber ich glaube, da haben Sie etwas falsch verstanden …«

In dem Moment erschien Paul Devoisy an der Ladentür, um seine Frau abzuholen. Germaine rief ihn und fasste mit zärtlicher Besitzergeste nach seiner Hand, um ihn ins Gespräch zu ziehen. »Paul, hatte ich dir nicht erzählt, Mademoiselle Lanier hätte bei einem Treffen vor dem Wohltätigkeitsbasar angedeutet, sie sei mit jemandem in England verlobt?«

Paul, dessen Strategie es war, jegliches Wissen über Louise zu verneinen, hob eine Schulter. »Ich erinnere mich nicht. Kann sein. Warum? Wurde die Verlobung bekannt gegeben?«

»Nein, nein, Monsieur«, protestierte Madame Lanier ungestüm. »Es war eine riesige Überraschung, als Madame mir gerade von dieser Verlobung erzählt hat. Es ist das erste Wort, das ich darüber höre.«

»Ich würde mir keine Sorgen machen«, sagte Paul leichthin. »Vielleicht hat sich meine Frau geirrt. So vollkommen sie auch ist, so etwas passiert schon mal.« Er lächelte Germaine zu und half ihr beim Aufstehen vom Stuhl. »Ich bin in Eile, Liebling. Ich muss bald zurück.«

»Ich habe mich nicht geirrt«, beharrte Germaine. »Aber sorgen Sie sich nicht, liebe Madame Lanier.«

»Madame, Ihr Füllfederhalter.« Monsieur Lanier war hinzugetreten und überreichte Germaine den Stift mit einer Verbeugung. »Er ist jetzt wieder in Ordnung. Guten Tag, Monsieur Paul. Ich hoffe, es geht Ihnen gut.«

»Sehr, danke, und Ihnen?«

»Monsieur Lanier, was bin ich Ihnen schuldig?«, fragte Germaine.

»Das ist gratis, Madame. Es war mir ein Vergnügen.«

Während Germaine die Gefälligkeit noch mit den gebührenden Artigkeiten abzulehnen vorgab, wurde sie von ihrem Mann aus dem Laden geführt, und zum ersten Mal brachte Madame Lanier die Verabschiedung schnell hinter sich, um ihre Freundin und Kundin loszuwerden.

»Henri«, sagte sie und fuhr herum, kaum dass die Ladentür geschlossen war. »Stell dir vor, was ich gerade von Madame Devoisy erfahren habe! Sie sagt, Louise hätte ihr letzten Winter erzählt, sie wäre heimlich mit jemandem in England verlobt.«

Monsieur Lanier sah seine Frau durch den Kneifer genau an. »Wie bitte?«

»Sie sagt, Louise hätte erzählt, sie wäre heimlich mit jemandem in England verlobt.«

»*Mon Dieu*«, sagte er und ließ den Kneifer an seinem langen schwarzen Band herabfallen.

»Aber, Henri, du glaubst doch nicht, dass das wahr sein kann, oder?«, fragte sie.

»Ich wäre keineswegs überrascht«, erwiderte er bedächtig. »Genau genommen erklärt das doch alles.«

»Oh, Henri, nicht doch. Was gibt es überhaupt zu erklären?«

»Ich finde es schon lange merkwürdig, dass sie nicht nach Hause kommt«, sagte er.

»Oh, das.« Madame Lanier hob den Kopf und ließ ihn mutlos wieder sinken. »Sie möchte nicht nach Hause kommen. Ihr gefällt es zu Hause nicht, Papa, das können wir ruhig zugeben. Aber diese Verlobung, warum sagt sie uns nichts davon? Was gibt es daran zu verbergen? So schlecht sind die Engländer schließlich nicht, dass sie nicht zugeben kann, mit einem verlobt zu sein. Hoffentlich ist er Katholik, Henri.«

»England ist kein katholisches Land«, gab Monsieur Lanier zu bedenken.

»Er ist kein Katholik«, sagte Madame Lanier. »Deshalb sagt sie es uns nicht.«

»Ich glaube nicht, dass Louise so fromm ist. Jetzt ist sie allerdings in New York, und wir sind hier, und deshalb bleibt uns im Moment nichts weiter übrig als zu Mittag essen, meine Liebe.«

»Ich rufe Mademoiselle Léonie. Sie ist heute Vormittag hinten. Oh, Henri, ich bin so aufgeregt!«

»Ich kann nicht behaupten, dass ich ganz gelassen bin«, sagte er und griff nach ihrem fülligen Arm. »Aber komm. Wir müssen sofort schreiben und schauen, ob wir unsere verschlossene Tochter dazu bringen können, uns etwas über diese Sache zu verraten.«

II

Tagsüber ging Louise nicht zu dicht ans Fenster, weil ihr davon schwindlig wurde, aber jetzt war es dunkel, und sie konnte nicht sehen, wie weit oben sie war. Sie setzte sich also aufs Fensterbrett und blickte über die unzähligen Lichter von New York, die in der ungeheuren Schale der Nacht schimmerten. Sie betrachtete sie mit Missmut, als leuchteten sie vergebens. Das taten sie auch, nach Louises Meinung. Sie sollte dieser Nacht und den Lichtern etwas abgewinnen können, doch das blieb ihr verwehrt. Denn Avery war wieder betrunken.

Er war hinter ihr auf seinem Sessel so weit heruntergerutscht, dass er fast auf dem Boden lag. Das sah dumm aus, die Schultern bis zu den Ohren hochgezogen. Er war ganz still und würde sich schon bald übergeben. Das war eine schreckliche Angewohnheit von ihm: sich übergeben zu müssen, wenn er zu viel getrunken hatte. Louise empfand kalten Ekel. Wenn er glaubte, sie würde sich damit abfinden, täuschte er sich. Noch wollte sie sein Trinken aber nicht unterbinden, denn wenn er zu nüchtern wurde, heiratete er sie womöglich nicht. Aber nach der Hochzeit würde er schon sehen.

Heute trank er, weil er sein Gespräch mit dem amerikanischen Verleger am Nachmittag verpfuscht hatte. Es war zwar jammerschade, dass sie darunter auch zu leiden hatte, aber ihm geschah es recht, dachte Louise zornig. Er hätte ihren Rat befolgen und den Amerikaner zum Essen ins Hotel einladen sollen. Hier hätte der Mann sie in einem ihrer erfolgreichen Kleider erlebt, mit denen sie alle Blicke auf sich zog, sehr elegant, sehr pariserisch, und Avery, in seinen englischen Kleidern selbst gut aussehend, wäre von Louise nur so viel Alkohol zugestanden worden, dass sein natürlicher Charme zum Vorschein kam, und kein Tropfen mehr. Dann wäre dieser Mr Sellers beeindruckt gewesen und hätte begriffen, dass Avery genau der Richtige war, um für ihn Kontakte in London zu knüpfen.

Doch Avery sagte, er könne Louise nicht als seine Frau vorstellen, weil Sellers wusste, dass sie das nicht war. Er war Ellen in London mehrmals begegnet.

»Avery, du bist dumm«, sagte Louise. »Was spielt das für eine Rolle? In London war ich bereit, mich mit dir zu verstecken. Es war alles noch frisch, und man kennt dich dort. Hier aber, so weit entfernt, was spielt es da für eine Rolle? Du musst mich als deine Freundin vorstellen. In Frankreich weiß jeder, dass es die Mätressen der Minister und anderer mächtiger Männer sind, die den Einfluss ausüben und überall zu sehen sind. Es sind die Gattinnen, die hausbackenen kleinen Frauchen, die man dort im Hintergrund hält.«

Avery schüttelte den Kopf.

»Du bist dumm«, sagte Louise noch einmal zu ihm. »Du schämst dich, aber benimm dich nicht so, als würdest du dich meiner schämen, denn das mag ich nicht. Und das lasse ich mir nicht bieten, Avery.«

Er schäme sich ihrer nicht, murmelte er.

»Du schämst dich für dich selbst, deshalb misslingt dir alles«, setzte Louise nach. »Du musst diese alberne Scham ablegen, oder du wirst hier in New York wieder scheitern.«

Und er war gescheitert, natürlich. Seine Stärken waren Selbstvertrauen, die Fähigkeit, mit Menschen umzugehen, sein gutes Aussehen, sein Humor und Charme gewesen. Was war davon geblieben? Wer würde diesem Mann, der aussah und roch, als trinke er zu viel, zutrauen, dass er in seinem Namen mit Verlegern, Autoren und Agenten verhandelt? Niemand, und das war nur natürlich, dachte Louise zornig.

Materiell war es ohne Bedeutung, wenn Avery nicht wieder arbeitete. Geld war noch reichlich vorhanden. Er hatte ihr schon vor Langem gesagt, dass er mit seinem Bruder und seiner Schwester die Mehrheitsbeteiligung an der Strumpffabrik hielt, die seinem Vater gehört hatte. Mr Bennett würde ihm zudem eine erkleckliche Summe zahlen müssen, wenn er ihn aus der Firma herauskaufen wollte, kalkulierte Louise. Und wenn seine Frau törichterweise darauf beharrte, keine Alimente annehmen zu wollen, umso besser. Das Geld war also kein Problem, aber wenn er nichts zu tun hatte, nicht regelmäßig ins Büro ging, hätte Louise ihn zu viel um sich. Er wäre die ganze Zeit in ihrer Nähe.

Sie seufzte und trommelte mit den Fingern an die Fensterscheibe. Obwohl sie nun in New York war, obwohl sie nun all die neuen Kleider hatte, war sie an diesem Abend fast genauso niedergeschlagen wie zu der Zeit, bevor sie erfuhr, dass Mrs North ihr die tausend Pfund hinterlassen hatte. Das war eine große Aufmunterung gewesen, und mit Avery durchzubrennen, war noch eine, genauso wie die Reise nach New York. Aber nun konnte sie auch wieder abreisen. Es genügte, dass sie hier gewesen war. Mehr war im Grunde überflüssig. Es war mehr, als Germaine zustande gebracht hatte. Germaine Devoisy war jetzt bloß eine kleine Provinzlerin im Vergleich zu Louise Lanier, der verachteten Tochter eines Buchhändlers. Man konnte sich in Städten im Ausland sehr wohl langweilen, es machte einen aber zum Kosmopoliten, dass man sie besucht hatte.

Nach diesen Überlegungen war sie halbwegs wiederhergestellt. Louise lebte immer noch mit Blick auf die Devoisys, malte sich ständig aus, wie sie ihnen eines Tages gegenübertreten würde. Mit ihrem reichen Ehemann im Schlepptau würde sie auf der Straße oder irgendwo anders auf sie treffen, Germaine mit dem faden Haarknoten und den unansehnlichen Kleidern einer braven Frau, und Louise, die Weitgereiste, die Elegante, würde ihr ihre Pelze unter die Nase halten. Dann konnte Paul vergleichen, was er besaß und was er aufgegeben hatte. Weiter als bis dahin sah Louise nie. Sie wollte es nicht einmal. So genügte es ihr.

Auch in diesem Moment am Fenster malte sie sich diese Begegnung aus. Das war etwas, worauf sie hinarbeiten und warten konnte. Es lag vor ihr, war gut. Sie würde es erleben.

Sie glitt vom Fensterbrett und reckte die Arme in die Höhe. Und jetzt, sagte sie sich, würde sie den Brief beantworten, der gestern aus Amigny gekommen war. Ihr Vater hatte ihn geschrieben, was zeigte, wie ernst sie die Nachricht von einer Verlobung nahmen.

Sie ging zum Schreibtisch hinüber und setzte sich, legte sich Papier zurecht, ganz gerade. Das war wieder ein Brief, der gut überlegt sein wollte, und ihr Verstand widmete sich der kniffligen Aufgabe mit Freuden.

Es war im Grunde eine glückliche Fügung, dass ihre Eltern ihr diese Fragen jetzt stellten. Louise hatte sich schon gefragt, wie sie ihnen eröffnen sollte, dass sie heiraten würde, und nun lieferten sie ihr einen Anknüpfungspunkt, mit dem sie niemals gerechnet hätte. Dass die Verlobung, von der sie gehört hatten, reine Erfindung gewesen war, tat nichts zur Sache.

Louise mochte Kabalen. Es gefiel ihr, wenn ihr etwas auf diese Weise in die Hand spielte, und diese alberne Geschichte, vor langer Zeit erzählt, erwies sich nun als Trumpfkarte. Sie würde sie einzusetzen wissen.

Das Licht der Lampe schien auf ihr glattes, dunkles Haar. Ihre bloßen Arme ruhten auf dem Tisch, das Kleid in Purpurrot, ihrer Lieblingsfarbe, schmiegte sich eng um ihre Taille und ihren Busen und verbreiterte sich zu einem weiten Rock, wenn sie saß. Avery war betrunken; es war niemand da, der sie hätte sehen können. Aber das war im Grunde egal, denn sie betrachtete sich selbst ab und zu im Wandspiegel. Sie war für sich selbst ebenso eine Augenweide wie für andere, eine noch größere sogar, denn sie allein wusste richtig zu würdigen, was sie erreicht hatte.

Als Avery zum Telefon schlurfte und sich ein Selterwasser aufs Zimmer bestellte, zog kein Kräuseln über Louises Stirn. »Liebe Eltern«, begann ihr Füllhalter zu kratzen. Ihre Füllhalter kratzten immer. In Netherfold hatte Ellen darüber gestaunt.

Ihr braucht euch nicht zu beunruhigen. Es stimmt, dass ich verlobt bin, und zwar mit einem Engländer. Aber es hat Schwierigkeiten gegeben, und ich wollte nicht darüber sprechen, bevor sie nicht gelöst sind. Welchen Sinn hätte es

gehabt, euch davon zu berichten? Ihr hättet ja doch nichts
unternehmen können, und ich kümmere mich um meine
Angelegenheiten schon lange selbst, nicht? Jetzt habt ihr
allerdings früher davon erfahren als geplant. Es war sehr
unredlich von Madame Devoisy, dass sie diesen Vertrauens-
bruch begangen hat. Wie die Dinge nun stehen, bin ich
nach meiner Rückkehr nach London bald verheiratet, und
dann, liebe Eltern, komme ich gleich zu euch und stelle
meinen Ehemann vor. Er ist charmant und wird euch ge-
fallen. Aber ich muss dir gleich sagen, liebe maman, *dass*
wir im Hôtel de l'Écu wohnen werden. Zu Hause sind wir
nicht standesgemäß untergebracht. Mein Mann hat immer
in großen Häusern gelebt, und ihr stimmt mir sicher zu,
dass wir im Hotel besser aufgehoben sind. Auch für euch
beide ist es weniger strapaziös.

Der Füllhalter machte das Geräusch einer Maus, die sich
emsig einen Weg bahnte. Louise traf Vorbereitungen für
ihr Erscheinen in Amigny. Ihre Mutter würde Germaine
Devoisy von ihrer Hochzeit erzählen. Germaine würde
Paul davon erzählen. Er würde es nicht glauben, sondern
annehmen, sie spielte das Spiel, das sie jahrelang miteinander gespielt hatten. Sollte er, er würde schon sehen. Sie
würde ihren Ehemann mitbringen.

»Übergib dich bitte nicht hier«, sagte sie kalt. Ihr steifer
Taftrock raschelte, als sie aufstand, Avery in sein Schlafzimmer lotste und die Tür hinter ihm zumachte. Sie kehrte an
ihren Schreibtisch zurück.

SIEBENUNDZWANZIG

An der Mershott School fand die Morgenandacht statt. Miss Beldon, die Direktorin, groß und robust und eine heitere, fröhliche Erscheinung, kam zum Ende ihrer Lesung für diesen Tag. Die Mädchen im Saal unter ihr verhielten sich so ruhig, wie sie konnten, auch wenn die Reihen der weißen Blusen sich ständig sacht bewegten, Haar zurückgeworfen wurde, Augen vor und zurück und zur Seite flogen, unnötiges Hüsteln unterdrückt wurde, ebenso Anflüge von Gekicher. Sie bemühten sich, still zu sein, und als Miss Beldon ihre Kinder Gott dem Allmächtigen anempfahl, zollte sie ihnen zugleich liebevoll Anerkennung für die Leistung, ihren natürlichen Überschwang im disziplinierten Gebet zu dämpfen.

»Es sind noch viele andere Dinge, die Jesus getan hat. Wenn aber eins nach dem andern aufgeschrieben werden sollte, so würde, meine ich, die Welt die Bücher nicht fassen, die zu schreiben wären«, schloss sie, klappte, wie immer mit Bedauern über diese ungeschriebenen Bücher, die Bibel zu und blickte hinaus auf die Mädchen, die darauf warteten, den Choral zu singen.

Ein Sonnenstrahl wählte sich ein junges Gesicht aus, und Miss Beldon erschrak. Das Mädchen blickte mit einem Ausdruck tiefen Unglücks schräg nach oben. Wer war das? Doch nicht etwa – Anne North? Anne war eigentlich ein fröhliches Kind, voll sorglosen Glücks. Aber es war Anne North, die wegen irgendeines Kummers kaum wiederzuerkennen war. In dem Augenblick drehte Anne den Kopf, und Miss Beldon sah hastig anderswohin. Die Mädchen mochten es nicht, so prüfend angeschaut zu werden.

Nach dem Segen verließ Miss Beldon das Podium und nahm ihren Platz an der Tür ein. Sie postierte sich dort jeden Tag, damit die Mädchen beim Verlassen des Saals lächelten und Guten Morgen sagten. Miss Beldon wollte ihnen nahebringen, dass man andere Menschen grüßte. Es genügte nicht, über Anstand nur zu sprechen, das wäre altmodisch; sie sollten sich unmerklich in Freundlichkeit üben.

Die Mädchen zogen an ihr vorüber.

»Guten Morgen, Miss Beldon. Guten Morgen, Miss Beldon …«

Die Direktorin wartete auf Anne North. Sie tauchte auf, verzog den Mund zu einem nichtssagenden, breiten Lächeln und eilte hinaus, war entwischt. Krank ist sie nicht, dachte Miss Beldon – sie ist unglücklich. Der Saal leerte sich, und Miss Beldon ging in ihr Zimmer, einen hübschen Raum voller Blumen mit einem hellen Feuer, in dem Bibby, ihr getigerter Kater, es sich bereits auf dem Schreibtisch bequem gemacht hatte.

Miss Beldon streichelte ihn nachdenklich. Wie konnte sie Anne zu sich rufen, ohne sie zu beunruhigen? Unter welchem Vorwand? Wurde ein Mädchen zur Direktorin bestellt, erzitterte die junge Brust, wie Miss Beldon wusste. Sie musste behutsam vorgehen. Miss Beldon erinnerte sich noch an die Zeit, in der sie im gleichen Alter war wie ihre Mädchen jetzt, an das rätselhafte Wogen der Gefühle und Gedanken. Das Hin und Her zwischen jähem Glück und Verzweiflung brachte sie bis heute zum Staunen. Es wollte gut überlegt sein, wie sie bei Anne North vorging.

Die Mitteilung, dass die Direktorin sie sprechen wolle, wurde im Unterricht überbracht, und Anne, kreidebleich geworden, stand von ihrem Platz auf und ging zur Tür. Alle möglichen Ängste schnürten ihr die Kehle zu. Was war geschehen? War ihr Vater gekommen? Oder ihre Mutter? Hatte die Direktorin es herausgefunden? Ging es um die Scheidung? Anne ballte die Fäuste, und feiner Schweiß brach ihr unterm Haaransatz auf der Stirn aus.

»Komm rein, Anne«, rief Miss Beldon. »Setz dich, Liebes. Ist das nicht ein wunderschöner Morgen? Sieh dir Bibby an, er macht es sich bequem, was?«

Anne lächelte, und die Lippen klebten ihr an den trockenen Zähnen fest. Sie setzte sich und wartete, kaum atmend.

Miss Beldons Hand glitt vor und zurück über den Rücken von Bibby, der sich das gern gefallen ließ. Sie hatte sich einen Vorwand zurechtgelegt, um nach dem Kind zu schicken: »Du hattest vor, mit einer jungen Französin in den Ferien Konversation zu üben, nicht? Ich wollte gern hören, wie ihr vorangekommen seid.« Sie war mit dieser Eröffnung des Gesprächs zufrieden gewesen, spürte aber sofort, dass es aus irgendeinem Grund die falsche war, denn Anne starrte ihr mit entsetztem Blick in die Augen. Ihre Lippen waren weiß, und eine Ader pulsierte wie wild an dem jungen Hals.

Miss Beldon war so erschrocken, dass sie kein Wort herausbrachte. Was hatte sie getan? Was ging hier vor? Sie war offenbar mitten hineingeplatzt in den Kummer. Das arme, arme Kind ...

Der Kater entschloss sich genau in diesem Moment, vom Schreibtisch zu springen und zum Fenster zu laufen.

»Meinetwegen, Bibby.« Miss Beldon war froh, aus ihrem Sessel aufstehen zu können, und durchquerte das Zimmer. »Ich mach dir das Fenster auf. Hier, bitte«, sagte sie mit übertriebener Fürsorglichkeit. »Nun raus mit dir.«

Sie lehnte sich selbst in die frische Luft. »Wirklich ein wunderschöner Morgen, Anne«, wiederholte sie, schloss das Fenster und zupfte einen Moment an den Vorhängen herum. Sie wollte dem Kind Zeit geben, sich wieder zu fangen.

Miss Beldon ging an ihren Schreibtisch zurück und schlug einen leichten Ton an. »Du hast also nicht Französisch geübt, Liebes. Nun ja, zufällig macht das nichts, weil ich mir schon überlegt habe, du könntest es auch komplett weglassen und stattdessen die Prüfung in Latein ablegen.«

Sie saß nun wieder und gestattete sich einen Blick auf das Mädchen. Der Schrecken, oder was immer es war, ließ nach. Anne war fähig, ihren Blick zu erwidern.

»Ja, Miss Beldon«, sagte sie, kaum mehr als ein Hauchen.

»Aber du weißt«, fuhr Miss Beldon in demselben leichten Ton fort, »du musst dich anstrengen. Latein hast du noch nie ernsthaft in Erwägung gezogen, oder? Du wirst wohl Zusatzstunden brauchen. Ich glaube, ich unterrichte dich eine Weile selbst, soll ich? Würdest du gern kommen und ab und zu eine Stunde zusätzlich mit mir und Bibby lernen? Wie wäre das?«

Diesmal brachte Anne ein besseres Lächeln zustande. »Vielen Dank, Miss Beldon. Das würde ich gern.«

»Wir fangen am ... lass mich nachschauen ...« Miss Beldon konsultierte ihren Terminkalender. »Wir fangen am Donnerstag an. Um halb elf und für eine halbe Stunde. Ich regle das mit deiner Klassenlehrerin.« Ihr Blick flog zum Fenster. »Wenn das nicht Bibby ist, der wieder reinwill. Was für ein Kater! Mach ihm doch bitte auf, Liebes, ja?«

Anne wiederum war froh, ans Fenster zu kommen, es auf- und wieder zuzumachen, sich zu bücken und die Katze zu streicheln. Der Schweiß auf ihrer Stirn war getrocknet, und das wilde Pochen unter ihren Augen hörte auf. »Darf ich jetzt gehen, Miss Beldon?«

»Ja, Liebes, lauf nur«, sagte Miss Beldon mit ruhiger Stimme. Als sich die Tür wieder schloss, sank sie zurück in ihren Sessel. Was konnte geschehen sein, dass dieses Kind so aussah? Was? Und was konnte man für sie tun, ohne sie zu vertraulichen Mitteilungen zu nötigen oder sie merken zu lassen, dass ihr Kummer wahrgenommen wurde?

Zwischen dem Kommen und Gehen ihrer Sekretärin, dem Klopfen an ihrer Tür, dem Eintreffen von erst diesem und dann jenem, den Besprechungen, all den Ereignissen ihres arbeitsreichen Vormittags, kehrten Miss Beldons Gedanken immer wieder zu Anne North zurück. Als der Vormittagsunterricht vorüber war, ließ sie Annes Klassenlehrerin Miss Horner zu sich bitten.

»Mit Sicherheit stimmt da etwas nicht«, sagte die junge Frau. »Ich wollte Sie schon selbst deswegen sprechen. Sie hat sich ziemlich verändert. Ich weiß nicht, was vorgefallen ist. Sie gibt sich Mühe, was sie bisher nicht getan hat. Sie war so eng mit Phyllida Greene – Pug, Sie wissen schon – befreundet, und jetzt ist sie immer für sich. Sie war so ein reizendes Kind, ganz liebenswert. Ich weiß nicht, worum es sich handelt.«

»Irgendetwas muss zu Hause vorgefallen sein«, sagte Miss Beldon.

»Aber ihre Eltern sind so nett«, wandte Miss Horner ein. »Anne ist am Tag der letzten Trimesterpause mit ihnen zu mir gekommen. Ich würde meinen, das ist eine außerordentlich glückliche Familie.«

»Manchmal geht etwas schief«, sagte Miss Beldon. »Sogar in außerordentlich glücklichen Familien.«

Am späten Nachmittag bestellte sie die für die Theateraufführung zuständige Lehrerin zu sich. »Miss Blackmore, ich weiß, dass Sie bei der Beatrice zwischen Shirley Craven und Anne North schwanken. Ich hätte gern, dass Sie die Rolle Anne geben, ja?«

»Gewiss«, sagte Miss Blackmore eifrig. »Ich glaube, sie ist die bessere Wahl. Aber Sie erinnern sich, was Sie über die vom Glück weniger begünstigten Mädchen gesagt haben.«

»Ich weiß, ich weiß. Aber wir müssen uns verdammt ins Zeug legen, damit Anne North auf andere Gedanken kommt. Sagen Sie niemandem, dass ich mich so drastisch ausgedrückt habe. Schließlich«, sagte Miss Beldon, der es plötzlich dämmerte, »hatte sie doch einiges von der jungen Beatrice, nicht? Ich glaube, es täte ihr gut, wenn sie ein bisschen zu ihrem alten Ich zurückfände.«

Miss Blackmore lächelte. Ihr gefiel, wie Miss Beldon sich für die Kinder einsetzte.

Als die Rollenbesetzung für *Viel Lärm um nichts* im Speisesaal ausgehängt wurde, errötete Anne und ließ den Kopf kurz sinken. Dann warf sie das Haar zurück und lächelte Pug, die neben ihr stand, von der Seite an. Das alte Band war noch vorhanden. Es hielt, trotz allem. Pug, überglücklich, dass sie angelächelt wurde wie früher, tastete mehrmals nach Annes Hand und drückte sie fest. Köpfe fuhren in den Reihen vor und zurück, Augenbrauen signalisierten Glückwünsche, und Lächeln blitzte auf, das Anne erwidern musste. Sie war angekommen, spürte die Wärme der Gemeinschaft. Sie war froh, wieder im Internat zu sein.

»Mami, du wirst es nicht glauben! Ich werde die Beatrice spielen«, schrieb sie am Sonntag. »Die Beatrice! Was für eine Rolle! Der Nachteil ist, dass der Benedick ein Junge von der Overingham sein wird. Mir ist schleierhaft, warum wir Jungs dabeihaben müssen, früher hatten wir auch keine. Gott sei Dank müssen wir nicht wochenlang mit ihnen proben. Morgen fangen wir an, den Text zu lesen. Ist das nicht wunderbar?«

Als der Brief in Netherfold durch den Türschlitz fiel, bückte sich Ellen mit einem Seufzer und hob ihn auf. Wieder ein Pflichtbrief. Seit Annes Rückkehr an die Schule fielen sie alle kurz und steif aus. Doch als sie diesen bei ihrem einsamen Kaffee aufmachte, strömten zum ersten Mal wieder Farbe und Leben in ihr Gesicht.

»Oh«, hauchte sie und las gespannt. »Oh, Anne …«

Ihre Augen flogen über das Blatt. Hilfe kam aus einer unerwarteten Ecke. Jemand hatte genau das getan, was für das Kind das Richtige war. Ihr zuzureden, ins Internat zurückzukehren, war also doch kein Fehler gewesen.

Ellen ging gleich ans Bücherregal und zog die Komödien hervor. Sie erinnerte sich nur noch vage an *Viel Lärm um nichts* und wollte sofort nachschauen, welchen Text ihre junge Beatrice zu sprechen hatte. Mit einem frischen Kaffee ließ sie sich nieder, um das Buch zu lesen – schließlich hatte sie nun Zeit für so etwas. Sie brauchte für niemanden etwas zu tun, niemanden zu wecken, kein Bett zu machen außer ihrem eigenen, nicht zu überlegen, was sie auf den Tisch brachte oder bestellen musste. Haushaltsführung war unwichtig geworden. Es gab nun keine morgendlichen Telefongespräche mit dem Fisch- oder dem Lebensmittelhändler mehr, obwohl sie die eigentlich immer gemocht hatte.

»Was können Sie mir heute Gutes geben?«, fragte sie immer. »Ich muss vier hungrige Mäuler stopfen.«

»Ich habe herrlichen Babyheilbutt, Madam«, antwortete Mr Prye, der Fischhändler, dann.

Bei »Baby« musste Ellen immer an den Kindermord von Bethlehem denken.

»Nicht ganz billig, ich weiß«, fuhr Mr Prye fort. »Aber es lohnt sich, Madam, wenn Sie meinen Rat hören wollen.«

»Das will ich doch immer«, beteuerte Ellen dann zu seiner Freude.

Oder Mr Perkins, der Lebensmittelhändler: »Diese Woche kann ich Ihnen eine Keksdose anbieten, vierzehn Pfund, Kekse mit Vanillecremefüllung, Madam.«

»Eine *Dose*!« Ellen hätte fast geschrien. »Von einer Keksdose hab ich seit Jahren nicht gehört.«

»Geht mir genauso. Aber ich habe gerade eine Lieferung hereinbekommen, ein halbes Dutzend, und dachte mir, vielleicht möchten Sie eine.«

»Unbedingt, ja. Vielen Dank, dass Sie an mich gedacht haben.«

Das Einkaufen hatte Ellen Freude bereitet, und jetzt war auch das dahin. So vieles, große und kleine Dinge, waren mit Avery verschwunden. Es konnte doch nicht sein, schalt sie sich manchmal selbst, dass mit ihm ihr Alltag so anders ausgesehen hatte. Aber so war es. Sie empfand einen ungeheuren Verlust. Und am allerschlimmsten war, dass sie sich innerlich leer fühlte, weil sie ihn nicht mehr lieben konnte. Sie wollte nicht an ihn denken. Jedes Mal, wenn er ihr in den Sinn kam, verbannte sie ihn aus ihren Gedanken.

Heute Morgen aber machte Annes Brief sie glücklich. Sie fühlte sich plötzlich fähig, aus dem Haus zu gehen, irgendwohin, in die Sonne, an die Luft. Sie legte das Buch beiseite und sah sich im Zimmer um. Während sie überlegte, wohin sie gehen sollte, traf es sie abermals, wie still es im Haus war. Staub rieselte auf Tische und Stühle, Uhren zeigten tickend das Verstreichen der Zeit an, und sie trieb hilf- und planlos auf die Scheidung zu. Sie war wie gelähmt.

Sie musste hinaus, brauchte aber ein bestimmtes Ziel. Es war nicht gut, mit ihren schweren Gedanken über die Felder zu wandern. Damit sie etwas zu tun hatte, beschloss sie, in die Stadt zu fahren und sich ein paar Bücher auszuleihen. Die kleine Leihbücherei im Ort genügte Ellen nicht, sie brauchte das größere Angebot der städtischen Bibliothek. Dort war sie nicht mehr gewesen, seit Avery sie verlassen hatte, doch jetzt weckte die Vorstellung, in den Regalen etwas Gutes zu finden, ein schwaches Interesse. Sie holte ihr Auto aus der Garage. Lange würde sie es nicht mehr behalten können. Es würde ihr zwar leidtun, sich davon zu trennen, aber nach der Scheidung würde sie es sich kaum mehr leisten können.

»Ellen, ich bitte dich, nimm wenigstens sechshundert pro Jahr von mir an«, hatte Avery aus New York geschrieben und sich notgedrungen selbst an sie gewandt, da seine Anwälte sie nicht dazu bewegen konnten, Alimente zu akzeptieren. »Ich bitte dich, nimm das Geld, und sei es nur, damit ich mich nach alldem nicht so mies fühle.«

Er hatte es unglücklich formuliert. Ellen las es als weiteres Indiz dafür, dass es ihm nur um sich selbst ging. Damit er sich nicht so mies fühlt, dachte sie verächtlich und zerriss den Brief. Allein schon die Briefmarke – New York! Er und Louise amüsieren sich, erst hier, dann da, London, Paris, La Baule, New York, während seine Familie sich damit quält, dass ihr Heim und ihr Leben zerstört sind.

Sie fuhr in die Stadt hinein, parkte, und als sie die Straße zur Bibliothek überquerte, gab eine Frau in einem Auto ihr ein Zeichen zum Anhalten. Sie fuhr selbst auch rechts ran und stieg aus. Sie war in der Lebensmitte und schick gekleidet, trug einen Hut mit Schleier.

»Oh, Mrs North, Sie kennen mich vermutlich nicht, oder?«, sagte sie heuchlerisch, als könnte sie, die so unbedeutend war, niemandem ein Begriff sein.

»Nein, ich glaube nicht«, entgegnete die überraschte Ellen.

»Aber ich kenne Sie natürlich. Vom Sehen, meine ich.« Die Frau tat so, als müsste jeder eine so wichtige Person wie Ellen kennen. Die Fremde hielt beim Lächeln den Kopf schräg, und Ellen wünschte, sie käme zur Sache. »Ich hoffe, Sie sehen es mir nach, dass ich mich Ihnen auf diese Art vorstelle«, sagte die Frau. »Ich wollte auch nur fragen, Mrs North, ob Sie mir, wenn Sie Ihr Haus verkaufen … würden Sie mir ein Vorkaufsrecht einräumen?«

Ellens Miene verhärtete sich. »Das Haus steht nicht zum Verkauf.«

»Oh, ich weiß, Mrs North«, sagte die Frau beschwichtigend. »Noch nicht. Ich dachte nur, wenn ich Sie vorab schon einmal anspreche, hätten wir vielleicht bessere Chancen. Ich meine, jeder weiß ... ich meine, ich nehme nicht an, dass Sie allein weiter dort wohnen werden, oder? Sie haben ein so reizendes Haus, Mrs North. Schon immer habe ich zu meiner besseren Hälfte gesagt, wenn das Haus jemals auf den Markt kommt, schnapp es dir. Und als ich Sie jetzt sah, dachte ich, das ist die Gelegenheit. Ich konnte nicht widerstehen, aus dem Auto auszusteigen und ein gutes Wort für mich einzulegen, Mrs North.«

»Das hätten Sie aber tun sollen«, sagte Ellen kalt. »Es wäre netter von Ihnen gewesen.«

Sie ließ die Frau stehen, die ihr mit offenem Mund nachsah, und ging in die Bücherei. Ihr Herz hämmerte wieder so stark. Der geringste Anlass löste das nun aus.

Ellen war wütend auf die Frau. Mein Haus ... mein Haus ... als ob ich es so einer Person überlassen würde, sagte sie sich immer wieder, während sie zwischen den Bücherregalen umherstreifte. Sie wusste, dass sie nicht weiter in Netherfold wohnen konnte, aber es war abscheulich, dass andere es ebenfalls wussten. Die Leute warteten anscheinend bereits darauf, Nutzen aus ihrem Unglück zu ziehen.

Mein Haus ... mein liebes Haus ...

Mit einem Mal blieb sie stehen. Das Haus gehörte Avery. Wenn sie fort war, zog er mit Louise dort ein. Daran hatte Ellen seltsamerweise noch gar nicht gedacht, und als es ihr jetzt in den Sinn kam, vergrößerte sich ihr

Schmerz noch viel mehr. Ohne ein Buch ausgeliehen zu haben, fuhr sie nach Hause.

Und dort empfing sie, mit der zweiten Post gekommen, ein Brief von ihren Anwälten, die ihr den Termin mitteilten, an dem ihre Scheidung vor Gericht verhandelt wurde.

ACHTUNDZWANZIG

I

Ellen fuhr durch die stille Landschaft zur Kreisstadt. Das herbstliche Leuchten war vorüber, die Felder waren dunkel vom Pflug, die Bäume kahl, die Hecken duster.

Jahrelang war sie mit Avery auf dieser Straße gefahren. Jedes Mal, wenn sie etwas Besonderes einkaufen mussten oder ins Theater gehen oder am Samstagvormittag einfach einen Ausflug machen wollten, waren sie nach Benhampton gefahren, und im Herbst hatte sie ihn immer gebeten, an einer bestimmten Stelle anzuhalten, damit sie an einer Hecke etwas Hartriegel schneiden konnte. Sie waren beide aus dem Auto ausgestiegen und hatten, sie mit der extra dafür mitgenommenen Gartenschere, er mit seinem Taschenmesser, lange Zweige abgeschnitten. Es war eine der Gelegenheiten, bei denen sich Avery von seiner besonders liebenswerten Seite zeigte. Er arbeitete sorgfältig, wählte genau die Schösslinge, die sie haben wollte.

»Hier ist ein guter«, sagte er. »Augenblick noch, den muss ich haben.«

»Ach, wie schön«, freute sich Ellen, immer glücklich über seinen vollen Arm. »Ist Hartriegel nicht ein herrliches Gewächs? Erst kann man ihn so dunkelrot und zart den ganzen Winter über in der Vase im Wohnzimmer haben, und dann sprießen im Frühling die frischen grünen Blätter, die wie gemalt aussehen. Ich finde es immer faszinierend, dass der Frühling sich den ganzen Winter über parat hält und genau im richtigen Moment kommt.«

Heute jedoch war sie allein, und als sie schon von Weitem den in der Hecke lodernden Hartriegel sah, beschleunigte sie und fuhr vorbei. Ob sie jemals wieder Freude daran haben konnte? Zwanzig Jahre lang hatte es sie gefreut, wenn sie ihrem Mann und ihren Kindern bestimmte Dinge geben konnte, sei es etwas Schönes, sei es Nahrung oder Trost. Beinahe so schlimm wie Louise, dachte sie verbittert: Blumen und Bäume, das Haus, der Garten, andere Menschen, alles hatte ihr Freude bereitet, solange es sie selbst glücklich gemacht hatte. Jetzt bedeuteten sie nichts.

Sie fuhr durch die Reihen der nach dem Krieg notdürftig erbauten Häuser und Bungalows, die die Ränder der pittoresken alten Stadt verschandelten, bis zur Stadtmitte und stellte das Auto ab. Sie musste sich zum Gerichtsgebäude durchfragen. Wie sich herausstellte, lag es in unmittelbarer Nachbarschaft zu dem Fotografen, der von frühester Kindheit an Aufnahmen der Kinder und einmal ein Gruppenbild der Familie gemacht hatte, zu dem Ellen sogar Avery überreden konnte. Das dunkle Gerichtsgebäude hatte die ganze Zeit direkt danebengestanden, und sie war achtlos daran vorbeigelaufen. Jetzt musste sie hineingehen.

Sie versuchte, ihr rasendes Herz zu beruhigen, und ging schließlich durch die alte Tür in eine luftige Halle, in der nichts war außer weißen Wänden und Bogenfenstern aus dem 17. Jahrhundert. Sie stand in der leeren Stille. Sie hatte mit Polizisten gerechnet, mit irgendwem, den sie fragen konnte, aber da war niemand.

Zwei Frauen betraten die Halle. Die eine trug eine rote Baskenmütze, die andere tupfte sich nervös mit einem Taschentuch den Mund ab.

»Wissen Sie, wo der Gerichtssaal ist?«, fragte Ellen.

»Wir müssen hier warten«, erklärte ihr die Frau mit der roten Baskenmütze und wies in einen Flur im Innern des Gebäudes. »Man setzt sich hier auf die Bank und wartet.«

Auf der Bank saßen bereits fünf oder sechs Personen, ein Mann unter Frauen. Ellen ließ sich ganz außen nieder. Mit den weiß getünchten, geriffelten Säulen und den Wänden, die unten mit schwarzer Eiche vertäfelt waren, hatte der Raum etwas von der *Bettleroper*. Eine kurze Anklagebank mit montierten Rädern war in eine Ecke geschoben. Sie hatte schmiedeeiserne Armlehnen und wirkte, wie alles in dem Gebäude, sehr verspielt und elegant.

»Wir müssen hier warten, bis wir aufgerufen werden«, sagte die Frau mit der roten Baskenmütze. Sie hatte wohl Mitleid mit Ellen.

Jedes Mal, wenn die Tür aufging, machte Ellens Herz seinen abscheulichen Stolperer. Schließlich kam der junge Mr Letchworth und holte sie ab, und Ellen folgte ihm in den kleinen Gerichtssaal. Auf den Eichenstühlen, die gerade Lehnen hatten und vom jahrhundertelangen Sitzen und Reiben blank poliert waren, saßen nur ein gutes Dutzend Personen. Binnen Kurzem fand sich Ellen auf einem kleinen erhöhten Podest wieder – war es eine Anklagebank oder nicht? Das Sonnenlicht schien ihr direkt in die Augen und blendete sie so, dass sie den Richter nur als etwas Schwarzes hinter Dunst ausmachen konnte. Die hohe weiße Decke über ihr schmückte ein hübsches Relief mit einem Muster aus Harfen und Trauben, gewiss für einen glücklicheren Anlass als diesen entworfen.

Ein Mann reichte ihr wohltuend beiläufig eine Bibel, als wollte er sagen: »Reine Routine. Wir müssen das machen, aber kein Grund zur Beunruhigung.«

Der Richter, ein müder, freundlicher Mann, dem die Perücke ein wenig verrutscht war, blickte die Person unter ihm mitfühlend an. Nach all den geistlosen Frauen, die wegen häufig begangener Ehebrüche ein Urteil des Gerichts erbaten, nach all den Männern, die nur zu froh waren, wenn sie sich unbefriedigende Ehepartnerinnen vom Hals schaffen konnten und ebenso ein Urteil des Gerichts erbaten, war hier eine Klägerin, die ihr geblendetes Gesicht nach oben reckte und eine Scheidung beantragte, die ihr das Herz brach.

»Haben Sie am Donnerstag, dem 5. Juni 1930, in St. Thomas in Mayton die Ehe mit Avery Charles North geschlossen, und lautete Ihr Mädchenname Ellen Pauline Denham ...?«

Es fing an.

»Avery Charles North«, rief der Mann unterhalb des Richterstuhls und stand auf.

Er wartete einen Augenblick.

»Keine Antwort«, rief er.

Nein, es gab keine Antwort. Avery war nicht da, um sie davor zu bewahren, um auszurufen, dass es nicht wahr war. Sie hob das Gesicht zum Richter und machte alle Angaben. Es dauerte ungefähr zehn Minuten, aufzulösen, was zwanzig Jahre lang verbunden gewesen war.

»Das wars, Mrs North«, sagte der junge Mr Letchworth, der von irgendwoher auftauchte. »Es ist vorüber.«

Als »freie Frau« trat Ellen auf die Straße, blieb am Bordstein stehen und schaute verstört nach links und rechts. Sie wusste nicht mehr, wo sie ihr Auto gelassen hatte. Das erschreckte sie sehr, und sie stand da und ließ den Verkehr vorüberfließen. Sie hatte das Gefühl, ihre Erinnerung sei eine dichte Wolke aus Federn, durch die sie sich hindurchkämpfen müsse, es aber nicht könne. So etwas war ihr noch nie passiert. Die Welt war ihr mit einem Mal fremd geworden, und sie war fast überrascht, als sie das Wort »Café« an einer Ladenfront auf der anderen Straßenseite identifizierte. Sie musste irgendwo hinein und sich setzen, bis ihr wieder einfiel, wo das Auto war. Als eine Lücke im Verkehr entstand, überquerte sie die Straße und trat in die Wärme und den intensiven Kaffeegeruch, der den Raum erfüllte.

Ellen steuerte auf einen leeren Tisch in einer Ecke zu und setzte sich erleichtert, als wäre sie über Stunden auf den Beinen gewesen. Eine Kellnerin kam und zog einen Bleistift aus ihrer Dauerwelle.

»Kaffee, bitte«, sagte Ellen. Ihr fiel ein, dass sie nichts gefrühstückt hatte, und sie fügte hinzu: »Und bitte auch Gebäck.« Sie vermutete, das war das Einzige, was man in so einer Lokalität um halb zwölf am Vormittag bekam.

Sie saß da, ohne an etwas zu denken, und wartete, dass ihr Herz sich beruhigte, und als sie die Hälfte des faden Kaffees getrunken hatte – denn obwohl es stark nach Kaffee roch, erwies er sich als schwach –, fiel ihr ein, wo sie das Auto abgestellt hatte. Die Erleichterung wärmte sie. Sie aß einen Bissen von dem Gebäckstück, legte die Gabel dann aber ab. Was für ein Betrug, dieser Kuchen, dachte sie und betrachtete das Sägemehl, das über ihren

Teller verstreut war. Was für eine Welt, in der Ehemänner ihr Heim verlassen und Café-Besitzer ihren Gästen muffigen Kuchen andrehen, dachte sie, aber wie von ferne, als käme sie nach einer Ohnmacht allmählich wieder zu ich.

Sie bestellte noch einen Kaffee, um vor sich zu rechtfertigen, dass sie so lange hier saß.

Was bin ich?, fragte sie sich. Wenn man Mann und Kinder abzieht. Was bin ich?

Ohne ihre Ehe kam sie sich so nichtig vor, dass sie überlegte, was sie davor gewesen war. Sie erinnerte sich an ein ungeduldiges Mädchen, überaus naiv und gutgläubig, das aufs Leben zurannte, mit fast missionarischem Eifer, was Avery erheiterte, weil es im Widerspruch zu ihrem Aussehen und ihrer Leidenschaft fürs Tanzen stand. Sie wolle »etwas tun«, sagte sie, für andere.

»Und was kannst du tun, liebe kleine Ellen?«, sagte er zärtlich.

»Ich möchte Prostituierten helfen«, erklärte sie. Er hatte sich die Wirkung des Worts äußerlich nicht anmerken lassen, als er sagte: »Ich glaube nicht, dass sie sich helfen lassen wollen.«

»Ganz bestimmt, ich bin mir sicher. Einige bestimmt«, beharrte sie. »Ich werde zu ihnen hingehen und sie fragen.«

»Ich wette, das tust du nicht.«

Und er hatte recht gehabt. Als sie eines Abends mit ihrem Bruder in der Piccadilly verabredet gewesen war und er aufgrund eines Missverständnisses nicht erschien, beobachtete sie beim Warten, wie die Frauen auf ihren hohen Absätzen, mit ihren glänzenden Augen und ihren dunklen

Mündern unter den Laternen ihrem Gewerbe nachgingen. Ellen wurde immer stärker von Panik ergriffen, und als eine der Frauen, beinahe so jung wie sie selbst, sie beiläufig fragte, wie ihr der Job gefalle, rannte Ellen hinter einem vorüberfahrenden Bus her und fuhr eine weite Strecke in die falsche Richtung, bevor sie sich traute auszusteigen und wieder auf die Straße zu gehen, um einen anderen zu erwischen.

Danach sprach sie nicht mehr davon, Prostituierten helfen zu wollen, sondern dachte mit heißem Mitgefühl an schwarze Menschen. Afrika war allerdings weit weg, und schon bald drehte Avery mit beherzter und beharrlicher Hand das junge Gesicht in seine Richtung. Er sorgte dafür, dass sie an ihn dachte, und warb um sie, bis ihr nichts und niemand anderes mehr in den Sinn kam.

Nein, dachte Ellen. Was ich einmal wollte, kann heute kein Maßstab mehr für mich sein. Allerdings möchte ich immer noch etwas für andere tun und eigenes Geld verdienen. An den Wochenenden muss ich aber für Hugh und in den Ferien für Anne da sein, und ich muss, dachte sie mit schlechtem Gewissen, irgendwo sein, wo auch Roma unterkommt.

Wie sollte sie einen Ort finden, der all diese Bedingungen erfüllte? Wo sollte sie überhaupt anfangen, danach zu suchen? Sie hatte keine Ahnung. So eine Frage hatte sie sich noch nie gestellt, und ihre Hilflosigkeit erzeugte in ihr dasselbe Gefühl von Leere, das sie gehabt hatte, als sie ihr Auto nicht fand.

Sie schob ihre Probleme energisch beiseite und blieb auf dem wackligen Stuhl in der Ecke sitzen, gab sich noch Zeit, bis sie sich so weit gefangen hatte, dass sie nach Hause fahren konnte. Erschlafft saß sie da, ausgehöhlt, alles Alte von ihr abgefallen, Neues noch nicht gebildet.

Mit einem Mal fiel ihr Mrs Brockington ein – als wäre der Gedanke ein Ast, der in einem Teich in die Höhe ragte und die Aufmerksamkeit auf sich zog. Mrs Brockington! Schon der Name belebte Ellen. Sie musste sofort zu ihr gehen, griff nach ihrer Tasche und ihren Handschuhen, rief die Kellnerin herbei, bezahlte ihre Rechnung und hastete zum Auto. Als sie davonfuhr, überlegte sie, wie sie in all den schrecklichen Wochen kein einziges Mal an Mrs Brockington hatte denken können.

Die Wahrheit war, dass Ellen noch nicht so weit gewesen war, an sie zu denken. Zu Mrs Brockington zu gehen hieß, Heilung zu suchen, und bisher hatte Ellen jeden Gedanken daran, dass sie Heilung finden konnte und musste, von sich gewiesen.

II

In Somerton hielten die alten Damen am Nachmittag in ihren Zimmern Siesta, und als Ellen den eisernen Ring an der Tür drehte und die Tür in die Diele öffnete, befand sich dort niemand. Bücher und Strickbeutel bewachten die Stühle ihrer Besitzerinnen für sie, und der Kamin war angeheizt, sodass das Feuer, einmal mit dem Haken geschürt, zur Teezeit warm lodern würde.

Ellen stand an dem gemauerten Kamin wie während des Kriegs, als sie mit den Kindern dort gewohnt hatte, oder auch nach dem Krieg noch manches Mal, wenn Avery in Amerika war. Sie empfand große Zuneigung zu diesem

Haus, die sich immer wieder, wenn sie es betrat, bestätigte. Es müsste doch ein Vergnügen sein, hier zu wohnen, doch sie fürchtete, Mrs Beard verdarb es mit ihrer Schärfe und ihren Launen. Ellen wand sich, wenn sie an die schutzlosen Alten dachte.

Das Haus war ihr so vertraut, dass sie, nachdem sie Mrs Beard vergeblich gesucht hatte, nach oben ging und vor Mrs Brockingtons Tür stehen blieb und horchte. Mrs Brockington hielt keine Siesta, weil sie Mühe hatte, wieder aufzustehen, wenn sie sich einmal hingelegt hatte, doch Ellen wollte sie nicht stören, falls sie doch in ihrem Sessel schlief. Als sie das Ohr an die Tür legte, vernahm sie jedoch das Rascheln von umgeblättertem Papier, und sie klopfte.

»Herein«, rief Mrs Brockington und wandte sich von ihrem Platz am Fenster, wo sie in Shawls eingehüllt saß, zur Tür um. »Ellen, mein liebes Kind! Na, so etwas!« Sie hob die steifen Hände und legte sie um Ellen, als die sich hinabbeugte und ihr einen Kuss gab. »Ellen, ich habe mich schon gefragt, was bei Ihnen passiert sein könnte ...«

»Ich weiß. Ich habe seit Wochen nicht geschrieben ... Es war eine dunkle Zeit ...«

»Oh, was ist? Geht es um eins der Kinder?« Mrs Brockington lehnte sich zurück und sah Ellen mit bangem Ausdruck ins Gesicht.

»Das ist es nicht. Niemand ist gestorben. Ich erzähle es Ihnen.«

»Ellen, Sie sind krank. Ich sehe es. Sie sind so dünn.«

»Nein, ich bin nicht krank.« Ellen nahm ein paar Bücher von einem Stuhl und trug ihn hinüber, ließ sich nieder, nahm eine Hand von Mrs Brockington in ihre und massierte sie sacht. Das tat sie immer, wenn sie beide allein waren. Sie hoffte, die Schmerzen auszustreichen, und war jetzt froh, es tun zu können, weil sich so leichter sprechen ließ.

Die Geschichte war rasch erzählt. Der Verlust von Ehemann und Zuhause ließ sich in wenige Worte fassen. Mrs Brockingtons schmale Wangen wurden beim Zuhören abwechselnd rot und bleich.

»Ellen, ich bin erschüttert. Ich kann es nicht glauben.«

»Ich kann es selbst nicht glauben«, sagte Ellen. »Nicht einmal jetzt, wo die Scheidung vollzogen ist. Ich war mir so sicher, dass ich Avery ebenso viel bedeute wie er mir. Doch ich habe mich geirrt. Ich bedeute ihm nichts.« Sie machte eine kurze Pause. »Die Kinder liebt er immer noch. Anne gegenüber könnte er nie etwas anderes empfinden als Liebe, das weiß ich, und Hugh liebt er auch, denn er hat seinen Platz im Büro für ihn frei gemacht. Auch wenn Hugh nichts mit ihm zu tun haben und sich nicht von ihm nach Cambridge schicken lassen will, lässt Avery ihm den Vortritt. Es kann aber natürlich sein«, fügte sie erschöpft hinzu, »dass Avery gar nicht arbeiten will. Vielleicht will er die ganze Zeit mit Louise zusammen sein. Ich weiß es nicht, ich kenne ihn nicht mehr. Ich habe ihn nie gekannt.«

»Ach, Ellen, das alles tut mir sehr leid«, sagte Mrs Brockington traurig. »In Anbetracht dessen, dass ringsherum Ehen und Familien zerbrechen, dachte ich, wenigstens Ihre wäre nicht gefährdet. Ich dachte, Sie wären glücklich.«

»Ich war auch glücklich. Niemand hätte glücklicher sein können. Aber es war eine Illusion.«

»Nein, Sie waren wirklich glücklich. Sie hatten zwanzig

Jahre echtes Glück. Das war doch schon eine ordentliche Portion, nicht?«

»Ja, wenn ich mir das Leben anderer Leute ansehe, war es das wohl«, räumte Ellen ein.

Sie schwiegen gemeinsam. Während Ellens Schilderung verstand die alte Frau oder meinte zu verstehen, dass es das Kind war, Anne, das die Eltern voneinander fernhielt. Sie sagte jedoch nichts, es war zu spät. Die Scheidung war vollzogen. Sie wollte Ellens Aufregung und Verwirrung nicht noch durch Bedenken steigern, ob Avery die Scheidung vielleicht gar nicht gewollt hatte.

»Was soll ich tun?«, fragte Ellen. »Was soll ich jetzt machen?«

»Sie müssen nach vorn schauen. Sie müssen mit Liebe und Tapferkeit weitermachen, Ellen, und darauf vertrauen, dass Gott Sie weiter durch Ihr Leben trägt.«

»Ich habe nicht Ihren Glauben. Ich habe den Keim eines Glaubens, werde darin aber nicht stärker.«

»Ich glaube«, sagte Mrs Brockington, während sie darüber nachdachte, »ich glaube, stärker wird man im Glauben, wenn man sich so verhält, als wären Gottes Versprechen alle wahr. Dann stellt man wunderbarerweise fest, dass es so ist.«

Ellen sah immer noch niedergeschlagen und unglücklich aus.

»Meine liebe, liebe Ellen«, sagte die alte Frau. »Ich weiß, Sie glauben, für Sie könne es kein Glück mehr geben. So dachte ich auch einmal. Aber ich sage Ihnen, wenn ich hier sitze, in diesem überfüllten Zimmer, mein Mann und meine Söhne tot, mein Heim verloren, bin ich oft so glücklich, so behütet von dem, worin ich voller Demut und Zuversicht den Geist des Herrn erkenne, dass ich laut lossingen könnte. Und oft tue ich das auch.«

Mrs Brockington lehnte sich auf ihrem Stuhl zurück und lächelte Ellen strahlend an, und Ellen begann, das Lächeln zu erwidern. Solche Worte hatte sie gebraucht. Solch ein Versprechen. Wärme und Hoffnung schlichen sich in ihr Herz. Sie streichelte Mrs Brockington weiter die Hände.

»Und fürs Erste«, sagte Mrs Brockington, »fahren Sie heute Abend nicht nach Hause. Bleiben Sie hier bei mir, damit wir uns etwas Praktikables überlegen können. Ich kann Ihnen alles leihen, was Sie brauchen.«

Ellen dachte darüber nach. Es gab nichts, weswegen sie nach Hause fahren musste. »Außer meiner kleinen Katze«, fiel ihr ein. »Aber sie ist sehr vernünftig. Sie geht zu William, wenn ich nicht da bin.«

»Dann ist das abgemacht«, sagte Mrs Brockington, und im selben Moment läutete der Gong zum Tee. »Schalten Sie doch bitte den Heizkörper aus, Liebes, ja? Und reichen Sie mir bitte meinen Spitzenshawl. Mit dem wollenen gehe ich nicht hinunter. Wie schön, dass Sie mir zur Hand gehen können.«

Als Ellen mit Mrs Brockington am Arm die Treppe hinunterstieg, kam sie sich neu und fremd vor. Da sie nun keine Vorteile und Privilegien mehr besaß, hatte sich auch die Welt um sie herum verändert. Natürlich wussten das die alten Damen, die sich um das Feuer scharten, aber nicht, und begrüßten sie so freundlich und überrascht wie immer. Wie ging es den Kindern? Wie ging es ihrem Ehemann? Und warum hatte Ellen sie diesen Sommer nicht besucht? Während Ellen die Fragen beantwortete oder umging, kam eine Zugehfrau mit dem Tee herein, weiße Kannen für chinesischen, braune für indischen, und stellte sie auf den runden Tisch links neben dem Kamin. Gleich darauf erschien Mrs Beard mit einem Kuchen, den sie selbst gebacken hatte, obwohl sie den ganzen Tag schlecht gelaunt gewesen war.

»Na, so was!«, rief sie bei Ellens Anblick. »Wo kommen *Sie* denn her? Ein Fremdling! Den ganzen Sommer über haben wir Sie nicht zu sehen bekommen …« Ellens Gesicht war ein solcher Schock für ihren scharfen Blick, dass sie vergaß, was sie sagen wollte, sich aber wieder fing, vor den Tisch trat und mit flinker Hand den Kuchen aufzuschneiden begann. »Sie mögen chinesischen, nicht, Mrs North?«, sagte sie, schenkte ihr eine Tasse ein und ließ die alten Damen sich selbst bedienen wie üblich. Sie brachte Ellen den Tee und musterte sie abermals eingehend. Was ist hier schiefgegangen?, fragte sie sich.

Laut sagte sie: »Sie wollen heute Abend aber nicht noch den langen Weg nach Hause fahren, oder? Ich finde, Sie bleiben lieber hier.«

»Mrs Brockington hat mir gerade denselben Vorschlag gemacht«, entgegnete Ellen. »Ich würde gern bleiben, wenn das geht.«

»Das geht sehr gut. Aber ich muss schauen, dass ich Phoebe erwische, bevor sie Feierabend macht, sonst muss ich das Bett selbst richten. Die Angestellten schlafen hier alle außerhalb, wissen Sie. Wenn Sie irgendwann bis sechs Uhr im Büro vorbeikommen, bringe ich Sie unter.«

»Was für ein schöner Kuchen, Mrs Beard«, sagte Mrs Fish liebenswürdig, und Mrs Beards Blick flog gereizt zu ihr hin. Dann ging sie hinaus.

Als Ellen das Zimmer betrat, das Mrs Beard als ihr Büro bezeichnete, fand sie es verlassen vor. Auf dem Schreibtisch lag jedoch die Abendausgabe der Kreiszeitung, und das Erste, worauf Ellens Blick fiel, war »Urteil des Grafschaftsgerichts« und ihr eigener Name. Sie stand mit der Zeitung in der Hand da, als Mrs Beard hereinkam.

»Ich wusste gleich, als ich Sie sah, dass irgendetwas nicht in Ordnung ist. Jetzt weiß ich, was es ist, und es tut mir leid. Sie sind die Letzte, bei der ich geglaubt hätte, dass ihr so etwas zustößt. Möchten Sie einen Whisky mit Wasser? Der würde Ihnen guttun. Zigarette?« Mrs Beard hielt ihr eine Schachtel hin.

»Ich rauche und trinke nicht«, sagte Ellen. »Auch wenn ich mir in letzter Zeit oft gewünscht habe, ich täte es.«

»Nun ja, es ist nie zu spät«, sagte Mrs Beard und zündete sich an der gerade gerauchten Zigarette eine neue an. »Das Schlimmste dabei ist, dass man nicht aufhören kann, wenn man einmal angefangen hat. Aus Alkohol mache ich mir nichts, aber das Rauchen ist mein Untergang. Ich habe ständig eine Zigarette im Mund. Ich gebe mehrere Pfund die Woche dafür aus und huste grässlich. Ich huste dicke *Brocken* Schleim aus, wissen Sie.« Mrs Beard sah Ellen mit tiefem Blick an. »Egal«, fuhr sie fort und wedelte Rauch beiseite, »zurück zu Ihnen. Was wollen Sie jetzt mit sich anfangen?«

»Ich weiß es nicht«, gab Ellen zu.

»Gehört das Haus Ihnen?«, fragte Mrs Beard pragmatisch.

»Nein.«

»Wie viel Unterhalt bekommen Sie?«

»Keinen.«

»Keinen?«, sagte Mrs Beard verblüfft. »Keinen«, wiederholte sie. »Wie kommt das? Haben Sie etwas getan, was Sie nicht hätten tun sollen?«

Ellen schüttelte den Kopf. »Ich nehme keinen Unterhalt an.«

»Sie nehmen keinen Unterhalt an?«, wiederholte Mrs Beard ungläubig und bestaunte das Phänomen vor sich. »Sie nehmen keinen Unterhalt an? Haben Sie den Verstand verloren?«

Ellen setzte sich und ertrug den Blick.

»Wissen Sie, wie mühsam es für Frauen wie uns ist, an Geld zu kommen? Wir gehören nicht zu der neuen Sorte, zu den Frauen mit einem Universitätsabschluss in Volkswirtschaft wie die, die neuerdings im Radio sprechen, junge Frauen, denen alles offensteht. Wir sind gewöhnliche Frauen, die zu jung geheiratet haben, um eine Ausbildung zu machen, und wir haben die besten Jahre unseres Lebens damit verbracht, unseren Männern den Haushalt zu führen. Nicht, dass wir es nicht gern getan hätten, aber jetzt hat man Sie ohne weitere Umstände vor die Tür gesetzt wie mich, und das mit über vierzig. Mein Mann ist gestorben und hat mir keinen Cent hinterlassen, da musste ich arbeiten. Ihrer aber lebt und ist gesetzlich verpflichtet, für Sie aufzukommen.«

»Warum sollte er?«, murmelte Ellen.

»Warum er sollte?«, sagte Mrs Beard entrüstet. »Weil er Ihnen die besten Jahre Ihres Lebens genommen hat, Ihre Jugend und Ihr Aussehen …«

»Sprechen Sie nicht so, als hätte ich mich aushalten lassen«, fiel ihr Ellen ins Wort. »Wenn keine Liebe mehr vorhanden ist, kann ich kein Geld annehmen. Außerdem bin ich zu jung, um jemandes Kostgänger zu sein. Ich habe zweihundert im Jahr als eigenes Einkommen. Für den Rest werde ich arbeiten.«

»Als was denn?«

»Nun ja, wie Sie, ich kann nur etwas mit Hauswirtschaft tun. Auf lange Sicht würde ich gern so etwas machen wie Sie. Wie haben Sie angefangen?«

Mrs Beard zündete sich an ihrer fast aufgerauchten Zigarette eine neue an und warf den glühenden Stummel mit geübter Hand ins Feuer. Nachdenklich blickte sie Ellen an und schniefte. »Wenn Sie das ernst meinen, meine Liebe«, sagte sie, »gibt es genau hier eine Arbeit, die auf Sie wartet.«

»Was wollen Sie damit sagen – hier?« Ellen beugte sich interessiert nach vorn. »Was für eine Arbeit?«

»Als meine Assistentin natürlich. Ich versuche seit Monaten, jemanden zu finden, bekomme aber natürlich niemanden. Es ist zu verdammt abgelegen, aber Ihnen gefällt es ja hier. Vielleicht sind Sie die Antwort auf meine Gebete. Ich werde noch verrückt, das kann ich Ihnen sagen, so viel habe ich hier zu tun. Und aus Ihrer Warte ist es auch eine gute Idee, scheint mir. Sie können Ihre Tochter in den Ferien hier bei sich haben, Sie arbeiten sich einfach ein. Ich bin schlecht gelaunt, das wissen Sie, damit müssen Sie sich eben abfinden. Es gibt Schlimmere als mich. Was sagen Sie dazu? Vier Pfund die Woche plus Unterkunft und Verpflegung.«

»Ich sage Ja«, antwortete Ellen ohne Zögern. »Auf der Stelle fange ich an, wenn Sie glauben, dass der Ausschuss oder was immer mich akzeptiert.«

»Tut er, das weiß ich«, sagte Mrs Beard gelassen. »Die tun, was ich sage. So viel Vernunft haben sie.«

»Oh – warten Sie. Ich habe eine Bedingung. Lachen Sie nicht – aber ich müsste unser Pferd und mein Kätzchen mitbringen.«

»Ein Pferd? Ganz schön aufwendig.«

»Es ist Annes Pferd. Ihr Vater wird für den Unterhalt aufkommen.«

»Ich habe nichts dagegen«, sagte Mrs Beard. »Hier gibt es jede Menge Gras, und die alten Ställe stehen leer. Es ist alles vorhanden, wenn man es sich genau überlegt, nicht?«

»Sieht so aus«, hauchte Ellen.

»Ein Honigschlecken ist es hier aber nicht«, mahnte Mrs Beard. »Um sieben in der Früh aufstehen wird Ihnen nicht gefallen ...«

»Das tue ich seit Jahren«, sagte Ellen.

»Und Sie stehen zu meiner Verfügung«, fuhr Mrs Beard mit fester Stimme fort. »Die alten Schätzchen werden Sie in den Wahnsinn treiben. Das tun sie zumindest mit mir. Erst kommt die eine nicht allein aus dem Bett, dann die Nächste. Andauernd verlegen sie irgendwas und belästigen mich damit. Und jede hat ihre Schrullen und Macken. Die Letzte, die zu uns kam, Mrs Hadfield, hat Butter in ihrem Zimmer versteckt, bis man es auf den Treppenabsatz hinaus gerochen hat – Sie kennen den Geruch, wie Erbrochenes, nicht?«, sagte Mrs Beard, mit einem ihrer merkwürdigen Vergleiche. »Ich hab ihr aber die Leviten gelesen! Wenn Sie das nächste Mal Butter geschickt bekommen, sagte ich, bringen Sie sie um Himmels willen auf den Tisch und essen Sie sie auf, bevor das ganze Haus danach stinkt. Schön, wann wollen Sie anfangen?«

»Sobald ich meine Sachen zu … in Netherfold ausgeräumt habe«, antwortete Ellen, die sich das »zu Hause« gerade noch hatte verkneifen können. »Ich muss die Einrichtung aufteilen. Ist die Zusage denn endgültig?«, fragte sie ungläubig.

»Ja, packen wir den Stier bei den Hörnern.« Mrs Beard griff nach dem Telefon. »Ich lasse mich gleich zum Vorsitzenden der Stiftung durchstellen. Wenn ich etwas erledige, tue ich es schnell«, sagte sie und wählte das Amt.

Ellens Blick ruhte auf Mrs Beard. Sie war aufgeregt und perplex zugleich. Es war alles so schnell gegangen. Stand sie wirklich kurz davor, ihre erste Stelle zu bekommen?

Mrs Beard bat um eine Londoner Telefonnummer. »Kann natürlich sein, dass er gerade außer Haus ist«, gab sie noch zu bedenken, den Apparat am Ohr. Sie fingerte sich mit einer Hand eine Zigarette aus der Schachtel und steckte sie sich in den Mund. Sie musste sogar beim Warten auf die Verbindung rauchen. »Das ging schnell«, bemerkte sie, als sie durchgestellt wurde. »Ist Mr Somers zu sprechen? Hier ist das Hotel.« Sie nickte Ellen zu und wartete weiter, war in ihrem Element, ganz die Chefin. »Sind Sie das, Mr Somers? Hier spricht Mrs Beard. Nein, alles in bester Ordnung, danke. Aber ich habe die Chance, eine Assistentin zu bekommen, und wollte Ihre Zustimmung dazu. Sie wissen ja, was ich hier tue. Es ist zu viel für mich. Ja, schön, das ist sehr nett von Ihnen. Freut mich, dass Sie das zu schätzen wissen.« Mrs Beard zwinkerte Ellen von der Seite zu. »Ich möchte eine Mrs North einstellen. Sie ist schon oft als Gast hier gewesen. Ich kenne sie sehr gut, sie ist ein angenehmer Typ Frau.« Mrs Beard hielt sich den Hörer an die Brust und sah Ellen an. »Wie alt sind Sie?«

»Dreiundvierzig«, stammelte Ellen.

»Sie ist dreiundvierzig, aber tüchtig. Sie hat ein bisschen Pech gehabt. Sie gibt ihr Haus auf. Ihr Ehemann ist mit einer Französin durchgebrannt, ein Mann in guter Position noch dazu. Sie hat sich gerade von ihm scheiden lassen. Ja, das schreibe ich morgen ausführlich, ich wollte den Stier nur bei den Hörnern packen, verstehen Sie. Das Gehalt hatten wir ja bereits vereinbart, als ich Ihnen das Inserat geschickt habe, nicht? Geht es Ihnen gut, Mr Somers? Kein Husten und keine Erkältung oder so etwas?«

Ellen beugte sich aufgeregt über den Tisch.

»Fragen Sie ihn nach dem Pferd«, flüsterte sie. »Dem *Pferd*.«

»Oh, Mr Somers«, rief Mrs Beard aus. »Mrs North möchte wissen, ob sie das Pferd ihrer Tochter mit zu uns bringen kann. Es kann doch im Park herumlaufen, nicht? Sie haben nichts dagegen? Gut. Auf Wiederhören, Mr Somers, schonen Sie sich.« Sie legte das Telefon auf und wandte sich zufrieden um. »Netter alter Mann.« Dann bemerkte sie Ellens zögerlichen Gesichtsausdruck. »Was ist?«, fragte sie mit schneidender Stimme.

Ellen setzte schnell eine andere Miene auf: »Nichts.«

»Sie wollen doch hier anfangen, oder?«, hakte Mrs Beard argwöhnisch nach.

»Unbedingt, ja«, sagte Ellen und sammelte sich. Über sich hören zu müssen, dass sie eine angenehme Frau sei – dreiundvierzig, aber tüchtig –, deren Ehemann mit einer Französin durchgebrannt war, war ein Schock gewesen.

Ellen wollte losrennen und es Avery erzählen und lachen, bis ihr die Tränen kamen. Doch plötzlich – sie musste sich dabei an der Stuhllehne festhalten – stand ihr so entsetzlich klar vor Augen, wie sie war, nicht wie sie sich selbst gern sehen wollte, und der Drang zu lachen erstarb. Dass sie die Beschreibung komisch gefunden hatte, zeigte das Ausmaß ihrer Eitelkeit und Selbstüberschätzung. Sie musste in aller Nüchternheit zugeben, wie zutreffend die Beschreibung war.

»Was war denn das gerade?«, sagte Mrs Beard. »Es sah aus, als hätten Sie ein Gespenst gesehen.«

»Keineswegs, im Gegenteil. Aber machen Sie sich keine Gedanken. Ich hatte einen ziemlich schlimmen Tag, wissen Sie.«

»Das ist wohl wahr, meine Liebe. Ich sollte gehen und mich bis zum Abendessen noch eine Weile hinlegen. Wir sprechen uns morgen. Ich habe Sie in Nummer siebzehn einquartiert, neben Ihrer Freundin Mrs Brockington. Es wird schön für sie sein, wenn Sie jetzt bei ihr sind, nicht? Und auch schön für Sie. Sie kann das Haar hinten nicht mehr so gut aufschlagen, da können Sie einspringen und ihr helfen. Ich glaube, Sie und ich werden prima miteinander auskommen«, sagte Mrs Beard herzlich. »Und hier bieten sich Ihnen Möglichkeiten, wissen Sie. Oh, die gibt es. Ich kann es nicht mehr lange vor mir herschieben. Ich hab dieses Haus satt, hab ich wirklich.«

»Das sagen Sie schon lange«, erwiderte Ellen.

»Ich meine es auch so. Es glaubt mir zwar niemand, aber es ist mein Ernst. Ich hatte nie Gelegenheit, mich anderweitig umzusehen. Ich bin mit Händen und Füßen hier angekettet. Erst heute Morgen war eine gute Anzeige in der Zeitung. Sehen Sie …« Mrs Beard zog eine Schublade ihres Schreibtischs auf und holte eine gefaltete Zeitung heraus. »›Geschäftsführerin gesucht. Exklusives kleines Hotel,

Brighton etc. ...‹ Brighton! Genau mein Fall. Aber es wird andere geben, und wenn Sie kommen, kann ich Ihnen die Verantwortung übertragen, mal von hier verschwinden und sie mir selbst ansehen. Und wenn ich etwas Anständiges gefunden habe, gehe ich hier weg und übergebe das Haus Ihnen. Wie klingt das?« Sie lachte herzhaft und zündete sich eine neue Zigarette an. »Aber Sie legen sich erst mal hin. Sie sehen aus, als würden Sie jeden Augenblick umkippen.«

»Nein, lassen Sie mich Ihnen helfen. Das tue ich gern.«

»Nein, danke«, sagte Mrs Beard bestimmt. »Ich kann Sie in meiner Nähe jetzt nicht brauchen. Die Abendhilfen kommen jeden Moment, falls sie nicht schon da sind. Machen Sie sich mal rar, bitte, und seien Sie unser Gast, solange Sie können. Ich wünschte nur, ich könnte das auch.«

Ellen wollte sich aber nicht hinlegen, sondern kehrte zurück zu Mrs Brockington, die in ihrem Zimmer war und sich langsam und mühevoll fürs Abendessen zurechtmachte.

»Sie sind ja fast fertig«, sagte Ellen mit einem Vorwurf an sich selbst. »Dabei wollte ich das heute Abend für Sie übernehmen. Aber Sie erraten nicht, was ich getan habe. Ich habe mich hier im Haus als Assistentin von Mrs Beard anstellen lassen. Ich komme, sobald ich meine Sachen zu Hause ausgeräumt habe. Ja, und ich bekomme vier Pfund die Woche plus Kost und Logis und darf Roma und Moppet mitbringen. Anne kann in den Ferien hier sein und Hugh an den Wochenenden, sooft er kommen kann, als Gäste natürlich. Alle meine unmittelbaren Probleme hat Mrs Beard auf einen Schlag gelöst.«

»Ist das nicht merkwürdig?«, sagte Mrs Brockington

zögerlich. »Genau dasselbe habe ich mir beim Anziehen auch überlegt. Ich wollte es Ihnen gerade vorschlagen. Das Einzige, was mir Sorge bereitet hat, war die Frage, wie Sie mit Mrs Beard zurechtkommen werden. Sie wird schwierig sein, fürchte ich, liebe Ellen.«

»Das würde ich auch meinen. Ich werde es unbefangen angehen, weiter nichts. Und, wissen Sie, ich mag sie. Sie ist vielleicht jähzornig, aber sie hat ein gutes Herz. Jedenfalls hat sie heute Abend meine Lebensgeister wieder geweckt. Lassen Sie mich Ihnen das Haar richten.«

»Danke, Liebe, wenn Sie so nett wären. Legen Sie mir doch bitte den kleinen Frisierumhang um. Für mich wird es wunderbar, Sie hier zu haben, Ellen. Das wird, als hätte ich endlich eine Tochter. Ihnen ist es nicht zu weitab vom Schuss, oder? Immerhin sind Sie noch jung. Ich weiß nicht, ob Sie Ihre Zeit mit so vielen alten Frauen verbringen sollten. Irgendwann möchten Sie vielleicht wieder heiraten, wissen Sie.«

Ellen holte tief Luft und schüttelte den Kopf. »Ich war einmal verheiratet, das reicht. Die kleinen Kämme, stecke ich die hier hinein? Sitzen sie richtig?«

»Es sieht sehr nett aus, vielen Dank. Ja, kommen Sie hierher, bis die Wunde verheilt ist«, sagte Mrs Brockington. »Es klingt wie eine sehr gute Regelung, wenn Sie es mit Mrs Beard aushalten. Wir brauchen hier dringend jemanden wie Sie, jemanden mit einer freundlichen Art, der zwischen ihr und uns vermittelt. Das würde für uns viel ausmachen. Und es wäre wunderbar, wenn Ihre Kinder ab und zu Leben ins Haus brächten. Privatsphäre hätten Sie allerdings keine, alle werden großen Anteil an sämtlichen Details Ihres Lebens nehmen. Ich trage abends ein schwarzes Samtband um den Hals, Liebe. Können Sie es mir umlegen?«

Ellen richtete das Band, und mit stechendem Schmerz fiel ihr ein, dass Louise genau dasselbe für Mrs North getan hatte. Was machte Louise jetzt? Mit Avery feiern höchstwahrscheinlich. Ellen wusste nicht einmal, wo sie gerade waren.

»Und ich habe mir noch etwas überlegt«, sagte Mrs Brockington und reichte eine Kamee-Brosche nach oben, die Ellen anstecken sollte. »Wenn Sie Ihre Sachen aussortiert haben, erlaubt Mr Somers Ihnen bestimmt, sie hier unterzustellen. Wir haben so viele Nebengebäude, die in ausgezeichnetem Zustand sind. Die alte Wäscherei zum Beispiel.«

Das hörte sich vielversprechend an, dachte Ellen später. Ihr Plan trieb ständig neue Knospen und Zweige aus. Binnen Kurzem waren Mrs Brockington und Ellen vom bloßen Einlagern der Möbel in der alten Wäscherei zu deren möglicher Umwandlung in ein abgeschlossenes kleines Haus für sie und die Kinder fortgeschritten.

»Aber die wird man mir niemals überlassen«, sagte Ellen. »Das wäre zu schön, um wahr zu sein.«

»Ich glaube, Mr Somers wird sie nur zu gern umbauen lassen, auf Ihre Kosten natürlich, und Sie sagen doch, Sie können es sich leisten, nicht? Denken Sie nur, wie das den Vermögenswert dieser Anlage steigern wird. Natürlich lässt er Sie das machen. Er und ich sind alte Freunde. Ich schreibe ihm persönlich. Es würde so viele Ihrer Schwierigkeiten lösen. Sie hätten ein Zuhause –« Dann brach sie erschüttert ab. »Oh, meine Liebe!«

Ellen hatte die Hände vors Gesicht geschlagen. Sie stand

da und weinte, und Mrs Brockington erhob sich mühsam aus ihrem Sessel und legte die Arme um sie.

»Es ist nichts, wirklich«, sagte Ellen weinend.

»Habe ich etwas Falsches gesagt? Wie ungeschickt von mir, so daherzureden.«

»Es ist nur die Erleichterung, weiter nichts.« Ellen suchte in ihrer Handtasche nach einem Taschentuch. »Ich bin nur erleichtert«, wiederholte sie und trocknete sich die Augen. »Noch heute Vormittag war alles Leere, und jetzt ist da wieder etwas.«

Der Gong ertönte.

»Ach, ich sehe ja schrecklich aus«, rief sie aus. »Und unten werden sie inzwischen bestimmt alle die Abendzeitung gelesen haben und denken, ich würde deshalb weinen.«

»Benetzen Sie sich die Augen mit kaltem Wasser, meine Liebe. Und hier sind Hamameliswasser und Wattebäuschchen, Sie sind gleich wieder in Ordnung. Legen Sie reichlich Puder auf«, riet Mrs Brockington, ebenso bemüht, Ellens Gesicht herzurichten, wie Ellen selbst.

Mit roten Augen, aber lächelnd, küsste Ellen ihre alte Freundin. »Sie sind mir ein großer Trost«, sagte sie, und zusammen gingen sie hinunter.

Im Speisezimmer, wo die Fensterläden für die Nacht geschlossen und die Lampen mit den rosa Schirmen auf den Tischen angezündet waren, warteten die alten Damen darauf, dass ihnen das Essen aufgetragen wurde. Sie hatten die Zeitung gelesen, aber liebenswürdigere Menschen hätte Ellen nicht um sich haben können. Es gab keine lauernde Neugier, kein hämisches Spekulieren, kein Frohlocken, dass ihnen so etwas nicht passieren könnte – bei jüngeren Frauen wäre all das vorstellbar. Diese Frauen waren alt, die Zeit hatte sie milde werden lassen, sie hatten Lehren aus Verlust, Hilflosigkeit und Einsamkeit gezogen: Sie wussten, dass jedem fast alles widerfahren konnte. Sie waren gütiger, als sie es in jüngeren Jahren gewesen waren.

Und so bemühten sich alle, Ellen wortlos zu zeigen, wie sehr sie sich freuten, sie bei sich zu haben, und es erfüllte die alten Damen beinahe mit Stolz, dass sie an diesem schweren Tag bei ihnen Zuflucht suchte.

NEUNUNDZWANZIG

I

Als Ellen tags darauf in Netherfold durchs Tor fuhr, flog zu ihrer Überraschung die Haustür auf, und Hugh erschien auf den Stufen. Er stand da und starrte auf das Auto, als sei er bewegungsunfähig, dann war er mit einem Satz bei ihr und riss die Tür auf.

»Mutter! Mutter, ich dachte ... Oh, Mutter!« Ellen war noch gar nicht richtig ausgestiegen, da schlang er bereits die Arme um sie. »Oh, Mutter, ich wusste nicht, was mit dir war. Ich bin so ein Dummkopf! Ich dachte, die Scheidung wäre zu viel gewesen ... und als du nicht hier warst ...«

»Aber, Hugh«, sagte Ellen, »ich hatte doch keine Ahnung, dass du nach Hause kommst. Ich hätte nie gedacht ...«

»Ich habe Urlaub gekriegt und bin gestern Abend gekommen. Ich bin durchs Fenster in der Abstellkammer eingestiegen. Gott sei Dank ist dir nichts passiert.«

Er ließ die Arme sinken und lächelte sie an.

»Das war vielleicht eine Nacht. Ich hab nicht geschlafen, ich wollte gerade bei der Polizei anrufen. Oh, Mutter, komm rein. Komm rein und erzähl, wo du gewesen bist.«

»Es tut mir so leid«, sagte Ellen zerknirscht und ließ

sich ins Haus bringen. »Ich habe im Traum nicht daran gedacht, dass du vielleicht kommen könntest. Ich war bloß in Somerton.«

»Ach, Mutter«, brachte er mit einem kläglichen Lachen hervor, »ich war so ein Dummkopf. Aber das ist seine Schuld«, sagte er, plötzlich ernüchtert. »Wir erschrecken ja mittlerweile bei allem. Nach dem, was er angerichtet hat, halten wir alles für möglich.«

»Es ist meine Schuld. Ich hätte daran denken sollen, dass du vielleicht nach Hause kommst.«

»Nein, es ist meine«, sagte Hugh. »Ich hab erst im allerletzten Moment um Urlaub gebeten und es nicht fertiggebracht, den Grund dafür anzugeben. Aber dann hab ich's doch gemacht.«

»Trinken wir einen Tee, Liebling«, sagte Ellen. »Du brauchst einen.«

»Tee! Tee reicht nicht. Ich hab mit einem Mal einen Riesenhunger.«

»Ach herrje«, sagte Ellen und hastete gleich in ihrer alten Hausfrauenart herum. »Fünf Minuten, dann bekommst du ein Omelett mit Schinken, Kaffee und Gott weiß was.«

»Setz erst mal den Hut ab.«

»Dann hier, nimm. Den Mantel auch. Und jetzt lass mich an meine Pfannen. Hol dir einen Teller, damit ich ihn ein bisschen anwärmen kann. Ach, ich bin so froh, dich zu sehen.«

Einen starken jungen Sohn zu haben, der kam und sich um sie kümmerte, war eine freudige Überraschung. Mit so etwas hatte sie überhaupt nicht gerechnet. Dass sie für ihn da war, verstand sich von selbst, doch dass er nun etwas für sie tun konnte, erstaunte sie und wärmte ihr das Herz.

Komisch, dachte sie, eines Tages wendet sich das Blatt. Kinder verlassen sich jahrelang auf ihre Eltern, und mit einem Mal stellen Eltern fest, dass ihre Kinder ihnen eine Stütze sind.

»Es gibt so vieles, was ich mit dir besprechen muss, Hugh«, sagte sie und hob die Ränder des Omeletts mit dem Palettenmesser an.

»Du siehst viel besser aus, als ich erwartet habe, Mutter. Hast du es gut überstanden?«

»Es war ziemlich schlimm. Aber es ist vorbei. Setz Wasser auf für meinen Tee, ja? Hast du gar nichts gegessen?«

»Gestern Abend habe ich zwei Eier gegessen. Ich dachte doch, du kommst jeden Augenblick. Erst gegen elf habe ich angefangen, mir ernsthaft Sorgen zu machen. Ach, Mutter!« Er umarmte sie noch einmal so unvermittelt, dass sie beinahe den Milchtopf umgestoßen hätte. »Du darfst nicht zulassen, dass dir jemals etwas zustößt.«

Er konnte nicht genug für sie tun, nötigte sie, sich zu setzen, stellte ihr sogar eine völlig überflüssige Fußbank unter die Füße, während er abwusch. Er lächelte ihr ständig zu. Seine Erleichterung war so groß, dass die Zurückhaltung des schon Erwachsenen verschwand. Er zeigte einfach, dass er seine Mutter liebte, und das tat ihr gut. Genau das brauchte sie.

Sie redeten in einem fort. Hugh gefiel die Vorstellung, nach Somerton zu ziehen, und entwickelte begeistert Pläne für den Umbau der alten Wäscherei zu einem Wohnhaus. Nur der Vorstellung, dass seine Mutter Mrs Beard als Assistentin zur Seite stehen oder überhaupt unter jemandem arbeiten sollte, konnte er nichts abgewinnen.

»Du wärst dort ja wie Miss Daley«, sagte er, als wäre das undenkbar. »Mutter, das geht nicht.«

»Ich tue es«, beharrte Ellen mit fester Stimme. »Ich werde dort gebraucht, und sosehr ich dich und Anne liebe, ich kann nicht bloß herumsitzen und darauf warten, dass ihr nach Hause kommt. Darüber möchte ich kein Wort mehr hören. Lass uns mit den vielen Regelungen weitermachen, die wir treffen müssen. Ist das mit Roma nicht fantastisch?«

Seine Miene hellte sich auf.

»Großartig. Anne muss Roma behalten. Sie kann nicht alles auf einen Schlag verlieren. Und Moppet wird es in Somerton gefallen, nicht wahr, du böses Kätzchen? Sie kann dort so viele Junge haben, wie sie will. Dort ist Platz für alle. Wie hat Mrs Beard das mit der Wäscherei aufgenommen? Du hast es ihr doch gesagt?«

»Um Gottes willen, ja. Ich habe sie sofort um ihren Rat gebeten. Wenn sie dagegen gewesen wäre, hätte es sich gleich erledigt. Aber sie war durchaus einverstanden, sofern wir eine Glocke haben und ein Telefon vom Haus herüberlegen lassen. Es sollte besser auch eine Verbindungstür geben, meine ich, oder?«

»Mmh«, sagte Hugh mit geschäftsmäßiger Sachlichkeit. »Warum nicht. Wie gut, dass du Anne und mir voriges Jahr neue Möbel für unsere Zimmer zum Geburtstag geschenkt hast. Jetzt können wir unsere Sachen alle mitnehmen. Sonst hätten wir sie vermutlich dalassen müssen.«

Ellens Miene verdüsterte sich für einen Moment. Es musste alles ausgerechnet werden, nahm sie an. Sie hatte die undankbare Aufgabe, ihre und Averys Sachen aufzuteilen, ihr Heim von oben bis unten zu halbieren. Doch das wollte sie tun, wenn sie allein war. Die Kinder sollten diese Verstümmelung nicht miterleben.

»Wir werden es sehr gut haben, Mutter«, sagte Hugh. »Wir kommen ohne ihn zurecht. Er soll nur sehen. Vielmehr nicht sehen. Wir sagen ihm gar nicht, wo wir sind.«

»Nein«, sagte Ellen, und ein seltsamer Schmerz durchfuhr sie.

II

Als Hugh wieder abgefahren war, machte sich Ellen an die Aufteilung des Hausstands. Sie ließ den Anwalt und einen Schätzer kommen und brachte es mit finsterer Entschlossenheit hinter sich. Sie ging mit den Männern alles durch, sogar die Tischservietten und Teelöffel, und sie verzeichneten in Listen, was Avery gehörte und was ihr. Ihre war wesentlich länger. Der größte Teil der Möbel war nach dem Tod ihres Vaters aus seinem Haus nach Netherfold gekommen. Damit wäre die alte Wäscherei fast komplett ausgestattet.

Die Listen mussten Avery geschickt und von ihm genehmigt werden. Ellen bat den Anwalt, sie über die Bank zu versenden.

»Ich möchte nicht wissen, wo er ist. Und wenn ich dieses Haus verlassen habe, soll er nicht wissen, wo ich bin.«

Der Bruch, um den er gebeten hatte, sollte glatt und endgültig sein. Wenn sie sich ein neues Leben aufbauen wollte, konnte sie es sich nicht leisten, durch Nachrichten von Avery und Louise emotional aufgewühlt zu werden.

Mittlerweile strebte sie diesen Neustart an wie jemand, der ans Ende eines langen, kräftezehrenden Laufs kam. Es waren aber immer noch mehrere Wochen, bis sie Netherfold verlassen konnte, und es war traurig und verstörend, in einem Haus bleiben zu müssen, das sie einst geliebt hatte und das ihr jetzt unter den Händen wegstarb. So empfand sie es. Alle Bewegung, die das Haus früher durchströmt hatte, hinein und hinaus, war zum Erliegen gekommen. Es fuhren keine Händler mehr mit ihren Lieferwagen am Tor vor. Kein fröhliches »Der Fisch!« oder »Der Bäcker!« erscholl noch an der Hintertür. Eine Flasche Milch stand nun auf der Stufe, auf der einst ganze Batterien gestanden hatten. Nie klingelte das Telefon. Niemand kam zur Tür, sogar die Spendensammler ließen sie aus, vielleicht weil es ihnen zu peinlich war, ihr gegenüberzutreten, oder weil sie sie nicht um Geld bitten mochten, das sie eventuell nicht mehr erübrigen konnte.

Ellens Befürchtung, auf der Straße Aufsehen zu erregen, erfüllte sich nicht. Sie begegnete ihren Nachbarn gar nicht. Ihr Mann und ihre Kinder hatten ihr in früheren Zeiten genügt, sodass sie keine echten Freundschaften geschlossen hatte. Die Menschen in der Umgebung hatten von ihr nur ein Lächeln bekommen und ein Winken aus dem Auto, wenn sie vorüberfuhr, und das bekamen sie weiter. Aber niemand besuchte sie. Dafür kannte sie niemand gut genug.

Ausgenommen Miss Beasley, die ihr Versprechen, beim Ausräumen zu helfen, nicht vergessen hatte. Sie lehnte Bezahlung brüsk ab, aber Ellen vermachte ihr zahlreiche Gegenstände aus dem Haushalt. So viele, dass Miss Beasley Einspruch erhob.

»Ich komme viel zu gut weg«, sagte sie. »Ich wollte helfen, und diese Befriedigung verwehren Sie mir jetzt.«

»Sie helfen mir nicht nur«, sagte Ellen, »sondern nehmen mir auch manches ab, wofür ich keine Verwendung mehr habe.«

Auf dieser Grundlage setzten sie das Sortieren und Packen fort, die Abrissarbeiten, die Ellen nicht weniger umfangreich vorkamen als nach dem Tod von Mrs North.

Wäre Louise damals nicht wiedergekommen, dachte sie, würde ich das heute nicht tun müssen.

Eines Morgens traf ein, worauf sie gewartet hatte: die beiläufige Mitteilung, dass die Scheidung nun rechtskräftig war.

Um eine Scheidung braucht man sich heutzutage keine Gedanken mehr zu machen, dachte sie düster. Das geht kinderleicht. Und gerade rechtzeitig vor Weihnachten. Avery und Louise werden sich freuen.

Tags darauf klingelte es morgens an der Tür, und als Ellen öffnete, stand Miss Daley vor ihr, noch immer mit dem Hut mit der Fasanenfeder, das Gesicht geschwollen vor Kummer, eine Zeitung fest in der Hand.

»Oh, liebe Miss Daley«, rief Ellen und zog die Frau herein. »Ich bin so froh, Sie zu sehen, ich wollte unbedingt wissen, wo Sie jetzt sind. Kommen Sie mit in die Küche. Ich trinke gerade Kaffee, und Sie müssen mir Gesellschaft leisten.«

»Ich bin gleich hergekommen«, sagte Miss Daley mit erstickter Stimme. »Ich habe meinen freien Tag getauscht. Ich wusste absolut nichts, bis ich heute Morgen die Zeitung gesehen habe. Das liegt bestimmt daran, dass ich jetzt in Adlington bin, das ist sechs Meilen außerhalb, und ich gehe auch nicht mehr in die Kirche. Meine Arbeitgeber bekommen die Lokalzeitung nicht. Aber als ich heute Morgen diese Illustrierte aufschlug, wurde mir ganz flau, Mrs Avery. Ich hab denen einfach gesagt, dass ich sofort zu Ihnen muss. Ich wusste ja nicht einmal, ob ich Sie hier vorfinde.«

»Setzen Sie sich«, sagte Ellen und drückte Miss Daley auf einen Stuhl. »Was für Sie ganz neu ist, ist für mich schon Monate alt, wissen Sie. Ich habe das Schlimmste hinter mir. Hier, Ihr Kaffee. Es ist so nett von Ihnen herzukommen, ich kann Ihnen gar nicht sagen, wie ich mich freue, Sie zu sehen. Was genau schreibt denn die Zeitung?«, fragte sie, als ihr plötzlich dämmerte, dass dort vielleicht etwas Neues stand. Es handelte sich immerhin um ein Londoner Blatt. »Was ist passiert?«, fragte sie mit schneidender Stimme.

»Haben Sie es nicht gesehen?«, stammelte Miss Daley und hielt die Zeitung zurück. »Ach herrje. Ich möchte nicht diejenige sein, die Ihnen noch mehr hässliche Neuigkeiten bringt.«

»Was ist passiert?«, sagte Ellen noch einmal und nun mit hämmerndem Herzen. »Zeigen Sie es mir. Geben Sie mir die Zeitung.«

»Na ja, er hat sie geheiratet. Da ist ein Foto der beiden, sehen Sie.«

Auf den Mittelseiten war neben Bildern einer Katze, eines Sturms und eines Mörders eine Aufnahme, die zeigte, wie Avery, unverkennbar Avery, mit Louise, lächelnd, im Pelz und mit Orchideen, die Stufen von einem Standesamt herabschritt. Die Unterschrift lautete: *Die Braut des Verlegers. Mr Avery North von Bennett und North, Verlagshaus in der Strand Street, der kürzlich von seiner früheren*

Ehefrau geschieden wurde, nach seiner gestrigen Vermählung mit Mademoiselle Louise Lanier. Die Flitterwochen wird das Paar in Frankreich verbringen, dem Heimatland der Braut.

Avery hatte keine Zeit verloren. Er hatte sie so schnell geheiratet, wie er konnte. Ellen legte die Zeitung hin und wandte sich ab. Der Ausdruck auf ihrem Gesicht war zu viel für Miss Daley. Sie weinte und schob die Hände unter die Brillengläser, um die Tränen zu verbergen. »Das ist schrecklich«, brachte sie hervor und schüttelte den Kopf. Die Fasanenfeder schwankte wie der Mast eines sinkenden Schiffs. »Eine Familie wie Ihre zu zerstören. Ich habe nie ein glücklicheres Ehepaar gesehen als Sie und ihn.«

»Nicht meinetwegen weinen, liebe Daley. Es ist vorbei, wissen Sie. Ich gewöhne mich daran. Es war nur, ihn zu sehen ...«

»Wieso haben Sie die bloß in Ihr Haus gebeten?«, fragte Miss Daley, ließ die Hände sinken und blickte Ellen aus nassen Augen an. »So einer sind Sie nicht gewachsen. Sie haben sie als Gast hereingeholt und ihr Haus und Ehemann vorgeführt, alles, was Sie besitzen, und da hat sie sich vorgenommen, es zu kriegen. Und hat es gekriegt. In was für einem Schlamassel Sie jetzt stecken. Alles verloren wegen einer vollkommen Fremden. Was wollen Sie mit sich anfangen, meine Liebe? Wohin wollen Sie gehen?«

»Ich habe es gut getroffen«, wechselte Ellen, froh über die Gelegenheit, das Thema. »Wir ziehen alle nach Somerton Manor, sogar das Pferd und die Katze, und ich werde stellvertretende Leiterin.«

»Sie wollen doch nicht etwa arbeiten?«, sagte Miss Daley mit schockierter Stimme.

»Doch, das will ich. Ich freue mich darauf.«

»Tja«, sagte Miss Daley, hauchte auf ihre Brille und putzte sie. »Sie waren immer sehr tüchtig. Ich würde meinen, das wird nicht wesentlich schwieriger, als Ihr eigenes Haus zu führen. Mit dem einen Unterschied«, hob sie hervor, »dass es Ihr Haus war und Sie Ihre eigene Herrin. Für mich«, sagte sie dann und sah Ellen schüchtern an, »ist dort wohl kein Platz?«

»Sie!«, rief Ellen, deren Miene sich aufhellte vor freudiger Überraschung. »Sie! Oh, ich bin mir sicher, dass es den Platz gibt. Die haben so wenig Personal, dass sie nicht wissen, wie sie sich drehen und wenden sollen. Wollen Sie denn eine Stelle? Gefällt es Ihnen nicht, wo Sie sind?«

»Das, was ich dort bekomme, reicht für meinen Lebensunterhalt nicht aus. Es sind sehr nette Leute, aber sie können mir nicht mehr als dreißig Shilling die Woche zahlen. Es ist nicht ihre Schuld, aber ich komme damit nicht aus. Wenn ich mir nur neue Sohlen und Absätze auf die Schuhe machen lassen muss, ist schon der ganze Wochenlohn dahin, Mrs Avery. So schäbig angezogen war ich mein Lebtag noch nicht, und seit wir uns zuletzt gesehen haben, konnte ich mir keinen Urlaub leisten. Der Pfarrer konnte mir nur ein Pfund pro Woche geben, deshalb musste ich dort fortgehen, die Kapelle aufgeben und alles. Ich dachte, ich schaffe es mit dreißig Shilling, aber das ist zu wenig. Ich würde meinen, Ihr Hotel würde mir zwei Pfund die Woche bezahlen, nicht?«

»Drei. Fast drei, vermute ich.«

»Da würde ich ja leben wie die Made im Speck«, sagte Miss Daley. »Ich wäre so glücklich, wenn ich mit Ihnen mitkommen könnte. Ich habe Sie immer gerngehabt, Mrs Avery, und nichts wäre mir lieber, als zu sein, wo Sie sind.«

»Ich nehme mir ein Beispiel an Mrs Beard und rufe sie sofort an«, sagte Ellen und strebte der Diele zu. »Machen Sie noch mal Kaffee«, rief sie, während sie am Telefon auf Mrs Beard wartete, »der hier wird eiskalt sein.«

Mrs Beard war geschäftstüchtiger als Mr Somers – sie wollte Miss Daley sehen, bevor sie mehr unternahm.

»Einen Augenblick, bitte, Mrs Beard«, bat Ellen. »Miss Daley«, rief sie. »Sagten Sie nicht, Sie hätten heute frei?«

»Ja«, bestätigte Miss Daley, die in der Diele erschien. »Ich habe Zeit bis zum Fünf-Uhr-Bus.«

»Wir kommen gleich zu Ihnen rüber, Mrs Beard«, sagte Ellen wieder ins Telefon. »Wir können es ebenso gut sofort erledigen.«

»Schön«, hauchte Miss Daley.

Ellen fuhr durch die Grafschaft nach Somerton. Über Nacht hatte es starken Frost gegeben. Das an den Hecken baumelnde Sommerstroh, das haften geblieben war, als die Fuhrwerke hindurchkamen, war zu kleinen Wasserfällen gefroren. Hier und da blitzte leuchtende Hagebutte auf, und Miss Daley und Ellen waren ganz entzückt von der herrlichen Weite der mit Raureif überzogenen Landschaft, in der sich zwischen den Feldern einzelne Bäume wie Geister abzeichneten.

Als sie in Somerton in die Diele eintraten, drehten sich die alten Damen grüßend vom Kamin zu Ellen um. Sie wussten schon, dass sie künftig bei ihnen wohnen würde, und waren sich sicher, dass sich ihre Situation dadurch bessern würde, weil sie in ihr eine Fürsprecherin hatten.

Miss Daley stand schüchtern abseits, bis der Empfang vorbei war. Der Anblick der Szene weckte in ihr allen guten Willen. Und wie sie ihnen dienen würde, wenn sie hier eine Anstellung bekam! Sie sah im Geiste schon vor sich, wie sie den alten Damen behilflich war und insgeheim außerdem auf Mrs Avery aufpasste.

Es wäre gut, wenn sie mich in der Nähe hat, dachte Miss Daley, denn ich weiß, was sie gewesen ist und woher sie kommt. Sie glaubt, es wird ihr leichtfallen, für ihren Lebensunterhalt zu arbeiten, aber sie hat keine Ahnung, wie das ist. Wenn ich die Stelle bekomme, bin ich da und kann das Ärgste von ihr fernhalten.

Ihre Handtasche fest umklammernd, fühlte sich Miss Daley kräftig und vollkommen in der Lage, jedermann zu helfen. Sie sandte ein inbrünstiges Gebet gen Himmel, dass das Vorstellungsgespräch bei der wohl etwas launischen Mrs Beard zufriedenstellend verlief.

Ellen brachte Miss Daley zu Mrs Beards Büro. Sie ließ die beiden allein und ging zu Mrs Brockington hinauf. Sie hatte ihrer Freundin erzählen wollen, dass Avery Louise geheiratet hatte, brachte es aber nicht über sich, brachte nicht ein Wort heraus. Ihre Zunge war wie gelähmt, denn trotz aller Beweise, die er dafür geliefert hatte, ertrug sie es nicht, dass andere erfuhren – ertrug den Gedanken nicht einmal selbst –, dass Avery Louise ihr vorgezogen hatte. Irgendwann musste sie es Mrs Brockington sagen. Aber nicht heute. Es war noch zu frisch. Sie musste sich erst selbst daran gewöhnen.

Sie plauderte mit Mrs Brockington über Miss Daley und über ihre Pläne für den Umzug nach Somerton. Dann sagte sie, sie müsse hinuntergehen und schauen, was sich ergeben habe, weil sie allmählich nach Newington zurückfahren mussten.

»Nehmen Sie dieses Buch über Albert Schweitzer mit«,

empfahl ihr Mrs Brockington. »Ich glaube, er ist der bedeutendste Mann unserer Zeit. Ein moderner Heiliger. Lesen Sie es.«

»Mach ich«, sagte Ellen. »Ihre Bücher sind mir eine Hilfe. Wie oft schon habe ich, wenn mich der Mut verlassen hatte, eins Ihrer Bücher aufgeschlagen und genau das gefunden, was ich brauchte. Auf Wiedersehen, meine Liebe. Bald bin ich für immer hier.«

Als Ellen das Büro von Mrs Beard betrat, verkündete diese vom Schreibtisch, dass alles geregelt sei. »Danke, dass Sie sie hergebracht haben, Mrs North. Ich erkenne mich selbst nicht wieder bei der vielen Hilfe, die ich bekomme. Vielleicht bessert sich ja meine Laune. Wir werden an der Hauptstraße ein Schild aufstellen können: ›Offen auch für Nicht-Hausgäste.‹ Das hatte ich schon immer vor, damit wir ein bisschen Abwechslung ins Haus kriegen, aber das war bisher natürlich ausgeschlossen. Jetzt nicht mehr. Ich werde Sie beide ordentlich auf Trab halten.«

»Wir haben nichts dagegen, oder, Miss Daley?«, sagte Ellen.

»Oh, nein, Mrs Avery. Ich freue mich riesig darauf, hierherzukommen. Es ist sehr schön hier«, stimmte Miss Daley zu, das Gesicht hochrot vor Aufregung und der Wärme im Zimmer. »Ich fahre jetzt zurück und kündige. So etwas ist nie schön, aber ich bringe es gleich hinter mich, und dann brauche ich nichts mehr zu tun, als nach vorn zu schauen.«

»Ach, übrigens, meine Liebe. Ich habe etwas, das Sie interessieren wird«, sagte Mrs Beard an Ellen gewandt und schnipste ihr einen Brief über den Tisch zu. Sie zündete sich eine neue Zigarette an und sprach weiter: »Der alte Herr gibt seine Zustimmung zum Umbau der alten Wäscherei. Vorausgesetzt, die Pläne finden seine Billigung. Sie sollen mietfrei dort wohnen, was sich von selbst versteht, nachdem Sie für die Veränderungen aufkommen. Sie zahlen für Ihren Strom und für Ihre Heizung, Sie bekommen alle Mahlzeiten, die Sie möchten, kostenlos in der Pension, und Ihre Kinder müssen dafür die üblichen Preise entrichten. Ich würde meinen, das klingt ziemlich gut.«

»Das klingt großartig«, sagte Ellen. »Ich suche mir gleich einen Architekten, der das in Angriff nehmen kann.«

Im Büro herrschte allgemeine Zufriedenheit, die erst endete, als Jim an der Tür erschien und mitteilte, der Lieferant habe die Kohle gebracht, allerdings nicht den Koks für den Heizkessel.

»Verdammt!«, schimpfte Mrs Beard und ging zur Tür, von Miss Daley mit großen Augen verfolgt. »Der kriegt von mir ein paar Takte zu hören. Der kann gleich zurückfahren und ihn holen. Wiedersehen, Sie zwei. Und kommen Sie so schnell wie möglich her. Ich brauche Sie.«

Miss Daley sang fast den ganzen Rückweg. Wie ein Lautsprecher, dachte Ellen, doch es störte sie nicht; sie war froh, dass Miss Daley glücklich war. Wenn sich der eine oder andere Ton gar zu hoch aufschwang, lächelte sie bei dem Gedanken an den Lachanfall, den Anne früher dabei mit Mühe hätte unterdrücken müssen, und hoffte, dass sie bald wieder so lachen konnte. Ihr Gefühl sagte Ellen, dass den alten Damen in der Zukunft einige musikalische Darbietungen blühten.

Für Anne entwickelten sich die Dinge besser, als ihre Mutter zu hoffen gewagt hatte. Sie probte mit Benedick, einem Jungen namens Julian aus der Overingham School, und mochte ihn sogar. Es begann damit, dass er »gar nicht so schlimm ist, wie ich erwartet hatte«, ging weiter mit »eigentlich sogar ganz nett«, und zuletzt schrieb sie unumwunden: »Ich mag Julian.« In ihrem letzten Brief hatte Anne geschrieben: »Ich habe Julian und Pug erzählt, dass ich von zu Hause wegmuss und nach Somerton umziehe. Ich hab mich wegen Roma so gefreut, dass ich es ihnen sagen musste. Das war schön.«

Über diesen Brief hatte Ellen Tränen der Erleichterung vergossen. Sie war dem ihr unbekannten Jungen dankbar, den Anne mögen konnte und der sie dadurch gewissermaßen mit seinem ganzen Geschlecht versöhnte. Ellen kannte sich weder in Psychologie noch mit deren Fachbegriffen aus, wusste aber, welchen Ekel primitive Erscheinungsformen des Sex in jungen Mädchen erzeugen konnten. Er überzog die unsichtbaren Knospen natürlicher Liebe wie trockene Kälte und verhinderte ihr Erblühen. Nichts als Abscheu und Furcht. Ellen nahm nicht an, dass Anne sich mit sechzehn in diesen Jungen verliebte, aber sie scheute nicht vor ihm zurück. Sie fand ihn sympathisch genug, dass sie ihn ins Vertrauen zog, und dafür war Ellen ihm dankbar.

Erst nachdem Ellen Miss Daley zu ihrem Bus gebracht hatte, nach Hause gefahren war und sich dort über Nacht eingeschlossen hatte, kam sie wieder an den Küchentisch, wo die Londoner Zeitung noch aufgeschlagen lag. Den ganzen Tag, während der Fahrt durch die Winterlandschaft und während sie mit Miss Daley, Mrs Brockington und Mrs Beard sprach, war ihr das Bild von Avery und Louise, die nach ihrer Heirat die Stufen hinabschritten, nicht aus dem Kopf gegangen. Jetzt, da niemand sie sah, nahm sie die Zeitung in beide Hände und schaute es sich genau an.

Avery sah schrecklich aus, krank und mitgenommen. Er zog ein finsteres Gesicht, vermutlich wegen der Kamera. Er hatte sich noch nie gern fotografieren lassen. Louise wirkte sehr zufrieden mit sich, was sie ja auch sein konnte.

Ellen verbrannte die Zeitung im Küchenherd, damit sie nicht noch einmal darüber grübeln konnte. Sie machte sich Tee und schlug das Buch über Albert Schweitzer auf – sie suchte die Nähe menschlicher Größe. Zuerst las sie entschlossen, dann gefesselt.

Am selben Morgen betrat an der Mershott School Miss Blackmore, die das Stück inszenierte, das Büro von Direktorin Miss Beldon.

»Ich weiß, Sie finden es bedauerlich, dass ich diese Zeitungen lese«, sagte sie und legte eine vor die Direktorin hin. »Aber ich mag Bilder, und manchmal sind sie recht nützlich. Das erklärt alles, nicht wahr?«

Miss Beldon beugte sich über die Fotografie von Avery und Louise, und ihre Miene wurde ernst.

»Das arme Kind. Arme Anne. Und ihre arme Mutter. Sie wirkten immer so glücklich. Eine Französin. Allmächtiger, das wird das Mädchen sein, das Anne im Sommer Nachhilfe in Französisch geben sollte. Da hab ich ja schwer danebengegriffen. Ach herrje«, sagte Miss Beldon betrübt. »Ich wünschte, Mrs North hätte mir etwas gesagt. Anne geht es aber besser, nicht?«

»Viel besser. Dass sie die Beatrice in dem Stück spielen kann, hat ihr sehr geholfen. Sie ist absolut köstlich in der Rolle. Und der Junge ist auch sehr gut. Sie sind ein bezauberndes Paar. Ich mag ihn – ein langer Schlaks mit weichem Haar und einer Haut wie ein Mädchen. Sie kennen ihn sicher vom Sehen, aber noch nicht als Benedick. Dieses Jahr werden wir gut, warten Sie nur.«

Miss Beldon lächelte und reichte die Zeitung zurück. »Vorausgesetzt, das hier hat dem Kind nicht zu sehr geschadet. Ich hoffe, das Foto bleibt ihr erspart.«

Ihre Hoffnung erfüllte sich. Anne bekam es nicht zu sehen.

In London schnitt Louise die Fotografie aus, entfernte die Unterschrift bis auf »Die Braut des Verlegers« und legte sie einem Brief an ihre Eltern bei.

Hier bin ich mit meinem Ehemann nach unserer standesamtlichen Trauung. Ich bin auf dem Foto gut getroffen, nicht? Ihr habt Avery zwar noch nicht kennengelernt, werdet es aber in den nächsten Tagen. Ich habe kein Zimmer im Hôtel de l'Écu gebucht, aber wenn dort bei unserer Ankunft nichts frei ist, gehen wir ins Hôtel de la Gare oder ins Baudoin. Ich komme zuerst allein zu Euch, denn nach der langen Zeit gibt es viel zu berichten. Dann stößt Avery zu uns. Ihr müsst am ersten Abend zum Essen zu uns ins Hotel kommen, alle beide. Wir werden mit Champagner feiern, Papa! Du, maman, brauchst also nichts vorzubereiten. Das kannst du auch nicht, weil Ihr nicht wisst, an welchem Tag und um welche Zeit wir eintreffen. Aber erwartet uns. Ich bin unterwegs. Madame North ist unterwegs!

Wenn sie den Namen »North« auf diese Weise einstreute, konnten sie die Information langsam aufnehmen. Sie glaubte nicht, dass sie Averys Familiennamen ihren Eltern gegenüber schon einmal erwähnt hatte, aber falls doch, machte es nichts. Die englischen Namen waren ihnen alle fremd, und es wäre ein Leichtes, das zu überspielen.

Mit Fragen rechnete sie schon, glaubte aber, ohne Weiteres damit fertigzuwerden. Ihre Eltern waren liebenswürdig und gütig, aber nicht sehr scharfsinnig, dachte sie. Sie führte sie schon seit Jahren hinters Licht, sie konnte es wieder tun. Höchstwahrscheinlich zum letzten Mal. Danach bestand kein Grund mehr für Ausreden.

DREISSIG

Alle Kirchen in Amigny schlugen zur Mittagsstunde, als das Bahnhofstaxi die Brücke über den Fluss überquerte, und Louise kurbelte das Fenster herunter und lauschte ihnen. Da war die Kathedrale, da war S. Jacques, da war das Hôtel de Ville. Sie kannte sie alle. Aber es war kalt, und sie kurbelte das Fenster wieder hoch und zog den Pelzmantel fester um sich. Sie und Avery waren am Morgen mit der Nachtfähre in Paris angekommen und waren in den ersten Zug nach Amigny gestiegen. Sie war gespannt auf zu Hause.

Avery lehnte sich in seiner Ecke zurück und würdigte die Umgebung kaum eines Blickes. Er musste diesen Besuch hinter sich bringen, noch etwas, was er sich selbst eingebrockt hatte. Seit jenem entsetzlichen Nachmittag im Juli torkelte er wie ein Betrunkener durchs Leben. Die meiste Zeit war er ja auch betrunken gewesen, gestand er sich ein. Die Eheschließung mit Louise hatte ihn jedoch ernüchtert – als hätte jemand einen Eimer kaltes Wasser über seinem Kopf ausgekippt. Ihn entsetzte, was er getan hatte. Jetzt war er verpflichtet, mit ihr zusammen zu sein, und das ertrug er nicht. Für den Moment sah er sich nur im Schlepptau von Louise, war der ausländische Ehemann, der herumstehen und sich ansehen lassen musste, unfähig, ein vernünftiges Wort zu sagen, ob zu ihren Eltern oder sonst wem. Nicht, dass er etwas zu sagen gehabt hätte. Was hatte er mit diesen Leuten zu schaffen? Er verschränkte die Arme mit Duldermiene und seufzte.

Louise beugte sich vor und sah aus dem Fenster. Noch nie war sie mit so viel Interesse und Zufriedenheit in ihre Heimatstadt zurückgekehrt. Die mochte ja aussehen wie immer, eine graue Kleinstadt mit lauter Kirchtürmen und Bäumen, sie selbst jedoch war verändert. Louise Lanier, die Tochter des Buchhändlers aus der Rue des Carmes, kehrte heim mit einem reichen Ehemann und in einer sozialen Stellung, die jedem Devoisy ebenbürtig war. Louise wusste, was für ein Aufsehen sie erregen würde. Pelzmäntel wie die ihren, Perlen wie die ihren hatte man in Amigny bisher nicht gesehen, weil die Frauen, die sie sich leisten konnten, sich nicht so kleideten. Sie waren so hausbacken und unelegant, wie man es in der katholischen Provinz eben war. Germaine Devoisy zum Beispiel trug diesen Winter bestimmt beige oder flaschengrüne Wollkleider.

»Fahren Sie langsam durch die Rue Goujon«, wies sie den Fahrer an. »Ich möchte meinem Mann etwas zeigen.«

Das stimmte nicht. Sie wollte Pauls Haus von ihrer neuen Warte aus betrachten, aus einem Gefühl des Triumphs. Doch als das Taxi sich dem Haus näherte, standen die breiten Türen offen und gaben den Blick auf einen Kinderwagen im Hof frei. Louise packte eifersüchtige Wut. Nicht dass sie Pauls Sohn hätte haben wollen, sie ertrug nur nicht, dass Paul ihn haben sollte. Germaine führte sich jetzt bestimmt völlig idiotisch auf, wie eine Mutter eben.

Die Karten mit der Geburtsanzeige für das Kind waren im Laden gedruckt worden, und Madame Lanier hatte Louise, um ihr eine Freude zu machen, eine geschickt. *»Monsieur et Madame Paul Devoisy ont la joie de vous faire part de la naissance de leur fils Hubert«*, lautete die Aufschrift auf dem gelbbraunen Karton. Louise hatte sie mit grausamen Fingern zerrissen. Die Karte war so klein, dass es nicht viel zu reißen gab, was sie zusätzlich erzürnte. Das Kind musste jetzt gut einen Monat alt sein. Louise hätte gejubelt, wenn sie gehört hätte, dass es schwächlich war oder kränkelte oder irgendetwas. Vielleicht erfuhr sie das noch. Vielleicht hatte ihre Mutter ihr in der Hinsicht etwas zu berichten.

Das Taxi überquerte den Platz vor der Kathedrale und hielt vor dem Hôtel de l'Écu. In ihrer Kindheit war es Louise immer als der Gipfel des Luxus erschienen, und jetzt sollte sie darin wohnen. Der Portier kam heraus, respektvoll in einer gestreiften Weste. Louise sah gleich, dass es der junge Adolphe Bertier war, dessen Mutter die Pâtisserie in der Rue des Carmes führte, er erkannte sie jedoch nicht.

»Haben Sie ein freies Doppelzimmer mit Einzelbad?«, erkundigte sie sich.

»Keine Zimmer mit Bad, Madame.«

»Nein, das wäre hier wahrscheinlich zu viel verlangt«, sagte Louise. »Ist eins der großen Zimmer mit Blick auf den Platz frei, eins mit zwei Balkonen?«

»Ja, Madame, das beste davon ist frei«, bestätigte der junge Bertier, überrascht, dass sie Kenntnis von diesen Zimmern hatte.

»Das nehme ich.« Und auf Englisch fügte sie in gereiztem Ton hinzu: »Steig aus dem Taxi aus, Avery.«

Sie ging in die Hotelhalle, die im Gegensatz zu der kalten Luft draußen angenehm warm war und durch die ein köstlicher Duft zog. Wahrscheinlich *escalopes de veau*, dachte sie. Ah, die guten Gerüche Frankreichs. Kein Essen riecht wie das französische.

Die Diensthabenden am Empfang, Monsieur Bernard und seine bebrillte Tochter, die mit Louise in der Schule gewesen war, staunten über die Eleganz, die auf sie zuschritt.

»Ah, Madeleine, guten Tag«, sagte Louise huldvoll. »Wie geht es dir?«

»Madame?«, stammelte die verblüffte Madeleine. »Oh, ist das möglich?« Sie riss sich die Brille herunter und musterte ihr Gegenüber genauer. »Louise, bist du das? Das kann doch nicht sein!«

»Doch. Ich habe meinen Ehemann mitgebracht. Er ist Engländer. Er spricht kein Französisch oder so wenig, dass es nicht der Rede wert ist, deshalb kann ich ihn dir nicht vorstellen. Ich komme gerade von meiner Hochzeit in London. Ich möchte hier wohnen und erst einmal allein und still zu meinen Eltern gehen. Ich will sie ein bisschen vorbereiten, das verstehst du sicher. Wie ich höre, ist das beste Zimmer in der ersten Etage frei. Das möchte ich haben.«

»Mit Vergnügen, Madame«, sagte Monsieur Bernard und nahm einen Schlüssel vom Haken. »Guten Tag, Monsieur. Darf ich Sie zu Ihrer Hochzeit beglückwünschen? Sie erweisen uns eine Ehre, wenn Sie in unser bescheidenes Hotel kommen.«

Avery lächelte und verbeugte sich, wie es von ihm erwartet wurde, und folgte Louise in den Lift, der zur ersten

Etage hinaufruckelte. Der Hotelbesitzer öffnete die Tür zu seinem besten Zimmer, und Louise ging hinein.

»Ah«, sagte sie zufrieden.

Sie war jetzt in diesem Zimmer und nicht mehr auf der Straße davor, wie früher auf dem Heimweg von der Schule, wenn sie beim Überqueren des Platzes zu den Fremden auf dem Balkon hinaufsah, zu den Glücklichen, die es sich leisten konnten, im Écu zu übernachten und sich bedienen zu lassen, und die anschließend nach Paris fuhren oder sonst wohin.

Der Raum war groß und hatte hohe Fenster, die sich in einem riesigen gebogenen Spiegel über dem Kamin spiegelten. Das Parkett schimmerte wie Honig, die Betten verfügten über voluminöse gelbe Plumeaus, und es gab zwei Sessel mit Fransen.

»Findest du es nicht auch sehr hübsch, Avery?«, sagte sie und schob um Monsieur Bernards willen ihren Arm durch seinen. Sie waren frisch verheiratet, das durfte sie nicht vergessen.

»Ich hätte lieber ein Zimmer für mich«, sagte Avery.

»Ah, das geht aber nicht.« Louise war sich sicher, dass Monsieur Bernard das Englisch, wie Avery es sprach, fast ohne die Lippen zu bewegen, nicht verstand. Dennoch nahm sie ihn beiseite und flüsterte: »Denk daran, es sind unsere Flitterwochen.«

»Das wäre alles, Monsieur Bernard. Wir kommen gleich zum Mittagessen hinunter, aber vorher muss ich meine Eltern anrufen und ihnen sagen, dass wir angekommen sind.«

»Sehr wohl, Madame«, sagte der Hotelbesitzer. »Die Telefonkabine ist unten.«

Avery ging zum Waschbecken und wusch sich. Von dem französischen Zug hatte er lauter feinen Staub in den Augen. Louise stand am Fenster.

»Hast du nicht mal einen Blick auf die Kathedrale geworfen?«, sagte sie und betrachtete die alte Fassade auf der gegenüberliegenden Seite des Platzes.

»Ich hab sie gesehen, als wir angekommen sind.«

»Und einen zweiten Blick ist sie nicht wert?«, fragte Louise ihn und wandte sich vom Fenster ab. Er zeigte kein Interesse an dem Ort, in dem sie geboren war, oder an irgendetwas, was sie betraf. Im nüchternen Zustand war er gleichgültig, im betrunkenen abstoßend. »Und *ich* warte darauf, dass *ich* mir die Hände waschen kann«, sagte sie hochmütig, als dürfe man sie, Louise XIV, niemals warten lassen.

»Du hättest Einzelzimmer nehmen sollen«, entgegnete Avery. »Dann hättest du ein Waschbecken für dich gehabt.«

»Hier wirst du den Anschein wahren, wenn du ihn sonst schon nirgendwo wahrst«, fauchte sie ihn an. »Es ist meine Heimatstadt. Wir haben diese Heiratsfarce veranstaltet, damit ich mich hier wieder blicken lassen kann. Denk daran.«

»Du hast recht. Aber ich hoffe, es ist nur für ein paar Tage.«

»Das wird sich zeigen. Du hast mich viele Monate ferngehalten, da kannst du mir zumindest eine oder zwei Wochen zugestehen, will ich hoffen.«

»Ich kann dich hierlassen«, sagte Avery, erfreut über den plötzlichen Einfall. »Geschäftliche Angelegenheiten könnten mich nach England rufen.«

»Vielleicht. Aber noch nicht jetzt. Ich gehe nun hinunter und rufe meine Eltern an. Du kannst in der Halle auf mich warten. Da du kein Französisch sprichst, kannst du nicht in den Speisesaal gehen und dafür sorgen, dass wir einen guten Tisch bekommen, wie ein anderer Mann es täte. Du musst also warten, bis ich es für dich tue.«

Mit erwartungsvollem Lächeln eilte sie die kurze Treppe hinunter. Sie freute sich schon sehr auf die Aufschreie, die sie gleich am Telefon zu hören bekäme. Die Guten! Sie würden sich sehr freuen zu hören, dass sie da war.

Sie bekam die Nummer und hörte das Läuten des Telefons auf dem Schreibtisch im Laden.

»*Allô, allô*«, meldete sich Mademoiselle Léonie.

»Geben Sie mir bitte Monsieur Lanier«, sagte Louise, um sich jeden Gefühlsausbruch vonseiten Mademoiselle Léonies zu ersparen, die sie schon immer gelangweilt hatte.

»Wer spricht da, bitte?«

»Geben Sie mir Monsieur Lanier«, wiederholte Louise.

»Sehr wohl«, sagte Mademoiselle Léonie und rief: »Monsieur! Sie werden am Telefon verlangt. Sie will ihren Namen nicht nennen.«

Louise wartete lächelnd. Das war schließlich kein x-beliebiger Augenblick. »*Allô, allô?*«, sprach die Stimme ihres Vaters.

»Papa.«

Stille. Die Aufregung war wohl zu viel für ihn gewesen, er brachte kein Wort heraus.

»Papa! Bist du da, Papa? Du bist nicht umgefallen, nein?«

»Nein, Louise. Ich bin hier«, sagte er. »Wann bist du angekommen?«

»Vor einer halben Stunde. Wir sind im Écu. Nach dem *déjeuner* komme ich gleich zu euch. Ich komme wie gesagt erst einmal allein, also macht euch keine Gedanken über Vorbereitungen. *Maman* braucht sich nicht fein zu machen oder so etwas. Ist sie da? Soll ich mit ihr sprechen?«

»Sie ist in der Küche«, sagte ihr Vater.

»Oh, dann hol sie nicht ans Telefon. Das würde zu lange dauern, und sie wird sich bestimmt aufregen. Ich muss nun zum *déjeuner*. Mein Mann wartet. Gib *maman* eine Umarmung von mir. Ich umarme dich auch, lieber Papa. Also dann in einer guten halben Stunde. Auf Wiedersehen.«

Lächelnd trat sie aus der Kabine. Sie hatte noch nie zuvor mit ihrem Vater telefoniert und wusste deshalb nicht, wie unnatürlich er klang. Der arme Schatz, nach so vielen Jahren noch nicht an den Apparat gewöhnt, man stelle sich vor!

In der Halle winkte sie Avery herbei, und sie gingen zusammen in den Speisesaal. Ihr Erscheinen sorgte für gehörige Aufregung unter den Gästen, zum größten Teil Fabrikbesitzer, die jeden Tag hier speisten. Mit sicherem Auge für anziehende Frauen beobachteten sie Louise mit Bewunderung und waren verblüfft, als sich, von Monsieur Bernard in Gang gesetzt, getuschelt herumsprach, das sei die Tochter von Lanier, dem Buchhändler in der Rue des Carmes. Da erinnerten sich einige daran, dass sie sie kannten, und wollten ihren Blick einfangen und sie grüßen. Louise gewährte es ihnen allerdings nicht. Sie hatten sie früher nicht angesehen und sollten auch jetzt keine Gelegenheit dazu haben.

Doch sie spürte das Schmeichlerische der Blicke und erlebte, während sie auf Englisch mit Avery plauderte, was die Stammgäste nur noch mehr beeindruckte, ein vorzügliches Mittagessen. Sie ließ den Hotelbesitzer rufen und sagte ihm, das sei die beste Mahlzeit gewesen, die ihr seit acht Monaten serviert worden war, obwohl sie, fügte sie lächelnd hinzu, einen großen Teil dieser Zeit in den besten Hotels von London und New York verbracht hatte. »Wir Franzosen sind die Einzigen, die sich aufs Essen verstehen«, sagte sie zu ihm, und er war entzückt. »Meine Eltern werden heute Abend mit uns hier speisen. Bitte sorgen Sie dafür, dass ausreichend Champagner vorrätig ist.«

Er war entzückter denn je.

Als sie schließlich zu ihrem Kaffee eine Zigarette rauchte, fragten sich die Fabrikbesitzer, warum um alles in der Welt sie Louise nicht wahrgenommen hatten, als sie noch in der Stadt wohnte, warum sie sich sie durch die Lappen hatten gehen lassen, zugelassen hatten, dass ein Engländer sie bekam. Allem Anschein nach war sie bei dem doch die reine Verschwendung; ein verdrossen wirkender Mensch, der sich zu seinem Kaffee Kognak in den Hals schüttete. Wie sollte der diese Blume französischer Weiblichkeit schätzen können?

Louise erhob sich, und Monsieur Bernard eilte zu ihr und half ihr in den Pelzmantel, den sie über die Stuhllehne geworfen hatte. Sie hatte ihn nicht im Zimmer gelassen. Er war zu wertvoll, um das zu riskieren, außerdem wollte sie, dass er gesehen wurde. Monsieur Bernard erzählte seiner Tochter hinterher, noch nie habe er, und das bei seiner Erfahrung, einen so weichen, leichten Pelzmantel in der Hand gehabt.

»Sie hat es weit gebracht«, sagte er. Warum musste seine Tochter bloß so unscheinbar und kurzsichtig sein und trotz einer erklecklichen Mitgift noch nicht verheiratet.

»Avery, bis zur Kathedrale musst du mich begleiten«,

sagte Louise. »damit ich dir zeigen kann, wo die Librairie ist. Du wartest in der Kathedrale, und ich hole dich dann später dort ab. Ich bleibe nicht lange. Nur eine Viertelstunde.«

Avery sträubte sich, doch sie bestand darauf, dass er mit ihr aufbrach. Wenn sie ihn im Hotel zurückließ, würde er noch mehr Kognak trinken und wäre nicht mehr präsentabel. Louise fasste ihn fest am Arm und lotste ihn zur Kathedrale.

»Hier, schau mal die Straße hinunter. Siehst du das weiße Schild mit der blauen Schrift? Das ist die Buchhandlung meines Vaters. Ich bin bald wieder bei dir. Hier gibt es alles Mögliche, was du dir ansehen kannst.«

Sie stieß die gepolsterte Ledertür auf und ging mit ihm hinein. In Frankreich behandelte sie ihn, als wäre er geistig minderbemittelt.

Als sie ihren Mann in der Kathedrale deponiert hatte, überquerte sie den Platz mit schnellen Schritten und blickte interessiert lächelnd dahin und dorthin. Es tat doch gut, nach Hause zu kommen. Sie ging an der Pharmacie Petit vorüber und konnte sogar einen Blick auf André erhaschen, der in einem Becherglas etwas abmaß. Louise lachte und zog ihren Pelz fester um sich. Auf der anderen Straßenseite schritt ein Priester daher, der Abbé Champery, meinte Louise, sah aber nicht noch einmal hin. Von den Geistlichen der Kathedrale wollte sie niemandem begegnen. Sie ging an der Pâtisserie Bertier vorüber, deren köstliche Schokoladetrüffel im Schaufenster als »*Spécialité de la Maison*« beworben wurden. Auf dem Rückweg würde sie welche kaufen.

Sie war da! Da war die vertraute alte Tür, die »ping«

machte, als sie sie aufstieß. Ihr Vater stand mitten im Laden und wartete auf sie.

»Papa«, rief sie und verharrte für einen Augenblick, wo sie war, damit er ihre kostbare Eleganz aufnehmen konnte. Dann lief sie schnell hin und schloss ihn in die Arme. Wegen ihres Lippenrouges küsste sie zwar niemanden, drückte die Wange aber jetzt erst an seine eine, dann an die andere.

»Papa! Ich bin so froh, dich zu sehen. Wo ist *maman*? *Maman!*«, rief sie aus und lief ins Haus hinüber. »Ich bin da! Wo bist du?«

Ihre Mutter stand im Durchgang, das Gesicht völlig verzerrt, ein Taschentuch an die Lippen gepresst.

»*Maman*, was in Gottes Namen hast du? Bist du krank?«, sagte Louise und kam zum Stehen.

Madame Lanier schüttelte den Kopf und brach in Tränen aus.

»Was ist los?«, sagte Louise mit schneidender Stimme. »Was ist?«

»Komm herein, Louise«, sagte ihr Vater und ging ihr voraus ins Wohnzimmer. »Und erklär uns etwas. Wenn du es kannst.«

Louise folgte ihm. Auf dem bereits abgeräumten Tisch lagen zwei Fotografien: die eine der Schnappschuss, den sie ihren Eltern nach ihrem ersten Besuch in England gegeben hatte, die andere der Zeitungsausschnitt von sich selbst und Avery nach ihrer Hochzeit. Louise stand da und sah auf beide hinab. »Was ist damit?«

»Der Mann, dein Ehemann«, sagte ihr Vater und legte einen zitternden Zeigefinger auf den Zeitungsausschnitt, »ist der hier, nicht wahr?« Er zeigte auf den Schnappschuss von der Familie. »Damals war er der Ehemann dieser Frau? Ist es nicht so?«

Louise stand sehr still, und ihre Gedanken überschlugen sich. Sie war überrumpelt worden. Hinter ihr unterdrückte Madame Lanier ein ersticktes Schluchzen.

»Wieso nennst du ihn deinen Ehemann?«, fragte ihr Vater.

»Er ist mein Ehemann.«

»Voriges Jahr war er *ihr* Ehemann. Du hast ihn also seiner Frau abspenstig gemacht? Hast seine Familie zerstört, die so gut zu dir gewesen ist?«

»Er hat sich in mich verliebt«, sagte Louise barsch.

»Das war niederträchtig!«, sagte ihr Vater in scharfem Ton. »Ich schäme mich in Grund und Boden für dich.«

»Du verstehst gar nichts.« Louise schlug den Mantel um sich und trat an den Herd. »Was weißt du schon von der Welt? So etwas passiert.«

»Wenn er dich geheiratet hat, musste er sich von ihr scheiden lassen«, entgegnete ihr Vater mit entsetzlicher Strenge.

»Er wurde geschieden, ja«, gab Louise zu. Wenn sie es so haben wollten, konnten sie es kriegen.

»Er hat sich deinetwegen scheiden lassen?«

»Ja, wenn du es so ausdrücken willst.« Sie hob eine Achsel.

»Aber du bist katholisch«, sagte ihr Vater. »Die katholische Kirche erkennt die Scheidung nicht an. Folglich bist du nicht mit ihm verheiratet.«

»Bah! Ich bin nicht katholisch. Das Leben hat meinen Glauben schon lange zerstört.«

Ihr Vater nahm seinen Kneifer herunter und wischte

ihn ab. Die Gläser waren ganz beschlagen. »Du meinst, *dein* Leben hat deinen Glauben zerstört.«

»Ach, Henri«, schluchzte Madame Lanier. »Sprich nicht so hart zu ihr. Sie ist unsere Tochter, unser einziges Kind.«

»Eine Tatsache, die ich bedaure«, sagte er. »Sie hat sich abscheulich benommen. Sie ist exkommuniziert. Sie hat sich von ihrer Kirche und ihrer Familie losgesagt.«

»Ach, red nicht solchen Unsinn«, brauste Louise plötzlich auf. »Ihr seid fünfzig Jahre zurückgeblieben. Ihr seid dumm. Ihr seid schon immer dumm gewesen. Was habt ihr jemals für mich getan? Was habt ihr jemals von mir gewusst? Seht mich an!«

Sie breitete die Arme weit aus, damit sie sie in ihren schönen Sachen, in ihrer ganzen Vollendung sehen konnten.

»Sehe ich aus wie die Tochter eines Ladenbesitzers aus der Provinz? Warum seid ihr nichts geworden, das mir mehr gebracht hätte? Wenn ihr nicht bloß einen Laden geführt hättet, hätte Paul Devoisy mich geheiratet. Nur euretwegen«, rief sie, »hat er mich verlassen und Germaine Brouet geheiratet, hört ihr? Euretwegen!«

Tiefe Stille herrschte in dem Raum, abgesehen von dem alten Lüster, den Louise mit ihrer schrillen Stimme zu einem leisen Sirren gebracht hatte.

Madame Lanier hatte die Hände vom Gesicht fallen lassen und starrte ihre Tochter in langsam heraufziehendem Entsetzen an. Monsieur Lanier holte tief Luft und rührte sich nicht.

»Paul Devoisy«, flüsterte Madame Lanier. »Das kann nicht sein.«

»Es ist wahr«, bestätigte Louise und reckte das Kinn.

»Paul Devoisy«, wiederholte ihre Mutter.

»Ja, Paul Devoisy. Er war jahrelang in mich verliebt und ich in ihn. Aber was wusstet ihr schon davon? Es war schlimm für mich, als er Germaine Brouet geheiratet hat! Und was wusstet ihr davon? Meine eigenen Eltern ...«, sagte sie höhnisch.

»Oh, Henri«, sagte Madame Lanier und ging zu ihrem Mann. »Hilf mir. Ich habe mein eigenes Kind nicht gekannt, nie. Paul Devoisy ...«

Monsieur Lanier legte den Arm um seine Frau. »Wir haben nichts getan, Emilie, daran liegt es nicht«, sagte er. »Sie hat sich versündigt. Sie war immer ein unnatürliches Kind, kalt, undankbar, egoistisch, aber es wäre uns nicht eingefallen – wir waren zu arglos –, auch nur im Traum daran zu denken, dass sie auch verdorben ist. Sie hat uns sehr gut getäuscht.«

»Besten Dank«, kommentierte Louise kurz angebunden vom Herd.

»Wir werden diesen Mann, den du deinen Ehemann nennst, nicht empfangen«, sagte ihr Vater. »Du bist unsere Tochter. Dagegen können wir nichts tun. Wenn du ihn verlässt, steht es dir frei, nach Hause zu kommen. Aber solange du bei ihm bleibst, wirst du die Schwelle dieses Hauses nicht mehr übertreten.«

Seine Frau klammerte sich erschrocken an seine Jacke. Protestierte aber nicht.

»Na schön«, zischte Louise, die Augen schwarze Kohlen in dem weißen Gesicht. »Wie ihr wollt. Es macht mir nichts aus. Wieso sollte ich zurückkehren? Was bringt dich auf die Idee, dass ich jemals wiederkommen wollte?« Sie ging zum Tisch und griff nach ihrer Tasche. »Ich verlasse euch«, sagte sie. »Es gibt nicht viele Eltern, die sich wegen solcher verrückter Ideen von ihrer Tochter lossagen würden. Du solltest mit der Zeit gehen, lieber Papa, sonst lässt sie dich hinter sich. Genau genommen ist das bereits geschehen, nicht? Denn ich lasse dich hinter mir. Auf Wiedersehen.« Sie ging an ihnen vorbei und durch die Tür in den Laden.

Mademoiselle Léonie, die gerade von ihrer Mittagspause gekommen war, schrie auf vor Überraschung. »Oh, Mademoiselle Louise!«

»Aus dem Weg«, presste Louise hervor. »Lassen Sie mich durch.«

Sie riss die Tür auf, ließ sie weit offen und ging die Straße entlang. Sie war so wütend, dass sie kaum ihre Schritte setzen konnte. Von ihren Eltern zurückgewiesen zu werden, die doch immer unter ihrer Fuchtel gestanden hatten! Wie konnten sie es wagen? Aber es war ihr egal. Sie waren selbstgefällig. Sie hatten sich selbst viel mehr geschadet als ihr, und es geschah ihnen recht.

Wo war sie? Was sollte sie jetzt tun, fragte sie sich und blieb auf der Straße stehen. Sie musste zur Kathedrale, fiel ihr ein, und den Mann suchen, den sie zum Vorzeigen mitgebracht hatte. Auf ihn war sie auch wütend, weil er jetzt zu nichts mehr zu gebrauchen war. Sie war wie eine gereizte Wespe, die zustechen wollte, wo sie nur konnte.

In der Kathedrale saß Avery bereits lange, wie es ihm schien, auf einem Stuhl mit einem Sitz aus Binsengeflecht. Die Zeit wurde ihm neuerdings immer lang, wenn er sie nicht in Kognaks mitzählen konnte. Mit schweren Lidern blickte er sich in dem jahrhundertealten, ungeheuer hohen Innenraum um. Er war kahl, staubig und mit dem wilden Durcheinander der Stühle sehr unordentlich. Auf den Altären standen Kunstblumen und weiß angestrichene lange Röhren, stark bestoßen und mit kleinen Mulden an der Spitze, die Kerzen nachahmen sollten. Besser, gar nichts auf die Altäre zu stellen als so etwas, dachte er. Der ganze Bau ließ das Gepflegte einer englischen Kathedrale vermissen. Aber die Kirche wurde benutzt. Weit entfernt am Hochaltar ging etwas vor sich; er wusste nicht, was. Priester und Ministranten liefen herum, knieten nieder, verbeugten sich. Nasaler Gesang ertönte in einem fort.

Avery sah den Männern und Frauen zu, die hereinkamen, niederknieten, Kerzen vor Bildern anzündeten und wieder hinausgingen. Was bedeutete ihnen das alles? Irgendetwas offenbar doch. Er beneidete sie. Wenn er daran glauben könnte, dass Beten ihm aus dem Chaos heraushelfen würde, zu dem er sein Leben gemacht hatte, würde er Gebete sprechen.

Es fand in seinem Geist kein Eckchen, an dem seine Gedanken zur Ruhe hätten kommen können. An Anne zu denken, ging über seine Kraft. Nicht nur, dass er sie nie wiedersehen würde, er empfand auch verheerende Scham. Alles, dachte er, wäre zu ertragen, nur diese Scham nicht.

An Ellen denken konnte er. Er dachte fast ununterbrochen an sie. Sie war die Einzige, die verstanden hätte, was er fühlte und durchmachte; und er war von ihr abgeschnitten und würde sie ebenfalls nie wiedersehen.

Er hatte keine Arbeit. Er sprach mit keinem Menschen. Sah seine Freunde nicht. Sogar wenn er im Zug seinen alten Gefährten Weston und Holmes begegnen würde, müsste er das Abteil wechseln.

Er hatte kein Zuhause. Er besaß zwar das Haus, aber mit Louise dort zu wohnen, war undenkbar. Er musste hinfahren und es zum Kauf anbieten, würde aber so bald wie möglich wieder von dort weggehen.

Und dann was?

In seiner Verzweiflung sank er auf die Knie und schlug die Hände vors Gesicht.

»Gott, hilf mir«, sagte er. »Ich kann mir nicht selber helfen.«

So fand ihn Louise. Sie sank neben ihm auf die Knie, um den Schein zu wahren, und zischte aufgebracht flüsternd: »Komm raus hier. Wir reisen ab. Wir fahren sofort nach Paris zurück.«

Er wandte ihr sein müdes Gesicht mit den rot umränderten Augen zu. »Was?«

»Komm raus«, befahl sie, erhob sich und klapperte mit ihren hohen Absätzen über den Steinboden.

»Was ist passiert?«, sagte er, als sie draußen waren.

»Meine Eltern wollen dich nicht empfangen«, sagte sie und hastete über den Platz. »Sie wissen, dass du geschieden bist, in ihren Augen sind wir deshalb nicht verheiratet. Sie wissen, dass ich der Scheidungsgrund war. Das hatten sie alles schon herausgefunden, bevor ich kam. Sie haben mit mir gebrochen. Ich habe kein Zuhause mehr. Keine Eltern. Du siehst, was du mir eingebracht hast.«

Avery zog ein düsteres Gesicht und schwieg. In der Kathedrale hatte er gehofft, dazu fähig zu sein, sie zu verlassen. Wenn sie sich zu Hause eingerichtet hätte, hätte er es tun können.

Louise schäumte vor Wut. Sie war gedemütigt worden. Und würde es noch einmal werden. Was konnte sie im

Hotel sagen? Wie das Abendessen für vier mit reichlich Champagner abbestellen? Im Triumph anzukommen und in schändlicher Eile abzureisen – eine schöne Bescherung, so etwas zu erleben, als Braut, als heimgekehrte Tochter.

Sie kochte vor Wut, als sie mit Avery auf der anderen Seite des Platzes anlangte und plötzlich Paul Devoisy mit seiner Frau, die einen Kinderwagen schob, vor ihr stand.

Louise blieb stocksteif stehen und starrte Paul ebenso an, wie er sie anstarrte. Sie fing sich als Erste, frohlockte über die absolut unerwartete Gelegenheit. Sie drehte sich zur Seite und zog mit ausgestrecktem Arm Avery neben sich. Warf einen vergnügten Blick auf Germaine, die von der Geburt noch unförmig war und, wie sie es vorausgesehen hatte, ein beiges Kleid und einen uneleganten Hut auf dem zu einem Knoten frisierten Haar trug.

»Wie nett, dich zu sehen, Paul«, sagte Louise. »Darf ich dir meinen Mann vorstellen, Avery North? Er ist Engländer, aber du sprichst die Sprache ja gut, wie ich mich erinnere. Ihr könnt euch also beide Guten Tag sagen.«

Die Männer murmelten steif.

»Es wird meinen Mann interessieren, Ihren kennenzulernen, Madame«, sagte Louise. »Paul war meine erste Liebe, nicht wahr, Paul? Kein Grund, es zu leugnen.« Sie hob lachend eine Hand. »Mein Mann weiß das natürlich alles. Aber wir hatten auch gute Zeiten miteinander, nicht wahr, Paul?«

Paul Devoisy war erstarrt, die Hand auf dem Bügel des Kinderwagens. Seine Frau neben ihm war bleich bis zu den Lippen.

»Und das ist dein Sohn«, sagte Louise huldvoll und machte Anstalten, unter das Verdeck zu schauen.

Germaine sprang einen Satz nach vorn und zog die Decken hoch, damit sie ihn nicht sah. Louise anfunkelnd, beschützte sie ihren Sohn wie vor dem bösen Blick.

»Du bist bestimmt sehr zufrieden mit deinem Sohn, Paul«, sagte Louise. »Deswegen hast du ja geheiratet, nicht? Nun, leb wohl. Mein Mann und ich sind auf dem Rückweg nach Paris. Leben Sie wohl, Madame.«

Sie machte eine Verbeugung, schlug ihren prachtvollen Mantel um sich und ging ins Hotel.

Die beiden auf dem Gehweg blieben stehen, wo sie waren. Dann stieß Germaine einen bebenden Atemzug aus und beugte sich über den Bügel des Kinderwagens, als werde sie ohnmächtig.

Paul legte sofort den Arm um sie. »Stütz dich auf mich, Germaine. Ich bringe dich nach Hause.«

Sie richtete sich augenblicklich auf und schüttelte ihn ab. »Fass mich ja nicht an«, zischte sie. »Du Lügner. Das verzeihe ich dir nie. Niemals. Wieder und wieder hast du gesagt, du würdest sie nicht kennen. Ich werde dir nie wieder ein Wort glauben. Du abscheulicher Lügner!«

»Germaine – was hätte ich denn machen sollen? Ich musste doch lügen. Es war längst vorbei. Liebling, du bist ganz bleich. Lass mich dich schnell nach Hause bringen.«

»Rühr mich nicht an. Und wage nicht, mich zu begleiten. Geh weg. Geh irgendwohin. Ich will dich nicht mehr sehen.«

Sie stob davon, schob den Kinderwagen holpernd über die Bordsteine, zerrte daran, stieß ihn so heftig vor sich her, dass Paul, der ihr nachlief, Angst bekam. Sie würde sich verletzen. Sie war noch nicht wieder bei Kräften, sie würde krank werden.

Als sie im Hof ihres eigenen Hauses angekommen waren, riss sie die Decken herunter und wollte den Säugling aus dem Wagen heben.

»Lass mich ihn wenigstens tragen«, flehte Paul. »Du könntest ihm wehtun. Du könntest ihn fallen lassen.«

»Das ist alles, was dich interessiert. Du hast mich nur geheiratet, um ihn zu bekommen, nicht?« Germaine war mittlerweile ganz atemlos, ihre Lippen färbten sich blau.

Ihr Anblick erschreckte Paul. »Germaine, du schadest dir selbst.«

»Was kümmert es dich?«, sagte sie und nahm das Kind hoch. »Geh weg. Ich will dich nicht mehr sehen. Wenn du heute Abend nach Hause kommst, kannst du im gelben Zimmer schlafen. Du kommst nicht wieder in unsere Nähe. Das ist mein Kind. Wenn er größer wird, soll er erfahren, was für ein Lügner sein Vater ist. Ich sage es ihm. Er soll es erfahren.«

Sie ging die Stufen zur Haustür hinauf und zog an der Klingel. Während sie aufs Öffnen wartete, musste sie sich an den Türpfosten lehnen und die Augen schließen. Gleich darauf wurde sie eingelassen und schlug, vom Diener mit großen Augen bestaunt, ihrem Mann die Tür vor der Nase zu.

Paul stand noch eine Weile auf den Stufen, stieg dann in sein Auto ein und fuhr zurück zum Steinbruch.

Im Hôtel de l'Écu wurde das elegante Gepäck in ein Taxi verladen.

»Ich bedaure, Monsieur Bernard«, hatte Louise gesagt, »mein Ehemann ist in geschäftlichen Angelegenheiten nach England zurückgerufen worden. Der Brief war bei meinen Eltern, verstehen Sie. Es tut mir sehr leid. Wir zahlen natürlich die eine Nacht für das Zimmer. Das Abendessen mit Champagner müssen wir verschieben. Aber wahrscheinlich sind wir schon bald wieder da.«

Nachdem sie ein üppiges Trinkgeld gegeben hatte, stieg sie ins Taxi und wurde davongefahren, abermals über den Platz und über die Brücke. Die einzige Genugtuung, die ihr der Besuch bereitet hatte, war die Begegnung mit Paul und Germaine Devoisy gewesen. Zumindest das hatte sie geschafft. Doch es war nicht der Triumph gewesen, den sie im Sinn gehabt hatte. Er war nicht der Paul, der ihr so sehr gefehlt hatte. Er war weich und häuslich geworden. Er hatte nur Augen dafür gehabt, welche Wirkung die Begegnung bei seiner biederen Frau auslöste, nicht aber für Louises Schönheit und die Erinnerungen an ihre Liebesaffäre. Louise war geknickt und fühlte sich leer; von nun an würde Paul in ihrem Leben keine Rolle mehr spielen. Man konnte sich nicht nach einem Mann verzehren, der einen Kinderwagen schob.

Der kurze Winternachmittag war vorüber, als der Zug nach Paris aus dem Bahnhof ausfuhr. Louise sah zu, wie sich die Handvoll Lichter, die die Stadt waren, in der Dunkelheit verloren. Es war unwahrscheinlich, dass sie jemals nach Amigny zurückkehrte. Ihre Eltern würden ihr zweifellos verzeihen, würden sie wiedersehen wollen. Doch sie würde die Szene von diesem Tag nicht vergessen, so scheußlich und dumm, wie sie gewesen war. Wenn sie sich weigerte, sie zu sehen, bestrafte sie ihre Eltern weitaus mehr als sich selbst.

Aber sie war verbittert. Paul mit seiner Häuslichkeit, ihre Eltern mit ihrer Frömmigkeit, Avery mit seiner Reue oder was immer es war – alle waren mit etwas anderem beschäftigt als mit Louise. Früher war sie für diese Menschen zuerst gekommen, und so sollte es auch jetzt sein. An ihr lag es nicht, sagte sie sich. Sie würde ihre Fühler jedoch nun anderswo ausstrecken. Wo, das wusste sie noch nicht. Sie würde aber etwas für sich tun, keine Bange.

EINUNDDREISSIG

Als Paul an diesem Abend zum Essen nach Hause kam, war der Tisch nur für ihn gedeckt. Madame, wurde ihm ausgerichtet, werde nicht herunterkommen. Das Kind sei quengelig. Sie hatte sich in ihrem Zimmer den Kamin anzünden lassen und bekam demnächst eine Suppe hinaufgeschickt. Sie wollte nicht gestört werden.

Nach seiner einsamen Mahlzeit ging Paul hinauf und horchte vor dem Zimmer, das er bis jetzt mit seiner Frau geteilt hatte. Er probierte die Tür; sie war abgeschlossen. Er hörte das Baby unablässig leise wimmern und fragte sich bang, was es wohl haben mochte. Es war immer so brav gewesen. Es hatte sie keine einzige Nacht gestört, seit es mit seiner Mutter aus der Klinik nach Hause gekommen war.

Germaine trug ihren Sohn offenbar im Zimmer herum und wollte ihn beruhigen. Es klang allerdings, als weine sie selbst auch. Sie sang dem Kleinen leise vor.

»À côté de ta mère, fais ton petit do-do. Sans savoir que ton père ...«

Der Kleine quengelte. Paul war elend zumute, als er das hörte. Wenn sie ihn nur hineinließe! Er konnte gut mit dem Baby umgehen.

»Germaine«, rief er sie durch die Tür.

Im Zimmer wurde es still.

»Germaine, lass mich rein, damit ich dir mit ihm helfen kann. Bitte.«

Sie kam an die Tür und sagte auf ihrer Seite: »Geh weg. Was du uns angetan hast, reicht für heute. Begreifst du nicht, dass es ihn aufregt, wenn ich mich aufrege? Lass uns allein zur Ruhe kommen, so gut es geht.«

Paul ging hinunter und verbrachte einen traurigen Abend im Salon. Er ließ das Buch in seiner Hand alle paar Minuten wieder sinken und überlegte, was Germaine wohl tat und was er tun konnte, um sie umzustimmen. Er hätte, was Louise betraf, nicht lügen sollen. Für die aufrichtige Germaine war das Verheimlichen ihrer Affäre ein Vertrauensbruch. Er hätte ihr gleich alles erzählen sollen. Aber Louise war damals zu nahe gewesen, sie war immer wieder aufgetaucht. Er hatte, was sie betraf, lügen müssen oder hatte es zumindest geglaubt und musste der ersten Lüge dann weitere folgen lassen.

Aber was für Kummer daraus entstanden war! Germaine war für so eine Aufregung nicht kräftig genug. Paul hatte das Gefühl, ihr Schaden zugefügt, ihren Glauben an ihn zerstört zu haben. Nun war es vorbei mit der guten Meinung, die sie von ihm gehabt hatte; sie war natürlich unerreichbar hoch gewesen, hatte ihn aber dennoch mit Stolz erfüllt.

Das Holzfeuer zerfiel in graue Asche. Paul war so sehr mit seiner Unruhe und seinen Selbstvorwürfen beschäftigt, dass er nicht auf die Idee kam, neues Holz aufzulegen. Es wurde kalt im Zimmer. Gegen Mitternacht rappelte er sich auf und ging nach oben.

Er horchte an der Tür des Zimmers, in dem seine Frau und sein Sohn waren, und war erleichtert, als er nichts hörte. Der Kleine hatte sich anscheinend beruhigt. Er ging in das gelbe Zimmer und legte sich in das große Bett, in dem er noch nie geschlafen hatte. Bequem war es schon, doch es dauerte lange, bis er Schlaf fand.

Mitten in der Nacht wachte er plötzlich auf. Der Kleine schrie. Paul sprang aus dem Bett und griff nach seinem Morgenmantel. Jetzt musste sie die Tür aufmachen. Es war ernst.

Doch die Tür war bereits offen, und Germaine rief: »Paul! Komm schnell, Paul!«

»Was ist? Was hat er?«

»Ich weiß es nicht, ich weiß es nicht.«

Der Kleine erbrach sich heftig. Dann schien er zu kollabieren und verdrehte die Augen auf eine Weise nach oben, die seine Eltern tief erschreckte.

»Gib ihn mir«, sagte Paul. »Und zieh dir den Morgenmantel an. Du zitterst. Ich rufe den Arzt an.«

»Beweg ihn nicht. Leg mir den Morgenmantel um. Geh, telefonier gleich. Oh, heilige Jungfrau, lass ihm nichts passieren. Lauf, Paul.«

Für Pauls Gefühl dauerte es lange, bis der Doktor wach war, aber als er schließlich das Telefon abnahm, sagte er, er käme sofort. Er wohnte nur zwei Straßen entfernt. Paul ging die Haustür aufmachen und rannte hinauf, um Germaine zu sagen, dass der Arzt unterwegs war.

Sie stand an derselben Stelle, an der er sie verlassen hatte. Der Morgenmantel war zu Boden gefallen, und Paul sah ihrem Gesicht an, dass es dem Kleinen noch schlechter ging.

»Was hat er?«, fragte er mit schneidender Stimme.

»Ich weiß es nicht. Rühr ihn nicht an.«

Paul hob den Morgenmantel auf und legte ihn ihr um. Er hielt ihn mit seinen Armen fest, und zusammen durchlebten sie eine Ewigkeit der Angst und der schmerzlichen Liebe und regten sich nicht, suchten nach einem Lebenszeichen ihres Kindes.

Die Haustür ging zu, und der Arzt kam rasch die Treppe herauf und trat ein. Er zog ein Augenlid des Kindes herauf und horchte wortlos das Herz ab.

»Atmet er noch?«, brachte Germaine mühsam heraus.

»Ja«, sagte der Arzt. »Gerade noch.«

Er klappte seine Tasche auf.

»Ich gebe ihm eine Spritze. Was haben Sie mit ihm gemacht? Er ist ja vollkommen erschöpft, das steht er in diesem Alter nicht durch. Erbricht er sich schon lange?«

»Die beiden letzten Male, die ich ihn gestillt habe, hat er es wieder herausgebracht«, sagte Germaine.

»Und hat starken Durchfall, nehme ich an? Ist Ihnen klar, dass das ein sehr kleines Kind ist und dass Sie seinem Magen so etwas nicht zumuten dürfen? Sie hätten mich sofort rufen sollen«, sagte der Arzt streng.

Germaine hielt sich noch, bis die Spritze verabreicht war. Dann geriet sie ins Taumeln.

»Paul, nimm ihn … Ich bin sehr matt …«

Der Arzt griff rasch nach dem Baby.

»Bringen Sie sie ins Bett, Paul. Decken Sie sie warm zu. Sie friert. Was ist da in der Flasche? Warme Milch? Ausgezeichnet. Sehen Sie das Tablettenröhrchen dort oben in meiner Tasche? Zerstoßen Sie eine und geben Sie sie ihr in die Milch. Und dann gehen Sie hinunter und rufen in der Klinik an und fragen, ob Schwester Monica sofort herkommen kann. Für die nächsten zwei, drei Tage. Ihre Frau braucht Ruhe. Was hat sie getan, das ihr und ihrer Milch so zugesetzt hat?«

»Es ist meine Schuld«, sagte Paul.

»Dann sollten Sie sich schämen.«

»Das tue ich.«

»Also, gehen Sie hinunter und rufen Sie in der Klinik an. Wenn Schwester Monica nicht kommen kann, verlangen Sie nach Schwester Marie-des-Anges, und dann holen Sie Ihr Auto und bringen Sie her. Germaine, machen Sie sich keine Sorgen mehr. Das Kind kommt wieder zu Kräften.«

Binnen einer Stunde war im Haus Ruhe eingekehrt. Der Arzt war gegangen, der Kamin angezündet und Schwester Monica bei dem Kleinen, der nun schlief, untergebracht. Germaine war, wie vom Arzt angeordnet, mit Paul in das gelbe Zimmer umgezogen. Im dem großen Bett hielt er sie mit beiden Armen, um sie zu wärmen. Sie erschauerte immer noch anfallsweise, gleichermaßen vor nervöser Anspannung wie vor Kälte. Aber was er auch tat, sie hörte nicht auf zu sprechen.

»Ich habe sie gehasst, Paul«, sagte sie. »Ich war schrecklich eifersüchtig. Sie sieht so viel besser aus als ich. Du musst sie geliebt haben.«

Paul erwog, es abzustreiten, um Germaine zu schonen. Aber es hatte schon zu viel Unehrlichkeit gegeben. Zwischen ihnen durfte jetzt nur noch Wahrheit sein.

»Ja, ich habe sie geliebt, auf die einzige Art, zu der ich damals in der Lage war«, gab er zu.

»Aber jetzt liebst du mich, oder?«

»Du weißt, dass ich dich liebe«, sagte er und schlang die Arme noch fester um sie. »Ich habe noch nie jemanden geliebt, wie ich dich liebe. Du bist meine Frau, du bist ein Teil von mir. Das weißt du.«

»Ja, das weiß ich wirklich«, räumte sie ein, ihre nasse Wange an seiner.

Sie schwieg für einen Moment und fing dann wieder an.

»Du glaubst doch, er wird wieder gesund, oder? Du glaubst, morgen früh geht es ihm schon besser?«

»Der Arzt war sehr zuversichtlich.«

»Seit seiner Geburt war er immer so brav. Er ist so gut gewachsen, und jetzt hat er meinetwegen einen Rückschlag erlitten. Das werde ich mir nie verzeihen.«

»Meinetwegen, meinst du«, sagte Paul, dann verstummte er. »Es hat mir einen großen Schrecken eingejagt«, hob er nach einer kurzen Pause wieder an. »Ich hatte nicht erwartet, dass diese alte Geschichte aus der Vergangenheit noch einmal aufkommt und dich und den Kleinen krank macht.«

»Aber ist es nicht merkwürdig? Wie alles irgendwie *zusammenhängt*?«

»Ja«, sagte Paul ernst.

Es hing aber noch mehr damit zusammen, als er wusste. Paul war nicht der Meinung, dass er Louise in irgendeiner Hinsicht schlecht behandelt hätte. Solche Affären waren gang und gäbe. Enden mussten sie alle einmal. Louise schien es doch weit gebracht zu haben. Was er sich vorwarf, war, dass er seine Frau belogen hatte. Das hatte eine Szene ausgelöst, die seinen Sohn hätte umbringen können. Er dankte Gott dafür, dass er so einer schrecklichen Strafe für eine Sünde, die er als lässlich ansah, entronnen war.

Von den Norths, weit entfernt in England, hatte Paul noch nie gehört. Er hätte gestaunt, wenn ihm jemand gesagt hätte, dass er über die Entfernung hinweg etwas mit der Zerstörung dieser Familie zu tun hatte. Er hatte keine Ahnung, dass der Mann, den er an dem Nachmittag auf dem Gehweg vor dem Hôtel de l'Écu gesehen hatte, hauptsächlich seinetwegen alles verloren hatte, was ihm etwas bedeutete.

ZWEIUNDDREISSIG

Weihnachten war vorbei. Es war gut gegangen. Ellen fühlte sich wesentlich besser, als sie erwartet hatte – wie eine Schiffbrüchige, die ohne Hoffnung war, wieder nach Hause zu kommen, aber auch demütig und dankbar, zumindest an Land zu sein.

Anne war zwei Tage vor Weihnachten nach Somerton gekommen. Für den bangen Blick ihrer Mutter wirkte sie älter und ruhiger, aber ganz verändert im Vergleich zu dem unglücklichen Mädchen, das ins Internat zurückgefahren war. Dass Roma da war und sie begrüßte, schien beinahe alles wettzumachen. Weihnachten würde, glaubte Anne, vielleicht doch ganz gut werden. Sie machte sich sofort daran, das Haus zu schmücken. Sie fand, das sei sie den alten Damen schuldig, aber auch ihr selbst bereitete es, wie sich herausstellte, große Genugtuung.

Hugh kam auf Urlaub und machte sich in der alten Wäscherei sofort ans Tischlern. Anne schloss sich ihm an. Ellen staunte über die Begeisterung ihrer Kinder für ihr neues Zuhause. Als konnte es, klein, wie es war, etwas anderes sein als ein Notbehelf. Für die beiden war es ein Abenteuer. Es gehörte ihnen, sie fühlten sich verantwortlich dafür. Sie fühlten sich auch für ihre Mutter verantwortlich. Sie mussten sich um sie kümmern. Sie musste vor »ihm« beschützt werden.

Ellen war gerührt von dieser neuen Sorge um sie, insgeheim aber zugleich bestürzt über die Rigorosität, mit der sie Avery aus ihrem Leben gestrichen hatten. Sie war froh, dass sie dazu fähig gewesen waren, sie war erleichtert, aber auch bestürzt.

Hughs Urlaub war schnell vorbei, aber Anne hatte noch zehn Tage Ferien vor sich. Ihrer Mutter fiel auf, dass sie jetzt ganz unbefangen davon sprach, ins Internat zurückzufahren. Der Abschied ging ohne Schweigen und ohne wehes Lächeln vonstatten, und wieder hatte Ellen gemischte Gefühle; sie war froh, aber auch nachdenklich.

Es war inzwischen Mitte Januar, ein klarer kalter Mittwochvormittag. Ellen, die bis zum Auftragen des Mittagessens noch eine halbe Stunde Zeit hatte, trat in ihrem alten Mantel, der Gürtel lose hängend, von der Veranda ins Freie, um ein paar Zweige Winterjasmin für die Tische zu schneiden. Jasmin war das Einzige, was der Garten im Augenblick hergab; bald kamen die Winterlinge und die Schneeglöckchen, wahre Fluten von Gold und Weiß unter den Bäumen; danach Narzissen, dann Primeln und Veilchen – massenhaft alles, wie Anne sagte. Ellen schnitt die Zweige und blickte zwischendurch immer wieder einmal sinnend zu der ungenutzten Orangerie. Sie musste dort so bald wie möglich etwas tun. Sie könnte so viele Pflanzen und Blumen für das Haus ziehen! Ohne dass es ihr bewusst war, machten sich das Interesse am Leben und seinen Freuden, das pure Leben, allmählich wieder bemerkbar.

Von ihrem Standort konnte sie Anne sehen, die auf

Roma durch den Park galoppierte. Als sie durch die Halle kam, hatten sich die alten Damen an der Hausseite vor den Fenstern versammelt und schauten ebenfalls zu.

Die kleine Katze, die seltsamerweise immer wusste, wenn Ellen im Garten war, tauchte neben ihr auf. Moppet hatte sich in Somerton inzwischen so gut eingelebt, dass sie abends ihre aus Netherfold mitgebrachte Nuss klappernd durch die Halle kullern ließ, womit sie den alten Damen ebenso Bewegung verschaffte wie sich selbst. Sie war schon vor dem Umzug nach Somerton ein gebieterisches Tierchen gewesen und hatte jetzt einen noch größeren Hofstaat. Es fehlte ihr nie an Knien, auf denen sie sitzen konnte, und stets wurde Strickzeug beiseitegelegt, um ihr gefällig zu sein.

Als ein Auto plötzlich auf die Kiesauffahrt einbog, kehrte Ellen ihm gerade den Rücken zu und rekapitulierte, was in der Speisekammer noch vorrätig war. Sie war heute für das Mittagessen verantwortlich und hatte nicht mit Gästen von auswärts gerechnet. Das auf der Hauptstraße vor Kurzem aufgestellte Hinweisschild hatte nun wohl Neuankömmlinge angelockt. Sie musste hineingehen, rasch noch mehr Teighüllen füllen und die beiden Suppen zu einer Minestrone zusammenschütten. Dazu geriebenen Käse reichen. Mit diesem Entschluss wandte sie sich dem Mann und der Frau zu, die soeben ausgestiegen waren und auf sie zukamen.

Zwei Meter von ihr entfernt standen Avery und Louise. Ellen sah nur Avery. Wie von ihm fortkommen, war ihr einziger Gedanke. Sie wich auf die Veranda zurück und machte schon Anstalten, die Türen zu schließen. Dann stieß sie sie weit auf und ging zu ihm.

»Geh weg«, sagte sie energisch. »Sofort. Wie kannst du es wagen, hierherzukommen?«

»Ellen«, stammelte er. »Ellen, ich hatte keine Ahnung, dass du hier bist.«

»Das musst du doch gewusst haben«, sagte sie grob.

»Ich wusste es nicht. Du musst mir glauben«, beteuerte er. »Ellen ...«

»Warum bist du dann gekommen?«, sagte sie herausfordernd.

»Ich musste wegen des Hausverkaufs nach Netherfold. Wir haben heute Morgen nicht gefrühstückt. Und haben das Schild gesehen, das ist alles. Ich dachte, hier würde mich niemand erkennen – ich war nur einmal hier. So war es. Du musst mir glauben, Ellen.«

Sie starrte ihn an, ihr Herz hämmerte. Er war sehr verändert, dünn, eingefallen. Sie schluckte erkennbar und sagte wieder, diesmal aber ohne Heftigkeit: »Du musst gehen. Anne darf dich nicht sehen. Sie ist da drüben.« Ohne hinzusehen, wies Ellen auf den Park.

Avery sah hin und ging schnell wieder außer Sichtweite.

»Sie darf mich nicht sehen«, sagte auch er.

Er bemühte sich aber, sie zu sehen. Blieb stehen, reckte den Hals, und genau in dem Moment ritt sie lachend, mit wehendem hellem Haar durch sein Blickfeld. Mit Tränen in den Augen sah er wieder Ellen an. »Geht es ihr gut?«

»Anscheinend ja.« Ellen sprach nur zögerlich mit ihm. »Aber das wird alles zunichte sein, wenn sie dich jetzt sieht.«

»Ja. Ich muss gehen.«

Er ging aber nicht. Er trat aus Annes Sichtfeld und sagte

kleinlaut aus einigem Abstand: »Wohnst du gerade hier, Ellen?«

»Ich lebe hier. Ich arbeite hier.«

Miss Daley, die Ellen gesucht hatte, erschien plötzlich in der Tür. Ihr stockte der Atem bei der unglaublichen Szene, die sich ihr darbot, und sie zog sich unbemerkt wieder ins Innere der Veranda zurück. Die kleine Katze, die ins Haus geflüchtet war, als das Auto vorfuhr, kam nun heraus und geriet in Verzückung, als sie Avery vorfand. Sie strich ihm um die Beine, sah zu seinem Gesicht hinauf und wartete darauf, hochgenommen zu werden. Doch Avery bemerkte auch sie nicht. Seine Augen ruhten unverwandt auf Ellen.

»Avery.« In scharfem Ton machte sich Louise bemerkbar. »Das ist ja alles gut und schön, aber ich habe Hunger. Das hier ist ein Hotel, und ich verlange, dass man mich bedient. Deine frühere Frau muss dem Speiseraum fernbleiben, wenn sie uns nicht sehen will. Ich gehe hinein.«

»Wenn du da hineingehst«, sagte er, »musst du selbst sehen, wie du hier wegkommst, denn ich fahre und lasse dich hier.«

Ellen sah ihn erstaunt an. Das war nicht der Ton eines Liebenden. Es war der Ton kalter Abneigung. Als Louise hochmütig zum Auto zurückging, sagte Ellen unwillkürlich: »Bist du denn nicht glücklich?«

Avery lachte auf. »Glücklich? Ich bin tief unglücklich. Wie sollte es auch anders sein – wenn ich euch allen fern bin?«

Sie starrten einander an, er mit dem Appell, sie solle seine verzweifelte Lage begreifen, sie fassungslos und entsetzt.

»Avery!«, rief Louise vom Auto. »Du hast gesagt, du willst fahren. Also fahren wir.«

»Ellen, komm hierher, wo Anne uns nicht sehen kann«, flehte Avery. »Nur fünf Minuten. Dann gehe ich, und du siehst mich nie wieder.«

Sie tat es zögerlich. Eigentlich war schon zu viel geschehen. Nicht noch einmal, nicht noch mehr, protestierte sie stumm.

Die kleine Katze sprang glücklich hinter ihnen her auf den Weg zwischen den Eibenhecken.

»Wärst du doch bloß nicht gekommen«, sagte Ellen mit erstickter Stimme. »Ich wäre damit fertiggeworden. Ich war auf dem besten Wege. Aber wenn du unglücklich bist, ist das eine Last, die ich noch zusätzlich tragen muss. Auch wenn ich nicht weiß, warum eigentlich.« Sie spürte, wie sie sich wieder gegen ihn verhärtete.

»Ach, Ellen«, sagte er. »Da habe ich ein schönes Chaos angerichtet.«

»Ja, hast du. Warum hast du sie geheiratet, wenn du sie nicht liebst? Aber ich nehme an, du hast sie geliebt, als du sie geheiratet hast.«

»Hab ich natürlich nicht«, entgegnete Avery barsch. »Ich konnte aber doch schlecht wieder nach Hause kommen, oder? Ich kann so lange nicht nach Hause kommen, wie Anne da ist.«

»Nein, das kannst du wirklich nicht«, sagte Ellen streng. »Annes Leben muss herausgehalten werden, koste es, was es wolle – dich oder mich.«

»Ich weiß«, sagte Avery aufrichtig. »Aber du, willst du versuchen, mich nicht zu hassen, Liebling? Glaubst du, du kannst mir jemals verzeihen?«

Das war zu viel für Ellen. Eine riesige Welle aufgetürmten Unglücks schlug über ihr zusammen. Blind tastete sie nach ihrem Taschentuch. »Ach, wärst du bloß nicht gekommen. Ich wäre damit fertiggeworden, wenn ich dich nicht gesehen hätte. Jetzt, wo ich dich sehe, merke ich, dass ich dich gar nicht hasse …«

»Ellen … wenn du wüsstest, was es mir bedeutet, das zu hören. Mir vorzustellen, dass ich dich nicht zerstört habe, nicht vollends … das ist typisch für dich, die liebste, treueste …«, stammelte er wirr.

»Warum musstest du sie Hals über Kopf heiraten?«, schluchzte Ellen. »Wir sind jetzt geschieden. Warum hast du das getan?«

»Sie musste nach Hause fahren«, sagte Avery. »Sie musste ihren Eltern unter die Augen treten können. Aber als sie dort war, wollten die sie nicht haben. Sie sind streng katholisch und sagen, sie wäre gar nicht verheiratet. Ich habe sie nicht einmal zu Gesicht bekommen, und jetzt weiß ich nicht, was ich mit ihr machen soll. Mit ihr leben kann ich nicht. Das ist ausgeschlossen. Ich mag sie nicht. Aber das ist mein Problem. Ich muss überlegen, wie ich mich retten kann. Jetzt, wo ich dich gesehen habe, wird es mir besser gehen. Jetzt geht es aufwärts. Ich will schauen, ob ich in der Fabrik meines Vaters unterkommen kann. Du bleibst mit mir in Verbindung, ja, Liebling? Und versuchst, mich gelegentlich zu sehen und mir zu sagen, wie du zurechtkommst und alles. Geht es Anne wirklich gut? Von hier kann ich sie sehen.«

Die kleine Katze, die es leid war, nicht beachtet zu werden, wählte diesen Moment und sprang ihn plötzlich an. Ihm blieb nichts übrig, als sie auf seinem Arm sitzen zu lassen, die Vorderpfoten auf seiner Schulter wie früher. Er streichelte sie fast ungestüm, um nicht die Fassung zu verlieren, und bat Ellen lächelnd um Nachsicht für Moppets Liebesbeweis.

Ellen fand die Situation unerträglich bitter – Avery, so dicht neben ihr, verstohlen durch die Hecke zu Anne schauend, weil er von ihr nicht gesehen werden durfte, und die Katze die Einzige, der er willkommen war.

Im Auto machte sich Louise vor Wut, weil man sie warten ließ, und das aus so einem Grund, grell das Gesicht zurecht. Sie presste die Lippen aufeinander und trug Lippenstift auf, legte Puder auf und nahm ihn wieder ab, bürstete sich die Wimpern nach oben.

In der gemauerten Veranda lugten zwei Brillengläser mehrere Male hinter der Tür hervor und zogen sich wieder zurück. Miss Daley spionierte nicht den beiden in der Doppelhecke nach, sie hielt Ausschau nach Louise. Jemand sollte hingehen und ihr die Meinung geigen, fand Miss Daley. So sollte sie nicht davonkommen. Jemand sollte Mrs Avery rächen. Ich mach das, sonst kann es ja niemand, dachte Miss Daley. Die hab ich schon lange auf dem Kieker. Ich gehe.

Sie trat von der Veranda und marschierte über den Kies zum Auto. Louise, auf den Spiegel ihrer Puderdose fixiert, bemerkte sie erst, als Miss Daley neben ihr das Gesicht durch das offene Fenster steckte.

»Guten Morgen«, sagte Miss Daley mit beißendem Spott.

Louise war verdutzt. Sie sah aus, als traue sie ihren Augen nicht.

»Was machen Sie hier?«, sagte sie barsch, die Puderquaste in der Luft.

»Was Sie hier machen, trifft es wohl eher«, sagte Miss Daley. »Drängen sich hier herein, regen Mrs Avery auf, nachdem es ihr fast das Herz gebrochen hat, ihr Zuhause zu verlassen, das Sie ihr genauso weggenommen haben wie ihren Ehemann. Sie kennen keine Scham«, redete Miss Daley sich atemlos in Rage; sie wollte nun so viel wie möglich loswerden. »Sie haben sich schon in The Cedars eingeschlichen und Geld vererbt bekommen, und das vergelten Sie der alten Dame damit, dass Sie das Leben ihres Sohns zerstören. Er will Sie nicht, das ist sonnenklar«, sagte Miss Daley und wies auf die Hecke. »Aber Sie holen aus ihm heraus, was Sie nur kriegen können, behängen sich mit Pelzmänteln und Perlenketten …«

»Was geht hier vor?«, rief eine zornige Stimme von der Veranda. »Wo sind alle? Das Essen aufzutragen und zu bedienen, ist meines Wissens nach heute nicht meine Aufgabe. Ich komme gerade herunter und finde die Pasteten auf dem Herd …«

»Oh, Mrs Beard«, rief Miss Daley und kam über den Kies geschlittert. »Sofort. Still, ja. Schauen Sie!«

»Wer ist das?«, fragte Mrs Beard interessiert. »Wer ist die?« Sie sah um Miss Daley herum zu Louise im Auto hinüber.

»Das ist der Scheidungsgrund«, erklärte Miss Daley so, dass Louise sie hörte. »Das ist die Frau, die Mrs Avery ihren Mann weggenommen hat.«

»Na, so was«, sagte Mrs Beard und trat näher, damit sie Louise besser sah. »Die sieht ganz danach aus. Aber auch wenn sie ihn dazu gebracht hat, sie zu heiraten, sieht sie immer noch aus wie ein Flittchen. Das können Sie mir glauben, ich hab schon viele gesehen.«

Louise stieß die Tür auf und stieg eilig aus.

»Avery!«, rief sie. »Avery! Diese Frauen beleidigen mich. *Avery!*«

Er kam sofort. Nicht um sie zu beschützen, das konnte sie gut und gern selbst, sondern um zu verhindern, dass Anne auf sie aufmerksam wurde. Umstandslos bugsierte er Louise zurück ins Auto.

»Sei still«, mahnte er sie streng und stieg ebenfalls ein. Er ließ den Motor an und wendete so, dass er noch einmal neben Ellen anhalten konnte. »Ellen, ich muss fahren, aber du hast alles für mich verändert, Liebling …«

Louise, weiß vor Wut, beugte sich vor und drückte den Zeigefinger auf die Hupe.

Avery schlug ihre Hand weg, fuhr mit einem letzten Blick zu Ellen eine Kehre auf dem Kies und zum Tor hinaus.

»So ein Miststück«, kommentierte Mrs Beard. »Trotzdem, er wollte es so, der arme Kerl.«

Ellen stand reglos daneben, die Lippen aufeinandergepresst, die Augen voller Tränen.

»Das ist ein starkes Stück«, fuhr Mrs Beard fort. »Sie musste es noch auf die Spitze treiben, als hätte sie nicht schon genug. Bleiben Sie noch draußen, meine Liebe. Ich und Miss Daley tragen das Essen auf. Sie wollen doch nicht, dass Anne etwas merkt, wenn sie hereinkommt. Ich warte mit dem Gong noch ein paar Minuten. Gehen Sie ein bisschen zwischen den Hecken hin und her.«

Ellen machte kehrt und verschwand hinter den Eiben.

»Das war eine Falle«, sagte Louise wutentbrannt, als sie davonfuhren. »Du bist mit Absicht dahin gefahren.«

»Du weißt ganz genau, dass ich nicht hinwollte«, gab Avery zurück. »Du hast darauf bestanden, als du das Schild gesehen hast.«

»Das machst du sehr gut, so tun, als hättest du nicht hingewollt.«

»Die Mühe würde ich mir nicht machen«, sagte er kalt.

»Wochenlang hast du pausenlos überlegt, wie du deiner Frau etwas vormachen kannst. Damals warst du nicht so heikel.«

Er hörte gar nicht hin. Bei ihm verfingen ihre Worte nicht mehr. Ellen hatte ihm verziehen. Seine Kinder würden es nie, das war ihm klar, aber Ellen hatte ihm verziehen. In diesen wenigen Augenblicken hatte sie ihm Hoffnung und ein Ziel gegeben. Er würde es wiedergutmachen. Jetzt, wo er etwas hatte, wofür er arbeiten konnte, konnte er das. Sie allein machte sein Leben harmonisch. Wie zerrüttet seine Existenz ohne sie gewesen war. Sollte es auch noch Jahre dauern – und das würde es, bis Anne sich ein eigenes Leben aufgebaut hatte –, er würde warten und hoffentlich zu Ellen zurückkehren.

Louise, die ihn beim Fahren lächeln sah, biss die Zähne zusammen. Sie hasste ihn. Sie hätte am liebsten mit Fäusten auf ihn eingeschlagen. Er hatte zugelassen, dass seine Ex-Frau sie nicht eines Blickes würdigte – eine Beleidigung! Wie die Frau sie behandelt hatte – als wäre sie Luft. Dann hatte er zugelassen, dass die zwei Bediensteten sie ebenfalls beleidigten, und hatte anschließend Louise selbst beleidigt, als er seine Ex-Frau »Liebling« nannte und um sie weinte.

Sie hasste ihn. Sie wollte es ihm an den Hals werfen, wollte ihn beschimpfen und ihm sagen, dass er sie langweilte, dass die Engländer sie langweilten, England sie langweilte. Sie wollte ihm sagen, dass sie nach Paris zurück-wollte, sich dort eine Wohnung nehmen und in Frank-reich leben, aber nicht mit ihm. Er musste für sie aufkom-men. Sie hatte seinetwegen ihr Zuhause und ihre Eltern verloren. Er musste sie bis zum Ende ihres Lebens versor-gen. Doch sie biss die Zähne zusammen und schwieg. Zu hören, dass sie ihn verließ, war genau das, was er wollte. Das würde sie ihm nicht gönnen. Es musste behutsam ein-gefädelt werden, damit sie daraus für sich den größtmög-lichen Vorteil schlagen konnte. Wenn sie es wollte, konnte sie sich wegen Verweigerung des Beischlafs jederzeit von ihm scheiden lassen. Aber sie würde den richtigen Augen-blick abwarten. Eine schöne Blamage, wenn er zweimal geschieden war!

Und darum saß sie bis London schweigend neben ihm und lächelte ebenfalls: aber anders.

In Somerton ertönte der Gong. Ellen ging zu dem Gra-ben, der den Park vom Garten trennte, und winkte Anne, die außer Hörweite hinten am Bach auf Roma herumzo-ckelte, mit dem Taschentuch. Ellen hielt das Taschentuch hoch in die Luft, und der Wind trocknete die Tränen da-rin. Sie war sehr müde. Ihr Leben, unter Schmerzen auf neue Fundamente gestellt, brach abermals entzwei. Ein gewaltiger Ansturm von Liebe und Mitgefühl hatte al-les umgeworfen. Sie musste nun noch einmal anfangen, und es kam ihr chaotisch und unausführbar vor. Noch auf Jahre hinaus wäre sie zwischen Avery und den Kindern hin- und hergerissen. Sie durfte die Kinder nicht spüren lassen, dass er auf ihr Fortgehen wartete, damit er zurückkommen konnte. Bei dem Gedanken, dass sie jemals etwas davon ahnen könnten, zuckte sie zusammen vor Schmerz. Seltsamerweise kam es ihr in dem Augenblick so vor, als erfordere es mehr Mut, mit dem Wissen zu leben, dass Avery zurückkommen wollte, als für ein Leben ohne diese Hoffnung nötig gewesen wäre.

Doch Ellen hatte in den einsamen letzten Wochen in Netherfold etwas gelernt. Sie hatte gelernt, auf die Veränderungen und die Hilfe zu warten, die das Leben brachte. Das Leben war wie das Meer, mal befand man sich in einem Wellental, mal hoch oben auf dem Kamm. Im Tal wartete man auf die Welle, und immer, ob im Tal oder auf dem Kamm, trug eine geheimnisvolle Strömung einen vorwärts an ein unsichtbares, aber sicheres Ufer.

Anne hatte endlich das Taschentuch bemerkt und winkte zurück. Nun musste Ellen schleunigst hineingehen und Mrs Beard bei der Arbeit ablösen. Sie lief schnell in die Garderobe im Untergeschoss, um mit ihrer Puderquaste die Spuren der Tränen zu beseitigen, so gut es ging. Gleich darauf kam Anne hereingestürmt, ganz atemlose Frische.

»Das ging ja fix«, sagte ihre Mutter.

»Ja, das erste Stück bin ich gerannt«, erzählte Anne und zog sich die Reitstiefel aus. »Dann bin ich über den Graben gesprungen.«

»Anne, nein!«, rief Ellen erstaunt. »Der ist doch sehr breit und tief.«

»Macht doch nichts«, lachte Anne vor Freude über ihren erfolgreichen Sprung. »Ich wusste, dass ich es schaffe.«

Ellen lächelte. Diese jugendliche Zuversicht war ansteckend. Schon trug das Wogen des geheimnisvollen Meeres

sie aufwärts, und die Erkenntnis, dass Avery ihr zurück-
gegeben war, auch wenn sie nicht bei ihm sein konnte,
schlich sich in ihr Herz.

CHARLOTTE WOOD
Ein Wochenende

»Ein so warmes wie aufwühlendes Buch.«
Stern

Unterschiedlicher hätten die Leben der vier Freundinnen
kaum verlaufen können, und doch bleiben sie sich über die
Jahrzehnte hinweg treu. Als jedoch die warmherzige, für-
sorgliche Sylvie stirbt, wird den anderen drei Frauen klar,
dass sie ohne ihre Freundin neu definieren müssen, was sie
zusammenhält. Sie entschließen sich zu einem gemeinsamen Wochenende in Sylvies altem Strandhaus, wo allzu
viel Wein und ungebetene Gäste ein wohlbehütetes Geheimnis zutage fördern.

Roman, 288 Seiten
ISBN 978-3-0369-6125-5

auch als eBook erhältlich
ISBN 978-3-0369-9441-3

www.keinundaber.ch